insel taschenbuch 4812

Hanns-Josef Ortheil

Wie ich Klavierspielen lernte

Hanns-Josef Ortheil erzählt von den oft skurrilen Seiten des Pianistenlebens. Von ersten Klavierschulen, favorisierten Komponisten, frühem Vorspiel, exaltierten Klavierlehrern und großen Titanen auf den Bühnen von Salzburg und anderswo. Amüsant und packend führt er den Leser eine steile Leiter hinauf in den Pianistenhimmel, wo seit Vladimir Horowitz' Zeiten sowohl schwerste spezielle Psychosen als auch legendäre Triumphe zu erwarten sind.

Ein Buch nicht nur für Klavier- und Musikenthusiasten, das von den verborgenen, dämonischen Seiten manischen Übens und Spielens sowie der Geschichte des Virtuosentums kenntnisreich und detailliert erzählt.

»Als Kind stellte Hanns-Josef Ortheil sich vor, dass die Tasten sich unter dem Klavierdeckel weiter bewegen. Jetzt weiß er, dass alles, was weiterklingt, aus ihm selber kommt, so wie dieser Roman als großes Echo eines Lebens mit der Musik.« *Süddeutsche Zeitung*

Hanns-Josef Ortheil wurde 1951 in Köln geboren. Er ist Schriftsteller, Pianist und Professor für Kreatives Schreiben und Kulturjournalismus an der Universität Hildesheim. Sein literarisches Werk wurde vielfach ausgezeichnet, u. a. erhielt er 2002 den Thomas-Mann-Preis der Hansestadt Lübeck.

Im insel taschenbuch liegen von ihm außerdem vor: *Paris, links der Seine* (it 4709), *Venedig* (it 4482) und *Rom* (it 4060).

Hanns-Josef Ortheil

Wie ich Klavierspielen lernte

Roman meiner Lehrjahre

Insel Verlag

Die Passagen aus Schumanns *Musikalischen Haus- und Lebensregeln* zitiere ich zum leichteren Verständnis in heutiger Schreibweise.

2. Auflage 2021

Erste Auflage 2020
insel taschenbuch 4812

Vertrieb durch den Suhrkamp Taschenbuch Verlag
Umschlaggestaltung: hißmann, heilmann, hamburg
Umschlagabbildung: Performance von Oliver Blumek in der Galerie tiefgarage, Foto: Marijana Aradjanski, Köln
Satz: Satz-Offizin Hümmer GmbH, Waldbüttelbrunn
Druck: CPI books GmbH, Leck
Printed in Germany
ISBN 978-3-458-68112-0

Wie ich Klavierspielen lernte

1

Es klingelt, und meine Mutter geht an die Tür unserer Wohnung im ersten Stock eines Mietshauses im Kölner Norden. Draußen im Flur stehen drei Möbelpacker, die ein altes Klavier bringen. Sie warten darauf, dass Mutter sie einlässt und ihnen zeigt, wo das Klavier abgestellt werden soll.

Mutter spricht damals nicht, die Möbelpacker scheinen aber von ihrem Stummsein zu wissen, denn sie reden Mutter sehr freundlich und vorsichtig an, und dann macht sie einige Zeichen, führt die Männer ins Wohnzimmer und zeigt ihnen den Platz, den sie zusammen mit meinem Vater leergeräumt hat. Sie deutet auf die große Lücke, und die Männer nicken und bestätigen, dass sie das Klavier in diesen Leerraum rücken werden.

Dann gehen sie hinunter und holen das Klavier aus einem Möbelwagen, der vor unserer Haustür steht. Der Wagen ist hinten geöffnet, und einige Passanten stehen um ihn herum und beobachten, was passiert. Ich schaue aus einem Fenster unserer Wohnung zu und bin erstaunt, als ich das dunkelbraune Möbelstück sehe. Es ist nicht leicht zu tragen und sieht aus wie ein schweres Gehäuse mit merkwürdigen Bestandteilen. Einem langen, geraden Rücken, einem steifen Brustkasten, zwei gebogenen Beinen und (ganz unten) zwei Pedalen (wie bei einem Auto).

Ein solches Möbelstück habe ich noch nie gesehen. Ich bin fast fünf Jahre alt und spreche auch selbst kein Wort. Die einzigen Menschen, denen ich noch bedingungslos vertraue, sind meine Eltern. Tagsüber lebe ich an Mutters Seite, abends bin ich mit

Vater unterwegs. Allein kann und will ich damals nicht sein, dazu ist die Angst einfach zu groß.

Auch vor dem schweren Möbelstück habe ich Angst. Ich will nicht, dass es bei uns wohnt, und gehe sofort auf Abstand, als es schließlich auf kleinen Rollen in die Wohnung gebracht wird. Die Möbelpacker schieben es an den vorgesehenen Platz und bleiben einen Moment regungslos stehen.

Auch Mutter wartet und betrachtet das Klavier. Dann öffnet sie den Tastaturdeckel langsam, und eine lange Reihe von schwarzen und weißen Tasten kommt zum Vorschein. Sie sehen aus wie kleine Katzen, die im nächsten Augenblick ins Wohnzimmer springen und sich dann in der ganzen Wohnung verteilen.

Mutter tritt näher an sie heran und berührt einige mit den Fingern. Mit zwei Fingern solche ganz oben und mit denselben zwei Fingern solche weiter unten. Die vier Tasten lassen vier Töne hören. Sie tropfen wie helle Perlen auf den Boden und kullern durch die ganze Wohnung. Die Möbelpacker sagen nichts, sondern nicken nur wieder.

Mutter muss etwas unterschreiben und tut das sehr rasch. Dann erhalten die Möbelpacker ein Trinkgeld. »Viel Freude damit, junge Frau!«, ruft einer von ihnen. Schließlich verschwinden sie. Mutter aber dreht sich um, geht zu dem merkwürdigen Möbel zurück und schließt es ab. Den Schlüssel steckt sie in eine Tasche ihres Kleides.

Das Klavier ist bei uns angekommen, aber wir lassen es warten. Vorerst haben wir nicht vor, es zu begrüßen oder etwas anderes mit ihm zu tun. Vielleicht hat auch Mutter Angst davor, dass es zu reden anfängt. Außer meinem Vater spricht niemand in unserer Wohnung. Stattdessen herrscht eine schwere, oft lastende Stille.

Mutter scheint nicht daran zu denken, das zu ändern, und so lassen wir das Klavier in Ruhe. Es steht wie etwas Überflüssiges, Monströses und sehr Fremdes an der Wohnzimmerwand. Was befindet sich in seinem Gehäuse? Ich denke an Schlangen, wie ich sie einmal im Zoo gesehen habe. Fette, reglose und unheimliche Schlangen, die wochenlang ohne Nahrung auskommen.

2

Sofort nach dem Aufstehen bin ich eine halbe Stunde im nahen Wald unterwegs. Ich drehe eine kleine Runde, komme zurück, trinke einen Tee und gehe ins Musikzimmer. Wenn ich die Tür von draußen öffne, blicke ich direkt auf das dunkelbraune Gegenüber. Es ist das alte Klavier, das uns vor sechzig Jahren ein Bruder meiner Mutter geschenkt hat. Ursprünglich stand es bei diesem Onkel im Arbeitszimmer. Da er wegen seiner beruflichen Verpflichtungen als Pfarrer einer großen Gemeinde nicht zum Üben kam, schenkte er es weiter. Im Haushalt meiner Eltern war es, wie er hoffte, gut aufgehoben.

Meine Mutter konnte Klavier spielen, besaß aber damals kein Instrument. Das alte Klavier, an dem sie jahrzehntelang geübt hatte, war während eines Bombenangriffs in Berlin zerstört worden. Nach dem Zweiten Weltkrieg, in dem sie zwei Söhne verlor, hatte sie sich nicht entschließen können, ein neues Klavier zu kaufen. Sie war schweigsam und nach dem Tod von zwei weiteren Söhnen sogar stumm geworden. An ein Klavier oder an ein erneutes Klavierspiel hatte sie nie mehr gedacht.

Ich öffne den Tastaturdeckel und drehe den Klavierhocker etwas nach oben. Ein Blick nach draußen ins Grün, das so tut, als neigte es sich zu mir. Ich streife mit den Fingern kurz über die Tasten. Sie antworten sofort, lebendig, klar und hellwach.

Vor wenigen Tagen wurde das Klavier wieder einmal gestimmt. Ich mag das und bin den halben Tag mit zugegen, wenn der fast blinde Klavierstimmer sich des Instruments annimmt. Meist fachsimpeln wir ein wenig und sprechen über die neuen Standards der großen Klavierfabriken. »Wie lange wollen Sie es noch mit diesem Altertum aushalten?«, fragt der Klavierstimmer, und ich antworte: »Bis an mein Ende.« Wir lachen, und der Klavierstimmer legt sich wieder ins Zeug, hartnäckig, so dass ein und derselbe Ton manchmal minutenlang repetiert wird. Das tut ihm gut, es ist, als unterzöge man ihn einer Spezialuntersuchung.

Ich lockere die Schultern ein wenig, dann greife ich nach den Noten. Seit kurzem beginne ich wieder jeden Tag mit einer Übungsphase. Ich übe keine Stücke großer Komponisten, nein, ich übe überhaupt nicht die vertraute Musik, wie ich sie seit den Kindertagen kenne. Stattdessen übe ich kleine Etüden von Carl Czerny, keine länger als dreißig, vierzig Sekunden.

Es sind spezielle technische Übungen, jede mit einer anderen formalen Aufgabe. Früher fand ich sie anstrengend und hielt das Üben solcher Stücke für »Sport«. Jetzt gefallen sie mir erheblich besser. Es sind genau die richtigen Stücke, um mich wieder an das Klavierspiel zu gewöhnen. Ganz von vorne werde ich wieder anfangen, genau da, wo ich vor mehr als sechzig Jahren schon einmal begonnen habe.

Seit langem habe ich nicht mehr richtig geübt. Ich habe noch etwas gespielt und geklimpert, anspruchsvolle Stücke sogar, alles aber mit einer miserablen, unzulänglichen Technik. Den Ehrgeiz, ein Stück klassischer Musik (wie etwa eine Beethoven-Sonate) so wie früher einmal spielen zu können, hatte ich längst aufgegeben. Das ist jetzt anders, ich spüre zwar weiterhin keinen Ehrgeiz, aber doch einen starken Antrieb. Ich möchte es noch einmal wissen und zurück in die Zeiten finden, als ich gut Klavier spielen konnte.

Ich beginne mit kleinen Übungen in C-Dur. Die rechte Hand stürmt eine Quinte hinauf und hinab, die linke hat fast nichts zu tun. Dann umgekehrt: Die linke macht sich auf den Weg, die rechte begleitet mit wenigen Akkorden. Ich spiele sehr langsam und natürlich ohne Pedal. Kein laut und leise, überhaupt keine klanglichen Manöver. Ich trainiere meine lahm und müde gewordenen Finger, mehr nicht. Es ist wie beim Sport: Körpertraining, Training der Muskeln, Einübung von Kraft, Ausdauer und Geschwindigkeit.

Sehr allmählich werde ich etwas schneller. Schleichen sich Fehler ein, nehme ich das Tempo sofort wieder zurück. Kein lauter Anschlag, alles leise und verhalten. Nach etwa einer Dreiviertelstunde ist Schluss. Ich schließe den Tastaturdeckel und verlasse das Musikzimmer. Von draußen schaue ich noch einmal zurück. Das Klavier der Firma Seiler schaut mich an. Über ihm an der Wand hängt ein Plakat, auf dem nur ein einziges Wort steht: »Salve«.

Ich nicke, ich bin wieder bereit, ich habe wieder mit ernsthaftem Üben begonnen. Mal sehen, wohin mich das führt. In meinem Arbeitszimmer trage ich die Zahl der geübten Minuten und die Titel der Stücke, die ich gespielt habe, neben dem exakten Tagesdatum in ein kleines Heft ein: 7.32 Uhr bis 8.17 Uhr. Übungen op. 261 von Carl Czerny. Befriedigend.

3

Das Klavier der Firma Seiler bleibt in den fünfziger Jahren zunächst auf Distanz in unserem Wohnzimmer stehen. Mein Vater schaut es oft an, berührt aber keine Taste. Ich erkenne sofort, dass er mit dem Instrument nicht umgehen kann und gewiss kein Klavierspieler ist. Bei meiner Mutter dagegen ist das anders. Nach wenigen Tagen fängt sie an, sich um das Klavier zu kümmern, und an der Art, wie sie das tut, erkenne ich, dass sie mit dem fremden Ding Kontakt aufnehmen will.

Dann öffnet sie den Tastaturdeckel und holt ein weiches Tuch, das sie zuvor etwas angefeuchtet hat. Damit säubert sie die Tasten, langsam und gründlich. Mit den tiefen, heiser röchelnden geht es los, dann kommen die eher langweiligen, farblosen in der Mitte dran und schließlich die hohen, bis hin zu den kreischenden.

Ich sitze im Erker des Wohnzimmers auf dem Boden und schaue Mutter zu. Mit einem Mal begreife ich, dass zu jeder Taste nur ein einziger, ganz bestimmter Ton gehört. Es müssen sehr viele und sehr verschiedene sein, und die weißen klingen anders als die schwarzen. Wird nach einer weißen Taste eine schwarze gespielt, klingt das nicht gut, eher mühsam, als stiege man schwitzend einen Abhang hinauf. Wird dagegen nach einer schwarzen Taste eine weiße angeschlagen, hört sich das wie ein friedliches Ausruhen an.

Mutter säubert die Tastatur von unten nach oben und danach noch einmal von oben nach unten. Jede Taste erhält eine gründliche Behandlung und Säuberung von ungefähr gleicher

Dauer, keine wird bevorzugt oder benachteiligt. Es ist, als wollte Mutter sich vergewissern, dass alle Tasten einsatzbereit sind – so kommt es mir jedenfalls vor. Beim Säubern werden sie getestet, und das so oft, bis Mutter sicher sein kann, dass keine von ihnen ausfällt.

Nach der Säuberung wird der Tastaturdeckel wieder verschlossen. Manchmal wird das Gehäuse später noch mit einem anderen Tuch behandelt, nachdem es einige Spritzer aus einer Flasche Tinktur abbekommen hat. Die Tinktur riecht stark und beizend, und man bekommt Kopfschmerzen, wenn das Auftragen auf dem Gehäuse zu lange dauert. Hinterher glänzt das dunkelbraune Holz aber sehr schön, und das Klavier wirkt wie frisch gebohnert oder glasiert.

Mit einem derartigen Glanz verwandelt es sich in eine vornehme Gestalt, die ihr Geheimnis noch immer für sich behält. Nie würde ich es wagen, es zu berühren. Das Äußerste, was ich tue, ist mit dem runden Klavierhocker zu spielen, dessen Sitz ich mühelos hinauf- und hinabdrehen kann. Nachdem das Gestänge geölt worden ist, quietscht er nicht mehr, sondern schnurrt, wenn man heftig an ihm dreht, rasant auf- und abwärts.

Ich lege mehrere dicke Kissen aufeinander und nehme hinter dem Hocker auf ihnen Platz. Dann fahre ich los, ich drehe an der runden Scheibe des Hockers und bewege sie hin und her. Ich stelle mir vor, dass ich ein kräftiger Lastwagenfahrer bin, mit dem Steuer in beiden Händen. Die zwei Pedale sind das Gas- und das Bremspedal, so, wie ich einmal welche während einer Lastwagenfahrt mit einem Onkel kennengelernt habe.

Er ist ein Bruder meines Vaters, und er besitzt einen Bauernhof mit den unterschiedlichsten Fahrzeugen. Einen Traktor, einen Lastwagen, einen Mähdrescher. Sonntags fährt er mit seiner Frau und den Kindern in einem Mercedes zur Kirche, werktags aber ist er mit den schwereren Fahrzeugen meist gut gelaunt (und bekleidet mit einem Hut) unterwegs.

Ich denke daran, während meiner Klavierhockertouren ebenfalls einen Hut zu tragen, ja, ich probiere es sogar mehrmals. Dabei trage ich einen Hut meines Vaters, der mir viel zu groß ist. Bewege ich mich etwas heftiger, rutscht er vom Kopf und rollt über den Boden. Schade, dass ich keinen Kinderhut besitze, sehr schade! Ich versuche, einen zu zeichnen, um Mutter mitzuteilen, dass ich mir einen wünsche.

Mutter schaut sich die Zeichnung an und lächelt, dann legt sie das Blatt beiseite. Nein, sie hat nicht verstanden, woran ich denke, anscheinend glaubt sie, dass ich Vaters Hut gezeichnet habe. Ich streiche den Hut durch und zeichne darunter einen kleineren. Mutter lächelt auch über diese Zeichnung, ohne begriffen zu haben. Danach gebe ich das Zeichnen von Hüten auf. Ich könnte noch viele weitere zeichnen, ohne dass sie meinen Wunsch verstehen würde.

Also fahre ich weiter hutlos, immerhin aber bekleidet mit einem bunten, karierten Hemd, das ein wenig Ähnlichkeit mit den Arbeitshemden meines bäuerlichen Onkels hat. Ich brumme vor mich hin, als hätte ich einen Motor angeworfen, und ich verstärke und vermindere das Brummen, je nach den unterschiedlichen Straßen und Wegen, die ich gerade entlangfahre.

Das laute und das leise Brummen sind in der ganzen Wohnung zu hören. Manchmal kommt Mutter in den Türrahmen, bleibt dort stehen und horcht. Es ist nun nicht mehr ganz still, so wie früher. Meine Laute antworten auf die wenigen Klimpertöne des dunkelbraunen Gehäuses, das außerhalb der Säuberungsaktionen weitgehend schweigend und verschlossen vor mir steht. Ein erster, noch sehr zaghafter Kontakt ist nun auch von meiner Seite aus hergestellt.

In späteren Jahren, als Mutter längst wieder sprach, erzählte sie davon und sagte, sie habe erstaunt bemerkt, wie ich mit dem fremden Klavier langsam »Fühlung aufgenommen« habe.

»Fühlung aufnehmen« – das trifft es. Ich rücke dem dunklen Kasten zu Leibe, ich atme seinen Geruch ein und spiegele mich in seinem Tinkturenglanz. Und was ist mit meinem Brummen? Wirkt es nicht wie die Anrufung eines ehernen Standbilds und wie eine Aufforderung, seinen Holzpanzer endlich zu öffnen?

4

An einem Abend sitze ich mit meinem Vater in der Küche unserer Wohnung, da höre ich Mutter zum ersten Mal Klavier spielen. Zuvor ist es wie immer sehr still gewesen, nicht einmal das Radio (das Mutter nicht mag) haben wir eingeschaltet. Mutters Klavierspiel beginnt nicht leise oder verhalten, sondern gleich so, als eröffnete sie ein Konzert. Einige strahlende, helle Akkorde werden angeschlagen und marschieren durch unsere Zimmer. Sie verdrängen alles, was im Weg steht, und erobern die Räume, als wären sie aus der Fremde heimgekehrt und hielten nun wieder Einzug.

Vater und ich sitzen regungslos da und lauschen. Ich schaue Vater an und sehe, wie erschrocken er ist. Sein Gesicht ist rot und glänzt. Freut er sich oder hat er Angst? Ich jedenfalls habe im ersten Moment sofort wieder Angst, denn die Klänge wirken gewaltig und so triumphal, als gehörten sie nicht in unsere Wohnung. Menschen, die solche Musik spielen, leben woanders, in ganz anderen Städten und Ländern. Bestimmt sprechen sie auch eine andere Sprache und essen etwas ganz anderes als wir. Warum aber spielt Mutter eine solche Musik?

Noch heute wundere ich mich darüber, dass Vater und ich die Küche nicht verlassen haben. Wollten wir nicht sehen, wie Mutter spielte, wollten wir uns nicht überzeugen, ob sie es wirklich war? Nein, das wollen wir nicht, wir denken wohl nicht einmal daran. Kerzengerade sitzen wir auf unseren Stühlen, wie Zuhörer in einem Konzert.

Konzerte habe ich bis dahin noch nie erlebt, ich weiß also nicht, wie es in ihnen zugeht und wie die Räume aussehen, in denen sie aufgeführt werden. Ohne es zu ahnen, verhalte ich mich aber wie ein kleiner Konzertbesucher. Ich höre angestrengt zu, ich konzentriere mich – ganz wie mein Vater, der sogar mit leicht geöffnetem Mund dasitzt und hörbar aus- und einatmet. Anscheinend regt die Musik ihn sehr auf, ja: Die Musik fährt einem in den Leib und hinterlässt eine heftige Unruhe, die sich rasch ausbreitet und den ganzen Körper durchströmt.

Je länger ich zuhöre, umso freundlicher erscheinen mir die Klänge. Sie beginnen zu wandern und sich umzuschauen, und sie sind nicht im Geringsten bedrohlich. Erstaunlich ist, dass das Klavier sich wie ein großes Orchester mit vielen verschiedenen Stimmen anhört. Die Finger können einzeln, zu zweit, aber eben auch zu vielen Musik machen! Sie können trommeln, wirbeln und klettern – und zwar alle fünf, und das an beiden Händen!

Mutter scheint darin eine Meisterin zu sein. Natürlich habe ich das nicht erwartet, und natürlich habe ich keine Ahnung, wo sie das gelernt haben könnte. Viele Jahre muss sie Unterricht erhalten haben, damit sie so gut spielen kann, so treffsicher und leicht!

Erst sehr viel später habe ich sie einmal gefragt, welches Stück sie damals gespielt hat. Sie erinnerte sich genau und sagte, dass es ein Stück von Frédéric Chopin war. Und welches? Die *Polonaise in A-Dur*! Und warum die? Sie habe nichts Ruhiges oder Melancholisches spielen wollen, sondern ein Stück, das die Räume öffnet und frische Luft hereinlässt. Das Ganze habe ein Auftakt sein sollen, ein Entrée, als ginge ein Vorhang auf einer Bühne wieder auf, nachdem er lange Zeit geschlossen gewesen war.

Die *Polonaise in A-Dur op. 40* also! Direkt nach dieser Unterhaltung habe ich sie mir wieder auf einer Schallplatte angehört, gespielt von Arthur Rubinstein. Schon mit den ersten Klängen war der große Kindheitsmoment mit all seinen Stimmungen wieder da: Vater und Sohn, zwei Zuhörer in der Küche! Die Zaubereien von Mutters Fingern, die über die Tasten sprangen! Und? – und der grausame Moment, als ihr Spiel zusammenbrach, weil es sie überforderte und weil sie das Strahlen dieser triumphal dahermarschierenden Klänge nach den tieftraurigen Erlebnissen in ihrem Leben noch nicht ertrug.

Von einem Moment auf den andern hört sie auf, schlägt auf die Tasten ein, stöhnt und weint. Mein Vater steht auf und geht sofort zu ihr, und ich schleiche hinter ihm her, unsicher, ob ich das Wohnzimmer wirklich betreten soll. Wir sind beide sehr hilflos, selbst Vater weiß nicht, was er tun soll. Er versucht, Mutter zu beruhigen, aber er hat dafür keine Worte, und so reicht er ihr ein Stofftaschentuch, damit sie ihre Tränen trocknen kann.

Ich sehe dieses Taschentuch bis heute vor mir: wie es aus Vaters Hose herausgezogen und entfaltet wird, wie es schlaff in der Luft hängt und hin und her baumelt und wie die Hand meines Vaters zittert. Ich nehme es ihm ab und reiche es an Mutter weiter, und als sie es direkt vor Augen hat, schaut sie auf, erkennt mich und wischt sich mit dem Tuch das Gesicht. Es ist die Sekunde, in dem sie sich besinnt. Sie lächelt sogar kurz angesichts des Taschentuchs, das sie in den Händen hält, ja, sie schüttelt den Kopf, als wollte sie der Trauer auf keinen Fall länger nachgeben.

Weiterspielen will sie anscheinend aber auch nicht, später vielleicht einmal, nicht jetzt. Soll sie das Klavier schließen, damit es wieder abtauchen und erstarren kann? Das kommt auch nicht in Frage, es sähe aus wie eine Niederlage.

Mutter hat eine viel bessere Idee. Und so nimmt sie mich an der Schulter und zieht mich hinüber zu dem Klavierhocker. Ich darf mich hinsetzen und meine Hände auf die Tasten legen. Dann holt sie sich einen Stuhl und setzt sich neben mich. Dicht nebeneinander sitzen wir vor den schwarz-weißen Tasten, bis Mutter eine von ihnen anschlägt. Dafür nimmt sie den zweiten Finger, sie krümmt ihn ein wenig und lässt ihn auf die Taste springen. Drei-, viermal darf der Finger hüpfen, dann zieht sie ihn zurück und deutet mit ihm auf meinen eigenen rechten Zeigefinger.

Ich bin dran, auch ich soll meinen Finger bewegen und eine Taste anschlagen.

Das kann nicht allzu schwer sein, oder? Von wegen. Ich lasse meinen Finger springen, und er schlägt auf die Taste. Viel zu laut hört sich das an, also versuche ich es ein zweites Mal. Diesmal klingt der Anschlag zu leise, er ist kaum zu hören. Also los, ein drittes Mal! Wieder bekomme ich es nicht so hin, wie ich es mir vorstelle. Der Ton klingt nicht normal, sondern zittrig, außerdem fühlt mein Finger sich hart an und steif. Was ist denn bloß los?

Ich habe gedacht, dass jeder Mensch auf diesem Klavier Musik machen kann, das ist aber keineswegs so. Die Tasten gehorchen mir nicht, und meine Finger fühlen sich verkrampft an. Selbst im Oberarm tut sich etwas, dort spüre ich ein kleines Zucken.

Mutter nimmt meinen Finger und hält ihn eine Weile still. Dann führt sie ihn zurück und lässt ihn eine Taste nach der andern anschlagen. Ganz langsam und ruhig, mit etwas zeitlichem Abstand. So wandere ich mit meinem Zeigefinger die Tastatur hinauf und wieder hinab, immer wieder, ruhiger und leiser werdend.

Jeder angeschlagene Ton soll sich anhören wie der vorige, und genau das ist sehr schwer. Manchmal rutscht der Finger zur Seite und schlägt mehrere Tasten auf einmal an. Dann bleibt er zwischen zwei schwarzen hängen und muss sich erst wieder befreien.

Das Klavier, stelle ich fest, hat einen eigenen Willen, es gehorcht mir nicht. Um gut hörbar auf ihm zu spielen, muss ich mich auf seine Tasten einstellen. Wandern meine Finger nach rechts, muss der Oberkörper ein wenig mitwandern. Darf ich den Klavierhocker hinterherschieben oder wie bekomme ich es hin, immer aufrecht und gerade zu sitzen, auch wenn meine Finger sich immer weiter von meinem Körper entfernen und die weit entlegenen Regionen ansteuern, in denen die klirrenden, höchsten Töne zu Hause sind?

Leben die Tasten etwa wie Tiere? Sitzen sie tagsüber in ihrem großen Gehäuse und rühren sich nicht, rächen sich aber beim

Spielen dafür, dass man sie gefangen hält? Etwas an ihnen lässt mich immer wieder an kleine Tiere im Zoo denken, Tiere, die sich kaum bewegen, plötzlich aber losfauchen, wenn man ihnen versehentlich nahekommt. Die Besucher nehmen an, es sind Freunde, das aber sind sie ganz und gar nicht. Sie leben in erbitterter Feindschaft mit den Menschen, zeigen das aber nicht offen, sondern nur, wenn sie nicht beobachtet werden.

Respekt haben sie dagegen vor jenen, die sich tagaus, tagein mit ihnen beschäftigen. Diese Menschen lassen sie näher kommen, und von ihnen lassen sie sich sogar füttern. »Pfleger« nennt man sie oder »Dompteure«, ich habe diese Worte viele Male gehört – und obwohl es fremde und seltene Worte sind, weiß ich ausnahmsweise einmal genau, was sie bedeuten.

Die große Frage ist also, wie ich ein Pfleger oder Dompteur der schwarzen und weißen Tasten werden kann. Was muss ich tun, und wie muss ich mich in Zukunft verhalten?

Das ahne ich natürlich noch nicht, ich weiß nur, dass ich viel Zeit werde aufbringen müssen, bis meine Finger die Tasten einigermaßen zum Klingen bringen. Und so höre ich nicht auf, sie mit meinem Zeigefinger anzuschlagen, so lange, bis die Nachbarn bei uns klingeln und sagen, das gehe aber nun wirklich zu weit.

Mein Vater entschuldigt sich, sagt jedoch, dass wir für die Zukunft Vereinbarungen darüber treffen müssen, in welchen Stunden des Tages ich üben darf. Ein wenig am Morgen, mittags natürlich nicht, aber nachmittags auf jeden Fall wieder ein wenig. Die Nachbarn sind entsetzt. So viel? »Das ist keineswegs viel«, antwortet mein Vater (störrisch wie er sein kann), »der Junge muss sich austoben dürfen. Wenn er es am Klavier nicht darf, wo soll er es sonst tun, stumm wie er ist?«

Stumm – da fällt das Wort wieder, das alle mundtot macht. Ich bin stumm, mit meinem Stummsein bin ich meiner stumm gewordenen Mutter in die sprachlosen Gefilde gefolgt. Wer genötigt wird, meine Lage zu verstehen oder mir gar zu helfen, schweigt und sagt dann zunächst nichts mehr. So auch die Nachbarn. Sie ziehen davon, so dass mein Vater schon am ersten Tag meines Klavierspielens die Voraussetzungen für eine baldige Existenz als perfekter Pfleger und Dompteur geschaffen hat. Ich könnte einer von denen werden, die den halben Tag mit ihren Tieren verbringen, einer, den die Tiere lieben lernen!

5

Mit dem Klavierspiel von Mutter und Sohn beginnt in der Wohnung im Kölner Norden eine neue Zeitrechnung. Von nun an erhalten die Tage eine Struktur und einen Verlauf. Nach dem morgendlichen Aufstehen warte ich sehnlichst darauf, dass der Tastaturdeckel geöffnet wird. Ich muss mich aber gedulden. Denn Mutter hat einen Beruf und deshalb zunächst noch anderes zu tun.

Was genau hat sie zu tun? Sie ist Bibliothekarin, arbeitet wegen ihrer Sprachprobleme jedoch nicht wie früher in den Räumen der Pfarrbibliothek. Die liegen aber nur wenige hundert Meter entfernt, und so kommt alle paar Tage eine Mitarbeiterin vorbei, um neu bestellte und eingetroffene Bücher in unsere Wohnung zu bringen. Mutter blättert sie durch, liest in ihnen und ordnet sie einem Themen- oder Sachbereich zu. Dann bekommen sie eine Nummer und erhalten auf einem kleinen Zettel einen kurzen Kommentar: für wen dieses Buch geeignet ist und wem es empfohlen werden sollte.

Wenn Mutter im Wohnzimmer liest und die vielen neuen Bücher in kleinen Stapeln um ihren Sessel herum aufbaut, darf ich nicht Klavier spielen. Ich muss mich beschäftigen und tue das, indem ich mir die vielen neuen Bücher für Kinder anschaue. Früher, in den Zeiten vor der Ankunft des Seiler-Klaviers, machte ich das eine Zeitlang sehr gern. Ich blätterte die vielen Bilderbücher durch und versuchte, ihre Geschichten einigermaßen zu verstehen. Lesen konnte ich natürlich noch nicht, deshalb blieb meine Lektüre auf das Blättern beschränkt.

Zuletzt hatte es mich allerdings mehr und mehr gelangweilt. Ich suchte stattdessen Zuflucht bei meinem Spielzeug und dachte mir Spiele aus. Wenn Mutter sich mit ihren Büchern beschäftigte, baute ich auf dem Wohnzimmerboden immer größere Spiellandschaften auf. Hatte ich möglichst viel Spielzeug verteilt, setzte ich mich in die Mitte und stellte mir vor, dass nun eine Geschichte begann. Die Elefanten brachen aus ihren Zoogehegen aus und streunten durch die Stadt, die Straßenbahnfahrer überfuhren vor lauter Schreck einige rote Ampeln, und die Eisverkäufer ließen das Eis auf den Boden fallen, als sich ihnen ein Zooleopard näherte.

Die Geschichten in meinem Kopf waren ausschließlich Katastrophengeschichten. Sie endeten erst, wenn die halbe Welt durcheinander war und auf dem Kopf stand. Vom vielen Fantasieren müde geworden, legte ich mich auf den Rücken und versuchte, wieder Ruhe in mein Hirn zu bekommen. Das gelang, wenn ich mit geschlossenen Augen genau darauf achtete, was Mutter gerade tat. Ich hörte sie Seiten umblättern, sich räuspern, mit Papier rascheln, sich eine Notiz machen, einen Schluck Tee trinken.

Manchmal stellte ich mir auch vor, ich hörte einer ganz anderen Person zu. Aber wem? Fast immer waren es Frauen, die ich während der Einkaufsgänge mit meiner Mutter gesehen hatte. Eine Kioskbesitzerin blätterte in ihren Zeitschriften und strickte zwischendurch. Eine Verkäuferin im Käseladen kämmte sich die Haare und wartete auf Kundschaft.

So spielte ich nur für mich imaginäres Theater. Die Menschen, die ich kennengelernt hatte, erschienen bei uns, spielten kurze Szenen und lösten sich wieder in Luft auf. Dadurch erhielt sich die Illusion eines Kontaktes und einer Nähe, die es in Wahrheit nicht gab. Die meisten Leute konnten mit Mutter und mir nämlich nichts anfangen. Sie lächelten uns mitleidig an, redeten irgendwas und gaben das Reden schließlich auf, da wir nicht antworteten.

Erst wenn Mutter sich nach dem Frühstück lang genug mit den neuen Büchern beschäftigt hat, kommt das Klavierspielen dran. Zusammen räumen wir meine Spiellandschaften wieder beiseite und nähern uns dem Instrument. Vom Speicher hat Mutter einen Karton mit Noten geholt. Sie wählt einige aus und legt sie auf den Klavierdeckel. Ein Heft oder auch nur einige lose Seiten werden aufgeschlagen. Die schwarzen Noten auf den feinen, geraden Linien wollen gespielt werden, das verstehe ich schon bald. Ich sitze seitlich auf dem Boden und kann Mutter beobachten, wie sie das Notenheft glattstreicht und die Seiten überfliegt.

Bevor sie ernsthaft zu spielen beginnt, zieht sie meist noch rasch etwas anderes an. Sie legt das Kleid mit Ärmeln, das sie zuvor beim Lesen getragen hat, beiseite und wählt ein Kleid (oder eine Bluse) ohne Ärmel. Schmuck trägt sie nicht, nicht um den Hals, nicht an den Armen und Fingern. Mutter sitzt mit flachen, festen Schuhen da wie eine Frau, die sich auf eine Wanderung begibt.

Die Art, wie sie sich auf das Spiel vorbereitet, beobachte ich genau. Anscheinend fällt es leichter, wenn man passend gekleidet ist. Kein Kleidungsstück darf stören, nichts darf im Weg sein, nichts ablenken, ein luftig gekleideter Körper begegnet dem gespannt wartenden Instrument, als wollten beide Sport miteinander treiben.

Mutters Umkleiden färbt ab. Wenn ich mich selbst ans Klavier setze, ziehe ich den Pullover aus und kremple die Ärmel des Hemdes hoch. Ich ziehe Turnschuhe an und kämme mir vorher die Haare mit Wasser, damit mir die langen Strähnen nicht ins Gesicht fallen. So entsteht die erste Ahnung einer konzertanten Figur: das für das Klavierspiel zurechtgemachte Kind, ein still gestellter Körper, der das Bild eines hartnäckig Übenden abgeben soll.

Dabei lernt der kleine Übende vor allem eins: Konzentration! Jeder Körperteil hat sich dieser Anstrengung unterzuordnen. Nicht zappeln, die Schultern nicht hochziehen, den Oberkörper leicht durchdrücken – im idealen Fall ist der kleine Übende eine Skulptur.

Sobald ich in den Bannkreis des Instruments gerate, spüre ich die Wirkung seiner Kräfte. Bin ich mit ihnen verbunden, denke ich an nichts anderes mehr. Ich blicke starr auf die Tasten und vergesse den Alltag ringsum. Es ist, als hätte ich (wie im Zirkus) eine kleine Arena betreten, um dort einige Kunststücke aufzuführen. Es geht um Artistik und somit darum, den Armen, Händen und Fingern Schnelligkeit, Gewandtheit und Anschlagskraft beizubringen.

Noch geheimnisvoller wird das Ganze aber dadurch, dass außer Vater, Mutter und mir niemand bei diesen ersten Übungen anwesend ist und sie auch auf anderen Wegen niemand mitbekommt. Ich übe sehr leise, kaum hörbar. Meine Aufgabe besteht darin, den Tasten ein möglichst reges Flüstern von Tönen zu entlocken. Laut auftrumpfen darf ich noch nicht, das ist vorerst ausschließlich Mutters Sache.

Früher habe ich vor allem in den Fantasiewelten meiner Spielzeuge gelebt. Ich war ein Geschichtenträumer gewesen, der seine Erzählungen so aufgebaut hatte, wie es ihm gerade gefiel. Die Spielfiguren leisteten keinen Widerstand, sie fügten sich allem, was ich mit ihnen vorhatte und anstellte.

Das Klavier aber ist anders, denn es ist widerständig. Als hilfloser Anfänger muss ich mich einem undurchschaubaren Apparat unterwerfen. Ich habe Haltung anzunehmen, muss bestimmten Regeln gehorchen und bekomme etwas zu spüren und zu greifen, das sich zunächst einmal starr, unzugänglich und kraftvoll präsentiert.

So beginnt das Üben als ein geheimer Zweikampf. Das Klavier und ich, ich und das Klavier – ich bin aus meinen Traumwelten herausgeschleudert worden und fühle mich nun versetzt in ein Land, in dem Töne, Klänge und Komponisten auf magische Weise regieren.

Einige Monate später sind die neuen Tagesabläufe in unserer Wohnung schon zur Gewohnheit geworden. Nach der Beschäftigung mit den Büchern setzt Mutter sich meist an das Klavier. Sie übt nicht, sondern spielt einige kurze Stücke, und jedes Mal bemerke ich kleine Fehler an jeweils anderen Stellen. Das scheint sie aber gar nicht zu stören, sie unterbricht das Spiel nicht, sondern spielt jede Komposition zu Ende. Täglich sind es nicht mehr als höchstens drei, und ich sitze neben dem Klavier auf dem Boden und bekomme alles genau mit.

6

Ich habe die Bilder von Mutters Üben noch genau vor Augen. Wie sie sich leicht nach vorne beugt, die langen schwarzen Haare hinten zu einem Knoten zusammengebunden. Sie spielt sich mit einigen Läufen und Akkorden warm, das dauert nicht mehr als ein paar Minuten. Danach geht es los, und sie spielt kraftvoll und energisch.

Die Stücke, die sie damals *spielte*, könnte man auch »ein Repertoire« nennen. Es besteht aus einer begrenzten Auswahl von Kompositionen, die eine Pianistin oder ein Pianist besonders gern (und deshalb immer wieder) spielt. »Das gehört zu meinem Repertoire«, bedeutet: Dieses Stück gehört zu mir, ich spüre eine enge Verbindung.

In den Zeiten, als ich Mutter jeden Morgen beim Spielen zuhörte, bestand ihr »Repertoire« aus Stücken der drei Komponisten Robert Schumann, Frédéric Chopin und Franz Liszt. Von Schumann spielte sie einfach klingende, ins Ohr gehende Kompositionen, von Chopin spielte sie einige Walzer und von Liszt sehr schwelgerisch klingende Werke. Mutter hat niemals Stücke von Bach, Mozart oder Beethoven gespielt, vielmehr ging es immer nur um die drei genannten Komponisten des neunzehnten Jahrhunderts.

Wäre ich ein wenig älter gewesen und hätte ich mich ein wenig ausgekannt, wäre mir das sehr seltsam vorgekommen. Warum keinen Mozart? Und warum nicht wenigstens einen einzigen Satz aus einer Klaviersonate von Beethoven? Anders gefragt: Was steckte hinter dieser großen Vorliebe für die romantische Trias von Schumann, Chopin und Liszt?

Noch auffälliger wurde diese Faszination, als meine Eltern (auf besonderen Wunsch meiner Mutter) einen Plattenspieler anschafften. Nur wenige Wochen nachdem das Seiler-Klavier bei uns eingezogen war, wurde er gekauft und in der Nähe des Klaviers aufgestellt. Die ersten drei Plattenanschaffungen waren die *Kinderszenen* von Schumann, *Walzer* von Chopin und die *Liebesträume* von Liszt.

Mutter hörte sie, wenn sie mit ihren Büchern beschäftigt war oder sonst eine Arbeit in der Wohnung zu verrichten hatte. Was sie selbst am Klavier spielte, konnten wir daher noch zusätzlich in Interpretationen bekannter Klaviervirtuosen kennenlernen. Von da an lebten wir in einem musikalischen Raum, in dem vorläufig drei Komponisten die fast alleinige Vorherrschaft angetreten hatten. Es war ein Raum des romantischen Träumens und Sehnens, der für meine Mutter vor dem Krieg einmal eine große Bedeutung gehabt hatte.

Ich habe von diesen Zusammenhängen erst erfahren, als ich längst auf das Gymnasium ging und auch selbst einige leichtere Kompositionen der heiligen Trias spielte. Mutter hat mir eher durch Zufall einmal davon erzählt, und ich setzte mir ihre Andeutungen wie bei einem Puzzle zu einer Geschichte zusammen. Was also war früher einmal geschehen?

Meine mütterlichen Großeltern hatten nach der Geburt ihrer ersten beiden Kinder (ein Sohn, eine Tochter) ein Klavier angeschafft. Damals gab es in dem kleinen Westerwaldort, in dem die Familie lebte, noch einen älteren Klavierlehrer, der fast ausschließlich die Mädchen aus den sogenannten gutbürgerlichen Familien unterrichtete.

Auch meine Mutter wurde ausgewählt, in die Rolle einer typischen »höheren Tochter« zu schlüpfen. Klavierspielen gehörte unbedingt dazu, aber meine Mutter fand keinen großen Gefallen daran. Der ältere Lehrer war ihr wegen seines langen Bartes nicht sehr sympathisch, und die Übungen, die sie zu absolvieren hatte, kamen ihr unsinnig vor.

So musste sie zum Beispiel mit einem Geldstück auf den Handrücken spielen, um die Hände möglichst still und ruhig zu halten. Nur die Finger sollten bewegt werden, was Mutter ausgesprochen lächerlich fand. Außerdem passte es ganz und gar nicht zu ihrem starken Bewegungsdrang, der am Klavier durch die unterschiedlichsten Manöver stillgelegt werden sollte.

Sie revoltierte nicht, aber sie betrieb das Klavierspiel nur nebenbei wie eine lästige Pflicht, die ihre Eltern der ältesten Tochter nun einmal auferlegt hatten. An den großen Feiertagen spielte sie im Kreis der Familie einige passende Stücke, die mit Familiengesang begleitet wurden, und wenn später die studentischen Freunde des älteren Bruders zusammenkamen, wurden sie mit einigen Schlagern unterhalten, zu deren Melodien mitgesummt werden durfte.

Bis zu diesem Zeitpunkt war das Klavier für meine Mutter ein reines Unterhaltungsinstrument. Kompositionen der großen Klassiker ging sie aus dem Weg, sie hätten sowieso viel zu langes Üben erfordert. Stattdessen verständigte sie sich mit ihrem Lehrer, es bei einem schlichten Programm von volkstümlichen Stücken zu belassen. Im Grunde wollte sie genau das spielen, was man auch im Radio zu hören bekam. Stücke, die amüsierten, gute Laune machten, Stücke zum Mitträllern.

Das Klavier als Zentrum einer gut gelaunten, geselligen oder familiären Runde – dieses Bild hatte Mutter also lange Zeit vor Augen. Bloß nichts Anspruchsvolles und nicht das, was in den Konzerthäusern der Großstädte vor einem elegant gekleideten Publikum gespielt wurde. Wenn sie von Verehrern zu solchen Konzerten eingeladen wurde, erfand sie Ausreden. Sie brachte das Klavier nicht mit dem in Verbindung, was sie »vornehmes Getue« nannte. Das schlichte, leicht wacklige Instrument, auf dem sie zu Hause spielte, war einfach nicht »vornehm«. Es hätte auch in einem Wirtshaus stehen können, so, wie im Wirtshaus meiner nun wiederum väterlichen Großeltern ein Klavier stand. Dieses Klavier spielte mein Großvater täglich zur Unterhaltung der Gäste am Feierabend.

Ich blättere in den alten Fotoalben der Eltern, in denen sich die Fotos aus der Zeit vor ihrem Kennenlernen befinden. Es gibt Aufnahmen, auf denen Mutter am Klavier sitzt und neben ihr die Geschwister stehen. Sie sind herausgeputzt, bringen aber kein Lächeln zustande. Auch Mutter wirkt ernst, daher sieht es auf dem Foto so aus, als wäre das Musikmachen eine anstrengende und etwas abwegige Sache, zu der man sie erst überreden müsse.

Fotos, auf denen sie allein am Klavier sitzt, gibt es nicht. Immer steht mindestens eine Person neben ihr, als müsste Mutter betreut oder beschützt werden. Erscheinen mehrere Personen, bilden sie eine Gruppe, die sich gegen das fremd und etwas bedrohlich dastehende Klavier zu wehren oder von ihm abzugrenzen scheint. In jedem Fall ist das Klavier ein Möbel, das nicht zum Alltag gehört. In seiner Nähe muss man sich benehmen, es spielt die Erzieherin, aber niemand scheint zu wissen, welche Leistungen diese Erzieherin im Einzelnen noch von einem verlangen wird.

Auf anderen Fotografien ist mein Großvater zu sehen, wie er am Klavier seiner ländlichen Gastwirtschaft sitzt. Niemand steht direkt neben ihm oder in seiner Nähe, er ist immer allein. Auch er lächelt nicht, wirkt aber entspannt und gelöst, als habe er an dem Klavier längst eine Seite entdeckt, die ihm gefällt und mit der sich leben lässt. Ja, so sieht es wirklich aus: Als habe mein Großvater dem Instrument seinen oft etwas penetrant erscheinenden Ernst genommen und es in eine andere Stimmung versetzt.

Vater ist auf keinem einzigen Foto mit Klavier zu sehen. Er hielt zu dem Instrument sein Leben lang respektvollen Abstand. Nie wäre er auf den Gedanken gekommen, Klavier spielen zu wollen, auch andere Instrumente kamen nicht in Frage. Ein passionierter Musikhörer war er dagegen schon – allerdings einer mit einem sehr speziellen Geschmack, den viele Bekannte und Freunde sonderbar fanden.

So hörte er gerne alte Musik (Renaissance und Barock), und so machte er zum Beispiel um Mozarts Kompositionen (mit Ausnahme seiner Opern) einen weiten Bogen. Beethoven-Symphonien dagegen mochte er sehr – und für den Schlussteil der *Neunten Symphonie* wäre er auch in tiefster Nacht aufgestanden, um sie mit einem zusammen zu hören. Hinzu kamen vor allem Arien aus Händels Oratorien, die er mehr liebte als alle anderen Gesangsstücke und die vielleicht überhaupt jene Musik waren, die seinem Gefühlsleben am ehesten entsprach.

Letztlich war Vater ein Sänger, aber (so seltsam es klingt): Er war einer, der sich nie traute, seine Stimme zu üben oder zu kultivieren. In seinen Augen war sie einfach nur da und kam in den Gottesdiensten gut hörbar zum Einsatz. Außerhalb von Kirchen sang er nie, ich vermute, er verband das Singen nur mit bestimmten religiösen Texten. Da hätte es nahegelegen, Mitglied eines Chors zu werden, auch das wollte Vater jedoch nicht. Was ihm vorschwebte, war eine seltsame Konstruktion: die eines »halben Solisten«, der vom Gesang der Gemeinde begleitet wurde, letztlich aber dasselbe wie die Gemeinde sang.

Was sagt mir dieser erste Teil des Rückblicks auf Mutters Vorlieben für eine bestimmte Musik? Dass die Musikstücke, die in jenen frühen Jahrzehnten des letzten Jahrhunderts im Kreis zweier Westerwälder Familien gespielt wurden, einerseits stark sozial gebunden und andererseits durchaus auch ein individuelles Spiegelbild der handelnden Charaktere waren. »Musik«, die von allen gespielt, gesungen oder gemocht wurde, gab es nicht, denn fast jeder, der mit ihren Klangwelten in Berührung kam, empfand sie als eine nicht in Worte übersetzbare, verborgene Gefühlsschichten in Bewegung setzende, etwas unheimliche Macht.

So galt ihr, mehr als Literatur oder gar Kunst, der überhaupt tiefste Respekt. »Musik« war unvergleichlich – wenn man sich ihr näherte, musste man vorbereitet und »auf der Hut« sein. Sonst konnte es passieren, dass sie einen entführte, Tränen erpresste oder Stimmungen provozierte, die man so schnell nicht wieder loswurde oder vergaß.

Im Zentrum des »Musikmachens« aber stand das Klavier, andere Instrumente erschienen dagegen »zu solistisch«. Das Klavier war das Instrument der Gemeinschaft: Es begleitete andere Menschen beim Singen, und auf ihm spielte man Stücke, die sonst von mehreren Instrumenten gespielt wurden. So war es ein »soziales Musikmöbel«, eine Art früher Jukebox, die man überall hinschieben konnte und die auch an den entlegensten, unscheinbarsten Orten jene Musik machte, auf die sich die Gemeinschaft jeweils verständigt hatte.

7

Wenn Mutter Klavier spielt, ist das eine besondere Zeit des Tages. Ich setze mit meinen sonstigen Spielen aus und höre zu. Oft warte ich auf diese Stunde, weil die Wohnung danach wärmer und wohnlicher ist. Die Musik bringt Leben in die toten Gegenstände und rückt sie näher zusammen. Selbst das Dunkel des Flurs hat dann nichts Trostloses mehr, denn in diesem Dunkel wuchern bestimmte Noten weiter und blühen auf.

Ich spüre diese Wirkung der Musik jedes Mal. Sie hat etwas sehr Wohltuendes. Indem Mutter die Tasten anschlägt, bemächtigen sich die Töne und Klänge langsam ihres Körpers. Er wird leichter und jugendlicher, manchmal öffnet sich sogar der Knoten der schwarzen Haare auf ihrem Rücken. Ihr Gesicht wird weicher und zeigt Zutrauen: Was da nun wieder zu hören ist! Was die Musik alles kann! Was wohl als Nächstes geschieht!

Es gelingt ihr nicht, unbeteiligt zu blicken. Meist blickt sie so auf die Tasten, als machten diese rechteckigen Hölzchen ihr etwas vor. Sie lässt sich gerne überraschen und spielt ein Stück, wenn sie es wiederholt, ganz anders als zuvor.

Geht ihr Spielen zu Ende, schaut sie sich nach mir um. Sie spielt noch die letzten Takte und findet dann wieder zu mir zurück. Fast eine Stunde war sie weit weg und anderswo unterwegs. Wenn sie mich wiedererkennt, lächelt sie. Die letzten Klänge! Sie steht auf, kommt zu mir, hebt mich vom Boden hoch und gibt mir einen Kuss.

Dieser Moment ist der schönste. Nie würde ich das Zuhören

abbrechen oder in einen anderen Raum verschwinden. Ich sitze, höre zu, lasse die Musik die Wohnung verzaubern und erwarte den Augenblick, in dem Mutter mich in die Arme schließt und ihr heißes Gesicht mir ganz nahe ist.

Es strahlt, als würde es angeleuchtet. Und mitten in dieses Leuchten hinein trifft mich der Kuss. Er impft mich mit der Musik, die ich gerade hörte, er bereitet meinen Körper auf das vor, woran Mutter und ich schon lange denken: Auf mein Spielen, auf meine ersten Versuche, die Tasten des Klaviers auf noch weiteren Wegen als bisher zu erkunden.

8

Schumann, Chopin und Liszt – was ist früher passiert, dass Mutter den kleinen, vertrauten Raum der Gemeinschaftsmusik verließ und hinüberwechselte zu den großen Stücken klassischer Musik, die von Solisten vorgetragen und meist nur von einem zumindest halbwegs eingeweihten und kundigen Publikum »verstanden« wurden?

Es passierte von einem Tag auf den andern. Mutter wurde das enge Dorfleben leid, urplötzlich brach sie in ganz andere Welten auf. Die letzten Schuljahre wollte sie in einem Internat verbringen, das sie sich selbst (heimlich zunächst, dann mit Einwilligung ihrer Eltern) ausgesucht hatte. Es lag auf der Insel Nonnenwerth nahe Bonn, mitten im Rhein, und es wurde zum großen Teil von Franziskanerinnen geführt. Dort glaubte sie sich gut auf ein späteres Studium vorbereiten zu können. Was sie studieren wollte, wusste sie noch nicht, es würde sich, wie sie dachte, von selbst ergeben.

Eine Mädchenschule mitten auf einer Insel im Rhein war aber viel mehr als eine anspruchsvolle Ausbildungsstätte. Es war eine Art schöner Traum, mit dessen Hilfe man sich von der familiären Herkunft langsam befreite. Vom üblichen Alltag isoliert, lebten die jungen Frauen auf engem Raum zusammen, tauschten sich aus und hatten ihre kleinen Geheimnisse.

Manche standen in Kontakt mit Bonner Studenten, die sie in waghalsigen Manövern heimlich auf der Insel besuchten. Andere gründeten Zirkel, die sich mit Botanik oder Astronomie beschäftigten und von Nonnen unterrichtet wurden, die selbst noch junge Frauen waren.

Jede der Schülerinnen lebte auf der Insel Nonnenwerth in ihrer eigenen Welt, und jede erhielt genau dort die Gelegenheit, diese Welt nach ihrem Willen zu gestalten. Der Unterricht war keineswegs streng, die Lehrerinnen hatten für die speziellen Interessen ihrer Schülerinnen vielmehr großes Verständnis. Und so hatte auch meine Mutter nach etwas gesucht, dem sie ihren Fleiß, vor allem aber ihre jugendliche Leidenschaft hätte widmen können. Bei dieser Suche war sie auf zwei Personen gestoßen, denen vom ersten Moment an ihr ganzes Interesse gegolten hatte.

Diese beiden Personen waren während einer bestimmten Zeit ihres Lebens ein Liebespaar gewesen. Den männlichen Part dieses Paares spielte der Klaviervirtuose und Komponist Franz Liszt, den weiblichen die Gräfin Marie d'Agoult. Anfang der dreißiger Jahre des neunzehnten Jahrhunderts lernten sich beide in Paris kennen. Die Gräfin war damals verheiratet und hatte zwei Kinder, was sie aber nicht daran hinderte, in engen Kontakt zu Liszt zu treten und diese Beziehung von Jahr zu Jahr zu intensivieren. Schließlich reisten die beiden zusammen nach Italien und hatten sogar zwei Töchter.

Die Italien-Reisen hinterließen in Liszts kompositorischem Schaffen später deutlich erkennbare Spuren. Er befreite sich von den klassischen Klaviergattungen und begann mit Kompositionen, die man als »Erlebnismusik« bezeichnen könnte. Sie griffen Bilder und Motive der italienischen Landschaften auf und profilierten sie als eine Art Pilgerreise (»Années de pèlerinage«) zu den romantischen Städten des Südens.

In den Pausen zwischen seinen Konzertreisen durch ganz Europa (die Liszt meist allein antreten musste) suchte das Paar nach Aufenthaltsorten, wo Liszt sich erholen konnte. Eine dieser Entspannungsoasen wurde Anfang der vierziger Jahre die Insel Nonnenwerth. Dort lebte Liszt zusammen mit der Gräfin in einem abgetrennten Teil eines alten Klosters, das teilweise auch als Hotel genutzt wurde. Er spielte (zunächst nur für sich) auf dem Flügel, komponierte und bereitete seine Konzertauftritte in der näheren Umgebung vor.

Als Mutter von diesem Aufenthalt erfuhr, widmete sie sich den Details der Geschichte. Sie las die feurigen Briefe, die Liszt der Gräfin geschrieben hatte, und sie studierte seine Tagebücher, in denen er von seinem Virtuosenleben erzählte.

Die stärkste Wirkung ging aber von dem Liszt-Flügel aus, der sich noch immer auf der Insel befand. Er war nicht zugänglich und wurde von den Lehrerinnen und Nonnen des Internats wie ein sakraler Gegenstand gehütet. Niemand durfte auf ihm spielen, nur an besonderen Feiertagen wurde er Besuchern vorgestellt.

Die Liebesgeschichte des Paares, Liszts Briefe und Tagebücher sowie seine Kompositionen, die ein Maximum an Leidenschaft ausstrahlten und vorführten – all das waren für meine Mutter schon bald nicht mehr Themen bloßer Fantasien. Die großen Gefühle, die durch sie ausgelöst wurden, trafen vielmehr auf ein konkretes Objekt, an dem sie sich festmachen konnten.

So entwickelte sie mit der Zeit einen starken, ihr nicht auszuredenden Ehrgeiz. Sie wollte ihr Klavierstudium erneut aufnehmen und dieses Studium ausschließlich auf dem Liszt-Flügel absolvieren. Mit Unterhaltung und geselligem Vergnügen sollte die angestrebte neue Ära ihres Musikenthusiasmus nicht mehr das Geringste zu tun haben, vielmehr zielte das Üben und Spielen jetzt darauf, in den romantischen Erlebniskosmos von Lieben, Reisen und Musizieren einzudringen und dort einen eigenen Platz einzunehmen.

Mutter zog zwei Lehrerinnen und die Schulleiterin ins Vertrauen und erläuterte ihnen ihr großes Projekt. Sie wollte sich neben dem üblichen Schulunterricht ganz auf das Klavierspiel konzentrieren, und sie wünschte sich dafür einen Unterricht auf der Höhe der Zeit. »Willst du etwa Pianistin werden?«, wurde sie gefragt, und sie antwortete: »Das weiß ich noch nicht. Vorerst weiß ich nur, dass ich die großen Kompositionen der romantischen Schule spielen möchte. Dann werden wir weitersehen.«

Die Stücke der »romantischen Schule« – das war in ihren Augen damals die große »Erlebnismusik« des neunzehnten Jahrhunderts, die mit den Kompositionen Robert Schumanns begonnen hatte. Von Schumann war der Stab an Chopin und von ihm wiederum an Liszt übergeben worden. Inmitten dieser Männertrias aber hatte sich eine Frau einen starken Platz erobert: Clara Schumann, die Frau Robert Schumanns, die bedeutendste und einflussreichste Pianistin des neunzehnten Jahrhunderts, in ganz Europa gefeiert und als Lehrerin von Scharen junger Schülerinnen verehrt. War Clara damals für meine Mutter ein Vorbild?

Genau weiß ich es nicht, ich weiß nur, dass von Clara Schumann später häufig die Rede war. In Mutters Internatsjahren war sie wohl noch eine Art ferne Projektion, mit keinen genaueren Ambitionen verbunden. Vorerst beschäftigte Mutter noch etwas ganz anderes: den Liszt-Flügel zu erobern, auf ihm zu üben und zu spielen – und sich damit etwas von jenen geheimnisvollen Kräften anzueignen, die ein Liebespaar vor über hundert Jahren auf der Insel Nonnenwerth bereits gespürt hatte.

Wie aber schaffte sie es, diesen Plan umzusetzen? Ihre Lehrerinnen ließen einen in Bonn recht bekannten Pianisten auf die Insel kommen, der sich ihr Spiel anhören sollte. Zwei Wochen lang bereitete sich Mutter auf ihren kleinen Auftritt vor. Anwesend waren nur wenige Zuhörerinnen, und sie entschuldigte sich zu Beginn, dass ihr Repertoire »vom Land geprägt sei« und sie in den vergangenen Jahren nie die Kompositionen der großen Meister geübt habe. Gefragt, welche sie einmal spielen wolle, antwortete sie: »Ich möchte einmal Stücke von Robert Schumann, Frédéric Chopin und Franz Liszt spielen können. Das ist mein großer und einziger Wunsch.«

Mutter war damals eine ausgesprochen schöne, aber noch sehr schüchterne Frau. Wenn ich sie auf alten Fotografien aus dieser Zeit sehe, glaube ich zu wissen, dass sie diese überlieferten Worte nicht laut ausgesprochen, sondern leise geflüstert hat. Sie wird den bekannten Pianisten aus Bonn nicht angeschaut und sich mit einer Hand (neben dem Flügel stehend) an dem Instrument festgehalten haben.

Ich kann mir weiter gut vorstellen, dass dieses Flüstern zusammen mit dem Bild, das sie abgab, nur eine sofortige Zustimmung zu ihren Plänen zuließ. Welcher noch so bekannte Pianist hätte sich diesem »großen und einzigen Wunsch« einer jungen und derart begeisterten Frau in den Weg stellen oder gar widersetzen können?

Die Antwort des Mannes aus Bonn war schlau. Er äußerte sich nicht über Mutters noch spärliche Fähigkeiten, sondern erklärte, man solle der jungen Frau ihren Wunsch erfüllen. Auf diese Weise käme auch der Liszt-Flügel zu seinem Recht, denn einen solchen Flügel lasse man nicht einfach herumstehen. Man müsse regelmäßig auf ihm spielen, was aber keine Scharen von Schülerinnen, sondern nur solche tun sollten, die über gute Vorkenntnisse des Klavierspiels verfügten. Solche Kenntnisse könne er der jungen Enthusiastin bestätigen, weshalb er dafür plädiere, mit einem regelmäßigen Unterricht auf dem Liszt-Flügel sofort zu beginnen.

Damit hatte Mutter erreicht, was sie sich erträumt hatte. Von dem Moment an empfand sie sich als späte Schülerin eines der größten Klaviervirtuosen noch kaum vergangener Zeiten. Für die nächsten Jahre auf Nonnenwerth hatte sie eine Passion gefunden, die sie von nun an nicht mehr losließ.

Wenige Monate nach der ersten Begegnung mit dem Bonner Pianisten (der inzwischen ihr Lehrer geworden war) spielte sie zum ersten Mal im Musiksaal des Internats vor den älteren Mitschülerinnen. Walzer von Frédéric Chopin standen auf dem Programm, nichts sonst, keine anderen Stücke, nur Chopin und ausschließlich Walzer. Niemand ahnte, mit wem sie so leidenschaftlich zu tanzen begonnen hatte.

Was für eine Geschichte! Immer, wenn ich sie mir vergegenwärtige, glaube ich auch die Wurzeln meiner eigenen Begeisterung für das Klavierspiel deutlich zu erkennen. Mutter auf Nonnenwerth und ihre Liszt-Faszination – das ist die Urzelle alles Späteren. Sie enthält den starken, nicht aufzuhaltenden Virus, der sich in ihr festsetzte, sie stundenlang üben ließ und ihr Klavierspiel formte.

Als sie Nonnenwerth verließ, war sie drauf und dran, den nächsten Schritt zu tun und sich ganz dem Klavierspiel zu widmen. Vielleicht wurde in diesen Tagen das Bild Clara Schumanns für sie wieder lebendig. Wie auch immer – auf Nonnenwerth hatte sie nicht nur gelernt, Schumann, Chopin und Liszt zu spielen, sondern auch, was es bedeutete, von Liszt unterrichtet zu werden.

›*Franz Liszt als Lehrer*‹ ist der Titel eines schmalen Buches, das ich in unserem Archiv gefunden habe. Es besteht aus Tagebuchblättern, die Auguste Boissier 1832 über die Lektionen verfasste, die Liszt damals ihrer Tochter gab. An den Rändern der Seiten finden sich viele Anstreichungen mit Bleistift. Sie gelten vor allem den genauen Beobachtungen der Auguste Bossier, der kaum ein Detail entging: »(Liszts) Finger sind sehr lang und seine Hände klein und schmal. Er hält sie nicht rund, sagt, dass eine solche Haltung dem Spiel Trockenheit verleihe, und das verabscheut er. Er hält sie auch nicht flach, aber sie sind so biegsam, dass sie keine bestimmte Stellung annehmen. Sie packen die Noten auf alle Arten an, jedoch niemals steif und trocken.«

Als ich das las, glaubte ich, die Klavierhand von Franz Liszt vor mir zu sehen. Die langen Finger, von denen jeder einzelne ein gewisses Training beansprucht! Und sofort sprang die Fantasie über in einen Wunsch: Existierten Abdrücke dieser Hand? Und war es möglich, einen solchen Abdruck zu erwerben?

Jede Komposition erforderte nach Liszts genauen Vorstellungen bestimmte Haltungen und eine jeweils eigene Beweglichkeit der Finger, die ein Pianist erst entdecken und sich bewusst machen musste.

Indem Mutter mit solchen Programmen vertraut gemacht wurde, trat sie in den engeren Kreis jener Klavierspielerinnen ein, die es ernst meinten mit ihrem Üben. Sie wollte nicht länger die junge Frau sein, die andere mit Gesellschaftsmusik unterhielt. Vielmehr hatte sie vor, die romantische Erlebnismusik als Schülerin des Virtuosen Franz Liszt zu studieren und kennenzulernen.

9

Dann ist es endlich so weit. Wenn Mutter einige Stücke ihrer romantischen Trias mehrmals gespielt hat, bin ich dran. Ich setze mich auf den runden Klavierhocker, und sie setzt sich neben mich, auf einen normalen Stuhl. Jedes Mal achtet sie darauf, dass ich nicht zu tief und vor allem gerade sitze. Ich muss die Schultern lockern und entspannt hängen lassen.

Noten gibt es nicht. Ich spiele nur die Töne, die Mutter mir vorspielt. Der zweite Finger trippelt langsam von einer weißen Taste zur andern und steigt in die Höhe. Dann kommt er von seinen Höhengefilden wieder herunter und wandert in die unteren, dunkel klingenden Zonen. Danach ist das Klettern von weißen zu schwarzen Tasten dran, nicht über die gesamte Tastatur, sondern auf kleinerem Raum. Dasselbe versuche ich mit dem zweiten Finger der linken Hand. Zunächst alle weißen Tasten, bergauf und bergab. Dann (auf kleinerem Raum) die Wanderung von Weiß nach Schwarz und zurück.

Solche Übungen wiederhole ich, bis mir nicht mehr der geringste Fehler unterläuft. Das ist erst nach einiger Zeit der Fall. Das Gehirn braucht Zeit, sich an die Aufgaben zu gewöhnen und nur noch an sie zu denken. Es muss alle Nebengedanken ausschalten und jeden Anschlag ernst nehmen. Ist der zweite Finger ausreichend trainiert, kommt der dritte Finger mit denselben Übungen dran. Erst der rechte, dann der linke.

Auch sie machen zunächst viele Fehler. Als sie sich eingespielt haben, sind sie warm. Ich ziehe sie von der Tastatur zurück und lege beide Hände auf die Knie. Der dritte Finger rechts zittert leicht, und der zweite links fühlt sich steif an. Das sagt mir, dass jeder Finger sein eigenes Leben führt.

Die zehn Finger sind wie zehn Kinder (oder zehn kleine Tiere). Sie haben jeweils ihre eigenen Fähigkeiten und Ziele und sind nicht miteinander zu vergleichen. Es wird lange dauern, bis diese zehn Finger zusammen musizieren können. Vielleicht wird es auch nie dazu kommen und einzelne werden sich dem Zusammenspiel widersetzen. Vorerst sind aber nur zwei an jeder Hand in Aktion: Zeigefinger und mittlerer Finger.

Eine Übungseinheit dauert zu dieser Zeit ungefähr eine halbe Stunde. Danach gibt Mutter mir einen Kuss, steht auf und verschwindet. Ich darf noch etwas länger am Klavier sitzen und tun, was auch immer ich tun möchte. Ich warte zunächst etwas, dann horche ich in mich hinein. Längst spiele ich nicht mehr meine alten Spiele mit den vielen Spielzeugen in den Spiellandschaften auf dem Boden. Aber ich habe sie noch genau im Kopf. Damals war ich ein kleiner Zauberer gewesen, der die Menschen von draußen in unsere Wohnung gelockt hatte. Geht so etwas auch mit dem Klavier?

Ich spreche zwar nicht, umso genauer aber habe ich die Geräusche draußen im Ohr. Manchmal, wenn niemand in meiner Nähe ist, ahme ich sie nach. Ich brumme rau und energisch wie ein vorbeifahrendes Auto (anschwellend/abschwellend), ich fauche wie eine Lokomotive unter Dampf, ich flöte wie eine Amsel, und ich lasse den Ball, mit dem die anderen Kinder im Hof spielen, gegen das alte Haustor springen.

Was ich höre, ist nichts anderes als Musik, es ist die des friedlichen, stillen Alltags, nichts Besonderes, aber doch etwas Wichtiges. Aus diesen Tönen und Klängen besteht das Leben, das so weit von mir entfernt ist und das ich durch ganz normales Sprechen mit mir verbinden könnte. Das aber ist (noch) nicht möglich. Ich halte den Mund, niemand kann mich (vorerst) dazu bewegen, ihn zu öffnen.

Was aber nicht heißt, dass ich nicht zuhöre. Ich höre vieles, und ich speichere das Gehörte genau in meinem Kopf. Der Hof hinter unserem Haus gibt jeden Tag ein großes Konzert. Viele Nachbarn, Tiere und sonstige Stimmen sind daran beteiligt. Ich kann sie genau unterscheiden. Wie wäre es, wenn ich auf dem Klavier nach ihnen suchte? Kann das Klavier die Menschen und Stimmen von draußen in unsere Wohnung holen, so wie es die Spielzeuge und meine Fantasien früher (in etwa) konnten?

Wenn Mutter verschwunden ist, spiele ich meine eigenen Spiele. Zunächst habe ich ein Bild im Kopf, einen Menschen, ein Tier, ein Haus, einen Hof, eine Straße. Dann entnehme ich dem Bild ein kleines Detail: ein Husten, ein Schnurren, ein Klirren, ein Stoßen, ein Rumoren. Jetzt kommt es darauf an, dafür Töne und Klänge zu finden. Ganz leise, ohne dass ich nebenan zu hören bin, fange ich damit an, die Tastatur des schweren Instruments zu studieren.

Nicht nur der zweite und dritte Finger, sondern alle Finger kommen zum Einsatz. Ich lasse die rechte Hand auf eine Reihe weißer Tasten fallen, ich schrubbe mit dem zweiten Finger die Tastatur hinauf und hinab, ich schlage eine weiße und eine schwarze Taste zusammen an, und ich mache das ganz unten auf dem Klavier und in seiner Mitte.

Alles muss ausprobiert werden, langsam und gründlich, bis ich so ungefähr weiß, was das Klavier an Klängen so hergibt. Was ich spiele, hat mit landläufigen Stücken oder Kompositionen überhaupt nichts zu tun. Ich möchte das Klavier vielmehr nur genau kennenlernen.

So öffne ich auch seinen Deckel und schaue ins Innere. Weiße Hämmerchen schlagen dort gegen goldene, straff gespannte Saiten. Das sieht feierlich und wunderbar aus. Ich zupfe mit den Fingern an den Saiten, und es entstehen ganz neue Geräusche, zarter als die, die von den Hämmerchen erzielt werden.

Und was ist mit den beiden Pedalen? Drücke ich mit einem Fuß auf das rechte und lasse ihn liegen, verschwimmen die Klänge. Auch das ist unglaublich schön: wie die Klänge ineinanderfließen und lange weiterklingen und man ihnen nachhorchen kann, bis sie den letzten Seufzer von sich gegeben haben.

Manchmal kommt Mutter leise wieder zurück und steht dann unverhofft im Türrahmen. Jedes Mal spüre ich im Rücken, wenn sie erscheint. Ich drehe mich um und höre sofort auf zu spielen. Ein wenig schäme ich mich dafür, wie ich mit dem Klavier umgehe. Es muss aber so sein. Wenn ich an Mutters Seite übe, gehorche ich dem Klavier. Wenn ich dagegen allein bin, erforsche ich es. Auf die Dauer sollten wir Freunde werden, sonst werden wir nie etwas Schönes zustande bringen. Freundschaft mit dem Klavier zu schließen, wird einige Zeit dauern. Mal sehen.

Auch Mutter tut, wenn sie im Türrahmen steht, so, als wollte sie nur mal kurz zuhören und nachschauen. Ich lächle ihr zu, und sie lächelt zurück. Dann verschwindet sie und lässt mich mit meinen Forschungsversuchen wieder allein. Noch ahnt niemand, dass ich etwas Unerwartetes, Fantastisches tue: Ich beginne zu improvisieren, ich unterrichte mich selbst in der Kunst der freien Improvisation.

Erst Jahre später werde ich diesen Begriff zum ersten Mal hören und begreifen, dass ich ganz aus eigener Kraft eine zweite Methodik des Klavierspiels eintrainiert habe: die des freien Spiels aus dem Stegreif, das all jene gut versteckten und geheimen Töne im Kopf abruft und intoniert, die ihm das Leben draußen zugespielt hat.

Einige Monate später verbringe ich schon mehr als zwei Stunden täglich am Klavier, eine Stunde vormittags, eine nachmittags. Längst kommen beim Üben mit meiner Mutter alle zehn Finger zum Einsatz. Selbst mit den kleinsten und schwächsten (den beiden fünften) kann ich die weißen und schwarzen Tasten nun mühelos hinauf- und hinabwandern. Auch habe ich keine Mühe damit, die fünf Finger einer Hand nacheinander zum Einsatz zu bringen und sie fünf aufeinanderfolgende weiße Tasten anschlagen zu lassen. Das Zittern hat aufgehört, und die merkwürdige Erwärmung einzelner Finger (mitsamt ihrem Steifwerden) gibt es nicht mehr.

Keines meiner Körperteile hat je ein derartiges Training erfahren wie meine Finger. Es ist der einzige Sport, den ich zu diesem Zeitpunkt treibe. Während die anderen Kinder draußen im Hof oder auf dem großen Platz vor unserem Haus Ball spielen und an den Klettergerüsten turnen, lasse ich jeden Tag meine Finger zum Frühsport und nachmittags zum Ausdauertraining antreten.

Inzwischen weiß ich auch, wie ich das Klingeln der kleinen Glocke im Käseladen in unsere Wohnung zaubere. Selbst das Springen des Balls gegen das Hoftor habe ich drauf, ganz zu schweigen vom Brausen des Winds, wenn er sich draußen in den hohen Pappeln verfängt. Das alles sind einzelne, unverwechselbare Geräusche, die ich ohne weitere Verbindung aneinanderreihe. Sie hören sich an wie hochmoderne Musik, die ohne Melodien und traditionelle Rhythmen auskommt.

Natürlich habe ich von solchen Parallelen zur Gegenwartsmusik dieser Jahre noch keine Ahnung. Ich weiß nur, dass ich nach dem strengen und regelmäßigen Üben mit Mutter meine eigene Musik mache. Sie gefällt mir sehr, und ich würde gern eine Schallplatte aufnehmen, auf der diese Musik zu hören wäre.

Auch Mutters Spiel ist perfekter geworden, die kleinen Fehler und Hänger gibt es nicht mehr. Ihr Repertoire hat sie jedoch nicht erweitert, sie spielt noch immer ausschließlich Stücke von Schumann, Chopin und Liszt.

Mein Vater bekommt von diesen Fortschritten zunächst nur wenig mit. Wenn er abends von seiner Arbeit nach Hause kommt, spielt Mutter nicht. Nur manchmal, an Feiertagen, sitzt Vater im Erker des Wohnzimmers und hört Mutter zu, wenn sie wieder mit den Walzern von Chopin beginnt. Ihr Spiel erstaunt ihn, es hört sich fast genauso sicher an wie vor vielen Jahren.

10

Ich versuche, mich zu erinnern. Liszt, Vater und Mutter – in einem bestimmten Zeitraum bildeten sie ein Kräftedreieck – und zwar von jenen Monaten an, als Mutter während der langen Ferien immer wieder von der Insel Nonnenwerth in den kleinen westerwäldischen Ort zu ihren Eltern und Geschwistern zurückkehrte und dort meinen Vater kennenlernte.

Er konnte weder Klavier spielen noch hatte er die geringste Ähnlichkeit mit Franz Liszt. Seine Interessen lagen ganz woanders, denn er war der Sohn einer kinderreichen Gastwirt- und Bauernfamilie, kannte sich in der Natur aus und wollte Geodäsie (Vermessungskunde) studieren. Für das Studium ging er nach Bonn, und meine Mutter begleitete ihn oft dorthin, wo sie an den Abenden zusammen Konzerte hörten oder in Wirtshäuser gingen, in denen Klavier gespielt und zum Klavierspiel gesungen wurde.

Damals hat Mutter den (sowieso nur schwach ausgeprägten) Gedanken, Konzertpianistin werden zu wollen, allmählich aus ihrer Vorstellungswelt gestrichen. Sie hat weiter Stücke der romantischen Trias geübt, aber sie wollte das Klavierspiel nicht zum Beruf machen. An der Vorstellung, einmal (wie etwa Clara Schumann) junge Schülerinnen zu unterrichten, fand sie überhaupt kein Gefallen mehr. Sie wollte weder auf großen Bühnen auftreten noch sich jeden Tag mit Schülerinnen herumplagen – das Klavierspiel war in ihren Augen eine durch und durch romantische Angelegenheit.

Ihre große Passion führte sie nach wie vor auf Franz Liszt und die Gräfin d'Agoult zurück, konnte die damit verbundenen, freischwebenden Fantasien nach dem Kennenlernen meines Vaters aber endlich auch konkretisieren. Sie liebte ihn sehr, und sie wusste früh, dass sie nur mit diesem Mann zusammenleben wollte. Das Klavierspiel sollte der festlichen und feurigen Begleitung dieses Lebens dienen, reine Freude, keinerlei Pflicht.

So orientierte sich Mutter neu und wandte sich neben dem Klavierspiel nun auch der Literatur, ihrer zweiten Leidenschaft, zu. Um möglichst vielen Büchern ganz nahe zu sein und die neuesten schon bald nach ihrem Erscheinen lesen zu können, wollte sie Bibliothekarin werden – und genau das wurde sie auch nach einigen Ausbildungsjahren, als in ihrem Heimatort die Stelle der Leiterin der örtlichen Pfarrbibliothek frei wurde.

Als mein Vater sein Studium in Bonn abgeschlossen und seine erste Anstellung bei der Deutschen Reichsbahn in Berlin erhalten hatte, heirateten die beiden. Das alte Klavier meiner Großeltern wanderte mit in die damalige Reichshauptstadt. Jeden Tag spielte Mutter auf ihm, so lange, bis sie nach Kriegsbeginn ihr erstes und später ein zweites Kind verlor. Daraufhin erlosch die Magie der romantischen Trias, und das Klavier wurde in den Bombenangriffen auf Berlin zerstört.

Nach dem Krieg zogen die Eltern ins Rheinland (Köln) und in den Westerwald zurück. Mutter versuchte, eine neue Stelle als Bibliothekarin zu finden, strich die früheren starken Bilder ihres Klavierspiels aber aus der Erinnerung. Dass sie sich je wieder an ein Klavier oder einen Flügel setzen würde, hielt sie für ausgeschlossen.

Wenn im Radio klassische Musik gespielt wurde, kamen ihr die Tränen. Selbst schlichteste Unterhaltungsmusik rührte sie so, dass sie gleich wieder abgeschaltet werden musste. Die einzige Musik, die sie dann und wann hörte, waren französische Chansons. Die fremde und ihr doch vertraute Sprache hielt die melancholische und oft schwelgerische Musik auf Distanz.

Édith Piaf oder Juliette Gréco waren Sängerinnen, die wie ferne Freundinnen wirkten: Sangen sie nicht von jenen Leiden, die auch Mutter gut kannte? Und taten sie das nicht mit einer Zurückhaltung, die übertriebene Metaphern nicht zuließ und doch das frühere Feuer nicht verleugnete?

Noch in den späten fünfziger Jahren gingen Mutter und Vater mit »Musik« höchstens diätetisch um. Sie einfach mal so zu hören, war unmöglich, jedes Stück stand vielmehr auf einem geheimen Prüfstand.

Um dem zu entgehen, zog Vater sich im Westerwald in eine kleine Jagdhütte auf unserem Grundstück zurück, in der er all jene Musik hören konnte, die er hören wollte. Mutter aber blieb streng und hielt alles, was sie zu sehr berührte, auf Distanz. Ihre Gefühlswelt orientierte sich nur noch an Literatur. Als sie in den Lektionen, die Franz Liszt Auguste Bossier und ihrer Tochter gegeben hatte, dafür Bestätigung fand, war sie zufrieden. Denn auch Liszt hatte häufig davon gesprochen, wie wichtig gute Lektüren für die »Ausbildung des Seelenlebens« seien.

Mutter glaubte ihm jedes Wort, folgte ihm aber vorerst nicht in der Schlussfolgerung: dass ein durch Literatur empfindsamer gewordenes »Seelenleben« seine eigentliche Darstellung erst in der Musik finde. Die Verbindung zwischen Literatur und Musik war in ihren Augen gestört und nicht heilbar. Sie konnte nicht ahnen, dass die unerwartete Ankunft eines Klaviers in unserer Kölner Wohnung alles ändern und völlig neue Perspektiven eröffnen würde.

11

Etwa ein Jahr nachdem das Seiler-Klavier meines Onkels bei uns eingezogen ist, sind Mutter und ich gut präpariert. Sie spielt wieder die Lieblingskomponisten ihres Lebens, und ich kann mit den fünf Fingern beider Hände über die Tasten turnen. Wenn Papa mich hört, wundert er sich, wie schnell und gekonnt sie zum Einsatz kommen. Richtige Stücke spiele ich allerdings nicht, und ich vermute, dass Mutter nach all diesen Fortschritten ernsthaft überlegt hat, wie es mit mir weitergehen soll.

Damals kam wohl auch die naheliegende Idee auf, mich bei einer guten Klavierlehrerin in den Unterricht zu schicken. Mutter sperrte sich aber dagegen, denn sie wollte unser Duo nicht trennen. Ohne dass es mir bewusst war, hatte ich ihr geholfen, nach den Katastrophen der letzten Jahrzehnte doch wieder zum Klavierspiel zurückzufinden.

Vorerst wollte sie mich nicht ziehen lassen, zumindest noch einige Zeit sollte ich weiter eng an ihrer Seite verbringen. Was aber sollte ich üben und spielen und wie sollte Mutter mich unterrichten, damit ich endlich mehr lernte, als mit den Fingern beider Hände in rasantem Tempo über weiße und schwarze Tasten zu flitzen?

Mutter hat keine Ahnung. Um auf Ideen zu kommen, holt sie die alten Kartons mit Noten wieder vom Speicher. Sie geht das Angebot durch, findet aber nichts Passendes. Stücke bekannter Komponisten möchte sie mich nicht üben lassen, sie fühlt sich dafür nicht zuständig. Auch weiß sie nicht, mit welchen sie beginnen soll und welche für meine noch geringen Fertigkeiten die richtigen wären. Typische Klavierschulen für Anfänger lehnt sie von vornherein ab, sie möchte diese simplen Stücke nicht Tag für Tag hören.

Durch Zufall stößt sie auf ein kleines Buch, das sie vor vielen Jahren einmal in Bonn gekauft hat. Es heißt *Briefe über den Unterricht auf dem Pianoforte vom Anfange bis zur Ausbildung* und ist von dem Komponisten und Klavierlehrer Carl Czerny. Von Czerny hat sie früher einmal gehört, nie aber Kompositionen von ihm gesehen oder gespielt. Sie folgt dieser Spur und entdeckt, dass es von Czerny mehrere Klavierschulen für unterschiedliche Schwierigkeitsgrade gibt.

Mehr noch als diese Entdeckung beschäftigen sie aber Czernys Briefe. Kurioserweise sind sie an eine junge Klavierschülerin (»Fräulein Cäcilie«) gerichtet, die er aus der Ferne in munterem Plauderton unterrichtet. Schon während der Lektüre des ersten Briefes entdeckt Mutter erstaunliche Parallelen. Czerny spricht zu seiner jüngeren Schülerin so, wie Mutter gerne mit mir sprechen würde. Geradezu verblüffend ist die Nähe, die zwischen Czernys Empfehlungen und ihren eigenen Versuchen, mich an das Klavierspiel heranzuführen, besteht.

Denn auch Czerny beginnt seinen Unterricht mit Hinweisen

zur Sitz- und Körperhaltung und widmet sich dann in geradezu penibler Weise bis ins letzte Detail dem Anschlag der Tasten: Jede Taste soll genau in der Mitte angeschlagen werden, der ganze volle Ton muss erklingen, den Schlag auf die Taste darf man nicht hören, der Arm wiederum sollte keine hüpfenden, hackenden oder schaukelnden Bewegungen machen. Hält man sich an diese ersten Empfehlungen, sollte jeder Ton wie der andere klingen, ein einheitliches Tempo eingehalten werden und keine Taste länger oder kürzer gehalten werden als die andere ...

Mutter ist fasziniert. Carl Czerny ist ein geduldiger, höflicher Lehrer, der die Techniken des Klavierspiels gründlich und gut verständlich erklärt. Was er in seinen ersten Lektionen empfiehlt, hat sie mir in den ersten Monaten unserer gemeinsamen Sitzungen beigebracht. Ich spiele jetzt selbst schwierige Läufe und Tonfolgen ohne ein Absetzen, und ich spiele sie in der gewünschten Gelassenheit und Ruhe, ohne jemals ins Forte oder gar Fortissimo abzudriften.

So legen Czernys *Briefe über den Unterricht auf dem Fortepiano*, die weit über hundert Jahre alt sind, die Grundlagen für den Unterricht, den Mutter mir weiterhin erteilt. Sie liefern die Methodik und halten fest, worauf zu achten ist. Als Ergänzung wird eine Klavierschule von Czerny gekauft, die mit kurzen Stücken von höchstens zwanzig bis dreißig Sekunden Dauer beginnt. Jedes Stück stellt eine kleine Aufgabe für eine der beiden Hände. Schritt für Schritt wird die Technik verbessert.

Die Einfachheit und Kürze der Stücke haben den Vorteil, dass Mutter sie in kleine Bausteine zerlegen kann. Sie spielt diese Bausteine einzeln mehrmals hintereinander sehr langsam vor. Erst die der rechten Hand – und dann, wenn ich sie beherrsche, auch die der linken. Schließlich finden beide Hände zusammen, wiederum extrem langsam und leise. Nach vier, fünf Tagen kann ich ein Stück der Klavierschule mühelos spielen.

Noch immer lese ich keine Noten, das Notenlesen ist vorerst nicht nötig. Stück für Stück lerne ich ausschließlich mit der Hilfe von Mutters Vorspiel. Nach einiger Zeit beherrsche ich eine ganze Reihe von Stücken auswendig und kann sie hintereinander fehlerfrei spielen.

Mutter ist darüber froh. Ich sehe oft, wie sie sich freut, wenn sie meinem Spiel aus der Ferne zuhört. Sie braucht nicht mehr ununterbrochen neben mir zu sitzen, sondern kann mich meinem Üben überlassen. Jede Übungseinheit dauert jetzt eine ganze Stunde, erst danach gehe ich zum freien Improvisieren über.

Auch dafür habe ich frisches Übungsfutter in Form neuer Schallplatten erhalten. Mutter hat mir *Peter und der Wolf* des russischen Komponisten Sergej Prokofjew geschenkt. Auf dieser Schallplatte erzählt eine dunkle Männerstimme von dem jungen Peter und den Tieren, denen er begegnet: dem Vogel, der Katze, der Ente, schließlich dem Wolf. Es sind fremde Instrumente, die den Zuhörer mit diesen Tieren bekannt machen, ich kenne sie nicht. Wohl aber höre ich die Töne genau, die mit diesen Tieren verbunden sind und ihre Bewegungen und Gewohnheiten nachahmen.

Das Stück passt genau in meine Vorstellungswelt. Es kommt mir vor, als befänden sich Peter und seine Tiere gleich draußen, im Hof, oder aber auf einer der grünen Wiesen in der Nähe unseres Hauses. Sie warten darauf, von mir begrüßt und in unsere Wohnung eingeladen zu werden. Und so suche ich auf dem Klavier nach den Tönen, die ich auf der Schallplatte gehört habe. Bekomme ich das hin? Kann ich auf dem Klavier den Vogel einfangen, indem ich genau jene Töne spiele, die auf der Platte ein anderes Instrument spielt?

Es dauert nicht lange, bis ich es schaffe, und das Resultat erstaunt mich selbst. Es gibt also anscheinend Komponisten, die ähnlich improvisieren wie ich. Sie schauen sich die Tiere und Dinge genau an und machen aus diesen Bildern Musik. Man hört die Tiere nicht nur fliegen, schleichen und watscheln, man sieht sie auch. Prokofjews Musik bringt Hören und Sehen zusammen, daher mag ich seine Musik.

Die Übungsstücke von Czerny dagegen empfinde ich nicht als eine solche Musik. Sie sind nur dazu da, Fingersport zu betreiben. Der muss sein, denn ohne Sport würde ich viele Fehler machen. Ja, ich habe sogar Gefallen daran, weil es genau wie beim Hoch- oder Weitsprung darum geht, immer höher, weiter und schneller zu springen. Indem ich mich darauf einlasse, entwickle ich das, was man »sportlichen Ehrgeiz« nennt. Er hat mit Kunst nichts zu tun, ist aber eines ihrer Fundamente und eine ihrer Grundlagen. Ohne Sport keine Kunst – oder: Die Kunst beginnt genau da, wo die Finger und Hände frei genug sind, nicht mehr bloß an den Sport zu denken. Dann spielen sie von allein und machen aus Übungen elegante Sprünge und Läufe.

Einmal passe ich nicht auf und improvisiere, indem ich den Vogel und die Katze von *Peter und der Wolf* herbeizitiere. Mutter steht wieder im Türrahmen, während ich die beiden Tiere gegeneinander antreten lasse. Der Vogel wird immer lauter, weil er Angst vor der Katze hat, und die Katze lässt ihn nicht aus den Augen, weil sie ihn fressen will. Ohne dass ich es bemerke, wird mein Spiel lauter und lauter – und schließlich so laut wie noch nie. Ich hämmere auf die Tasten ein und lasse die Tiere zwitschern und toben.

Was ich spiele, sind Improvisationen oder Variationen von *Peter und der Wolf.* Mutter nähert sich von hinten und legt mir ihre Hände auf die Schultern. Ich zucke zusammen und höre sofort auf zu spielen. Die Bilder der beiden Tiere fallen in sich zusammen und verschwinden. Ich atme rasch, mein Spiel hat mich angestrengt und aufgeregt. Im Nacken schwitze ich, ich habe mich verausgabt.

Mutter holt ein kleines schwarzes Heft mit Notenlinien aus dem Karton im Regal. Dann setzt sie sich neben mich. Sie öffnet das Heft und notiert mit einem Bleistift die Noten, die ich gerade gespielt habe. Damit sie keine anderen notiert, muss ich sie einige Male spielen. Ich spiele sie nun wieder leise, und Mutter schreibt zum ersten Mal Noten auf, die ich irgendwo in meinem Kopf erfunden und komponiert habe.

Dass man das Finden von Tönen und das Aufschreiben von Noten *komponieren* nennt, weiß ich natürlich nicht. Ich gehe nun auf die Volksschule und spreche noch immer kein Wort. Außer Klavierspielen kann ich nichts, aber dieses Spielen wird von Woche zu Woche besser. Einen leibhaftigen neuen Lehrer habe ich noch nicht, wohl aber einen, der in der Ferne lebt und Mutter von nun an berät. Carl Czerny war vor langer Zeit, als die romantische Trias die Konzertbühnen Europas eroberte, einer der bekanntesten Klavierpädagogen.

In Mutters Verständnis sind Schumann, Chopin und Liszt die Meister, zu denen mein Weg hinführen soll. Carl Czerny jedoch bereitet mich darauf vor: uneitel, geduldig, mit der Freundlichkeit eines Lehrers, der ein großes Herz für seine vielen Schülerinnen und Schüler hat.

12

Ich setze meine Übungen fast Tag für Tag fort. Nach dem Morgenspaziergang hocke ich mich ans Klavier und widme mich einem Stück von Carl Czerny. In meinem jetzigen Alter (von über sechzig Jahren) komme ich viel langsamer voran als in den Kindertagen. Die Finger sind steifer und schwerfälliger, so dass ich jede Übung sehr langsam beginnen muss. An viele Stücke erinnere ich mich jedoch genau. Was ich tue, ist aber im Grunde viel mehr als bloßes Üben und Klavierspielen. Ich tauche wieder ein in die Zeiten, in denen ich große Träume und Visionen von einem künftigen Leben als Pianist hatte.

Diese Träume hatten sich erst langsam gebildet, von genau jenem Zeitpunkt an, an dem ich neben dem sportlich verstandenen Üben meine eigene Musik, das Improvisieren, entdeckte. Als ich viele Stücke von Czerny auswendig konnte und mein Improvisieren mir immer besser gefiel, entstand wie von selbst die Idee, beides auch anderen Menschen vorzuspielen. Bis dahin hatten nur Mutter und Vater mein Spiel zu hören bekommen – warum aber nur diese beiden, warum nicht auch meine Mitschüler oder die Nachbarn oder der große Platz draußen vor unserem Haus?

An warmen Tagen öffnete ich heimlich das Fenster des Wohnzimmers und spielte. Ich stellte mir vor, dass meine Töne und Klänge draußen zu hören waren. Die Menschen würden stehen bleiben und hinauf zum geöffneten Fenster schauen. Mit geöffneten Mündern würden sie mein Spiel verfolgen und den Kopf schütteln: Spielte da wahrhaftig der Junge, der kein Wort sprach und sich oft schüchtern wegdrehte, wenn man ihn anredete?

Hatte ich etwa zehn Minuten gespielt, schlich ich zurück zum Fenster und blickte heimlich nach draußen. Kein Zuhörer war zu sehen, ich hatte mich getäuscht und mir etwas eingebildet. Diese Methode, andere Menschen mit meinem Spiel zu unterhalten, funktionierte also nicht. Wie konnte ich sie dann auf mich aufmerksam machen?

Solche Träume habe ich jetzt nicht mehr. Wenn ich Czerny übe und spiele, empfinde ich mich nicht als Pianisten, sondern als Inventar des Musikzimmers. Ich sitze auf dem alten Hocker, als wäre ich der Junge von früher, in Wahrheit aber bin ich längst ein Mann geworden, der unendlich viel Musik in sich aufgesaugt, damit gelebt und sein ganzes bisheriges Leben zu großen Teilen davon gezehrt hat.

Das Musikzimmer ist das Archiv dieses Lebens mit der Musik. Es besteht aus lauter Fund- und Erinnerungsstücken. Sie sind der Hauptinhalt dieses Zimmers, sie und nicht ich, der ich bloß das Medium für die vielen Erinnerungen und Fantasien bin, die mich beim Üben und Spielen einholen.

Deshalb also widme ich mich, wie als Junge, den kleinen Stücken von Czerny. Ich möchte mich an die Geschichte von meinem Leben mit der Musik erinnern. Um mich herum gibt es viele Gegenstände, Bücher, Schallplatten, Videoaufnahmen und andere Zeugnisse, die mich begleiten. An sie wende ich mich, wenn ich spiele. Ich will sie beleben, sie sollen zusammen mit mir jene Geschichte erzählen, die ich nur mehr bruchstückhaft in Erinnerung habe.

Das Ganze erscheint mir wie eine Reise in die Vergangenheit, die aber keine abgeschlossene, bloß vergangene Erzählung hervorbringen soll. Die Vergangenheit soll in die Gegenwart münden und dadurch beweisen, wie lebendig sie noch immer ist.

Nach etwa einer Dreiviertelstunde mache ich Schluss mit dem Spielen und setze mich in den alten Sessel vor dem Klavier. Daneben steht ein niedriges Tischchen, auf dem einige Fundstücke liegen. Das ockergelbe Buch mit Czernys Briefen über den Unterricht auf dem Pianoforte ist darunter. Ich habe es nie gelesen. Wenn ich das heute tue, steigen jedoch die Szenen des früheren Unterrichts mit meiner Mutter in mir auf.

Sie hat sich genau an Czernys Empfehlungen gehalten, so dass seine Beschreibung der einzelnen Schritte des frühen Übens genau auf mein eigenes, damaliges Üben zutrifft: »Ihre Finger fangen schon an, eine schön geregelte Beweglichkeit zu entwickeln; der Anschlag und Vortrag ist nicht mehr zusammen geklebt; die Fingerübungen, die Läufe und Scalenpassagen gehen schon ziemlich schnell, leicht, und gleich; und endlich spielen Sie bereits mehrere Dutzend Stückchen fehlerfrey, und grösstentheils ohne Stottern …«

Ich muss lachen. Czerny spricht, als hätte er mir über die Schulter geschaut. Als Kind war ich noch davon beeindruckt, wie pompös und mächtig das Klavier war. Besonders beeindruckend erschien mir, dass man seinen Deckel öffnen und dann in einen großen Hohlraum schauen konnte. Dadurch hatte es Ähnlichkeiten mit einer runden und schweren Tonne, die man ja ebenfalls mit einem Deckel verschloss und krönte. Und in das Klavier konnte man (wie in eine Tonne) allerhand füllen: Gedanken, Fantasien, auch viel Durcheinander. Danach schloss man den Deckel wieder und wartete darauf, dass das Klavierspiel die Füllung kleinmahlte. So wie eine Mischmaschine. Anfangs laut knirschend, dann leiser werdend, schließlich rasend schnell, bis nur noch kleinste Teilchen übrig waren.

Manchmal kam es mir merkwürdig vor, dass man andere Instrumente mit sich herumtragen konnte. Die Violine, die Bratsche, die Querflöte – man legte sie in einen Kasten, deckte sie zu und ließ sie schlummern. Dadurch ähnelten sie Puppen oder Spielzeug – und wirklich sprachen jene Kinder, die solche Instrumente spielten, von ihnen so, als wären es lebendige Puppen, denen sogar starke Gefühle und Streicheleinheiten galten.

Nie wäre ich auf den Gedanken gekommen, das Seiler-Klavier zu streicheln oder so anzureden, als gehörte es derart eng zu meinem Leben. Das Klavier war vielmehr von Anfang an ein Gegenüber: selbstbewusst, eigen, manchmal auch abweisend und streng. Es hatte eigene Stimmungen und reagierte auf Wärme und Kälte. Wenn man den Tastaturdeckel oder den Klavierdeckel schloss, schlummerte es nicht, sondern zog sich zurück. Ein Klavier war keine Katze mit weichem Fell, sondern ein Tier mit einem harten Panzer, das erst nach langem Üben zugänglicher wurde.

Viele Kinder, denen man die Stücke von Czerny zum Üben vorgesetzt hätte, wären wohl verzweifelt und hätten sie grässlich gefunden. Ihre scheinbare Monotonie und ihre Armut an Melodien hätten sie abgestoßen, und so hätten sie es bald aufgegeben, diesen anstrengenden Sport auf sich zu nehmen. Warum spürte ich davon nichts? Weil ich die Welt der Abwechslungen und raschen Umbrüche nicht kannte. Kinder in meinem Alter suchten ununterbrochen Neues und Abenteuerliches. In meinem Fall war das anders. Stücke von Carl Czerny erschienen mir wie faszinierende Spiele, bei denen man durch Fehlerfreiheit und hohes Tempo gewinnen konnte. Ich hatte noch zu wenig Musik gehört oder verstörend Fremdes erlebt, als dass ich Czernys Pfade für monoton hätte halten können. Weil sie so kurz und unscheinbar waren, kamen sie mir wie kleine Perlen vor, die man wendete und drehte und zum Leuchten brachte. Funkelnden großen Schmuck hatte ich bis dahin noch nie gesehen.

Viele bekannte Pianisten hatten Eltern, die selbst musizierten oder sogar Musiker waren. Diese Vorprägung ist eine der häufigsten Ursachen dafür, dass Kinder in noch sehr jungem Alter viele Stunden der Woche mit einem Instrument verbringen. Genau das nämlich haben sie an ihren Eltern beobachtet: dass ganz selbstverständlich viel Zeit darauf verwendet wird, Musik zu machen. Erscheint das aber nicht nur als lästige Pflicht, sondern als sichtbares Vergnügen, so sind das gute Voraussetzungen dafür, dass Kinder sich dem intensiven Üben widmen.

Tun sie es, scheren sie langsam aus dem Kreis der Gleichaltrigen aus. Sie nehmen nur noch eingeschränkt an deren Spielen teil, sie konzentrieren sich auf das Instrument und die Themenstellungen, die sich daraus ergeben. Von Tag zu Tag isolieren sie sich mehr. Eine große Gefahr besteht darin, dass sie deswegen auch noch eitel und überheblich werden. Erliegen sie dieser Versuchung, stellen sich die ersten Ticks ein. Körperhaltung, Gestik und Sprechen verändern sich, und wenn es ganz schlimm kommt, verwandelt der junge Klavierspieler sich in ein herausgeputztes Wunderkind, das in direktem Kontakt zu himmlischen Sphären zu stehen glaubt.

Auch mein Üben wurde dadurch initiiert, dass ich zumindest ein Elternteil fast täglich gut Klavierspielen hörte. Vater rührte das Instrument niemals an, war aber ebenfalls durch seinen eigenen Vater so geprägt, dass er ein aufmerksamer Musikhörer war.

Beide, Mutter und Vater, hielten das Musizieren also keineswegs für einen bloßen Zeitvertreib, blieben zur professionellen Musikausübung aber deutlich auf Abstand. Mutter hatte sich früh dagegen entschieden, und Vater redete keineswegs auf mich ein, in diese Richtung zu denken. Ich sollte mich frei und selbstständig entscheiden, gemäß Vaters luftigen Kommentaren, über die er immer selbst lachte: »Wegen mir kannst du auch Kirchenküster werden …«

Dass Mutter viel Klavier spielte und Vater viel Musik hörte, erscheint mir aber noch nicht die Begründung dafür zu sein, dass auch ich damit begann. Von viel größerer Bedeutung war es, dass Mutter und ich letztlich über das Klavierspielen wieder zum normalen Sprechen gefunden hatten. Die Töne und Klänge des Klaviers hatten unsere verschlossenen Körper Stück für Stück geöffnet und das stillstehende Innere nach außen gelockt. Die Spannung in diesen Körpern war mit der Zeit so groß geworden, dass sie explodiert war. Zunächst als Attacke gegenüber den Tasten, dann als Angriff auf den Körper schlechthin, der sich einfach nicht bewegen, sondern starr und stumm bleiben wollte.

13

An meinem Geburtstag möchte Vater mir etwas Besonderes schenken. Ich muss mich »fein anziehen« und gehe mit ihm in ein Konzert. Das »feine Anziehen« besteht darin, dass ich ein weißes, gestärktes Hemd und darüber einen kratzenden schwarzen Pullover trage. Die eng anliegende, ebenfalls schwarze (und zu kurze) Hose kneift schrecklich. Besonderes Schuhwerk habe ich nicht, also ziehe ich die üblichen Straßenschuhe an, putze sie aber vorher so lange, bis jede Falte glänzt und sich wichtigtuerisch wölbt, als wäre sie stolz auf ihr altes Faltendasein.

Das Konzert findet in einem kleinen Saal unseres Viertels statt. Ich besuche es zusammen mit Vater, Mutter verzichtet. Ich habe so etwas noch nie gesehen und ahne nicht, was mich erwartet. Meine ersten Beobachtungen sagen mir, dass die Menschen zu einem Konzert wie zu einem Gottesdienst in einer Kirche gehen. Sie kommen in kleinen Gruppen, reden nicht laut und schauen meist auf den Boden.

Es ist Herbst und dunkel, außerdem regnet es. Herbst, Dunkelheit und Regen scheinen aber zu einem Konzert zu passen. Als wir uns am Abend dem Konzertsaal nähern, kann ich mir nicht vorstellen, dass Konzerte auch im Sommer und bei gutem Wetter stattfinden. Viele Menschen sind gekleidet wie zu einer Beerdigung. Im Herbst geht man auf Friedhöfe und besucht die Toten. Konzerte scheinen auch Besuche bei Toten zu sein.

Anders als in einer Kirche zieht man vor dem Konzert den Mantel oder den Anorak aus. Man gibt sie an einer Sammelstelle ab und zeigt sich in seinem Konzertkostüm. Die meisten Männer tragen Anzüge, und die Frauen führen ihre festlichen Kleider und reichlich Schmuck spazieren. Da noch etwas Zeit bis Konzertbeginn ist, gibt es etwas zu trinken. Vater bestellt mir eine Cola, und er selbst nippt an einem Glas Sekt. Ich wette, dass kein Mensch vor dem Konzert Durst oder Lust auf Cola oder Sekt hat. Trotzdem wird aber genippt und getrunken, nur so scheint das Konzert in Gang zu kommen.

Dann geht es hinein in den Konzertsaal. Die modernen Stühle stehen in Reihen dicht hintereinander, es sind unglaublich viele. Anders als in der Kirche ist kein Platz zum bequemen Stehen oder gar Knien. Vater und ich – wir setzen uns und starren nach vorn zur Bühne. Sie liegt etwas erhöht, so dass man die Musiker von allen Plätzen aus einigermaßen sehen kann.

Ein gewaltiges Instrument mit Tastatur, das viel breiter und größer ist als mein Klavier, steht dort. Vater sagt, das sei ein Flügel. Er ist tiefschwarz und glänzt wie ein Pferd, das man eingeölt und dann stundenlang gestriegelt hat. Ich muss laufend hinschauen, denn es hat viel mehr Tasten als mein Klavier. Vielleicht ist es nicht nur für einen Spieler, sondern gleich für zwei gedacht. Könnte sein.

Der Flügel ist von mehreren Seiten aus angestrahlt. Vor und

neben ihm stehen zwei leere Notenständer, die ebenfalls angestrahlt sind. Als ich diese Trias länger betrachte, spüre ich plötzlich ein Herzklopfen. Ganz ruhig, ich darf sitzen bleiben, ich muss nicht spielen. Ob die Musiker beim Warten draußen aufgeregt sind? Bestimmt sind sie es, sie müssen schrecklich aufgeregt sein. »Was ist?«, fragt Vater und schaut mich an. – »Ich bin sehr aufgeregt«, würde ich am liebsten sagen, kann es aber noch nicht. Da drückt er mir, um mich abzulenken, das Konzertprogramm in die Hände.

Ich falte es auseinander und sehe die Fotografien der drei Musiker. Sie sind viel älter als ich. Zwei Männer und eine Frau. Ich wette, dass die Frau auf dem Flügel spielt. Männer am Klavier oder Flügel kann ich mir nicht so recht vorstellen, schließlich habe ich noch nie welche gesehen. Vater würde sich jedenfalls nicht an so etwas setzen, aber welches Instrument würde Vater schon spielen? (Ich werde es erst Jahre später erfahren, als Vater plötzlich vor Beginn einer Jagd in ein Waldhorn bläst – was mich sehr überrascht.)

Dann wird höflich geklatscht, und die drei Musiker kommen hintereinander auf die Bühne. Die Frau geht voraus, die beiden Männer schleichen hinterher. Sie verbeugen sich tief, und die Frau nimmt, wie ich erwartet hatte, am Flügel Platz. Die Männer haben Noten dabei und postieren sie auf den Notenständern, die Frau am Klavier schlägt einen einzigen Ton an. Die Männer spielen ihn nach und fummeln noch etwas an ihren Instrumenten herum. Der eine spielt Geige, der andere hat einen ungelenken Kasten dabei. Erst jetzt sehe ich, dass hinter seinem Notenständer ein Stuhl steht. Zwei Musiker sitzen also, der Geiger steht. Dann schauen sie sich an, nicken sich zu, und die Frau am Flügel legt los.

Vom ersten Moment an irritiert mich das Spiel zu dritt. Drei Instrumente auf einmal bin ich nicht gewohnt. Sie kommen sich mit ihren Tönen in die Quere, unterbrechen einander, hören kurz auf, setzen wieder an. Lieber wäre es mir, die Frau auf dem Flügel spielte allein. Dann wäre die Musik gut zu hören und zu verfolgen. So aber wandert mein Blick von einem Musiker zum andern, als folgte er einer Fliege, die zwischen ihnen herumbrummt.

Es dauert nicht lange – und ich bekomme leichtes Kopfweh. Das Spielen zu dritt ist nicht nur anstrengend zu verfolgen, es klingt auch nicht gut. Wenn sie nur wenigstens kurz mal dasselbe spielen würden! Stattdessen ist es wie beim Ballspielen: Der Ball fliegt herum, und jeder ist froh, wenn er ihn ein paar Sekunden für sich hat. Was für ein Hetzen und Laufen!

Ich nehme mir vor, meinen Blick auf die Pianistin zu fixieren. Die beiden Männer machen viele Verrenkungen, der Geiger rollt mit den Augen, und der Mann an dem ungelenken Kasten, den er zwischen die Beine gepresst hat, bläht sogar ab und zu die Backen auf. Was soll das? Die Pianistin ist im Vergleich zu den Männern viel beherrschter. Neben ihr sitzt ein Mädchen, das die Seiten der Noten umblättert. Ich finde, das Mädchen stört, manchmal reißt es die Augen viel zu weit auf, als spielte es selbst. Im Grunde gefällt mir nur die Pianistin. Sie trägt ein schwarzes Kleid, das bis zum Boden reicht. Die kleinen Schuhe schauen daraus hervor, als wollten sie später auf Reisen gehen.

Das Musikstück dauert einige Zeit. Es besteht aus drei Teilen, einem munteren ersten, einem sehr langsamen zweiten, und einem putzmunteren dritten. Neben mir wird gegähnt, und ein älterer Mann in meiner Reihe blättert laut im Programmheft, als suchte er dringend nach einer Erklärung. Anscheinend langweilen sich zumindest einige Besucher.

Ich selbst langweile mich nicht, sondern komme einfach nicht mit. Das Stück geht mir mit all seinem Durcheinander und Ballspielen auf die Nerven. Wie schade, dass ich das Vater nicht sagen kann. Er sitzt mit durchgedrückter Brust aufmerksam neben mir und wippt manchmal mit dem rechten Fuß. Anscheinend macht die Musik ihm gute Laune, so sieht es jedenfalls aus, denn er lächelt sogar ein wenig, als redete ihn diese Musik freundlich an. Mich aber redet sie nicht an, sie rauscht an mir vorbei, und als alle Zuhörer applaudieren, klatsche ich keineswegs mit. »Hat es dir nicht gefallen?«, flüstert Vater, und ich ziehe die Schultern kurz hoch, als wüsste ich keine Antwort.

Die drei Musiker spielen noch ein zweites, längeres Stück, dann gibt es eine Pause. Ich möchte nach Hause, kann es aber nicht sagen. Eine weitere Cola möchte ich auf keinen Fall, auch Vater möchte keinen weiteren Sekt. So stehen wir einige Minuten draußen vor der Halle herum und frieren.

Ein Gong wird dreimal geschlagen. Nach der Pause hat sich der Konzertsaal hier und da etwas geleert. Nun erscheint die Pianistin allein. Sofort weiß ich, dass alles besser wird. Für mich beginnt erst jetzt das Konzert. Ich rutsche auf meinem Sitz hin und her und freue mich. Endlich stören keine anderen Instrumente mehr! Das Klavier (oder den Flügel) sollte man immer allein spielen lassen, schließlich kann er die Töne und Stimmen der anderen Instrumente mit übernehmen! Wozu sind die überhaupt da? Um in Scharen aufzutreten und als Orchester ordentlich Lärm zu machen! Das ist so weit in Ordnung, obwohl ich das große und laute Orchesterspiel ebenso wenig mag wie Mutter.

Was die Pianistin spielt, weiß ich nicht. Auf keinen Fall ist es von Schumann, Chopin oder Liszt. Alles klingt gut, aber auch ein wenig zaghaft. Doch darauf kommt es an diesem Abend nicht an. Mir ist es egal, welcher Komponist gespielt wird, denn meine Beobachtungen gehen in eine andere Richtung. Alle Augen im Saal sind auf die Pianistin gerichtet, jede ihrer Bewegungen wird genau verfolgt. Das jüngere Mädchen ist zum Glück verschwunden. So ist die Pianistin auf ihrem Klavierhocker (er ist viereckig und nicht rund!) ganz allein!

Genau das gefällt mir und berauscht mich. Die Frau am Klavier, die schöne Musik macht und alle Augen auf sich zieht! Das Licht vom Strahler an der Decke hüllt sie ein – während um sie herum alles tiefdunkel geworden ist. Keine sonstigen Strahler, nichts Störendes mehr. Die Pianistin sitzt wie in einer Flamme aus Licht und leuchtet mit jedem Ton mehr. Niemand gähnt, und der ältere Mann kramt auch nicht mehr das Programmheft hervor. Die Pianistin zieht alle Besucher in ihren Bann – es ist fantastisch.

Als das Programm beendet ist, spielt sie noch zwei kurze Zugaben. Mir ist heiß, ich habe wahrscheinlich Fieber. Mein Hals ist trocken, und ich spüre ein Kratzen wie bei einer Erkältung. Doch das ist jetzt alles nicht von Bedeutung. Auf dem Nachhauseweg weiß ich, wofür ich zukünftig üben und noch mal üben will. Dafür, vielen anderen Menschen von einer erhöhten Bühne aus, eingetaucht in flammendes Scheinwerferlicht, etwas vorspielen zu können!

14

Ein halbes Jahr später kann ich so viele Stücke von Carl Czerny auswendig und fehlerfrei spielen, dass ich sie nicht mehr zählen kann. Manchmal setze ich mich (außerhalb des sonstigen Übens) ans Klavier und lasse sie nacheinander vor sich hin schnurren. Ich stelle mir vor, auf einer Bühne zu sitzen und mit den Stücken von Czerny zu konzertieren, und ich bin etwas missmutig darüber, dass ich das für mich behalten muss.

Der Druck in meinem Kopf und in meinem ganzen Gefühlsleben wird schließlich so stark, dass ich die vielen ungesagten, aber längst gedachten Sätze aussprechen will. Ich sehne mich danach, all meine Ideen mitzuteilen und gerne auch mal laut zu werden. Rufen, Schreien, Brüllen – das wär's.

Ich habe das große Glück, dass mein Vater sich Zeit für mich nimmt und mir während langer Wanderungen durch die westerwäldische Natur das Sprechen beibringt. Schließlich öffnet sich mein verschlossener Mund zum ersten Mal. Danach ist kein Halten mehr, und ich lerne das klare Sprechen in einem Tempo, das zuvor niemand für möglich gehalten hat.

Dieser Durchbruch hat Folgen für Mutter. Kurze Zeit nachdem ich zu sprechen begonnen habe, fängt sie wieder damit an. Zaghaft zunächst, dann aber immer häufiger. Gemeinsam arbeiten wir an der Vergrößerung unseres Vokabulars, indem Mutter mir vorliest. Kinder- oder Jugendbücher kommen dafür nicht in Frage, sondern ausschließlich Romane und Erzählungen, die sie auch selbst gerade lesen möchte. Im Schreiben mache ich ebenfalls gute Fortschritte, und wieder ist es mein Vater, der sich um mich kümmert und mir einen Schreibunterricht erteilt, wie es ihn noch nie gegeben hat.

So kommt die jahrelang mit schweren Verstörungen kämpfende Familie plötzlich voran und sucht Anschluss an das Leben, an dem sie bisher nur eingeschränkt teilgenommen hat. Mutter geht jetzt allein einkaufen und kann ihre Bestellungen in den Läden deutlich artikulieren, und auch ich selbst drehe in der Umgebung unseres Mietshauses kleine Runden und spiele dann und wann mit Jungen meines Alters.

Ohne dass darüber viel geredet wird, spüren wir, dass eine bestimmte Phase unseres Familienlebens vorbei ist. Wir haben die »Nachkriegsära«, die stark von den Kriegsereignissen geprägt war, zwar nicht hinter uns, fühlen uns aber zumindest etwas freier und auf einem guten Weg.

Solche noch vagen, aber allmählich stärker werdenden Empfindungen sind vielleicht auch der Grund dafür, dass Mutter die Epoche unserer gemeinsamen Übungen am Klavier für abgelaufen hält. Während dieser Zeit habe ich eine Menge gelernt, spiele aber noch keine einzige Komposition eines anderen Komponisten als Carl Czerny. Seine Stücke sind Etüden oder technische Übungen, aber keine Musik, die auf Herz oder Seele zielt. Es ist also höchste Zeit, dass ich andere Stücke übe. Diesen Unterricht soll eine richtige Klavierlehrerin übernehmen, und so macht Mutter sich auf die Suche und erkundigt sich an vielen Stellen, wo wir eine gute Lehrerin finden.

Sie sollte in der Nähe wohnen, so dass ich ihr Zuhause gut erreichen kann, und sie sollte über eine langjährige Erfahrung verfügen und mit den Meisterwerken der romantischen Trias vertraut sein. Schließlich werden wir fündig, und ich gehe zusammen mit Mutter zu einer Klavierlehrerin mit Namen Elisabeth Waigel. Sie führt uns gleich in ein großes Zimmer, das von einem richtigen Flügel beherrscht wird.

Frau Waigel ist nicht verheiratet und hat keine Kinder. Sie unterrichtet seit einigen Jahren und zeichnet sich dadurch aus, dass sie unter anderem an einem russischen Konservatorium studiert hat. Von Russland ist sie stark beeindruckt, wir erkennen es daran, dass sie Mutter russischen Tee einschenkt. Ich dagegen bekomme nur Wasser aus der Leitung und werde zunächst nicht besonders beachtet. Frau Waigel und Mutter sprechen vielmehr über Schumann, Chopin und Liszt, und Frau Waigel fügt diesen vertrauten Namen die von russischen Komponisten hinzu.

Ich habe viele noch nie gehört, und ich kenne auch nicht die Namen der großen russischen Pianisten, von denen Frau Waigel so spricht, als sei sie mit ihnen verwandt. Hinter dem großen Flügel hängen an der Wand viele Porträts ernst dreinblickender Männer, Frau Waigel deutet manchmal auf sie, das sollen die russischen Helden sein, die in der Klavierwelt angeblich den Ton angeben. »Die russischen Pianisten sind die besten der Welt«, sagt Frau Waigel, und Mutter ist so beeindruckt, dass sie nur nickt, aber nicht nachfragt.

Dann komme ich endlich dran. Ich darf spielen, was ich spielen will, Frau Waigel ahnt nicht, dass ich kein Repertoire habe. Ich setze mich an den Flügel und spiele Carl Czerny. Erstaunlicherweise komme ich mit dem neuen Instrument gut zurecht, es passieren mir keine Fehler, ja, ich übertreibe sogar das Tempo. »Stopp!«, ruft da Frau Waigel und bedankt sich für mein Spiel. »Das war Czerny«, sagt sie, »und das war technisch fürs Erste in Ordnung. Jetzt aber was anderes! Vielleicht etwas von Haydn? Oder von Mozart?«

Ich antworte nicht, sondern schaue Mutter an. – »So weit ist der Junge noch nicht«, sagt sie, und Frau Waigel braucht einige Minuten, um zu verstehen, dass ich die ganze bisherige Zeit meines Klavierspielens vor allem mit Carl Czerny verbracht habe.

»Er spielt nur Czerny? Ist das Ihr Ernst?«, fragt Frau Waigel. Mutter nickt wieder, sie denkt nicht daran, der fremden Frau die Besonderheiten unseres Familienlebens zu erklären. Dass ich bisher nur Czerny gespielt habe, hat natürlich damit zu tun, Mutter spricht aber nie über dieses Thema, dafür ist es zu früh.

Um die Situation zu entkrampfen, wage ich etwas zu sagen. »Ich spiele außer Czerny noch etwas anderes«, sage ich. Frau Waigel fragt zum Glück nicht nach, sondern sagt nur: »Also dann! Ich höre!« Eigentlich weiß ich gar nicht genau, was ich spielen könnte, denn ich habe mit meinen Improvisationen immer aus dem Stegreif begonnen. Außerdem brauche ich dafür einen Anstoß von außen, ein paar fremde Geräusche und Klänge, etwas, das mich antreibt, sie in meine Klaviermusik zu übersetzen.

Wie also weiter?! Ich schaue hinauf zu den Porträts der russischen Meister. Sie sehen alle wie Großväter aus, die kein besonderes Interesse an ihren Großfamilien haben. Bestimmt sitzen sie die meiste Zeit in Konzertsälen und Konservatorien, und die übrige Zeit verbringen sie in Wirtshäusern, wo sie sich mit ihresgleichen treffen und über Musik unterhalten.

Ich schließe einen Moment die Augen, dann beginne ich sehr bescheiden. Ein paar Töne der weißen Tasten, in der Mitte der Tastatur, immer wieder. Es sind kleine Kinder, die ins Konservatorium ziehen, wo sie von den russischen Meistern empfangen werden. Die warten in einer Reihe, oben, wo die Großtreppe endet, die Kinder müssen zu ihnen hinauf. Jedes von ihnen hat einen Blumenstrauß in den Händen und überreicht ihn dem Meister, bei dem es nun das Klavierspiel erlernen wird.

Ich spiele etwas sehr Langsames. Von den weißen Tasten in der Mitte geht es hinauf zu weißen mehr in der Höhe. Die linke Hand steuert etwas Unruhe bei, denn die Kinder haben Herzklopfen. Die großen Meister lasse ich tief unten links murmeln, und zwischendurch gibt es kurze Pausen, in denen ich immer denselben Akkord etwas schmettern lasse. Was der Akkord in meiner Improvisation zu suchen hat, weiß ich nicht, er drängelt sich vor, und ich werde ihn einfach nicht los. Am Ende beendet er sogar mein kleines Stück.

»Was war das?«, fragt Frau Waigel, und ich antworte: »Das war von mir!« Sie glaubt mir anscheinend nicht, denn sie fragt Mutter: »Stimmt das? Das ist von ihm?« – »Ich glaube schon«, sagt Mutter, »ich höre es aber selbst erst zum ersten Mal.« – »Du hast das Stück gerade erfunden?«, fragt Frau Waigel, und ich antworte: »Ja. Es ist nicht besonders gut, ich brauche etwas mehr Zeit zum Erfinden.«

Frau Waigel ist immerhin etwas erstaunt. Was ich gespielt habe, gefällt ihr. »Darauf können wir aufbauen«, sagt sie, und dann gibt sie mir und Mutter die Hand. Mutter trinkt ihre Tasse Tee aus und sagt, sie haben noch nie so guten Tee getrunken. Frau Waigel holt aus einem Schreibtischfach das kleine Übungsheft und schenkt es mir zum Beginn des gemeinsamen Unterrichts. Sie schlägt die erste Seite auf, notiert das Datum, unterstreicht es und schreibt darunter den Namen des Tees, den Mutter und sie gerade getrunken haben. Unter diesen Namen kommt dann wieder ein Strich und darunter der Name des Geschäfts, in dem man den Tee kaufen kann. »Bis nächste Woche!«, sagt Frau Waigel zum Abschied und führt uns hinaus. Sie schließt die Tür, und Mutter und ich bleiben vor der Haustür stehen, als wären wir erschöpft oder müssten erst einmal zu uns kommen. In diesem Moment hören wir Frau Waigel Klavier spielen. Nichts erinnert an Schumann, Chopin oder Liszt. Die Musik grollt finster und geheimnisvoll, als käme sie aus dunklen Bergdörfern. »Russische Meister«, flüstert Mutter, »wir sollten uns bald einige Schallplatten von ihnen kaufen.«

Ab sofort besuche ich meine neue Klavierlehrerin einmal in der Woche. In das Übungsheft werden meine wöchentlichen Aufgaben eingetragen. So weiß auch Mutter, was ich übe und womit ich mich beschäftige.

15

Die Zeit der vielen technischen Übungen ist vorbei. Frau Waigel erwähnt den Namen Carl Czerny nie mehr, und ich brauche auch sonst keinen Klavierschulen für Anfänger zu folgen. Stattdessen beginnt jede Unterrichtsstunde mit einer Lektüre.

Wir setzen uns nebeneinander an einen Tisch, Frau Waigel trinkt ihren russischen Tee und ich das Leitungswasser. Dann liest Frau Waigel eine Geschichte aus dem großen Russland vor. Sie hört sich an wie ein halbwahres Märchen, weil einerseits russische Menschen darin vorkommen und andererseits gefährliche Tiere, die in der Umgebung russischer Dörfer unterwegs sind und sich benehmen wie wild gewordene Menschen.

Hat Frau Waigel die Geschichte vorgelesen, wiederholt sie den Inhalt noch einmal kurz mit ihren eigenen Worten. Dann soll auch ich ihn wiederholen. Fast immer verheddere ich mich und verändere das Gehörte an irgendeiner Stelle. Frau Waigel schaut mich dann ungläubig an, korrigiert mich, korrigiert mich erneut und fragt: »Sag mal, hörst du nicht genau zu?« – »Ja«, sage ich, »ich bin oft etwas abgelenkt. Das wird aber schon, ich gebe mir Mühe.«

Ich trinke mein Wasser und setze mich an den Flügel. Die Augen schließen und kurz nachdenken. Nicht zu viel denken, sondern den Bildern im Kopf folgen. Einen Bären auftreten lassen, wie ich ihn aus dem Zoo kenne. Dann einen Jäger, der sich am Fuß verletzt hat und nicht zurück ins Dorf laufen kann. Danach wieder den Bären, der näher kommt und den Jäger aus naher Ferne umkreist. Er feuert auf das gefährliche Tier, trifft den Bären aber nicht. Der lässt vom Jäger ab und sucht sich eine andere Beute.

Frau Waigel tut jedes Mal richtig entzückt, wenn ich mir so etwas ausgedacht habe. Sie öffnet ein Notenheft und trägt einige meiner Klangideen mit Bleistift ein. Dann fragt sie nach einem Titel, und ich sage: »Bär und Jäger begegnen sich.« – »Na so was!«, sagt Frau Waigel und notiert auch das.

Mit diesen Fantasieübungen beginnt jede Unterrichtsstunde. Danach spiele ich Stücke, die große Komponisten angeblich nur für Kinder komponiert haben. Einer von ihnen heißt Béla Bartók und hat seine Stücke auch gleich noch *Für Kinder* genannt. Ich finde das etwas übertrieben, sage aber nichts.

Frau Waigel lässt nämlich nicht mit sich spaßen. Wenn man ihr nicht sofort zustimmt oder gar widerspricht, braust sie auf. Aus ihrem Aufbrausen könnte ich ein gutes Musikstück machen. Wenn ich es gespielt hätte und sie nach dem Titel fragen würde, könnte ich sagen: »Frau Waigel braust auf.« Ich wüsste zu gern, was dann geschehen würde. Bestimmt wäre sie nicht mehr entzückt, aber was genau würde sie tun? Mir kein Leitungswasser mehr bringen? Mich nach draußen vor die Tür schicken?

Neben den Stücken von Béla Bartók übe ich natürlich vor allem Stücke russischer Komponisten. Einer heißt Peter Tschaikowsky und hat ebenfalls Stücke nur für Kinder geschrieben, die mir wirklich gut gefallen. Es sind über zwanzig, und sie heißen *Kinderalbum*. Bartóks Stücke sind für sehr kleine Kinder (und haben Titel, die ich mir nicht merken kann oder laufend verwechsle), die von Tschaikowsky aber haben poetische Titel, ähnlich denen von Erzählungen, wie etwa *Wintermorgen, Krankheit der Puppe* oder *Die Hexe*).

Ich träume davon, einige dieser Stücke anderen Menschen vorzuspielen, und ich fange mit meinen Eltern an. Mutter ist von der Kindermusik Tschaikowskys, von der sie noch nie gehört hat, überrascht und freut sich, und Vater sagt, dass es sich in seinen Augen bereits um Konzertstücke handle, die trotz ihrer Einfachheit auch große Pianisten im Konzert vortragen könnten. Und zwar deshalb, weil sie so »poetisch« seien.

Immer wieder höre ich nun dieses Wort. Frau Waigel verwendet es mindestens zehnmal in einer Unterrichtsstunde – »Ein wirklich poetisches Stück« ... »Spiel es poetisch!« ... »Alles an dieser Melodie ist poetisch!« –, und selbst Mutter übernimmt es und behauptet, Frau Waigels Unterricht habe wohl eine »poetische Note«. Ich verstehe nicht genau, was sie meint, aber ich denke mir, dass es sich wieder mal um etwas Russisches handelt. Die Musik, die ich spiele, ist »poetisch«, weil sie sich an Erzählungen anlehnt. Ist es das? »Russisch« ist: fantasieren, sich etwas Sonderbares erzählen, dazu Tee trinken, ein winziges Stück Kuchen probieren und alles mit Leitungswasser hinunterspülen. Oder?!

Sosehr mir der neue Unterricht gefällt – zu Hause spiele ich alle paar Tage auch weiterhin die Stücke von Carl Czerny. Ich habe nämlich das Gefühl, dass ich ohne Czerny ein wenig träge und langsam und damit vielleicht sogar allzu »poetisch« werde. Wenn ich Tschaikowsky spiele, gerate ich so sehr ins Träumen, dass ich darüber fast das Spielen vergesse. Die Musik befällt mich wie eine Grippe und durchflutet den ganzen Körper. Manchmal schließe ich sogar die Augen und höre zu, wie die Melodien über meinen Rücken kriechen und sich im Nacken die Gänsehaut aufrichtet. Das ist also gemeint, wenn Frau Waigel behauptet, die russische Musik sei etwas für »Herz und Seele«. Das stimmt, ich verstehe, und ich verfolge ihre seltsamen Wirkungen genau, fast wie ein Arzt, der einen Patienten beobachtet.

Daneben beschäftigt mich aber auch, dass Frau Waigel nicht nur mich, sondern viele Schüler unterrichtet. Wir geben uns die Klinke in die Hand, jeder bleibt eine Stunde. Leider darf ich niemand anderem beim Üben zuhören, obwohl ich darum gebeten habe. »Nein, das geht nicht«, hat Frau Waigel gesagt, »mit so etwas fangen wir erst gar nicht an. Das gibt nur böses Blut.« – »Böses Blut«?! Ich weiß nicht, wovon sie spricht, aber ich wiederhole meine Bitte lieber nicht mehr.

Dafür ist aber schon bald von einem Vorspiel die Rede. Wir Schüler werden in zwei Gruppen eingeteilt. An einem Abend spielen die älteren, am Nachmittag davor die jüngeren. Das Vorspiel findet im Musiksaal einer Schule statt, und wir Schüler dürfen unsere Eltern, Geschwister und Verwandten einladen. Aber bitte nicht zu viele!

Vorerst befinde ich mich noch in einem Zwischenstadium meiner Träume und Wünsche. Ich darf zwar nicht allein spielen, immerhin aber in einem Konzert, in dem ein Schüler nach dem andern spielt. Frau Waigel schlägt vor, dass ich drei Stücke aus Tschaikowskys *Kinderalbum* vortrage. Da stimme ich zu, denn längst spiele ich diese Stücke fehlerfrei und zumindest auch halbwegs »poetisch«. Es gibt für das Konzert sogar einen Programmzettel, auf dem die Namen von uns Schülern und die Titel der Stücke stehen, die wir spielen.

Aber schon beim ersten Draufschauen bin ich enttäuscht. Ich erkenne, dass ich als Erster spiele, anscheinend sind meine Stücke also die leichtesten, unwichtigsten – und nach mir kommen dann die immer schwierigeren und schließlich die schwierigsten (und wahrscheinlich auch besten). Das letzte Stück, das in meiner Gruppe gespielt wird, ist zu meinem besonderen Ärger sogar von Robert Schumann! Wie hätte Mutter sich gefreut, wenn ich Schumann gespielt hätte!

Eine Woche vor dem eigentlichen Konzert treffen wir Schüler der jüngeren Gruppe uns zur Generalprobe. Wir sind zu sechst, drei Mädchen und drei Jungen. Die Mädchen reden miteinander und tragen bunte Kleider, die Jungen stehen herum und tragen dunkle Hemden und Hosen. Einer von ihnen spricht mich an und fragt, ob ich aufgeregt sei. Ich antworte: »Nein, wieso?«, und er blickt mich an, als machte ich einen Scherz.

Frau Waigel kommt schließlich zu uns und sagt, dass wir einen Kreis um sie herum bilden sollen. Sie wirkt gut gelaunt und ist viel aufwendiger gekleidet als sonst. Vor allem fällt mir auf, dass sie einen langen roten Schal um den Hals trägt. Draußen ist es angenehm warm, warum also trägt sie einen Schal? Vielleicht wirkt er »poetisch«, das könnte sein.

Wir bekommen eine kleine Ansprache zu hören. Dass wir sicher aufgeregt seien, so etwas aber normal sei. Sobald wir am Flügel Platz genommen hätten, verfliege die Aufregung, das sei immer so. Sie gehöre einfach dazu, selbst die größten Pianisten seien vor einer Aufführung sehr aufgeregt, das höre das ganze Leben lang nicht auf. Andererseits sei Aufregung die Voraussetzung für wirklich »poetisches« Spielen. Die Aufregung *vor dem Spiel* münde nämlich direkt *in das Spiel*, so dass es von Herzen komme.

Ich überlege und überprüfe noch einmal, ob ich nicht doch aufgeregt bin. Nein, bin ich nicht. Eigentlich spüre ich überhaupt nichts, nicht einmal eine Gänsehaut. Dann geht es los, und ich darf als Erster auf das kleine Podium steigen. Ich fange sofort an zu spielen. »Halt, halt!«, ruft Frau Waigel, »nicht so schnell! Lass dem Publikum Zeit, dich anzuschauen!« Richtig, es gibt auch noch ein Publikum. Was aber soll es anschauen? Es soll zuhören, nichts sonst.

Ich tue Frau Waigel den Gefallen und warte einige Sekunden, bevor ich mit dem Spielen anfange. Während des Wartens zähle ich heimlich bis zehn. Das dürfte genug Zeit fürs Anschauen sein. Dann spiele ich die drei Stücke aus dem *Kinderalbum* von Peter Tschaikowsky. Ich spiele sie fehlerfrei und bin mit meinem Spiel zufrieden. Zwei Schülerinnen und ein Schüler klatschen, die anderen nicht. Warum nicht? Hat ihnen mein Spiel nicht gefallen? Oder haben sie »böses Blut«?

»Das war sehr in Ordnung«, sagt Frau Waigel zu mir und bittet den nächsten Schüler aufs Podium. Sehr in Ordnung?! Am liebsten würde ich den Musiksaal sofort verlassen, aber ich bleibe brav sitzen, bis die Generalprobe vorüber ist. Fast alle bleiben mindestens einmal hängen oder machen deutlich hörbare Fehler. Dazu sagt Frau Waigel nichts. Den Schüler, der am Ende Schumann spielen darf, lobt sie am meisten, obwohl er sein Stück heruntergestottert hat.

Ich bin sehr enttäuscht. Anscheinend taugt mein Spiel nicht viel. Ich habe mit der ersten Niederlage zu kämpfen, und ich tue das, indem ich fast eine Stunde allein durch unser Viertel laufe.

Als ich verspätet nach Hause komme, fragt Mutter, wo ich war. »Ich habe den anderen Schülern noch etwas beim Üben zugehört«, sage ich. – »Und? Wie war es?« – »Gut. Ich habe eine Menge gelernt.«

16

Ich spiele weiter kleine, technische Übungen von Carl Czerny (warum hat es nie einen Pianisten gegeben, der einen ganzen Soloabend mit Stücken von ihm gestaltete?), aber ich folge auch dem »Repertoire«, das Frau Waigel in meinen Kindertagen mit mir zusammen entworfen hat. Also widme ich mich den Stücken *Für Kinder* von Béla Bartók.

Sie erscheinen mir wie ein richtiger Schritt in eine neue Richtung. Zwar sind die einzelnen Übungselemente noch deutlich zu erkennen, andererseits haben sie aber auch einen betont spielerischen Charakter. Nach einigem Suchen finde ich sogar eine Aufnahme, die Bartók selbst eingespielt hat. Ganz zu Beginn sagt er ein paar ungarische Worte: knapp, sachlich, freundlich, als redete er einem Kreis von Kindern zu, die sein weiteres Spiel nun verfolgen. Das Ganze ist ungemein rührend. Ein bedeutender Komponist setzt sich ans Klavier und widmet sich mit großem Ernst Stücken für Kinder, die er selbst komponiert hat.

Stücke für Kinder wie die von Béla Bartók erscheinen mir beim heutigen Hören wie Urzellen des Klavierspiels. Man kann die technischen Anforderungen genau verfolgen, die jedes einzelne an den jungen Spieler stellt. Und gleichzeitig kann man erkennen, was außerdem noch unternommen wird, diesen Spieler auch zu unterhalten und ihm etwas zu bieten. Fast immer verläuft das frühe Klavierüben in diese beiden Richtungen: Die Klaviertechnik muss sich konkret um die Bewältigung bestimmter Probleme des Spielens kümmern (wofür in jedem Stück ein eigenes kleines Technikprogramm von Anschlag, Fingersatz etc. eingeübt wird) – und gleichzeitig ist eine besondere Emotion gefragt, die das Spiel im seelischen Raum verankert.

Starke Erinnerung, plötzlich: Frau Waigel leitete die Bartók-Stücke immer mit erklärenden Kommentaren ein, mit denen sie mich überschüttete: »Hör genau hin! Die Kinder gehen nach draußen und fassen sich an der Hand. Dann drehen sie sich im Kreis, erst langsam, immer schneller. Die Kleider der Mädchen fliegen hoch, und die Jungen stapfen mit den Füßen auf.« Hatte ich das zu hören bekommen, durfte ich das jeweilige Stück spielen. Während des Spiels lief der Kommentar weiter: »Viel leiser, draußen ist es still! Langsamer, langsamer! Verzögern, zur Ruhe kommen, ein paar Kinder schwitzen schon.« Ich glaubte fest, dass sie all die Bilder selbst vor Augen hatte. Mein Problem bestand darin, dass ich oft ganz andere Bilder sah.

Meine erste Generalprobe vor einem »Konzert«. Warum sie mir ganz und gar nicht gefiel: Weil sie das Vorspiel zu einem Wettbewerb machte. Seine Akzente: Wer spielt die interessantesten/schwierigsten/beeindruckendsten Stücke? Wer macht die wenigsten Fehler? Wer erntet den längsten Applaus?

Auf solche Fragen war ich nicht vorbereitet, ich hatte eine völlig naive Vorstellung von meinem Auftritt. Da ich der Jüngste im Kreis war, rechnete ich sogar mit einer besonders starken Wirkung. Den anderen aber war mein Alter egal, ja, im Gegenteil, mein kindliches Alter machte aus mir einen Anfänger, mit dem man sich nicht verglich. Ich spielte gut, fehlerfrei und mit Ausdruck – es interessierte aber niemanden. Alle warteten auf »die richtigen Stücke«, Tschaikowsky galt als »Kinderkram«.

Von wegen »Kinderkram«. Entdeckte bei meinen Recherchen, dass bekannte Pianisten das *Kinderalbum* auf CD eingespielt haben. Ich hatte es beinahe erwartet. Spannend wurde es, als ich mir die vierundzwanzig Stücke nacheinander anhörte. War meine Erinnerung so genau, dass ich die drei erkennen würde, die ich während der Generalprobe als Anfänger vortrug?

Ich musste keinen Moment überlegen, ich erkannte sie sofort wieder. Es waren *Wintermorgen*, *Mama* und *Russisches Lied*. Als ich zusammenzählte, wie lange ich damals für diese drei Stücke gebraucht haben dürfte, kam ich auf ca. drei Minuten! Unfassbar! Frau Waigel hatte also ganze drei Minuten für meinen Auftritt vorgesehen und reserviert. Das erklärte, was dann Seltsames geschah.

17

Für das Vorspiel muss ich mich umziehen. Ich darf keine einfachen Straßenschuhe tragen, sondern neue, schwarze, die schwer sind und beim Gehen schmerzen. Auch das weiße Hemd mag ich nicht, und als Mutter mich überreden will, dazu eine kleine Fliege zu tragen, leiste ich Widerstand. Papa trägt manchmal Fliegen, aber ich habe noch nie so etwas angezogen. Und dabei bleibt es auch. Was hat eine solche Fliege mit Musik zu tun? Nichts.

Das Hemd, die schwarze, glatt gebügelte Hose, die schweren Schuhe – das sind keine guten Voraussetzungen für den ersten abendlichen Auftritt. Mutter geht mit, Vater ist auf Dienstreise und hat leider keine Zeit.

Die anderen Mitspieler sind ebenfalls auffällig anders gekleidet. Ein Junge steckt in einer schwarzen Samthose, und die drei Mädchen überbieten sich in seltsamen Kostümierungen. Eines von ihnen trägt am Kleid eine riesige, dunkelblaue Schleife, als wäre sie ein Osterei – ich darf nicht hinschauen, sonst muss ich lachen. Aber auch ich selbst bin zum Lachen, nur dass ich nicht aufgezäumt oder kostümiert aussehe, sondern hilflos, wie ein kleiner Traktorfahrer vom Land, der gerade sonntags unterwegs ist.

Frau Waigel empfängt uns und führt uns in einen Klassenraum neben dem Musiksaal, wo wir warten und uns auf das Vorspiel konzentrieren sollen. Jeder soll einen Schluck Wasser trinken und die Unterhaltung mit den anderen einstellen. Stattdessen sollen wir sitzen oder allein auf und ab gehen. Als ich sehe, dass sich alle sofort setzen, gehe ich auf und ab. Die anderen behaupten aber, dass mein Gehen sie nervös mache, deshalb bittet Frau Waigel mich, mich ebenfalls zu setzen.

Ich erkenne ganz deutlich, wie aufgeregt die anderen sind. Eines der Mädchen trocknet seine Hände laufend mit einem Taschentuch, und ein anderes schließt die Augen, als ertrüge es die Umgebung nicht mehr. Verglichen damit, habe ich es gut. Denn wie schon bei der Generalprobe bin ich nicht aufgeregt, sondern ganz ruhig. Weswegen sollte ich aufgeregt sein? Und warum sind es die anderen?

Ich überlege, komme aber nicht weiter, erst sehr viel später wird mir eine Erklärung einfallen, die stimmen könnte. Ich sitze also, warte und langweile mich. Wann geht es denn endlich los? Frau Waigel schaut alle paar Minuten auf die Uhr, und ich mache die seltsame Entdeckung, dass sie auch aufgeregt ist. Warum denn sie? Sie spielt doch nicht vor, sie tut gar nichts, außer ein paar Worte zur Begrüßung des Publikums zu sprechen. Schließlich sagt sie, dass sie nach draußen, auf die Bühne, gehen werde. Sie will die Zuhörer willkommen heißen und dann den Ersten von uns hinausbitten.

Der Erste, der spielen soll – das werde ich sein. Ich stehe auf und bleibe an der Tür des Klassenzimmers stehen. Meinetwegen kann es losgehen.

Wir hören Frau Waigel reden, nicht lange und eher unsicher. Sie bringt zwei Sätze nicht richtig zu Ende und macht darüber Witze. Es lacht aber niemand, wahrscheinlich finden es die Zuhörer peinlich, dass man selbst bei so wenigen Sätzen hängenbleibt. Dann kommt Frau Waigel zurück und nimmt mich an der Hand. Gemeinsam gehen wir auf die Bühne, und ich schüttle die Hand von Frau Waigel ab und schaue kurz in den Saal.

Mein Gott! Wie viele Menschen dort sitzen! Und alle starren mich an, als erwarteten sie Gott weiß was von mir! Kein Platz ist mehr frei, anscheinend haben die anderen nicht nur ihre Eltern und Geschwister, sondern die halbe Nachbarschaft mitgebracht. (Auch Mutter hatte mich gefragt, ob sie die Nachbarn einladen solle. Ich hatte es abgelehnt – nein, das nicht, die Nachbarn sollen von meinem Auftritt nichts wissen.)

Für einen Moment kann ich mir vorstellen, wie sich Aufgeregtheit anfühlt. Es ist wie ein kurzer Schlag in die Magengrube. Man atmet rascher und fühlt sich unwohl, und man ist aus dem Gleichgewicht. Ich tue das einzig Richtige und schaue mir die Zuhörer nicht länger an. Als hätte ich es eilig, gehe ich zum Flügel und setze mich sofort. Dass ich mich verbeugen soll, habe ich vergessen. Ich hätte es aber auch nicht geschafft, weil ich das Publikum dann wieder hätte anschauen müssen.

Ich zögere nicht, sondern spiele meine drei kleinen Stücke aus dem *Kinderalbum* von Peter Iljitsch Tschaikowsky. Ich freue mich darüber, gerade solche Stücke zu spielen. Sie gefallen mir, und ich habe nicht die geringsten Probleme, sie fehlerfrei (und »mit Ausdruck«, wie Frau Waigel immer sagt) vorzutragen. Ich übertreibe den »Ausdruck« aber nicht. Vor allem halte ich still. Ich rolle nicht mit den Augen, ich ziehe keine Grimassen, ich sitze einfach so natürlich und einfach wie möglich da.

Als ich fertig bin, höre ich etwas Applaus. Nicht begeistert, nicht sehr laut, der Applaus plätschert durch den Saal, als wäre er eine Pflichtübung. Ich verbeuge mich wieder nicht, sondern verlasse das Podium eilig. Frau Waigel steht hinter dem Vorhang und sagt, ich müsse unbedingt noch einmal zurück. Ohne Verbeugung kein Auftritt, alles andere sei unhöflich.

Ich verstehe, aber ich mag nicht. In mir meldet sich ein heftiger Trotz. Warum dieses Verbeugen, wenn das Publikum doch längst auf den nächsten Vortragenden wartet? Frau Waigel stellt sich mir in den Weg, ich habe keine Wahl. Also mache ich kehrt und gehe noch einmal zum Flügel zurück. Jetzt wird der Beifall plötzlich lauter, als hätte ich auf dem Weg zum Ausgang einen Salto geschlagen. Was ist los?

Ich verbeuge mich tief, und der Applaus brandet richtig auf. Jemand ruft »Zugabe!«, als wollte man sich einen Spaß mit mir erlauben. Ich bin leicht verärgert und verbeuge mich ein zweites Mal, rühre mich aber nicht vom Fleck. Frau Waigel zischt aus der Ferne (»Komm jetzt! Das genügt!«), ich denke nicht daran, ihr zu gehorchen. Lieber erlerne ich jetzt das Verbeugen und tue es gleich noch einmal. Immer mehr Zuhörer lachen, na bitte, ich habe es also doch noch geschafft, sie auf meine Seite zu ziehen.

Da kommt mir ein glänzender Einfall. Ich könnte noch etwas Eigenes spielen, eine meiner Improvisationen. Ich setze mich wieder und drehe mich zum Publikum hin: »Ich spiele jetzt etwas von mir«, sage ich, und der Beifall ist so laut, dass ich überrascht bin. Fällt mir denn etwas Passendes ein?

Aber ja, ich imitiere das Lachen um mich herum. Und so lasse ich es in der Höhe klirren und scheppern und erfinde einen richtigen Reigen. Ich wiederhole die kurz angeschlagenen Akkorde mehrmals und verändere sie ein wenig. Tiefe Töne kommen nicht vor, ich spiele nur im oberen Bereich des Flügels und tue nichts anderes, als bestimmte Akkorde zu wiederholen und etwas hinauf- und hinabzuführen. Dann werde ich leiser und leiser und lasse alles verklingen, indem ich das rechte Pedal ununterbrochen drücke. Sehr gut, das hat auch mir jetzt gefallen!

Großer Beifall! »Bravo, bravo!« Anscheinend macht mein eigenes Stück mehr Eindruck als alle drei Stücke von Peter Iljitsch Tschaikowsky zusammen. Ich verbeuge mich und verlasse das Podium. Frau Waigel schüttelt den Kopf und schaut böse. »Was machst du denn?«, sagt sie, »du bringst alles durcheinander!« Tue ich das? Ach was, ich bringe überhaupt nichts und niemanden durcheinander. Neben Frau Waigel steht der Junge, der als Nächster dran ist. Er tippt sich an den Kopf und zeigt mir den Vogel. Was soll das?

Das Publikum hört nicht auf zu klatschen. Es will mich noch einmal sehen. Also gut, ich tue ihm den Gefallen, betrete erneut das Podium und verbeuge mich wieder. Danach reicht es, und ich gehe in das Klassenzimmer zurück, wo die anderen warten und mich voller Verachtung anschauen. Es ist mir aber egal, was sie denken. Ich habe getan, was ich tun musste, und bin ausschließlich meinem Gefühl gefolgt.

»Das war gegen unsere Vereinbarungen«, sagt Frau Waigel, als das Vorspiel beendet ist, »man sollte sich nicht auf diese Weise hervortun, das ist ungerecht gegenüber den anderen.«

Ungerecht? Wieso denn das? Ich habe lediglich meine Vorspielzeit ein wenig verlängert. Die anderen haben viel längere

Stücke gespielt, Stücke von vielen Minuten. Ungerecht war es, mich mit drei kleinen Stücken auf das Podium zu schicken. Ich hätte auch zehn spielen können, fehlerfrei, mit enormem Ausdruck. »Noch einmal machst du das nicht, hast du gehört?«, sagt Frau Waigel und tut so, als kochte in ihr viel »böses Blut« – »Nein«, antworte ich, »noch einmal nicht. Ich mag nicht mehr auftreten, dieses eine Mal reicht mir.«

Und dann trenne ich mich von Frau Waigel und den anderen und gehe zu Mutter zurück, die vor der Schule auf mich wartet. »Das war sehr gut«, sagt sie, »Tschaikowsky und dein eigenes Stück! Es passte zusammen – und auch dein Verbeugen hat dazu gepasst. Ich wusste gar nicht, dass du so viel Humor hast.« – »Ich habe keinen Humor«, antworte ich, »ich war nur froh, dass alles passte. Es hat einfach alles gepasst.«

18

Meine erste Begegnung mit Publikum. Fast wäre alles schiefgegangen, dann nämlich, wenn ich die drei kleinen Stücke von Tschaikowsky gespielt und mich vorher und nachher ordentlich verbeugt hätte. Mein Auftritt wäre rasch vorbei gewesen und gleich vergessen worden. Ich hätte mich kurz gezeigt und danach sofort wieder in Luft aufgelöst. Niemand hätte sich an mich erinnert, nein, sogar ich selbst hätte mich später nicht mehr an diesen Auftritt erinnern können. All das hätte keine Freude gemacht und erst recht nicht dazu verführt, solche Begegnungen mit dem Publikum zu wiederholen. Ich hätte meine Ansprüche an das Klavierspiel zurückgeschraubt und es dabei belassen, zu Hause zu üben und den Eltern dann und wann etwas vorzuspielen. Die noch ganz und gar schwach ausgebildete Chimäre, ein Pianist werden zu wollen, wäre verflogen. Ich hätte das Üben nicht ausgedehnt und es nicht mehr so ernst genommen wie bis dahin.

Der erste öffentliche Auftritt verlief aber ganz anders. Das nachgeholte, mehrmalige Sich-Verbeugen, die Ankündigung eines eigenen Stückes, die bestimmt wirre Improvisation, das weitere Sich-Verbeugen – damals, als Anfänger, ahnte ich noch nicht, dass ich bereits einen Typus darstellte: den Pianisten mit Spleens.

Später habe ich ihn in vielerlei Gestalten auf den großen Konzertbühnen erlebt. Männer, die keinen Blickkontakt zum Publikum aufnahmen, weil sie das scheu und nervös gemacht hätte. Männer, die immer mit einem Taschentuch in der Rechten das Podium betraten und sich nach jedem Stück damit die Stirn tupften. Frauen, die in weit ausschwingenden Kleidern erschienen und denen man ansah, wie sehr diese Kleider sie vor und nach dem Spiel beschäftigten. Männer, die sich so tief verbeugten, dass sie fast den Boden des Podiums hätten küssen können. Männer, die in großem Tempo auf den Flügel zustürzten und sich auf den Klavierhocker fallen ließen, erleichtert, dass sie die unangenehme, gefährliche Wegstrecke rasch zurückgelegt hatten. Männer, die diese Wegstrecke betont langsam hinter sich brachten und dabei nicht selten ungewollt Grimassen schnitten, als brächten sie die aufdringliche Nervosität dadurch allmählich zur Ruhe ...

Seit meinem ersten Anfänger-Auftritt hat mich das Erscheinen von Pianistinnen und Pianisten auf Konzertbühnen interessiert. Eine Tür oder ein Vorhang öffnet sich – und eine Person, die zuvor einige Zeit in der tiefen Stille eines Garderobenraums verbracht hat, wird ins Freie geschickt. Niemand begleitet sie, alle Blicke heften sich auf die Gestalt: ihre Bewegungen, ihre Kleidung, ihr Aussehen. Was soll man tun? Sich unbeteiligt stellen, den Blick senken, zum Flügel schlendern, als machte einem das alles nichts aus? Aus einer klösterlichen

Zelle wird man in eine extrem öffentliche Zone der Präsentation katapultiert – historisch gesehen sind beide Räume Jahrhunderte voneinander entfernt. Die schwere Aufgabe besteht darin, diese Entfernung, als ergäbe sich das von selbst, zu überspringen.

Weiß ich wenigstens heute, warum ich damals während meines Auftritts nicht aufgeregt war? Ja, und es ist sogar ganz leicht zu erklären. Während meiner Zeit als »stummer Junge« war ich in der Öffentlichkeit unendliche Male gemustert, betrachtet, mit Blicken verfolgt worden. Ich wusste also genau, wie so etwas war und sich anfühlte. Mit der Zeit war ich gegen diese lästige Aufdringlichkeit immun geworden. Ich spürte die Blicke nicht mehr, sie waren mir letztlich egal.

Als ich die Bühne zum Vorspiel betrat, irritierte mich nur die große Zahl von Menschen, die wider Erwarten anwesend waren. Die vielen Blicke aber machten mir nichts mehr aus: Man starrte mich an, fixierte mich, machte sich ein Bild von meinem Erscheinen. Natürlich, so war es ja immer gewesen. Das Vorspiel war also nichts wesentlich Neues. Es war nur die Steigerung des Spießrutenlaufens, das ich in früheren Jahren erlebt hatte.

Ins Gewicht fiel in den Tagen nach dem Vorspiel, wie häufig ich darauf angesprochen wurde. Kleine Geschichten darüber machten die Runde, in fast jeder von ihnen stimmte etwas nicht oder war eindeutig hinzuerfunden worden. Mutter und ich sagten nichts dazu, uns erstaunte das nur. Angeblich hatte ich so etwas wie einen »Wunderkind-Auftritt« hingelegt. Drei Stücke eines russischen (!) Komponisten, aus dem Kopf (!) gespielt – und danach eine eigene (!) Komposition – und das in einem schwarzen Anzug mit Fliege (!) – das reichte selbst in den Augen von Menschen, die gar nicht dabei gewesen waren, hinauf bis in die Aura vom »jungen Mozart«, der halb Europa durch sein Spiel in Bann geschlagen hatte.

Mag sein, dass die »Fama« über mein Spiel, die sich damals »wie ein Lauffeuer« verbreitete, mir auf heimtückische Weise einredete, nun unbedingt (noch intensiver, hartnäckiger und begeisterter) weitermachen zu müssen.

Hinzu kam, dass ich mit einem Mal ein Ansehen genoss, das in starkem Gegensatz zu der Verachtung stand, mit der man mich in den Jahren zuvor bedacht hatte. Der häufigste Satz, den ich nun zu hören bekam, war der, dass ich »ein ganz anderer« geworden sei.

War ich das? In meinen Augen nicht, nein, keineswegs. Im Innern war ich noch immer derselbe, ich hatte nur ein paar sportliche Fertigkeiten erworben, die es ohne den Eintritt eines Klaviers in mein Leben nie gegeben hätte. Ich fühlte mich also »entwickelt«, »bereichert«, das schon, war aber andererseits den verstockten, einsilbigen und häufig auch trotzigen Kindskopf von früher noch keineswegs los.

Aus einer Zelle (der Garderobe) aufs Podium und wieder zurück – dieser nur scheinbar kurze Weg markiert in meinen Vorstellungen die ganze Psychogeschichte vieler großer Pianisten. Ausgesprochen schüchtern, wären sie am liebsten in der Zelle geblieben. In dem Moment, in dem sie es geschafft haben, das Podium (bis hin zum Klavierhocker) zu durchqueren, wurden sie zu »anderen Menschen«. Sie öffneten sich, gingen aus sich heraus, entluden sich, tobten. Nach immensem Applaus und vielen Verbeugungen ging es dann wieder in die Zelle zurück, und die Schüchternheit ergriff von ihnen wieder Besitz. Am liebsten wären sie unerkannt aus dem Konzerthaus entkommen, um danach allein in einem Imbiss eine Wurst und ein kleines Glas Bier zu bestellen. Mit dieser schlichten Mahlzeit hätten sie ihren minimalen Hunger und den noch minimaleren Durst gestillt.

Vergegenwärtige ich mir dieses Urmodell der pianistischen Psychogeschichten, so verstehe ich heute genau, dass ich der ideale Anwärter für ein Leben als Pianist war: extrem schüchtern und hilflos, geradezu zellenbesessen – und verfolgt von lauter Träumen, die eine abrupte Befreiung von dieser Schüchternheit durch glanzvolle Auftritte und ekstatisches »Außer-sich-Sein« verhießen.

19

In den Wochen nach dem Vorspiel bleibt Frau Waigel verstimmt. Sie setzt das Vorlesen von russischen Geschichten und mein darauf antwortendes Improvisieren ab und geht zu handfester Wissensvermittlung über. Ich soll einige große Komponisten und noch lebende, russische Pianisten genauer kennenlernen.

Ich übe weiter Tschaikowskys *Kinderalbum*, nichts sonst, daneben bereiten wir uns aber schon auf den nächsten Klavierzyklus für Kinder vor, Robert Schumanns *Album für die Jugend*. Die Vorbereitung besteht darin, dass Frau Waigel mich in Schumanns Leben einführt. Als Erstes betrachten wir eine Art Foto (Frau Waigel benennt es anders, ich kann mir aber den Begriff nicht merken), auf dem der Komponist zu sehen ist. Sie behauptet, dass Robert Schumann einer der ersten Komponisten sei, von dem wir diese Art Foto besäßen. Vor ihm habe es das noch nicht gegeben, so dass wir uns das Aussehen etwa von Mozart oder von Beethoven nur mit Hilfe von Gemälden oder Zeichnungen vorstellen könnten.

Auf dem Foto ist Robert Schumann zusammen mit seiner Frau Clara zu sehen. Sie sitzt an einem Klavier und hat die rechte Hand auf die Tasten gelegt. Er steht aufrecht daneben und stützt den linken, angewinkelten Arm auf den Klavierdeckel. Beide sind festlich und dunkel gekleidet, wie während eines Konzerts. Clara wirkt zierlich und entspannt, als wolle sie gleich spielen.

Robert aber erscheint zurückhaltend, die linke Hand ans Kinn geführt, als müsse er zuvor noch über etwas nachdenken.

Wie Clara so dasitzt (freundlich, in Gedanken schon beim ersten Akkord), ist sie die Frau, die Klavier spielt. Und wie Robert so dasteht, wirkt er wie ihr männliches Pendant: der Mann, der sich die Kompositionen für das Klavier ausdenkt. So gesehen, ergänzen die beiden einander ideal: Sie sind das Paar, das Musik inszeniert, indem Noten erdacht, aufgeschrieben und schließlich gespielt werden.

Das Paar-Foto beeindruckt mich sehr. Das Leben von Clara und Robert Schumann stelle ich mir als die ideale musikalische Hauswirtschaft einer Familie vor. Wenn der oder die eine komponiert, übt der oder die andere auf dem Klavier. Das Leben in einer solchen Hauswirtschaft wäre also ein unendliches Komponieren und Spielen. Den ganzen Tag würde man in den Räumen Musik hören, ganz neue oder bereits komponierte. Sicher hatten die Schumanns Kinder, die dabei mitmachen durften? Und sicher waren es viele, eine kleine Runde? Oder etwa nicht?!

Frau Waigel ist erstaunt, dass ich nach den Kindern von Clara und Robert frage. Erst indem ich das tue, fällt ihr auf, dass viele der großen Komponisten gar keine Kinder hatten. Beethoven nicht, Chopin nicht, Brahms nicht, Tschaikowsky nicht ... – Frau Waigels Liste wird immer länger, und langsam wird es ihr unheimlich. Warum hatten all diese Männer keine Kinder? Sie kann diese Frage nicht rasch beantworten und sagt, dass sie Zeit brauche, um über dieses Thema in Büchern nachzulesen.

Ich aber frage weiter: Wie viele Kinder hatten Clara und Robert? Auswendig weiß Frau Waigel das nicht, sie schlägt aber in einem Buch nach und verkündet schließlich: »Es waren acht.« Acht Kinder! Ich habe es ja geahnt, der Blick auf das Foto der beiden hat mir diese Vermutung eingeflüstert. Was aber folgt daraus – und warum beschäftigt mich gerade dieses Detail?

Ich stelle mir ein anderes Leben als das in unserer Kölner Wohnung vor. Nicht drei Menschen, von denen zwei Musik machen und der dritte zuhört, sondern ein Elternpaar mit vielen Kindern, die alle Musik machen. In einer solchen Hauswirtschaft wäre ich nicht mehr allein, sondern einer von vielen. Ich könnte mit meinen Eltern, aber auch mit meinen Geschwistern musizieren – und jede oder jeder spielte ein anderes Instrument.

Manchmal würden wir gemeinsam auftreten und immer alle zugleich aufs Podium gehen, als wären wir ein kleines Orchester. Keiner wäre aufgeregt und hätte das blöde »Lampenfieber«, und Mutter säße an einem großen Flügel, während mein Platz der an einem kleineren Klavier sein könnte. So wäre es richtig! Eine große Familie – und laufend neue Musik, die Mutter oder Vater Tag für Tag komponieren würden!

Ich habe noch viele Fragen zum Leben der Schumanns, Frau Waigel kann sie gar nicht alle beantworten. Manchen Details, die mich interessieren, geht sie nicht nach, aus Mangel an Quellen. Gerade noch rechtzeitig fällt ihr jedoch ein, dass Clara und Robert Schumann (vielleicht zusammen? Oder abwechselnd?) *Musikalische Hausregeln* verfasst haben. Auf meine Bitte hin sucht sie danach – und dann sitzen wir nebeneinander auf Frau Waigels Sofa, und sie liest mir einiges daraus vor.

Noch nie habe ich einen Text kennengelernt, der genauer beschreibt, wie ich mit Musik umgehen soll. Erstaunlich an ihm ist aber auch, dass mir viele seiner Regeln bekannt vorkommen, als wäre ich bei ihrer Formulierung dabei gewesen.

Die Bildung des Gehörs ist das Wichtigste. Bemühe dich frühzeitig,

Tonart und Ton zu erkennen. Die Glocke, die Fensterscheibe, der Kuckuck – forsche nach, welche Töne sie angeben.

Unglaublich! Habe ich diese *Bildung des Gehörs* nicht von Anfang an am Klavier betrieben? Und das sogar, ohne dass es mir jemand empfohlen hätte? All meine kleinen Improvisationen waren nichts anderes als Versuche, die Welt um mich herum in Töne zu verwandeln.

Wenn du spielst, kümmere dich nicht darum, wer dir zuhört. Richtig, auch daran habe ich mich gehalten, ohne dass es mir einer gesagt hätte. Sowohl vor den Eltern als auch später vor Publikum habe ich den Zuhörern keine Beachtung geschenkt. Ich bin, könnte man sagen, in Gedanken weiter in dem stillen Zimmer geblieben, in dem ich geübt habe. Dort war ich fast immer allein. Sollte ich vorspielen, dachte ich an so einen Raum. Was außerhalb dieses Raums noch geschah, kümmerte mich nicht.

Bemühe dich, leichte Stücke gut und schön zu spielen; es ist besser, als schwere mittelmäßig vorzutragen. – Wenn ich auf mein bisheriges Üben zurückblicke, habe ich ausschließlich leicht zu erlernende Stücke gespielt. Bis zu schwierigen, weit ausholenden Kompositionen bin ich nicht vorgedrungen. Kein einziges Stück dauerte länger als ein paar Minuten, und ich beherrschte es nach einigem Üben in einer überschaubaren Zeit. Czernys Stücke waren Fingerübungen, die von Bartók waren für Kinder, und die von Tschaikowsky waren Erzählungen aus Russland. Viel mehr habe ich bisher nicht gespielt.

Neben den Regeln, die ich sofort verstehe (als hätte ich sie mir selbst ausgedacht), gibt es aber auch solche, die meine Vorstellungskraft noch übersteigen. *Von deinen musikalischen Studien erhole dich fleißig durch Dichterlektüre. Ergehe dich oft im Freien! – Dichterlektüre?!* Was ist denn damit gemeint? Frau Waigel erklärt mir, dass man als Klavierspieler nicht nur ausreichend üben, sondern auch viel lesen solle. Lesen erweitere die Fantasie und trage mehr als alles andere dazu bei, Musik besser zu verstehen.

Das begreife ich, weiß aber nicht, *welche* Bücher ich lesen soll. Frau Waigel sagt, dass sie darüber auch noch nicht nachgedacht habe. Sie könne aber eine Liste von Büchern anlegen oder, noch besser: Ich solle Mutter bitten, mir geeignete Bücher zu beschaffen. »Sie weiß in diesen Dingen viel besser Bescheid als ich!«, sagt sie. Und weiter: »Bei deiner Mutter bist du an der besten Adresse!«

Nun, das hört sich gut an. (Noch am selben Tag werde ich mit Mutter darüber sprechen.) Warum aber soll ich mich *im Freien ergehen*? Was ist damit gemeint? Frau Waigel behauptet, dass Gehen im Freien einen auf gute Gedanken bringe. Das Gehirn nehme viel Neues auf und müsse darauf reagieren. Viele Dichter und Philosophen seien viel im Freien unterwegs gewesen, um das Durcheinander in ihren Köpfen zu ordnen oder zu klären. Und ganz ähnlich seien die besten Pianisten auch viel im Freien unterwegs, um sich während eines Spaziergangs die geübte Musik im Kopf vorzuspielen. Das sei ein wichtiges Training, um Stücke auswendig zu lernen.

Noch etwas dunkler aber ist die folgende Regel: *Spiele fleißig Fugen guter Meister, vor allen von Johann Sebastian Bach. Das »Wohltemperierte Klavier« sei dein täglich Brot. Dann wirst du gewiss ein tüchtiger Musiker.* – Was *Fugen* sind, weiß ich nicht. Frau Waigel erklärt es mir, indem sie eine Fuge von Johann Sebastian Bach vorspielt. Es ist ganz einfach: Eine Fuge beginnt mit einer Melodie, die von einer zweiten und dritten Stimme übernommen und fortgeführt wird. Am Ende kommen alle Stimmen wieder zusammen, nachdem sie die Melodie unzählige Male zeitversetzt gespielt haben.

Das *Wohltemperierte Klavier* dagegen ist ein großer Zyklus für

Klavier, der durch alle Tonarten geht. Für jede Tonart gibt es ein Präludium und eine Fuge – und all diese Stücke sollen Meisterwerke sein. – »Werde ich sie bald spielen?« – »Sehr bald nicht, sie sind noch zu schwer.« – »Wann werde ich sie spielen, wann in etwa?« – Das kann Frau Waigel noch nicht sagen, es hängt von meinem Fleiß und meiner Ausdauer ab.

Zum Schluss geht es ums Ganze: *Was heißt denn aber musikalisch sein? Du bist es nicht, wenn du, die Augen ängstlich auf die Noten gerichtet, dein Stück mühsam zu Ende spielst; du bist es nicht, wenn du (es wendet dir jemand etwa zwei Seiten auf einmal um) stecken bleibst und nicht fortkannst. Du bist es aber, wenn du bei einem neuen Stück das, was kommt, ungefähr ahnest, bei einem dir bekannten auswendig weißt – mit einem Worte, wenn du Musik nicht allein in den Fingern, sondern auch im Kopf und Herzen hast.* – Genauso übe ich meine Stücke. Ich habe zwar im Unterricht von Frau Waigel auch Noten lesen gelernt, bin aber letztlich doch dabeigeblieben, Stücke rasch auswendig zu lernen. Noten lesen kann ich daher nicht gut, es strengt mich nach wie vor an. Stattdessen präge ich mir (wie noch zu Zeiten von Mutters Unterricht) die einzelnen Bausteine von Stücken ein, spiele sie immer wieder und behalte sie schließlich im Kopf. Soll ich auf Noten blicken und gleichzeitig spielen, gerate ich meist durcheinander. Ich spiele sehr fehlerhaft und ohne »Ausdruck«. Es ist, als verstünde ich gar nicht, was ich da gerade spiele, oder als wäre ich abwesend.

Ich nehme die *Musikalischen Haus- und Lebensregeln* der Schumanns mit nach Hause und schreibe sie Regel für Regel ab. Mutter hat von ihnen noch nie gehört und liest sie deshalb auch mit Staunen. Vater lässt sie sich vorlesen und lacht manchmal auf, wenn ihm etwas zu »klugscheißerisch« (so nennt er es) vorkommt. Mutter meint, er habe grundsätzlich etwas gegen Regeln, deshalb mache er sich über sie lustig. »Nein, nein«, sagt Vater, »es ist viel Vernünftiges darunter, und es ist auf jeden Fall gut, sich über Regeln Gedanken zu machen. Man sollte sie auch auf- oder abschreiben, dann weiß man später genauer, an welche man sich gehalten und welche man übergangen hat. Regeln sind aber nicht dazu da, um jeden Preis befolgt zu werden, sie dienen nur einer möglichen Orientierung. Auch gegenüber Regeln sollte man immer einen freien, selbstständigen Kopf bewahren.«

Das klingt vernünftig, und es lässt mich daran denken, später einmal eigene Regeln aufzuschreiben. Vorerst aber sind die der Schumanns das Beste, was ich an Regeln gehört oder gelesen habe. Ich gehe sie häufig durch und weiß viele von ihnen bald auswendig. Wie von selbst führt das Auswendiglernen schließlich auch dazu, dass ich manche Regeln etwas verändere oder ergänze.

Sieh dich tüchtig im Leben um, wie auch in anderen Künsten und Wissenschaften … – ergänze ich zum Beispiel um die Zusatzregel: *Vergiss auch den Sport nicht – wie zum Beispiel das Schwimmen und das Laufen.* Und aus: *Es ist des Lernens kein Ende* wird: *Sonntags allerdings darfst du auf das ewige Lernen verzichten.*

Wo aber stehen die *Musikalischen Haus- und Lebensregeln* der Schumanns? Frau Waigel zeigt mir, dass sie in einem Anhang des Klavierzyklus *Album für die Jugend* zu finden sind. Robert Schumann hat die insgesamt dreiundvierzig Stücke des Zyklus für seine Kinder geschrieben und der Komposition die Regeln beigefügt.

Als ich das höre, weiß ich sofort, wohin meine Reise nun geht. Nach Tschaikowskys *Kinderalbum* werde ich die Stücke des *Albums für die Jugend* von Robert Schumann spielen. Schon der bloße Gedanke erregt mich: Bald werde ich Stücke jenes Komponisten üben, dessen Werke Mutter so schätzt und selbst spielt. Dadurch werde ich zu ihr aufschließen und dort ankommen, wo auch sie sich aufhält: im großen Tonreich von Schumann, Chopin und Liszt!

Ich bitte Frau Waigel, mir einige der kurzen Stücke aus dem *Album für die Jugend* vorzuspielen. Seltsamerweise kennt sie keines auswendig. »Das habe ich vor Jahrzehnten einmal gespielt«, sagt sie zur Entschuldigung. Dann aber greift sie doch nach den Noten, schlägt sie auf, blättert ein wenig und spielt ein Stück mit dem Namen *Choral*.

Nie habe ich bisher Schöneres gehört. *Choral* ist keine Musik wie jede andere. Es ist weder ein Übungsstück noch eine Erzählung, noch eine große Komposition für Erwachsene. Schumanns Stück ist vielmehr etwas ganz und gar anderes: Es ist ein Stück für mich! Damit meine ich: Es ist kein Stück für Kinder (ich meine für irgendwelche), sondern eines, das so klingt, als hätte der Komponist Robert Schumann von mir gewusst und mich sogar gekannt. Seine Musik redet mit mir, und ich sehe ihn, wie er neben dem Klavier steht und seine Frau Clara bittet, das Stück *Choral* für mich zu spielen.

Sie lächelt und spielt es sehr langsam und andächtig. Und so hören wir drei eine Musik, die uns verbindet, so dass wir dasselbe empfinden: Rührung, Anteilnahme und (was ich aber noch gar nicht genau weiß): Freundschaft und Zuneigung.

20

Draußen liegt Schnee, es ist kalt, und auf den Wegen ist kein Mensch unterwegs. Ich schlage die Noten des *Albums für die Jugend* auf und finde gleich den *Choral*. Dann setze ich mich an das alte Klavier und spiele. Nein, es ist kein schweres Stück, sondern eines, das ein Anfänger gut bewältigen kann. Nach einem Stück für Kinder oder Anfänger klingt es aber überhaupt nicht. Sein Geheimnis besteht vielmehr in einer bestimmten Form von Reduktion: als hätte Schumann in einem bereits vorliegenden Choralgesang jede überflüssige Wendung gestrichen und nur das Gerüst übriggelassen.

Dadurch entstehen eine Schlichtheit und Intimität, die aus einem Gesang der Vielen eine tief innerliche, religiöse Selbstaussprache eines Einzelnen macht. Als summte dieser Übriggebliebene vor sich hin und würde leiser und leiser. Wo gibt es eine raffiniertere Musik, die für Kinder und Erwachsene gleichzeitig bestimmt ist? Die Kinder begegnen dem Ernst der Erwachsenen (sowie dem ihres Glaubens), und die Erwachsenen lernen die Essenz ihres Ernstes (sowie die ihres Glaubens) neu kennen.

Das Foto von Clara und Robert, die *Musikalischen Hausregeln* und das *Album für die Jugend* – diese Trias hat mein ganzes Leben mit der Musik entscheidend geprägt. Seit ich sie kannte, empfand ich mich nicht nur als Mitglied einer romantischen (und damit auf Freundschaft und Zuneigung gegründeten) Gemeinschaft, sondern als Teil einer Familie. Deren Mitglieder verkehrten auf intime Weise miteinander und brachten diese Intimität im Musikmachen zum Ausdruck. Dazu gehörten: das Spielen eines Instruments, der eigenständige Versuch, die Welt draußen in Töne und Klänge zu übersetzen, und die Freude an Literatur.

Abgekürzt könnte ich es so sagen: Seit ich von Clara, Robert und all dem wusste, was sie dachten und fühlten, verwandelte sich für mich die Musik. Sie war nicht mehr die Welt des Übens, der Erzählungen oder des schönen Klangs, sondern die von starken, vorher unbekannten und verborgenen Gefühlen. Musik lockte sie hervor und offenbarte (salopp gesagt), was »in einem steckte«. Ich erschrak, wunderte mich und war manchmal (untrügliches Zeichen!) den Tränen nahe. Die Überwältigung durch Schumanns Musik war derart stark, dass die Empfindungen gleichsam »überströmten«.

Was ich damals noch nicht wusste: Dass Schumann es auf diese Überwältigung nie anlegte, dass er nicht mit dem romantischen Gestus kokettierte und dass hingegen viele seiner Nachfolger (ich nenne jetzt keine Namen) genau das taten.

»Romantisch« ist in der Tat der zentrale Begriff für die mit Schumanns Kompositionen beginnende »Erlebnismusik« des neunzehnten Jahrhunderts. Man sollte ihn aber exakt gebrauchen und nicht als oberflächliche Formel für etwas Diffuses, Innerliches. Die »romantische Musik« zielt darauf, im seelischen Raum des Zuhörers eine bewusst schlichte, aber fundamentale Empfindungswelt zu entdecken, die der romantische Komponist zuvor in sich selbst geortet hat. Gelingt das, entsteht ein innerliches »Singen«. Das »Lied«, der »Gesang« – das waren in den Augen der Romantiker die idealen Urformen der Musik. Aus ihnen leiteten sich alle anderen Formen und Praktiken ab (was erklärt, dass die Romantiker mit dem großen Orchester oft nur schwer zurechtkamen).

Hätte ich die Schumann'sche Trias nicht so früh kennengelernt, hätte ich auf dem eingeschlagenen Weg wohl kaum dauerhaft weitergemacht. So aber begriff und fühlte ich früh, dass Klavierspielen nichts ist, was man aus einer gewissen Neigung heraus nebenher betreibt.

Seit ich diese Erfahrung gemacht hatte, übte ich nicht mehr, um ein Publikum zu unterhalten oder Brillanz (von der ich sonst so wenig besaß) zu beweisen. Stattdessen glaubte ich, mich beim Üben und Spielen in den wichtigsten mir zugänglichen Bereichen überhaupt zu bewegen. Pathetisch gesagt: dort, wo sich die Wahrheit (des Empfindens und Fühlens) befand. Und genau danach, ja, nach der Wahrheit, hatte ich, ohne es zu ahnen, gesucht.

Meine Stummheit, mein schwieriges Sprechen- und Schreibenlernen hatten mich der Wahrheit weiß Gott nicht näher gebracht. Sie hatten mich schwer verwirrt und mich glauben lassen, ich werde nie einen Zugang zu den wichtigeren Erkenntnissen und Themen des Lebens gewinnen. Ich strauchelte ja bereits bei den einfachsten Vollzügen: dabei, ein paar Worte zu sagen und aufzuschreiben! Wie sollte ich da einen Zugang zu den schwierigeren (und vor allem zu den verborgenen) Erfahrungen des Lebens finden?

Von Anfang an empfand ich die Bekanntschaft mit dem Seiler-Klavier und das Klavierspielen als eine interessante, geheimnisvolle Fährte. Irgendetwas Dunkles, Verborgenes wurde dadurch angerührt – aber was? Ich ließ mich darauf ein und übte und übte. Irgendwann hätte ich aber auch zu dem Ergebnis kommen können, dass all das nur ein großer »Blöff« war.

Man zauberte, indem man mit den Fingern so schnell war wie andere Menschen niemals. Und man bezahlte für diese Kunst damit, dass man ihr viele Stunden widmen musste (die man lieber mit anderen Menschen und auf weniger anstrengende, monotone Weise verbracht hätte). Wäre es bei diesen zugegeben spröden Erkenntnissen geblieben, hätte ich das Klavierspielen aufgegeben. Und fast immer tun das Kinder nach einer bestimmten Phase des »ersten Übens«:

Sie haben es »satt« und denken: »Da ist nichts und war nichts, also lass ich es sein ...«

In den *Musikalischen Haus- und Lebensregeln* sind die Gefahren eines bestimmten Übens bereits genau benannt: *Such' es nie in der Fertigkeit, der sogenannten Bravour. Suche mit einer Komposition den Eindruck hervorzubringen, den der Komponist im Sinne hatte; mehr soll man nicht; was darüber ist, ist Zerrbild.* In solchen Sätzen schwingt die Abscheu vor dem »Virtuosentum« mit. Bloße »Bravour« kommt ohne Innerlichkeit aus, und »Innerlichkeit« meint: sich das Fremde anzueignen, indem man es aus sich selbst heraus zu verstehen sucht. Deshalb ergeht die Warnung an alle, die »etwas dazutun wollen«. Sie versäumen Freundschaft und Zuneigung zu einer Komposition und missbrauchen sie für die Theatralik der »Fertigkeit«.

Ich habe den kleinen *Choral* (der nicht einmal zwei Minuten dauert) heute mehrmals gespielt und werde nun (so wie früher) zu den weiteren Stücken des *Albums für die Jugend* übergehen. Ich muss zugeben, dass ich sie sehr unterschätzt habe. Dabei sind sie einzigartig und ein Urtext der romantischen Musik. Und das gerade deshalb, weil sie so »einfach« sind und sich sofort wie ferne Erinnerungen im Kopf festsetzen, als hätte man so in den frühsten Kinderzeiten gedacht und gesungen.

Habe ich das? Frau Waigel behauptete es nach einiger Zeit. Sie sagte: »Du bist ein Schumannianer, weißt du das?« Ich schüttelte den Kopf und fragte, was sie meine. Sie antwortete: »Das ist ein Klavierspieler, der so spielt, als würde er beten.« Ich sagte, dass ich beim Spielen nicht ans Beten denken würde. Und sie antwortete (wiederum vielsagend und geheimnistuerisch): »Das ist es ja gerade.«

21

Während ich dabei bin, ein Schumannianer zu werden, kommt etwas dazwischen. Frau Waigel erzählt von den großen russischen Pianisten und widmet sich damit ihrem Lieblingsthema.

Ich erfahre, dass es in Russland die beiden besten Konservatorien der Welt gibt. Das erste (und älteste) befindet sich in Sankt Petersburg, das zweite in Moskau. Dort studieren Hunderte von jungen Pianistinnen und Pianisten, und dort hat sie selbst (gefördert durch ein Stipendium) eine Weile studiert. »Wenn du es später bis in eines dieser beiden Konservatorien bringst, ziehe ich den Hut«, sagt sie. Und dann fügt sie zu meiner Überraschung hinzu, dass sie es zwar bis dahin gebracht habe, dort aber gescheitert sei. »Wieso denn das?«, frage ich, und sie antwortet: »Ganz einfach. Ich war nicht gut genug. Deshalb ist aus mir keine richtige Pianistin, sondern nur eine Klavierlehrerin geworden.«

Das hört sich schlimm an, und ich würde gerne etwas Tröstendes sagen. Mir fällt aber nichts ein, und so frage ich nur: »Was ist denn eine richtige Pianistin oder ein richtiger Pianist?« Frau Waigel weiß Bescheid, und so bekomme ich zu hören, was mich dann im Stillen lange beschäftigen wird: »Ein richtiger Pianist macht ein glanzvolles Konzertexamen. Dann nimmt er an einem großen und bekannten Klavierwettbewerb teil und gewinnt einen Preis. Und danach macht er Karriere und reist durch die ganze Welt, um auf den berühmten Konzertbühnen aller Kontinente zu spielen.«

Das nun wiederum hört sich gewaltig und großartig an: als stiege ein richtiger Pianist nach seinem Konzertexamen in den Pianistenhimmel auf, um dort bis zu seinem Lebensende zusammen mit anderen richtigen Pianisten zu kreisen.

Ich bekomme jedoch einen Schrecken, als ich Genaueres höre und mir vorstelle, wie ein solches Leben wohl aussehen würde. Heute ein Konzert in New York, morgen eines in Rio de Janeiro, übermorgen eines in Melbourne – und wo spielt man am besten in Afrika? Möchte ich ein richtiger Pianist werden? Nein, eigentlich nicht. Mir würde es genügen, in Köln, München oder Berlin zu spielen, dann bräuchte ich nicht ununterbrochen in einem Flugzeug zu sitzen.

Ich sage das Frau Waigel, und sie lacht: »Du hast keine Ahnung, mein Junge. Wenn du einmal die Carnegie Hall in New York gesehen hast, weißt du, dass es für einen richtigen Pianisten nichts Schöneres gibt.« Ich frage, ob sie einmal in dieser Hall gespielt habe, und sie lacht wieder: »Aber nein, ich doch nicht. Die Carnegie Hall ist etwas für die wahren Größen!« – »Und wer sind diese Größen?« – »Svjatoslav Richter ist eine – und das, obwohl er bisher noch nicht in der Carnegie Hall gespielt hat.«

Herrgott! Wer ist denn nun wiederum Svjatoslav Richter? Frau Waigel sagt, er sei der größte und wichtigste Pianist, den sie kenne. »Wo lebt er?«, frage ich, und sie sagt: »Normalerweise in Russland, aber er ist ununterbrochen unterwegs und auf Tournee.« Und dann steht sie auf und sucht eine Mappe, in der sich lauter Zeitungsartikel mit Fotos von Svjatoslav Richter befinden.

Er sieht sehr streng und ungeheuer ernst aus, ich kann mir nicht vorstellen, dass er jemals gelacht hat. Er trägt dunkle Anzüge und weiße Hemden und schaut einen an, dass einem Hören und Sehen vergeht. »Du wagst dich an ein Klavier?«, scheint er einen zu fragen, und man gibt klein bei und flüstert nur noch: »Ich werde es mir noch mal überlegen.«

Ich frage, welche Stücke Svjatoslav Richter während seiner Tourneen so spielt. Und Frau Waigel sagt: »Die schwierigsten überhaupt! Zum Beispiel das zweite Klavierkonzert des russischen Komponisten Sergej Rachmaninoff. Es gibt nichts Schwierigeres auf dieser Welt«, fügt sie noch hinzu.

Natürlich möchte ich dieses Stück hören – am besten gleich, ich werde richtig zapplig vor lauter Vorfreude darauf, das Schwierigste vom Schwierigen zu hören. Und dann lassen Frau Waigel und ich unsere gemeinsame Klavierstunde sausen und hören uns den ersten Satz des *zweiten Klavierkonzerts* von Sergej Rachmaninoff zusammen an. Frau Waigel legt sich (was sie noch nie getan hat) auf ihr Sofa und schließt die Augen, und ich darf mich auf den Fußboden legen und ebenfalls die Augen schließen.

»Rachmaninoff sollte man mit geschlossenen Augen hören«, hat Frau Waigel nämlich gesagt, und ich stelle mir einen Konzertsaal vor, in dem Hunderte von Konzertbesuchern mit geschlossenen Augen sitzen, während ein richtig großer Pianist zusammen mit einem großen Orchester Rachmaninoff spielt. (Frage: Sind geschlossene Augen nicht auch gefährlich? Könnte es nicht sein, dass manche Konzertbesucher einschlafen oder zu träumen beginnen?! Psst! Jetzt keine Fragen mehr, jetzt ist Rachmaninoff dran!)

Und dann geht es los, und das Klavier schmettert einige wilde, finstere Akkorde, worauf das Orchester wie gereizt mit seiner eigenen Melodie beginnt und lauter und lauter wird, bis das Klavier dieses laute Rumoren noch einmal überbietet und das

Orchester verdrängt und ein gegenseitiges Zerren, Kämpfen und Grollen sich austobt, wie ich es noch nie gehört habe.

Mit Robert Schumanns Musik (weiß ich vom ersten Moment an) hat Rachmaninoff nichts zu tun. Es geht nicht um Freundschaft, Zuneigung und die Einhaltung musikalischer Hausregeln, sondern um Wettstreit, Entblößung und ein Duell. Dunkel und gefährlich erscheint mir diese Musik und als käme sie aus den fernsten Eiswüsten wie zum Beispiel denen Sibiriens. Der Pianist ist auf dieser Reise ganz allein und auf sich gestellt, manchmal irrt er richtiggehend umher und tastet im Finsteren um sich, und dann wirft ihm das Orchester einen scheinbar rettenden Brocken hin, um ihn im nächsten Moment höhnisch beiseitezuziehen.

Als der erste Satz vorbei ist, öffne ich die Augen und frage Frau Waigel, ob sie dieses Stück schon einmal gespielt hat. »Ich habe es zumindest versucht«, antwortet sie, »bin aber nicht weit damit gekommen.« – »Meinen Sie, ich sollte es später auch einmal versuchen?«, frage ich. – »Unbedingt«, sagt Frau Waigel, »aber bis dahin ist noch etwas Zeit.«

Die Antwort befriedigt mich nicht, und so frage ich weiter, was ich als Nächstes auf meinem Weg zu Rachmaninoff tun könne. »Du solltest dir die großen, wichtigen Pianisten in großen, bedeutenden Konzertsälen anhören. Ja – und du solltest auf Festivals gehen!«

Was passiert auf einem »Festival«? Dort treffen sich die großen, wichtigen Pianisten, und jeden Abend gibt ein anderer ein Konzert. So kann man ihr Spiel miteinander vergleichen und sich mit anderen Zuhörern austauschen, um herauszubekommen, wen sie von den großen, wichtigen Pianisten für den größten, wichtigsten halten.

»Ich denke, das ist längst klar«, sage ich zu Frau Waigel, »Svjatoslav Richter ist der größte und wichtigste, das haben Sie doch eben gesagt.« – »Stimmt«, antwortet sie, »aber das ist nur *meine* Meinung. Andere Menschen haben ganz andere Favoriten.« – »Wen denn zum Beispiel?« – »Emil Gilels oder Glenn Gould.« – »Glenn wer?« – »Glenn Gould, das ist ein kanadischer Pianist. Viele halten ihn jetzt für den Größten. Zwischen Svjatoslav Richter und ihm ist ein richtiger Wettstreit um Platz eins in der Welt entbrannt.« – »Oh! Das ist aber spannend!« – »Ja, ist es.« – »Und wie bekomme ich davon etwas mit?« – »Am einfachsten wäre es, du würdest nach Salzburg fahren. Schau dir das Programm der Festspiele an, dann überlegen wir, ob es sich lohnt, dorthin zu fahren.« – »Sind die Festspiele in Salzburg ein Festival?« – »Sie sind das Beste der Welt.«

Kurze Zeit später habe ich entdeckt, dass der kanadische Pianist Glenn Gould im kommenden Sommer im Rahmen der Salzburger Festspiele auftreten wird. Leider wird er weder Schumann noch Rachmaninoff spielen, sondern eine Sonate von Mozart und die sogenannten *Goldbergvariationen* von Johann Sebastian Bach. »O mein Gott!«, sagt Frau Waigel, als ich ihr davon erzähle. – »Was ist?«, frage ich. – »Mit den *Goldbergvariationen* sammelt Glenn Gould jetzt gerade sehr viele Punkte. Ich habe seine Interpretation noch nicht gehört, aber schon einiges darüber gelesen. Alle Welt spricht davon.« – »Sie meinen also, ich sollte mir Glenn Gould mit den *Goldbergvariationen* anhören?« – »Wenn ihr noch Karten bekommt – unbedingt!!«

Ich spreche mit den Eltern über mein Projekt. Mutter möchte nicht nach Salzburg. In späteren Jahren vielleicht einmal, jetzt aber noch nicht. Vater dagegen findet sofort Gefallen an der Idee, zumal ein guter Freund von ihm mit seiner Familie in Salzburg wohnt. Der wird also angerufen: Er soll uns Karten für das Konzert mit Glenn Gould besorgen. »Unverzüglich«, wie es heißt, macht der gute Freund sich auf den Weg zu den Kartenbüros, und Vater plant unseren Aufenthalt Monate im Voraus, indem er sich mit der Stadt, den Mozart-Gedenkstätten und der Natur in der Umgebung von Salzburg beschäftigt.

22

Die Idee und das schwierige Vorhaben, Pianist werden zu wollen, sind nicht immer schon da, sondern setzen sich aus vielen einzelnen Elementen zusammen. Sie bauen aufeinander auf und führen zu einer allmählichen Präzisierung und Steigerung. Das zu erkennen und zu untersuchen, ist mir sehr wichtig. Genau deshalb ziehe ich mich immer wieder in die Zelle meines Musikzimmers und Archivs zurück und verfolge jede einzelne Spur wie ein Kriminologe, der einen späteren Tatbestand von seinen Wurzeln und dunklen Motivationen her untersucht.

Ganz am Anfang stand in meinem Fall die Faszination durch ein Klavier, das mit der Lebensgeschichte meiner Mutter verbunden war. Diesen Bezug begriff ich zwar nicht in seinem vollen Umfang, spürte ihn aber stark. Wenn ich mich an das Instrument setzte, war es kein toter Gegenstand, sondern ein Lebewesen, das im Gefühlsleben meiner Mutter eine wichtige Rolle gespielt hatte. Welche Rolle das war, wollte ich nach und nach in Erfahrung bringen, weshalb das Üben von Beginn an mehr war als ein bloßes Training.

Bereits der Raum, in dem sich alles vollzog, war entscheidend von meiner Mutter geprägt. Sie saß während des Übens oft neben mir, spielte selbst und hörte mir zu, wenn ich »improvisierte«. So fand ich in diesem Raum allmählich zu einer mit vielen Emotionen besetzten Stelle und Position. Durch mein Klavierspiel belebte ich die kleine Familie, in der ich aufwuchs, in erheblichem Maß – und genau das war eine der Voraussetzungen dafür, dass ich das Klavierspielen immer intensiver und leidenschaftlicher betrieb.

Selbst eine so starke Leidenschaft hätte nach einiger Zeit aber verglimmen können. Sie brauchte neue Anreize und viel Feuer, um sich weiterzuentwickeln. Der Unterricht bei einer im fernen Russland ausgebildeten Klavierlehrerin brachte einen nächsten Schritt, der aus dem Kosmos der bloßen Fingerübungen hin zum Spielen von erzählenden Ausdrucksstücken für Kinder führte.

Hinzu kam die Herausforderung des ersten öffentlichen Auftritts und damit die Idee des Konzerts. Nach dem ersten Experiment mit dieser Präsentationsform von Musik wollte ich zwar nicht mehr zusammen mit anderen Klavierspielenden auf Podien erscheinen, wohl aber allein: Die Vision des ersten Solo-Recitals machte sich in einem nichtsahnenden Jungen als hybrider Entwurf breit und führte zu vielerlei Fantasien.

Die Entdeckung, dass ich in einer Ära großer und »wichtiger« Pianisten lebte, die alle unaufhörlich die Erde umkreisten und sich einen erbitterten Wettstreit um die ersten Plätze lieferten, warf auf das tägliche Üben ein neues, faszinierendes Licht. Indem ich mich mit ihren Interpretationen beschäftigte und zielgerichtet begann, Schallplatten mit den verschiedensten Einspielungen derselben Stücke zu hören, wurde ich nicht nur ein typischer Aficionado, sondern musste mich auch ernsthaft fragen, zu welchem Typus Pianist ich selbst wohl tendierte. »In welches Lager gehörst du? Wessen Fan willst du sein?« – genau das waren die Fragen, die für einen jungen Klavierspieler enormes Erregungspotenzial besaßen.

Die Nachricht, dass es »Festivals« gab, in deren Verlauf man den großen Pianisten nahekam, bildete die vorerst letzte Stufe auf der Leiter in den ersehnten Pianistenhimmel. Die großen, wichtigen Virtuosen waren dort längst angekommen. Sie lebten in einem Jenseits und einem Diesseits zugleich – was meinte: Sie waren Heilige, die man (anders als die Heiligen der Kirche) berühren, beurteilen und auf ihren Wegen verfolgen konnte.

Lebende Heilige – für einen Jungen, der nicht streng, aber wohlmeinend katholisch (in rheinischer, genauer: Kölner Version) erzogen worden war, waren das Gestalten, wie man sie kaum faszinierender hätte erfinden können.

Schon viele Wochen vor unserer Reise nach Salzburg erregte mich die Vorstellung, bald ein Konzert mit Glenn Gould zu erleben, sehr. Gould war in meinen Augen der Mann, der an Svjatoslav Richters Thron rüttelte – diese Fantasie brachte zusätzliche Spannung in unser Vorhaben.

Zusammen mit Frau Waigel sondierte ich die Nachrichten: Kritiken über Goulds Plattenaufnahme der *Goldbergvariationen*, Berichte darüber, dass er Konzerte nicht selten »aus heiterem Himmel« absagte, Erzählungen über seine merkwürdigen Spleens und Ansichten, die von den meisten Berichterstattern für unerlaubte Tricks im Kampf um die pianistische Vorherrschaft gehalten wurden.

»Dass er gesagt hat, nach guter russischer Musik müsse man suchen, und gewiss werde er sich nie dazu bewegen lassen, Rachmaninoff zu spielen, ist nicht fair«, sagte Frau Waigel, die eindeutig auf der Seite Svjatoslav Richters stand. Richter, behauptete sie, sei viel zu bescheiden und zurückhaltend, um auf solche Provokationen zu antworten. Längst gehe es im Kampf zwischen den beiden Titanen auch um etwas ganz *anderes*. Es sei ein Kampf zwischen West und Ost, jawohl, es handle sich um einen Teil des »Kalten Krieges«. Gould tue alles, um diesen Kampf auf die Spitze zu treiben, während Richter sich genau gegensätzlich verhalte.

Mit der Reise nach Salzburg begann für mich die Zeit der Konzertbesuche, zu denen ich oft in entlegene Städte aufbrach, um einen ganz bestimmten Pianisten spielen zu hören. Anfangs passierte das nur wenige Male im Jahr, etwa sieben, acht Jahre später (als ich mich längst endgültig für das Pianistendasein entschieden hatte) war ich jedoch alle paar Wochen unterwegs. Damals kannte ich die Stücke, die jeweils gespielt wurden, genau, viele hatte ich selbst geübt – und so saß ich auf dem Höhepunkt meiner Aficionado-Existenz auf einem kleinen Sitz in einem großen Konzertsaal, um ein inneres Drama zu erleben: Ich hörte einen bewunderten, aber fernen und fremden Menschen ein Stück spielen, das ich anders oder sehr viel anders oder aber ganz anders gespielt hätte.

Der Wettbewerb zwischen den großen, wichtigen Pianisten, mit dessen Beobachtung ich in den späten fünfziger Jahren begann, verlagerte sich im Verlauf der folgenden Jahre daher zu einem Wettbewerb zwischen dem spielenden Pianisten und mir selbst. Indem ich sein Spiel mit meinem eigenen verglich, grenzte ich mich von allem ab, was ich hörte, und formte die Konturen meines eigenen Vortrags. »Bloß nicht so weggeduckt spielen wie X ..., auf keinen Fall so über den Flügel herfallen wie Y ..., und erst recht nicht mit hochgezogenen Augenbrauen so wie Z spielen, als wären Klavierstücke Delikatessen, die man auf Vorspeisentellern serviert ...«

Um mich abzugrenzen, führte ich ein Notizbuch mit kurzen Anmerkungen zu den Konzerten, die ich gehört hatte. Zunächst schrieb ich nur wenige Zeilen auf, später notierte ich ganze Seiten, von den Schuhen eines Vortragenden aufsteigend bis zu seiner Kleidung, seiner Gestik, seinem Anschlag, seinen Tempi und der »Idee«, die seinen Interpretationen nach meiner Auffassung zugrunde lag.

Die gesammelten Notizbücher meiner Konzertbesuche liegen ganz in meiner Nähe, hier im Archiv. Die letzten Eintragungen sind aus den frühen siebziger Jahren. Eben gerade habe ich mehr als eine Stunde in ihnen geblättert. Schrieb ich jemals sonst (und ich notierte »sonst« wahrhaftig recht viel) so bitterböse und kritisch, auf die Demaskierung von Schwächen aus?

Jetzt kommen mir solche Aufzeichnungen sehr komisch vor. Zum Glück sind sie nicht verbissen, sondern aus einem Geist des munteren Triumphierens über ein Opfer entstanden. Ich wusste zwar, dass ich nicht so gut spielte wie A oder B, wusste aber auch, dass A oder B über ihr eigenes Spiel nicht so detektivisch genau schreiben konnten wie ich. Typische »Musikkritik« war das also nicht. Ich zelebrierte vielmehr ein Feuerwerk von Pointen, in dem der Vortrag eines Pianisten in Rauch aufgehen sollte.

Drei kleine Beispiele: »A schwankt beim Spiel mit grimmigem Gesichtsausdruck leicht mit dem Oberkörper, als stünde er an Deck eines Schiffes und befände sich auf einer Überfahrt zu den Inseln der Verdammten, wo er für sein miserables Spiel endgültig zum Tode verurteilt wird ...« / »B schlägt die Tasten mit den Fingerkuppen an, als wollte er sie kitzeln oder erregen. Und was geschieht? Die Musik fliegt davon und flattert ins Blaue, während er mit dem Schmetterlingskescher verlegen hinterhereilt, um sie wieder einzufangen ...« / »C muss in Kohlebergwerken aufgewachsen sein, so, wie er sich durch die schwierigen Liszt-Passagen kämpft. Mit Bohrer und Brecheisen meißelt er die Kohle in kleinen Portionen aus der im künstlichen Licht glänzenden Wand, und als sie zu Boden sinkt, zerbröselt sie dort, als fände sie nichts lächerlicher als seine verzweifelten Anstrengungen und den vielen Schweiß, den er vergießt ...«

Ich habe Svjatoslav Richter viele Male in meinem Leben spielen gesehen, in London, Paris und wenige Male auch in Deutschland. Wie kein anderer verkörperte er die Gestalt des Geheimnisvollen. Wenn er mit verschlossener Miene ohne jede Regung das Podium betrat, schien er von weit her zu kommen. Ein Hubschrauber hatte ihn aus fernen Bergmassiven zum Konzertsaal gebracht und dort abgesetzt. Nach dem Konzert würde ihn derselbe Hubschrauber zurückfliegen, und er würde in einer einsamen Höhle darüber grübeln, was alles schiefgegangen war.

Oft stürzte er sich zu Beginn eines Konzerts leicht vornübergebeugt in die Tasten, als wollte er gleich mitten im Zentrum oder Herzen des Flügels ankommen. Dann wurde er von Takt zu Takt vorsichtiger und rückte mit dem Körper unmerklich langsam (und als bekäme er immer größeren Respekt vor dem Eigenwillen des Instruments) nach hinten. Er hatte lange, kräftige Finger, die große Intervalle leicht zu packen bekamen. Und gerade deshalb sah es häufig so aus, als walkte er den Flügel mit seinen mächtigen Händen wie ein Masseur, der den nackten Oberkörper eines stumm daliegenden Gegenübers behandelt.

Er hatte ein riesiges Repertoire. Stücke fast aller bedeutenden Komponisten hat er gespielt. Jedes Mal habe ich mich aber gefragt, wieso er nicht selbst bemerkte, dass sein Spiel keineswegs für Stücke so vieler Komponisten geeignet war. War ihm wirklich entgangen, dass er keinen Mozart spielen sollte? Haydn ja, aber keinen Mozart! Und wieso machte er sich über alle Beethoven-Sonaten her? Über die *Sonate op. 111* ja, über die *Waldsteinsonate* besser nicht!

Ein guter Pianistenfreund sagte einmal dazu: »Richter konnte nicht genug bekommen. Immer noch ein neues Stück, immer noch mehr! Seine ewige Unzufriedenheit war nicht gesund! Letztlich sehnte er sich nach dem ›einen‹ Stück, zu dem sein Spiel gepasst und das er so gespielt hätte wie kein anderer. Ein Leben lang hatte er jedoch den schlimmen Verdacht, dieses ›eine‹ Stück nicht zu finden. Und was sagt uns das alles? Dass er eine wunderbare Märchenfigur war, ein Prinz auf der Jagd nach dem ›einen‹ Stück Gold, mit dem die Welt ihn lockte, dessen Besitz sie ihm aber ein Leben lang vorenthielt.«

Das Letzte, was ich von Richter zu sehen bekam, war ein Dokumentarfilm, den Bruno Monsaingeon mit ihm und über ihn gedreht hat. Der große, alte Mann saß, von schwerer Krankheit gezeichnet, an einem Tisch und sprach sehr ruhig, an der Grenze zum Schweigen. (Es war so berührend, dass ich das Sehen des Films mehrfach unterbrach.) Mozart, sagte der Todkranke schließlich, habe er niemals gut spielen können, Haydn aber ja – und – Haydn sei für ihn überhaupt letztlich der Größte!

Entlarvend war auch die Szene, als man Richter in Japan die verschiedensten Flügelfabrikate vorstellte. Er sollte sie alle ausprobieren und sich am Ende für eines entscheiden. Da stand der Märchenprinz vor den lauernden Augen der schwarzen Flügelkater, die ihn taxierten. Was ist das für einer? Was will so einer hier unter uns, den gepflegten Ablegern des japanischen Pianistenhofes?

»Lassen Sie sich Zeit«, flüsterte man ihm zu. Doch die höflichen Gesellen des Hofes, die einen Flügel nach dem anderen herbeirückten, kannten Richter schlecht. Gerade mal die Tasten eines besonders schmächtigen Flügels schlug er an und wurde dann (zum einzigen Mal während des gesamten Films) laut: »Ich probiere nichts aus! Was soll das? Ich kann auf allen diesen Instrumenten spielen, die Fabrikate sind mir egal!«

Das *C-Moll-Klavierkonzert* von Sergej Rachmaninoff zu hören, habe ich mir viele Jahre verboten. Ich habe es früher Hunderte Male gehört, es war die Begleitmusik größten Enthusiasmus und stärkster Depressionen: ein grandioser Film, so aufwühlend wie kitschig, mit allen Figuren und Gestalten, die zu derlei Liebesdramen eben gehören.

Irgendwann wollte ich mich auf diese Szenen nicht mehr einlassen. Gehörten sie nicht bloß zu meiner Jugend und empfand ich das Stück nicht als lächerliches Überbleibsel von Schwärmereien, wenn ich im Alter von über sechzig Jahren ausgerechnet noch Rachmaninoff hörte? (Gegenstimme: Mein Gott, was sollte ich mit über sechzig Jahren denn stattdessen hören? Händels *Messias* oder Bachs *Weihnachtsoratorium*?!)

Vorgestern habe ich das *zweite Klavierkonzert* von Rachmaninoff noch einmal gehört. Am frühen Abend, natürlich allein. Danach saß ich eine Stunde still neben meinem Seiler von früher, als könnte das alte Instrument mir helfen, den starken Eindruck aufzufangen. Mein Seiler hatte jedoch kein Interesse an solchen Mysterien, und so stand ich irgendwann auf und ging hinaus in die Nacht – um dann bis zum Morgengrauen nicht wiederzukommen. (Und keiner frage mich bitte, wo ich die lange Nacht verbrachte.)

Nun aber weiter, die nächsten, frischen Szenen: Ich sitze mit meinem Vater im Zug nach Salzburg. Vater öffnet seine alte, zerschlissene Dienstaktentasche und nimmt ein Notenbuch heraus. Es sind die *Goldbergvariationen* von Johann Sebastian Bach. »Die habe ich schon mal gekauft«, sagt er, »zur Vorbereitung auf das Konzert. Lesen kannst du so was doch, habe ich recht?« – »Ja«, schwindle ich, »das kann ich lesen. Wenn ich die Notenbilder langsam und genau durchgehe, höre ich sogar die Töne.« – »Tja«, sagt Vater, »das dachte ich mir. Dann also gute Lektüre!«

23

Vaters Freund Hermann empfängt uns auf dem Bahnhof von Salzburg. Er hat zwei seiner vier Kinder dabei. Sie sind etwa so alt wie ich und machen ebenfalls Musik. Dorothea spielt Querflöte, und Gundula singt. Sie sprechen nicht viel, sondern schauen uns etwas betreten an. Ich vermute, dass sie sich vor uns fürchten, vielleicht macht ihnen aber auch nur zu schaffen, dass wir nun ein paar Tage bei ihnen wohnen und sie deshalb zusammenrücken müssen.

Hermann dagegen ist sehr freundlich und herzlich. Er lächelt oder lacht fast ununterbrochen, obwohl es dafür gar keinen Grund gibt. Ich weiß, dass er vor einigen Jahren fast täglich mit Vater zusammengearbeitet und Bahnstrecken vermessen hat und dasselbe jetzt in Salzburg tut (wo er angeblich mehr Geld bekommt). Seine Frau ist Salzburgerin, was zusätzlich dazu beigetragen hat, dass die ganze Familie südwärts gezogen ist. »Wir fühlen uns hier saumäßig wohl«, sagt Hermann und geht so munter voran, als ginge er zum Tanzen.

Hermanns Familie besitzt eine geerbte Wohnung in der Nähe der Salzach. Ganz in der Nähe ist ein angeblich berühmtes Lokal. Es ist keines der üblichen Restaurants, sondern eine sehr große Gaststätte mit Sälen und einem großen Park, wo man unter alten Bäumen sitzen, Bier aus Maßkrügen trinken und sich kleine Speisen an den Tisch holen kann. Von diesem schönen Ensemble schwärmt Hermann und sagt, dass wir dorthin zum Begrüßungsschmaus gehen und essen werden.

Das »Ensemble« heißt *Augustiner Bräustübl*, Hermann und

seine zwei Kinder zeigen es uns und lassen uns Platz nehmen. Dann eilen sie mit unserem Gepäck rasch zu ihrer Wohnung und holen noch die beiden übrigen Kinder sowie die Mutter.

Vater geht, wie er sagt, unter den alten Bäumen im Freien bei schönstem Sommerwetter »das Herz auf«. Ich weiß auch, woran es liegt. Das Bräustübl mit seinen vielen Gartenstühlen und Gartentischen erinnert ihn an die Gastwirtschaft seiner Eltern im Westerwald. »Das ist hier ja fast wie zu Hause«, sagt Vater auch prompt, und dann werde ich losgeschickt, für uns beide etwas zum Essen zu holen. Papa ist für das Trinken zuständig und kommt später mit einem Maßkrug Bier sowie einer Flasche *Almdudler*-Limonade zurück.

Hermanns Frau trägt bei ihrem Erscheinen Salzburger Tracht: einen schönen, dunkelgrünen Rock und eine weiße, weite Bluse, dazu eine schwarze Schleife, die kunstvoll um die Hüfte gewickelt ist. Eine solche Tracht gefällt mir sehr, und ich sage es sogar zur Begrüßung, worauf Hermann beipflichtet: »Ja, die Tracht ist wirklich fesch!«

Elisabeth freut das, und sie erzählt dann während unseres Essens und Trinkens viel von ihren Eltern und wie es war, als sie in Salzburg aufgewachsen ist. Wenn ich ehrlich bin, verstehe ich manches nicht, einige Worte sind wohl auch Dialekt, aber ich frage nicht nach, sondern merke sie mir, um Vater später vielleicht darauf anzusprechen. Wir sitzen alle um einen runden Tisch. Die zwei übrigen Kinder sind ein dunkelblondes Mädchen (Solveig) und ein ebenfalls dunkelblonder Junge (Heribert). Dass auch diese beiden Kinder Musik machen, wundert mich inzwischen nicht mehr, ich hatte es schon geahnt. Solveig spielt Violine (sie ist die Älteste), und Heribert spielt Akkordeon. Mutter Elisabeth wiederum singt, meist im Chor, manchmal auch in kleinen Gruppen und ganz selten sogar solistisch.

Ich frage Hermann, ob er auch Musik mache, da unterbricht Vater die Konversation und sagt: »Richtig, das hätte ich fast ganz vergessen, du machst ja auch Musik, Hermann! Früher hast du davon erzählt! Leider habe ich vergessen, welches Instrument du spielst!« – »Ich spiele Klarinette«, lächelt Hermann und schaut sich so triumphierend um, als hätte er sich soeben (natürlich nur im musikalischen Sinn) geadelt.

Danach spricht er davon, dass in beinahe allen Salzburger Familien Musik gemacht werde, jedes Kind spiele ein Instrument, sei in einem Chor und natürlich auch Mitglied einer Theatergruppe. Im Advent und um Weihnachten herum gebe es »allerorten« so viele Auftritte, dass man jeden Nachmittag und Abend anderswo unterwegs sei. »Salzburg«, sagt Hermann, »ist Musik, Musik und noch mal Musik. Das war schon zu Mozarts Zeiten so.«

»Was für euch Advent und Weihnachten ist, ist für uns Kölner der Karneval«, antwortet Vater, »da ist auch jedes Kind jeden Tag in Gruppen unterwegs.« Hermann nickt, geht darauf aber nicht ein. »Der Vergleich hinkt«, denke ich und hätte es fast gesagt. Anscheinend lebt man in Salzburg das ganze Jahr in einem musikalischen Rausch, während der Rausch in Köln auf einige Wochen begrenzt ist.

Nach dem gemeinsamen Essen und Trinken wollen unsere Gastgeber Vater und mich über das tägliche Musikprogramm Salzburgs informieren. Hermann entfaltet einen Stadtplan, schlägt die Tageszeitung auf und hat zusätzlich auch noch das Veranstaltungsprogramm der Stadt für den Monat August dabei. Ich frage, ob wir Kinder während der Informationsstunde etwas anderes machen können. Hermann schaut mich etwas kritisch an und fragt: »Was zum Beispiel meinst du?« Ich überlege rasch und antworte: »Wir könnten zusammen runter an die Salzach gehen und Steine übers Wasser hüpfen lassen.«

Das ist kein origineller Vorschlag, ich weiß, aber doch besser als nichts. Hermann fällt auch nichts Interessanteres ein, und so sagt er: »Na Kinder, dann nehmt den Johannes mal mit an die Salzach. Passt aber auf!« Ich sehe, dass Hermanns Kinder gerne überallhin ausschwärmen würden, bloß nicht an die Salzach. Sie stehen nur langsam auf, verziehen das Gesicht und schlendern dann betont lustlos aus dem Biergarten.

Sie gehen voraus und reden leise miteinander, und ich tappe ihnen hinterher und fühle mich gar nicht gut. An der Salzach angekommen, setzen sich meine Spielgefährten auf eine Bank und starren aufs Wasser. »Ist das blöd hier«, sagt Solveig, und die anderen pflichten ihr bei und sagen, dass sie es »noch blöder als blöd« finden. Sie denken auch nicht daran, Steine über das Wasser hüpfen zu lassen, während ich ihnen zu erklären versuche, dass es eines meiner Lieblingsspiele ist. »Schon als kleines Kind habe ich Steine über das Wasser hüpfen lassen«, sage ich, und Solveig antwortet: »Und was bist du jetzt? Etwa groß?«

Ich finde nicht, dass solche Fragen hilfreich oder freundlich sind. Deshalb tue ich so, als hätte ich sie überhört. Besser ist es, ein paar Steine zu sammeln und sie über den Fluss hüpfen zu lassen. Ich probiere es aus, und es klappt. Ein Stein nach dem andern hüpft und springt wie ein rasend schnelles Motorboot über das Wasser, es ist die reine Freude.

Plötzlich steht ein Mann neben mir und schaut zu. Er bückt sich, sammelt ebenfalls ein paar Steine ein und lässt sie über den Fluss hüpfen. Der Mann ist groß und trägt trotz des warmen Sommertages einen langen, schwarzen Mantel. Auf dem Kopf hat er eine schwarze Schiebermütze, als wäre es Winter und hier am Flussufer besonders kalt.

Ich schaue ihn an und weiß sofort, dass ich ihn kenne. Ich ahne aber nicht, woher, weshalb ich stumm dastehe und ihn anstarre. Er lacht und lässt noch zwei weitere Steine über den Fluss hüpfen. Dann redet er mich an, lacht weiter und brabbelt sehr schnell vor sich hin. Da er Englisch spricht, verstehe ich leider kein Wort, begreife dann aber sehr schnell, wer vor mir steht.

»Sind Sie Glenn Gould?«, frage ich, und der Mann wird ernst und sagt auf Deutsch, »ja«, sein Name sei Glenn Gould.

Ich weiß nicht, was ich tun soll, denn ich fühle mich, als stünde der Herr Jesus vor mir. Gleich wird er mich an die Hand nehmen und mit mir über das Wasser wandeln. Wir werden in ein Café gehen und einen Tee und eine Limonade trinken. Und wir werden über die *Goldbergvariationen* sprechen, deren Noten ich noch vor wenigen Stunden im Zug zu lesen und zu verstehen versucht habe.

»Ich weiß, dass Sie übermorgen hier in Salzburg die *Goldbergvariationen* spielen«, sage ich. – Und er lacht (schon wieder) und antwortet, »ja«, übermorgen: die *Goldbergvariationen*! Und dann sagt er »Come on!« und zeigt am Ufer der Salzach entlang und läuft ein paar Schritte. Ich verstehe nicht, was er sagen will, laufe dann aber mit, ihm hinterher, und er ist verdammt schnell, jedenfalls viel schneller als ich.

Glenn Gould und ich laufen also um die Wette an der Salzach entlang, er hängt mich jedoch ab und bleibt erst an einer Brücke stehen. Atemlos, wieder lachend, aber so, als wären wir Verwandte. Mein Onkel Glenn und ich! – fast hat es den Anschein.

Er beugt sich über das Brückengeländer und atmet tief aus, er schnauft und kichert. Ich halte mich ebenfalls am Geländer fest und huste, und als wir beide wieder bei Kräften sind, versuche ich ihm zu erklären, dass ich Klavier spiele und sein Konzert mit den *Goldbergvariationen* anhören werde. »Wegen Ihres Konzertes bin ich mit meinem Vater nach Salzburg gekommen«, sage ich. Und weiter: »Eigentlich wohne ich nämlich in Köln.«

Er schaut mich direkt an, ich weiß aber nicht, ob er alles, was ich sage, versteht. Dann antwortet er mit einem seltsamen Gemisch von deutschen und englischen Worten. Er sagt alles zweimal, und er spricht jetzt viel langsamer, und ich kapiere, dass er wissen will, welche Stücke ich spiele. »Ich spiele das *Album für die Jugend* von Robert Schumann«, sage ich – »Great!«, sagt Glenn Gould, reicht mir die Hand und schüttelt sie. »Sie müssen wissen, ich bin Schumannianer«, sage ich weiter und erwarte, dass er wieder zu lachen beginnt. Er tut es aber nicht, sondern schaut mich ernst an.

Und dann kommt ein ungeheurer Moment, denn er spricht plötzlich Deutsch, und ich verstehe jeden einzelnen Satz. Er sagt nämlich: »Spiele fleißig Fugen guter Meister, vor allen von Johann Sebastian Bach. *Das Wohltemperierte Klavier* sei dein täglich Brot. Dann wirst du gewiss ein tüchtiger Musiker.« – »Oh«, sage ich, »Sie kennen die *Musikalischen Haus- und Lebensregeln* von den Schumanns also auch!« – »Ja«, sagt Glenn Gould, »ich kenne sie – und du kennst sie auch! Das ist great!«

Ich denke, dass ich ihm nun auch die Hand schütteln sollte, als Dank, dass er die Regeln der Schumanns anscheinend auswendig gelernt hat. Als ich es tue, lacht er endlich wieder, und dann macht er ein Zeichen und sagt, dass er nun zurück ins Hotel laufen werde. »Bis übermorgen!«, sagt er auf Deutsch, »wir sehen uns! Ich spiele die *Goldbergvariationen*!«

Dann umarmt er mich kurz, als wären wir gute Freunde, und läuft weiter (wie ein echter Läufer) schnell an der Salzach entlang. Ich sehe seine Gestalt verschwinden, und ich habe noch immer ein wenig das Gefühl, er sei eine Erscheinung oder ein Geist oder gar eine Fata Morgana.

Ich schaue ihm nach, bis er verschwunden ist, und dann erinnere ich mich an die *Musikalischen Haus- und Lebensregeln* der Schumanns. Anscheinend haben sie auch sonst viel mit Salzburg zu tun, ja, ich weiß, aber ich will diesen Gedanken jetzt nicht nachgehen. Deshalb bleibe ich an der Brücke stehen und beuge den Kopf über das Wasser und warte und stehe.

Ich habe keine Augen für das, was um mich herum geschieht, ich bin vielmehr so durcheinander, dass ich mich am Geländer festhalten muss. Und so bemerke ich erst gar nicht, dass Hermanns Kinder zu mir aufgeschlossen haben und dass Vater mit ihnen gekommen ist.

»Mein Gott! Was ist denn passiert?«, fragt Vater. Er hat einen sehr roten Kopf und sieht etwas verwirrt aus. Anscheinend hat er sich große Sorgen gemacht. »Er ist mit einem wildfremden Mann an der Salzach entlanggelaufen«, sagt Solveig und schaut mich an, als hätte ich ein Verbrechen begangen. – »Stimmt das?«, fragt Vater. – »Nein, das stimmt nicht«, antworte ich, »ich bin mit einem großen Pianisten an der Salzach entlanggelaufen. Ich kenne ihn. Wir haben Freundschaft geschlossen.« – »In Ordnung«, sagt Vater, »dann sag mir bitte, wen du meinst.« – »Ich bin mit Glenn Gould an der Salzach entlanggelaufen«, sage ich, »wir haben zunächst Steine über das Wasser hüpfen lassen, dann sind wir bis zur Brücke gesprintet, und dann haben wir uns über Schumann und Bach unterhalten. Er meint, ich solle Bachs Fugen üben, und zwar die aus dem *Wohltemperierten Klavier.*«

Keiner sagt etwas, und ich werde plötzlich sehr müde. »Spinnt Johannes oft so?«, fragt Solveig endlich. – »Ich spinne nicht«, antworte ich, »ich sage die Wahrheit.« – »Moment«, sagt Vater, »wie war Glenn Gould denn gekleidet?« – »Er trug einen langen schwarzen Mantel und eine schwarze Schiebermütze«, sage ich. – »Jetzt spinnt er komplett«, sagt Solveig, »ein solcher Mann ist hier nicht aufgetaucht, es ist ja schließlich Sommer. Der Mann, mit dem Johannes gelaufen ist, trug keinen Mantel und auch keine Mütze.« – »Sondern?«, fragt Vater. – »Sondern?! Ich weiß auch nicht«, antwortet Solveig.

Ich verteidige mich nicht, ich sage nichts mehr. Vater aber weiß weiter. Er bittet Hermanns Kinder, an der Salzach zurück und zu ihren Eltern in den Garten des Bräustübls zu gehen. Er werde mit mir langsam folgen, vielleicht würden wir aber auch noch einige Runden drehen. Viele Stunden hätten wir im Zug gesessen, jetzt bräuchten wir etwas Bewegung. Später würden wir zur Wohnung der Eltern kommen, wir hätten ja die Adresse und wüssten Bescheid. In Ordnung? Solveig nickt, und die anderen ebenfalls – und dann sind wir sie los.

»Hast du Durst oder Hunger?«, fragt Vater. – »Nein, überhaupt nicht«, antworte ich. – »Das ist ein tolles Ding, dass du Glenn Gould begegnet bist«, sagt er. – »Ja«, sage ich, »er war sehr freundlich, wir haben uns sofort verstanden.« – »Wieso hat er mit dir ausgerechnet über Schumann und Bach gesprochen?« – »Er hat mich gefragt, welche Stücke ich auf dem Klavier spiele. Und da habe ich von Schumanns *Album für die Jugend* erzählt und gesagt, ich sei Schumannianer. Für die großen, wichtigen Pianisten bedeutet das etwas, sie verstehen dann sofort, in welches Lager man gehört. Welche Musik man mag, welche man übt und welchen musikalischen Lebensregeln man folgt.« – »Ist das so?«, fragt Vater. – »Ja«, sage ich, »es ist richtig spannend. Die großen Pianisten liefern sich erbitterte Duelle, und dabei geht es auch um Lebensregeln.« – »Und Glenn Gould kennt die von Schumann?« – »Ja, er kennt sie genau.« – »Erzähl mir davon«, sagt Vater, »komm, wir gehen am Fluss entlang. Zuerst lassen wir aber noch einige Steine hüpfen, okay?«

Wir stehen an der Salzach und schauen aufs Wasser, und uns beiden wird auf einmal klar, dass wir gar keine Lust haben, Steine hüpfen zu lassen. Wir sind nämlich beide erschöpft, denn auch Vater ist schnell am Fluss entlanggelaufen, vor lauter Aufregung, mir könnte etwas passiert sein. Im Grunde ist mir auch »etwas passiert«, aber anders, als Vater es sich vorgestellt hat.

Wir stehen also weiter ganz still am Fluss, und ich frage Vater, ob er sich mit mir auf eine Bank setzen möchte. »Ja«, sagt er, »setzen wir uns mal in Ruhe auf eine Bank und dann erzählst du mir von Glenn Gould und den Lebensregeln. Ich weiß davon zu wenig, ich habe da wohl eine Bildungslücke.« – »Macht ja nichts«, antworte ich, und dann gehen wir zu einer Bank, setzen uns hin und blicken weiter auf die ruhig fließende Salzach.

Einige Minuten sagt keiner von uns ein Wort. Ich begreife noch nicht, was mir eben »passiert« ist, ich kann es noch gar nicht glauben. War das denn wirklich Glenn Gould? Natürlich war er es, für mich besteht da nicht der geringste Zweifel. Frau Waigel hat davon gesprochen, wie ernst und asketisch er sei, das konnte ich aber nicht finden. Er war vielmehr entspannt, ausgelassen und komisch, und er freute sich darüber, dass ich mich mit Schumanns Werken und Schriften beschäftigt hatte.

»Also …«, sagt Vater dann, »was steht in den Lebensregeln?« Ich erzähle davon, dass Schumann sie für seine Kinder und junge Klavierschüler geschrieben hat. Und ich spreche darüber, welchen Regeln ich selbst inzwischen folge. Schließlich sage ich, dass sie das Üben ordnen und mir helfen, langsam und stetig voranzukommen. – »Gibt es denn auch Regeln, denen du nicht folgst?«, fragt Vater.

Ich schweige kurz, denn er berührt mit dieser Frage genau jenen wunden Punkt, an den ich eben kurz nach der Begegnung mit Glenn Gould denken musste. Wenn ich ehrlich bin, bin ich mit einigen Regeln nämlich so umgegangen, als gäbe es sie nicht. Ich habe das getan, weil ich ihnen nicht folgen kann, nein, es sind Regeln, die mit meinem Leben als Klavierspieler nicht vereinbar sind.

Ich halte kurz die Luft an, dann sage ich: »Ja, es gibt Regeln, denen ich nicht folge. Ich mag sie nicht. Ich weiß aber seit heute, für wen sie gemacht sind, ich weiß es genau!«

Vater lässt mir Zeit, noch ausführlicher zu antworten. Er schweigt einfach und schaut mit mir auf den Fluss. Nach einer Weile bin ich es, der »also …« sagt, und dann erzähle ich davon, dass es Regeln gibt, die von jungen Klavierspielern mehr verlangen als bloßes Klavierspielen. So heißt es, sie sollen ihre Stimme ausbilden, mit anderen Musikern im Duo und Trio spielen sowie in einen Chor eintreten und mit dem Chor singen.

»All das möchte ich auf keinen Fall tun«, sage ich, »erstens würde es viel Zeit kosten, und zweitens mag ich nun einmal nicht singen, weder allein noch im Chor, noch möchte ich mit anderen Musikern Stücke für zwei oder drei Instrumente spielen.« – »Dass du nicht singen möchtest, verstehe ich«, sagt Vater, »ich singe auch nur zu bestimmten Gelegenheiten, zum Beispiel während des Gottesdienstes. Und ich singe grundsätzlich allein und würde nie in einem Chor singen. Dass du aber nicht mit anderen Musikern spielen möchtest, verstehe ich nicht.« – »Vielleicht tue ich es später«, antworte ich, »jetzt aber ist es zu viel. Ich muss doch erst einmal allein spielen können und das einigermaßen beherrschen. Das geht vor.« – »Und du meinst nicht, dass du es schon einmal versuchen solltest? Probeweise?« – »Nein, bitte nicht«, sage ich. – »Ich verstehe«, antwortet Vater, »dann eben nicht. Üben wir uns in Geduld, wie man so sagt …«

Wir schweigen wieder eine kleine Weile, und dann füge ich hinzu, was mir noch durch den Kopf geht. »Diese Regeln über das Singen und das Musizieren mit anderen sind vorerst nicht für mich gemacht. Schumann hat sie vielleicht für andere Kinder geschrieben. Für Hermanns Kinder zum Beispiel. Die singen allein und im Chor, und jedes spielt ein anderes Instrument, und damit spielen sie bestimmt auch zusammen – Hermann redet ja ununterbrochen davon, und Elisabeth auch.«

»Stimmt«, sagt Vater und ist richtig erstaunt, »jetzt fällt es mir auch auf! Das ist mir etwas auf die Nerven gegangen, und ich habe schließlich nicht mehr hingehört.« – »Ich wette, sie spielen uns bald etwas vor. Vermutlich abends, vor oder nach dem Essen.« – »Das könnte wahrhaftig sein«, sagt Vater, »und wenn es so kommt, werden wir zuhören müssen, weil sie sonst beleidigt sind oder uns für unfreundlich halten.« – »Ja«, sage ich, »wir werden zuhören müssen, wenn sie spielen. Aber *ich* möchte nichts spielen, auf gar keinen Fall.« – »Auch nicht etwas ganz Kurzes, vielleicht aus dem *Album für die Jugend*?«, fragt Vater. – »Nicht einmal fünf Takte!«, antworte ich. – »Gut«, sagt Vater, »dann versuchen wir das zu vermeiden. Und was machen wir jetzt?«

Ich sage, dass ich nicht mehr an der Salzach entlang, sondern lieber in die Stadt gehen möchte. »Na, dann gehen wir doch in die Stadt«, sagt Vater, und wir machen kehrt und zweigen von der Salzach ab und lassen uns in die schmalen Gassen der Stadt treiben, in denen gerade viele Menschen unterwegs sind.

24

An den nächsten beiden Tagen beginne ich zu begreifen, was Salzburg für eine Stadt ist und was die Festspiele für ein Festival sind. Ganz Salzburg besteht während dieser Zeit nur aus Musik. Man kann ihr nicht entgehen, sie ist überall, und sie wird in allen Formen präsentiert.

Es gibt die große Oper und das Schauspiel, und es gibt Chor- und Kirchenkonzerte. Während der Matineen und Kammerkonzerte wird unaufhörlich Mozart gespielt, und im Großen und im Kleinen Festspielhaus treten die besten Orchester der Welt mit den besten Dirigenten auf, ganz zu schweigen von den vielen Liederabenden mit den besten Sängern und Klavierbegleitern und den Konzerten mit geistlicher Musik.

Öffnet man eine Kirchentür, erklingt sofort Musik, es wird nämlich gerade geprobt, und geht man in ein Café, laufen im Hintergrund Kompositionen von Mozart, die er während einer Reise mit seinem Vater eben mal so in der Kutsche geschrieben hat. Selbst bis in die Zeitungs- und Tabakläden reicht seine Musik, man erkennt sie sofort, denn sie hört sich in Salzburg ganz selbstverständlich an, als gehörte sie zu allem und jedem und als bestünde die ganze Stadt aus ihren Klängen und Tönen.

Der Höhepunkt einer Vereinigung des Besuchers mit Salzburg ist denn auch der Besuch von Mozarts Geburts- und früherem Wohnhaus. Ich betrete es allein mit Vater, und wir gehen ehrfürchtig durch den dunklen Bau, auf dessen Toilette natürlich auch Mozart gespielt wird.

Weil das alles zu viel ist, dringt Mozarts Musik nicht stark zu mir durch. Vater hat mir aber eine Schallplatte geschenkt, die ich mir zu Hause anhören kann. Sie heißt *Wolfgang – von Gott geliebt* und enthält Stücke, die der sehr junge Mozart schon mit fünf, sechs oder sieben Jahren komponiert hat.

Als echter Salzburger hat er natürlich spätestens seit dem dritten Jahr gesungen – allein und mit den Eltern sowie der Schwester (bestimmt auch im Chor oder in Chören) –, und nebenbei hat er Violine gespielt und Klavier und wahrscheinlich noch mehrere Blasinstrumente. Sicher hat er auch frei auf der Orgel fantasiert und viele Orchester dirigiert – man könnte sagen, dass er musikalischen Haus- und Lebensregeln gefolgt ist, denen außer ihm kein einziger anderer Mensch auf der Welt folgen kann. Darin besteht also seine Besonderheit, aus der sich sehr konsequent sein Weltruhm ergeben hat.

Zum ersten Mal in meinem Leben komme ich also Tag für Tag mit Mozarts Musik in Berührung – seine Salzburger Dauerpräsenz ist aber schließlich der Grund dafür, dass ich kein einziges Stück in Ruhe höre. Statt mich darauf konzentrieren zu können, schallen mir seine Kompositionen überall entgegen, als beherbergte sie ein feuchter Musikschwamm, der in jeder Gasse, jedem Laden und in jedem Schlösschen ausgepresst wird. Selbst beim Spazierengehen in den schönen Gärten der Stadt hört man Mozart oder glaubt ihn zu hören, seine Musik quillt aus den Wasserspeiern oder den steinernen Trompeten und Schalmeien der Gartenfiguren, und dazu treten lebendige Kinderorchester und Kinderchöre auf und singen Salzburger Trachtenmusik.

Wie erwartet, bekommen Vater und ich am zweiten Abend unseres Aufenthaltes dann auch Musik der Hermann-Kinder zu hören. Sie singen und spielen auf ihren Instrumenten, aber sie können seltsamerweise nichts auswendig, sondern schauen auf Noten und blättern sie unentwegt um. Mozarts Musik hört sich in der Hermann-Wohnung so an, als hätte er sie genau für diesen Ort geschrieben. Anscheinend kann man seine Stücke in ganz Salzburg wo auch immer aufführen – überall klingen sie so, als stünde er lächelnd dabei, hätte den jeweiligen Salzburger Raum vor Augen und winkte den Spielenden zu.

Vater und ich klatschen natürlich nach jedem Stück und tun begeistert, aber es ist sehr anstrengend, auch abends noch Mozart zu hören, nachdem man seine Stücke bereits den ganzen Tag gehört und dazu Mozartkugeln oder Mozartbrezeln sowie allerhand Mozartkuchen verdrückt hat. Man hat Mozart nicht nur im Hirn, sondern auch in Magen und Darm, und ich begreife sofort, dass er das in all seiner Genialität selbst als komisch empfunden und deshalb über Hirn, Magen und Darm seine berühmten Mozart-Witze gemacht hat.

Und so kommt es, wie es kommen muss. Nach fast zwei Stunden abendlichem Mozart-Musizieren sitze ich wie betäubt neben Vater und spüre einen nicht geringen Ärger, denn was man uns antut, ist nichts anderes als eine Mozart-Gefangenschaft.

Ich kenne so etwas nicht – noch nie habe ich erlebt, dass man Menschen und Zuhörer mit Musik foltern kann. Vater sagt leider nichts, sondern übt sich in seiner unglaublichen Geduld und kämpft gegen das Einschlafen, während Hermann und Elisabeth ihre Kinder nach jedem Stück anfeuern und sagen: »Kommt, jetzt spielt zum Schluss noch das Rondo aus dem Früchterlkonzert Köchel soundso.«

Mir aber ist das ganze Geköchel irgendwann doch zu viel, und so wage ich es, mittendrin eine Frage zu stellen: »Spielt ihr eigentlich auch auswendig?« Hermann lacht (etwas gekünstelt) und erklärt, dass man nicht auswendig spielen könne, wenn man im Ensemble und damit zu viert oder fünft spiele, der Blick auf die Noten sei dann sicherheitshalber unerlässlich. Ich lasse mich aber nicht abfertigen, sondern setze nach und frage, ob sie noch etwas anderes als Mozart spielen.

»Natürlich«, sagt Hermann, »die Kinder spielen auch Stücke von Joseph Haydn und solche von lokalen Salzburger Größen, die man nicht unterschätzen sollte.« – »Und wie steht es mit den russischen Größen?«, frage ich, »mit Tschaikowsky oder Rachmaninoff?« Aber nein, so etwas spielen die Kinder nicht (und kennen es nicht einmal). »Und wie ist es mit Schumann, Chopin und Liszt?«, lasse ich nicht locker. – Nein, auch deren Stücke sind noch nichts für Kinder, Mozart ist vielmehr »genau recht«.

»Na«, sage ich, »da ist ja noch viel zu tun, bis auch die wirklich große Musik einmal dran ist.« Solveig versetzt mein Satz anscheinend einen solchen Stich, dass sie kühne Behauptungen aufstellt: »Mozart ist der größte Komponist, den es je gegeben hat. Es gibt keinen größeren.« – »Na ja«, sage ich, »vielleicht ist Mozart der größte Komponist für Stücke zu dritt oder viert oder für massenhaft viel Gesang oder für Orgel mit dicker Posaune oder auch für die Oper. Das mag alles sein, ich weiß es nicht. Die größte und schönste Musik machen aber nun einmal nicht die vielen, sondern die wahren Solisten. Ein Mann am Klavier, eine Frau allein mit der Violine, eine Sängerin ohne Klavierbegleitung in einer Kirche – das ist die größte Musik.« – »So ein Unsinn«, sagt Solveig, »dann wäre ja die meiste Musik überhaupt keine große Musik.« – »Ist sie auch nicht«, antworte ich, »die meiste Musik hier in Salzburg ist eine Stadt- oder Bräustüblmusik!« – »Wie bitte?«, fragt Solveig, und ich will noch deutlicher und schärfer werden, als Hermann einschreitet. »Ihr solltet nicht so über Musik reden«, sagt er, »dazu seid ihr zu jung. Wartet mal noch ein paar Jahre, dann könnt ihr euch ein Urteil erlauben.«

Das ist der Augenblick, in dem Vater wieder etwas wacher wird. »Ach«, sagt er, »eigentlich ist doch gar nicht so uninteressant, was Johannes da sagt. Er hat es mir neulich erklärt. Seine Ideen haben mit den *Musikalischen Haus- und Lebensregeln* von Schumann zu tun. Und die schreiben seltsamerweise gerade jungen Klavierspielern und Solisten mit hohen Ambitionen vor, dass sie ...« – »Josef, es ist schon sehr spät!«, sagt Hermann, und ich mag ihn wegen dieses Satzes gerade überhaupt nicht. Denn natürlich versucht er, sich zu drücken und seine lieben Kinder davor zu bewahren, ein paar kluge Sätze über Musik zu hören.

Immerhin ist danach aber endgültig Schluss, keine Zugaben mehr – das Ganze versandet, und es ist Solveig und ihren Geschwistern anzusehen, dass sie mir die Schuld an diesem Ende geben.

25

Am nächsten Tag steht uns endlich das Konzert mit Glenn Gould bevor, und ich bin sehr gespannt. Mir ist nicht entgangen, dass sein Auftritt als »Solistenkonzert« angekündigt wird. Beim Nachschauen entdecke ich auch, dass es nur sehr wenige Solistenkonzerte gibt, im Gegensatz zu den übrigen großen Konzerten, von denen es fast jeden Tag eines gibt. »Solistenkonzerte«, denke ich, sind eben etwas Besonderes, denn es gibt nicht sehr viele große und wichtige Solisten, während es gute Orchester wahrscheinlich in jeder Großstadt gibt. Es reizt mich, beim Mittagessen mit den Hermanns solche Bosheiten zu formulieren, aber ich tue es natürlich nicht.

Nach dem Essen – wir essen Wiener Schnitzel und Salzburger Nockerln, beides habe ich vorher noch nie gegessen, und es schmeckt, da kann man nichts sagen, wirklich sehr gut – ruht Vater sich ein wenig aus, um Glenn Goulds Auftritt so konzentriert wie möglich folgen zu können. Ich aber brauche mich nicht auszuruhen, mir reicht es, an die Salzach zu gehen und dort die Steine über den Fluss flitzen zu lassen. Das tue ich allein, und zwischendurch setze ich mich auf eine Bank, schlage die Noten der *Goldbergvariationen* auf und tue so, als hörte ich beim bloßen Lesen auch gleich die Musik.

Als Schumannianer sollte ich so etwas längst können, denn die *Musikalischen Haus- und Lebensregeln* schreiben es vor. *Du musst es so weit bringen, dass du eine Musik auf dem Papier verstehst* – lautet die entsprechende Regel, der ich bisher ebenfalls noch nicht gefolgt bin. Das liegt daran, dass mir das Lesen noch immer schwerfällt. Ich mag den Blick auf eine Seite oder ein Blatt und das damit verbundene brave Ablesen nicht, lieber denke ich mir etwas aus.

Am Abend gehen Vater und ich sehr früh zu dem Konzerthaus, das *Mozarteum* heißt. Schon eine Stunde vor Beginn des Konzerts herrscht großer Andrang, und es stehen viele auf Einlass wartende Menschen vor dem Gebäude. Wir hören den Namen ›Glenn Gould‹ immer wieder, die neuesten Gerüchte über ihn machen die Runde, aber es gilt zumindest als sicher, dass er an diesem Abend auch wirklich auftreten wird.

Vater kauft ein Programm, und dann kreisen wir durch das Gebäude und sehen uns in allen Gängen und Ecken um. Schließlich ist es so weit, ein Signal ist zu hören, Vater holt unsere Karten aus seiner Anzugtasche, und wir suchen unsere Plätze und setzen uns. Ich trage wie Vater eine dunkle Hose und eine dunkle Jacke, ja, ich sehe (zum ersten Mal in meinem Leben) wie ein ernster, konzentrierter Konzertbesucher aus.

Dann reden wir kein Wort mehr, und ich starre aufs Podium und sehe, dass es gar nicht besonders groß ist und ich selbst keine Schwierigkeiten hätte, die paar Schritte zum Flügel zu gehen, der in der Mitte des Podiums steht. Ich schwitze, ich spüre ein Kribbeln in den Fingern, und Vater blättert im Programm und schaut sich ein Foto des Pianisten Glenn Gould an, den er noch nie (weder auf einem Foto noch im richtigen Leben) gesehen hat. Er sagt dazu nichts, doch ich bemerke, wie genau er sich das Foto anschaut. (Leider ist nicht der Moment, ihn nach seinen Eindrücken zu fragen.)

Der Saal ist voll, die meisten Zuhörer unterhalten sich noch, als Glenn Gould plötzlich das Podium betritt. Er schlüpft aus einer Tür hervor und eilt zum Flügel, und dann nimmt er auf einem seltsamen, alten und tiefen Stuhl Platz, der statt eines Klavierhockers vor dem Flügel steht. Der Stuhl fällt mir erst auf, als Glenn Gould sich setzt, er sackt in die Tiefe und balanciert den wackligen Stuhl aus, sein Kopf lauert nur wenige Zentimeter über der Tastatur, und ich verstehe nicht, wie er es in einer solchen Position schaffen will, die Hände mühelos auf die Tasten zu legen. Er hebt sie jedoch einfach sehr hoch und lässt sie dann über den Tasten schweben, vorsichtig, als wären die Tasten rohe Eier.

Das Seltsame ist, dass ich ihn nicht nur wiedererkenne (ja, das ist der Mann, der in einem schwarzen Mantel mit mir an der Salzach unterwegs war), sondern dass es mir sogar so erscheint, als kennten wir uns nicht nur flüchtig. Er wirkt sehr jung, fast noch wie ein Student, und er sitzt am Flügel so lässig und locker, als spielte er weniger für ältere Menschen als für junge Leute – oder sogar für sehr junge wie mich.

Dann beugt er den Kopf tief, bis knapp über die Tasten, und lässt die Finger loslegen. Sie bewegen sich wie große Insekten oder Spinnen, während er ihnen dabei zuschaut, als wären es fremde Wesen, die er aufmerksam kontrolliert, damit sie keinen Unsinn machen.

Das Erste, was mir auffällt, ist, dass er alle Töne in derselben Lautstärke anschlägt. Es gibt keine lauteren oder leiseren, und es gibt auch keine Verlangsamungen oder Tempobeschleunigungen. Die Töne wandern wie vollkommen gleichberechtigte Wesen durch den Saal, und man bekommt jeden einzelnen mit, denn das Spiel ist so klar und deutlich, wie ich noch nie eines gehört habe.

Das Hirn geht einem auf, entledigt sich aller anderen Gedanken und lässt die Töne in seinem Innern klettern und Platz nehmen, als wäre für jeden Ton ein kleiner Sitz reserviert. Auch wenn mehrere Stimmen gegen- oder nebeneinander antreten, kann man sie gut erkennen und beim Wandern und Klettern verfolgen. Glenn Gould schaut ihnen weiter dabei zu, und manchmal hört man ihn brummen und leise singen, als bräuchten sie, um es sich gut ergehen zu lassen, noch etwas Begleitung von seiner Seite.

Er spielt zwei Stücke, deren Komponisten ich nicht kenne, und dann spielt er eine Sonate von Wolfgang Amadeus Mozart – und während ich sie höre, nehme ich alles zurück, was ich Voreiliges, Blödes und Unüberlegtes über Mozart gedacht habe. Wenn Glenn Gould seine Musik spielt, klingt sie ganz anders als die in den vielen Salzburger Lokalitäten. Sie wirkt frisch, spritzig, ausgelassen und beinahe frech – und wenn man gerade darüber erstaunt ist, wirkt sie plötzlich ganz anders, nämlich ernst, verhalten und vorsichtig.

Das eine geht ohne Übergänge ins andere über, alles wechselt sehr schnell, und mir kommt es wie Karussellfahren vor, denn manchmal möchte man vor Vergnügen mitsingen oder auch jubeln, dann aber wieder hat man einen Moment Angst und hofft, dass alles ein gutes Ende nehmen möge.

Während ich noch zuhöre, weiß ich sofort, dass ich bald auch ein Stück von Mozart spielen werde – und zwar so wie Glenn Gould: rasend schnell, dass einem Hören und Sehen vergeht. Solche Stücke sind etwas für mich, denn sie sind anscheinend nicht besonders schwer und ganz anders als die langsamen Stücke von Tschaikowsky oder Schumann. Mehr als mit den Stücken dieser Komponisten sind sie mit denen von Carl Czerny verwandt, ja, sie wirken ein bisschen wie Fingerübungen, haben aber richtige Melodien und sind voller seltsamer Einfälle.

Der Beifall ist groß, und die Zuhörer klatschen, als wollten sie Glenn Gould als König von Salzburg inthronisieren. Er verbeugt sich aber nur kurz und verschwindet, und dann fragen sich die Zuhörer, ob es nun eine Pause gibt. »Jetzt gibt es doch sicher eine Pause«, sagt jemand neben Vater, und Vater antwortet: »Darauf kann ich gerne verzichten.« Die Leute wollen aber aufstehen, um in ihre ersehnte Pause zu gehen, als wir zu hören bekommen, dass Herr Glenn Gould darum bittet, keine Pause einzulegen, sondern sitzen zu bleiben. Weiter heißt es, dass er in wenigen Minuten wiederkommen werde, um die *Goldbergvariationen* von Johann Sebastian Bach zu spielen.

»Was soll das heißen?«, fragt Vaters Nachbar, »er braucht also eine Pause! Er darf pausieren, wir dürfen es nicht!« – »So wird es sein«, antwortet Vater, und ich sehe, dass sein Nachbar diese Antwort empörend findet.

Glenn Gould braucht etwa fünfzehn Minuten, bis er wiederkommt, Vater hat die Zeit gestoppt. »Jetzt bin ich gespannt«, sagt er und hebt leicht den Kopf, als wollte er aller Welt zeigen, wie konzentriert er zuhört. Glenn Gould nimmt rasch Platz, lässt seine Hände wieder schweben und schaut ihnen erneut zu, wie sie sich über die *Goldbergvariationen* hermachen.

Sie beginnen mit einem sehr einfachen Stück, einer *Aria*. Die rechte Hand spielt eine sehr friedliche, ruhige Melodie, und die linke macht lauter feste, ausholende Schritte, um die rechte zu stützen und zu begleiten. Mir gefällt das Stück, und ich bin hellwach, weil ich mir einrede, diese *Aria* auch selbst spielen zu können. Ich werde es sofort nach unserer Rückreise versuchen, denke ich, als Glenn Gould die Furien loslässt, die dieser *Aria* folgen und sie variieren.

Mit schwindelerregendem Tempo machen sie sich bereit, rasen die Tastatur hinauf und hinab, stürzen in die Tiefe und springen von Felsen zu Felsen. Neben mir rutscht Vater auf seinem Sitz hin und her, und ich schiele hinüber zu ihm und sehe, dass er lächelt. Was ist denn das? So etwas hat er, wenn er Musik hört, noch nie getan.

Ich schaue wieder hinauf zu Glenn Gould, und ich sehe, wie sein ganzer, schmaler Körper in höchste Ekstase gerät. Die Haarlocken taumeln jetzt wie betrunken in knappem Abstand über den Tasten, während sein gespannter Blick den Fingern nachjagt. Sein Mund ist leicht geöffnet, als wäre er selbst sprachlos – und dann kommen die losgelassenen Furien für die Dauer eines kleinen Stückes zur Ruhe und treffen sich auf einer Wiese und tanzen im Kreis.

Die *Goldbergvariationen* sind das gewaltigste Klavierstück für Klavier solo, das ich bisher gehört habe. Ich verstehe, dass die kurzen Stücke mit der *Aria* zu tun haben, weiß aber nicht, was. Beim Anschauen der Noten habe ich begriffen, dass jedes Stück auch für sich steht und es unterschiedliche, abwechselnde Tempi gibt. Ganz am Ende wird die einleitende *Aria* noch einmal gespielt – und als ich sie höre, wirkt es so, als käme das ganze Stück nach Hause, nachdem die großen Gefahren gemeistert und die Furien eingefangen sind. Ich sitze so ruhig wie noch nie und begrüße jeden Ton, »da bist du ja wieder«, denke ich – und kann nichts dagegen tun, dass mir ein paar Tränen die heißen Wangen hinunterlaufen. So etwas, denke ich weiter, passiert nur, wenn ich Musik höre, Musik ist das Größte, was sich die Menschen ausgedacht haben.

Als der letzte Ton der *Goldbergvariationen* verklingt, ist es im Konzertsaal sehr still. Auch Glenn Gould rührt sich nicht, sondern hat die Augen geschlossen, und die Zuhörer haben das Gefühl, eine weite, unendlich schöne, aber auch gefährliche Reise mitgemacht zu haben. Dann erhebt sich Glenn Gould, streift die Haare zurück, verbeugt sich und eilt vom Podium.

Ich bemerke, dass Vater neben mir aufsteht. Er legt das Konzertprogramm weg und klatscht, und ich sehe, er ist außer sich. Seine Unterlippe zittert, und er starrt so begeistert und hypnotisiert auf das leere Podium, als wäre ihm Johann Sebastian Bach soeben selbst erschienen.

Es dauert einige Zeit, bis Glenn Gould wiederkommt. Er bleibt in einiger Distanz zum Flügel stehen und verbeugt sich, und ich höre Vater neben mir laut »Bravo! Bravo!« rufen. Er ist der einzige Zuhörer, der steht und laut »Bravo!« ruft, aber er zieht die anderen mit, und so erheben sich weitere und applaudieren heftig, trauen sich aber nicht richtig, laut »Bravo!« zu rufen. Sie rufen es verhalten, was Vater anscheinend lächerlich findet, denn er ruft immer lauter »Bravo!« – und dann stehe auch ich auf und versuche, laut »Bravo!« zu rufen.

Wir beide stehen dicht nebeneinander, und ich bemerke, dass Glenn Gould nach uns schaut, und ich sehe genau seinen scharfen, mich ins Auge fassenden Blick. Er zeigt keine Regung, sondern lächelt nur einen kurzen Moment, und da weiß ich, dass er mich wirklich erkannt hat und sich freut, dass Vater und ich nicht verhalten, sondern laut »Bravo!« rufen.

Wir locken Glenn Gould dann noch mehrere Male heraus auf das Podium, und der schlecht gelaunte Kauz neben Vater sagt mindestens zweimal: »Wir erwarten einige Zugaben, nicht wahr?« Vater tut so, als überhörte er das und ruft weiter sein »Bravo!«, wenn Glenn Gould zu sehen ist, und als er nicht mehr wiederkommt, dreht er sich zu seinem Nachbarn hin und sagt: »Nach den *Goldbergvariationen* spielt man keine Zugaben, das geht nicht.«

Der Kauz widerspricht und redet etwas von einem »Recht auf Zugaben«, aber Vater ist es zu dumm, und so lassen wir den Nörgelpeter zurück und gehen hinaus aus dem Konzertsaal.

»Morgen kaufen wir uns die Schallplatte mit den *Goldbergvariationen*, die brauchen wir jetzt dringend«, sagt Vater, und ich antworte: »Ja, unbedingt. Aber spielen kann ich sie leider noch nicht, sie sind viel zu schwer.« – »Spielen sollst du sie auch nicht, sondern hören. Immer wieder hören.« – »Stücke aus dem *Wohltemperierten Klavier* könnte ich vielleicht schon eher spielen«, sage ich, und Vater trocknet sich die Stirn mit einem Taschentuch, lacht und antwortet: »Dann kaufen wir auch diese Noten und gleich noch eine Schallplatte mit einer Aufnahme des *Wohltemperierten Klaviers*.«

Nach dem Konzert ruft Vater seinen Freund Hermann an und behauptet, dass wir alte Freunde aus dem Westerwald im Konzertsaal getroffen hätten und mit ihnen »noch einen Schluck« trinken würden. Natürlich gibt es die alten Freunde nicht, wir wollen einfach nur unter uns sein. Und so gehen wir in eine typische Salzburger Gaststätte mit viel Holz an den Wänden und bestellen etwas zu trinken. Vater holt das Konzertprogramm hervor und liest daraus vor, und wenn wir etwas nicht verstehen, versuchen wir, es uns zu erklären.

»Die *Goldbergvariationen* beginnen mit einer *Aria*«, sagt Vater zum Beispiel, »aber mit einer Arie hat diese *Aria* rein gar nichts zu tun.« Und ich sage, dass Bach zu der *Aria*, die keine Arie für große Sängerinnen ist, sondern eher ein freundlicher Gesang einfacher Leute, genau dreißig Variationen geschrieben hat. So geben wir uns Mühe, das gewaltige Stück etwas besser zu begreifen, bis wir es aufgeben und uns vornehmen, es ab jetzt immer wieder und wieder zu hören, bis wir es wenigstens einigermaßen verstehen.

26

Eben habe ich die frühe, aus den fünfziger Jahren stammende Interpretation der *Goldbergvariationen* durch Glenn Gould wieder einmal gehört. Es gibt sie längst auch auf CD, aber ich höre die Schallplattenaufnahme, die ich damals aus Salzburg mitgenommen habe. Zum Glück besitze ich den alten Dual-Plattenspieler noch, der damals in unserer Kölner Wohnung stand. Ich lege die Platte auf, und es knirscht und rauscht zunächst gewaltig, bis sich die *Aria* aus diesem knarzenden Rumoren wie ein Phönix erhebt und alles Knirschen und Rauschen abschüttelt und hinter sich lässt.

Noch immer fassungslos haben Vater und ich nach unserer Rückkehr aus Salzburg diese Platte gehört. »Ich habe noch keinen Menschen so Klavier spielen gehört«, hat Vater gesagt, während Mutter sich erkennbar zurückhielt. Glenn Gould war ihr, obwohl sie das mit keinem Wort sagte, unheimlich. Er hatte als Pianist nichts mit Schumann, Chopin oder Liszt zu tun, sondern schien aus arktischen Regionen zu kommen, wo man in kleinen Iglus dem Eis Sphärenmusik ablauschte. »Er spielt sehr unterkühlt«, sagte Mutter und meinte damit, dass er spielte, als befände er sich in einem Labor, wo das jeweilige Klavierstück auf seine Bestandteile hin untersucht wurde. War Glenn Gould wirklich ein richtiger Pianist, oder war er nicht eher ein mysteriöser Forscher, der Klavierstücke unter Laborbedingungen zerlegte?

Dass er »unterkühlt« spielte, konnte ich bestätigen – aber gerade das gefiel mir ja so. Er hatte nichts Schwärmerisches oder Schwelgerisches, sondern etwas unterkühlt Passioniertes. Zu sagen, er hätte sich nicht ganz und gar der Musik hingegeben, sondern zurückhaltend gespielt, wäre jedoch falsch gewesen. So wie er sich über die Tasten beugte und sein Spiel forcierte, wirkte er wie ein Besessener, der sich Tag und Nacht mit Musik beschäftigte.

Diese Art von Ekstase war allerdings eine andere als zum Beispiel die von Svjatoslav Richter. Richter verstand die Musik als etwas Dämonisches, dem man sich leidend und mitfühlend in dem Wissen aussetzte, von dieser Dämonie immer mehr infiziert zu werden und schließlich an ihr zugrunde zu gehen. Gould aber wollte davon nichts wissen, er duldete kein romantisches Fieber, sondern verlegte die Hingabe und Passion in die Erleuchtung.

Wenn er ein Stück spielte, klarte es auf, und genau dieses Aufklaren war seinem Spiel anzumerken. Es hatte etwas sehr Helles, Waches und wirkte dadurch wie eine Sonde, die tief in die Geheimnisse des musikalischen Körpers eindrang und am Ende eine exakte Diagnose über sein Befinden stellte. Lebte es? Welche Körperteile waren aktiv, welche schwächer beteiligt? Und wie verhielt sich das Herz im Vergleich mit den Arterien und Venen?

Inzwischen liegt ein Mitschnitt des Salzburger Konzerts vor. Als ich auch ihn neulich hörte, stockte ich beim Blick auf das Programm. Vor den *Goldbergvariationen* und der *Mozart-Sonate* (KV 330), mit denen Gould damals auf Tour war, spielte er ein Stück (*Fantasia chromatica*) von Jan Sweelinck (1562-1621) und die *Suite op.* 25 von Arnold Schönberg (1874-1951). Sweelinck, der auch ›Der Orpheus von Amsterdam‹ genannt wurde, war ein niederländischer Organist und Komponist, dessen *Fantasia chromatica* (von wirklichen Kennern) für ein Ahnenstück der *Goldbergvariationen* gehalten werden konnte. Schönbergs *Suite op.* 25 wiederum war eindeutig als späte Nachfahrin solcher Kompositionsformen ins Programm aufgenommen worden. Kam Mozarts *Sonate in C-Dur* gegen diese Trias der Verbündeten und miteinander in engem Kontakt stehenden freien Fantasiestücke an?

Gould spannte mit den vier Stücken, die er spielte, nicht nur einen ungeheuren Bogen vom sechzehnten Jahrhundert bis unmittelbar in die Gegenwart (Schönberg war erst acht Jahre tot). In Mozarts Geburtsstadt betrieb er daneben noch ein anderes, hoch raffiniertes und abgründiges Glasperlenspiel, indem er eine (auf den ersten Blick harmlos erscheinende) Klaviersonate von Mozart drei Stücken ausgesprochen scharf kalkulierter ›Hirnmusik‹ aussetzte. Die freche Frage, die ein solches Programm formulierte, zielte ins Herz des Salzburger Hauskomponisten: Hatte seine Sonate Bestand in einem Programm, das Musik ganz anderer Bauart enthielt?

Von alldem hatte ich damals natürlich nicht die geringste Ahnung. Für mich waren andere Dinge von größter Bedeutung. Zum ersten Mal hatte ich nicht nur einen der bekanntesten Pianisten der damaligen Zeit live erlebt, sondern war ihm auch noch persönlich begegnet. Er hatte mit mir gesprochen, mein Üben gewürdigt und mir einen Auftrag erteilt: Bachs *Wohltemperiertes Klavier* zu üben! In seinem Konzert hatte er mich außerdem mit einer Ahnung davon versorgt, *wie* ich Bach spielen und üben sollte. Anders jedenfalls als ich Tschaikowsky und Schumann gespielt hatte, ganz anders.

Ich kam mit den Noten zweier Bachkompositionen und zwei Schallplatten aus Salzburg zurück. Die eine war Goulds Einspielung der *Goldbergvariationen*, die andere eine des *Wohltemperierten Klaviers* durch einen deutschen Pianisten, dessen Namen ich noch nie gehört hatte. Er hieß Walter Gieseking – und ich sollte mit ihm noch zu tun bekommen.

Salzburg hatte meinen pianistischen Ehrgeiz also nicht nur entwickelt, sondern entscheidend geweckt. Ich konnte mir kaum Schöneres vorstellen, als allein auf einer Bühne vor großem Publikum aufzutreten und Programme zu spielen, die ich mir selbst ausgedacht hatte. Um diesem Ziel näher zu kommen, wollte ich noch mehr üben als zuvor. Zwei oder drei Stunden am Tag reichten nicht, ich musste mehr Zeit dafür aufbringen.

Daneben hatte mir die Begegnung mit Glenn Gould gezeigt, wie ich mir das Pianistendasein vorzustellen hatte. Ein guter Pianist war für mich seitdem ein aufgeweckter, humorvoller, aber allein lebender Mensch, der seine Tage und Stunden so exakt durchdachte wie sein Spiel. Bestimmt kannte er Vergnügen, die kein anderer Mensch kannte, und bestimmt redete er nicht viel darüber, sondern lebte am liebsten zurückgezogen, um in Ruhe üben und spielen zu können.

Genau diesen Eindruck hatte mir Goulds Klavierspiel vermittelt: den eines hochgescheiten, vitalen Menschen, der seine Klugheit und Vitalität ausschließlich der Musik widmete und sie nicht an Erlebnisse verschwendete, die mit Musik nichts zu tun hatten.

Anders formuliert: Ich begriff, was Mutter meinte, wenn sie von dem Iglu sprach, in dem Glenn Gould sich anscheinend aufhielt. Ich selbst hielt diesen Iglu aber für nichts Abwegiges oder gar Schlimmes, sondern für die einzige Behausung, in der er wahrscheinlich überhaupt leben und arbeiten konnte.

Pianisten, dachte ich mir, müssen die Räume und Welten, in denen sie leben können, erst suchen und finden. Niemand kann ihnen sagen, wo es sie gibt. Für Svjatoslav Richter waren es Höhlen, für Glenn Gould Iglus. Ich aber kam vorläufig noch mit unserem Wohnzimmer in Köln und einem regelmäßig gestimmten Seiler-Klavier aus.

Vorgestern habe ich die Bücher zusammengetragen, die andere Autoren über Glenn Gould geschrieben haben. Ich war erstaunt, wie viele es sind. Neben Biografien gibt es einen Bildband mit Fotografien sowie mehrere Studien zur Besonderheit seiner Klaviertechnik. Ich las auch einige von Goulds eigenen Aufsätzen über einzelne Komponisten und Stücke, überlegte aber, wie ich seinem Denken noch näherkommen könnte als durch die Lektüre seiner Aufsätze.

In einer Filmdokumentation hatte ich ihn einmal sprechen hören und war verwundert darüber gewesen, wie schnell, impulsiv und gleichzeitig lakonisch er geredet hatte. Er sagte keinen einzigen der meist oberflächlichen Sätze, zu denen Musikerinnen und Musiker in schwachen Momenten flüchten. Nichts also darüber, dass Musik etwas Überirdisches sei, die geheime Ordnung des Kosmos oder das, was einen »in andere Welten entführe«. Stattdessen blieb er streng beim Thema: der Art, wie ein bestimmter Komponist komponiert hatte, welche Besonderheiten seine Stücke auszeichneten oder welche Probleme das Spielen dieser Stücke mit sich brachte.

Sprach Gould mit Fachleuten (Dirigenten, Tontechnikern, Aufnahmeleitern), ging es nur noch um die kleinsten Details: einzelne

Takte, Höhen, Tiefen, Geschwindigkeit, Wärme und Kälte, Übergänge. Wenn er so sprach, atomisierte er die Musik, über die er redete. Er begann mit einer exakten Charakteristik, lieferte Beweise, widmete sich den Details und kam am Ende bei einer einzelnen Phrase oder einem Akkord an, den er meist laut sang, als müsste sein langes Sprechen und Reden als endgültiges Resultat schließlich ein lautes Singen hervorbringen.

Ich suchte nach Texten, die seinem Sprechen nahekamen. Deshalb vertiefte ich mich in einige seiner Briefe, um bald zu bemerken, dass er kein »Briefmensch« war. Nirgends geriet er ins unbedingt notwendige Plaudern, und wenn es sich einmal halbwegs anbahnte, wurde er sofort wieder förmlich, nannte Namen und Orte, vertrat Ansichten und blieb der Intellektuelle, der über Musik mehr weiß als seine Briefpartner.

Ein guter Fund waren nicht seine Briefe, sondern die Telefongespräche, die er mit dem Journalisten Jonathan Cott geführt hat. Als ich sie las, begriff ich, dass Aufsätze oder Briefe keine ihm gemäße Formen der Mitteilung waren.

Gould wollte nämlich nicht begrenzt, sondern möglichst lange reden, indem er kleine Motive oder Themen immer aufs Neue variierte. Plötzlich kam es mir so vor, als hätte er Bachs Gebäude der *Goldbergvariationen* zur Architektur seines eigenen Redens gemacht, mit dem Unterschied, dass Bachs Variationen nach dreißig Experimenten mit einer vorgegebenen *Aria* endeten, Goulds Fantasien aber nie enden wollten.

Als ich wenig später las, er habe nächtelang mit ein und derselben Person telefoniert und das Telefonieren bei Nacht sei die wichtigste Form seiner Mitteilungen an eine ihm nahestehende Person gewesen, fand ich meine Vermutungen bestätigt. Nachts komponierte er also sprechend und redend eine *Aria* mit Hunderten von Veränderungen, und wenn der Morgen graute, schüttelte er den müde gewordenen Kopf durch und versteckte ihn in schweren Kissen.

Gut, dass ich davon als Junge, der sich nach dem Salzburgaufenthalt in den Kopf setzte, von Glenn Gould zu lernen, nichts wusste! Dass Pianisten eine mit vielen Spleens lebende Gattung waren, ahnte ich bereits. Wie weit Spleens aber wirklich gehen konnten, wusste ich noch nicht. Die Ideen und Pläne in meinem Kopf waren vage, aber ich spürte nach Salzburg plötzlich einen enormen Eifer. Nicht nur mit Mutter, sondern auch mit Frau Waigel wollte ich mich über die Zukunft beraten. Dabei ging es nicht zuletzt darum, das Repertoire zu erweitern – und zwar erheblich. Auch darüber hatte ich mir in den Salzburger Tagen konkrete Gedanken gemacht.

27

Die Noten der *Goldbergvariationen* sowie die des *Wohltemperierten Klaviers* nehme ich mit in meine erste Klavierstunde nach dem Salzburgaufenthalt. Außerdem habe ich die Schallplattenaufnahme der *Goldbergvariationen* in der Einspielung durch Glenn Gould dabei.

»So viel Bach!«, sagt Frau Waigel erstaunt und tut so, als hätte ich etwas Störendes und Lästiges mit in den Unterricht gebracht. Sie nimmt die Noten kurz in die Hände und blättert darin, aber ich sehe sofort, dass sie von diesen Entdeckungen nicht begeistert ist. Mir ist das aber egal, und so erzähle ich von dem Konzert, das Glenn Gould in Salzburg gegeben hat, und davon, wie er Klavier spielt. »Er spielt sehr schnell und klar, man bekommt jede Note mit«, sage ich. »Das Pedal benutzt er überhaupt nicht, und alle Töne klingen gleich laut!«

Frau Waigel lächelt über meine Schilderungen, aber ich sehe ihr an, dass sie möglichst rasch in unsere häusliche Grundstimmung zurückfinden möchte. Wahrscheinlich hat sie ein paar einfache Rachmaninoff-Stücke im Kopf, die ich in den nächsten Wochen üben soll. Sie wird zu jedem eine Geschichte erzählen, und wir werden den Großteil der Stunde damit zubringen, uns die Musik zurechtzuträumen.

So weit soll es aber nicht erneut kommen! Ich schlage vor, dass wir in die *Goldbergvariationen* hineinhören, aber Frau Waigel lehnt ab. Ich gebe nicht auf und bitte sie freundlich, wenigstens ein paar Minuten Glenn Gould zu hören, da seufzt sie tief durch und sagt: »Na gut, aber wirklich nur fünf Minuten!« Ich hole die Platte aus der Hülle und gebe sie ihr, und Frau Waigel legt sie mit starrem, distanziertem Blick auf den Plattenteller und drückt auf den Startknopf.

Zunächst kommt die *Aria*. Frau Waigel legt den Kopf schräg und schaut weg, hinüber zur Wand, wo sich die Fotografien der russischen Pianisten befinden. Dann kommen die ersten Variationen – und Frau Waigel wird unruhig. Sie rutscht auf ihrem Sessel hin und her, schüttelt den Kopf und steht schließlich auf, um den Spuk zu beenden.

»Aber mein Junge, was hast du denn da mitgebracht! Das ist kein Bach, das ist Glenn Gould! Er spielt nicht Klavier, sondern Cembalo. Ja, so hört es sich an: als verwechselte er das Klavier mit einem Cembalo! Grausam ist das! Das hören wir uns keine Minute länger an!«

Sie ist richtig verärgert, als hätte ich ihr etwas Ungehöriges zugemutet. Ich sitze da und weiß nicht zu reagieren. Was soll ich sagen? Dass mir Glenn Goulds Spiel gefällt? Dass ich es als munter und lebendig empfinde? Und dass es eben anders ist als das Spiel der russischen Pianisten, die sich Musik zurechtträumen?

Ich versuche es zumindest und sage: »Mir hat es sehr gut gefallen!« – »Nein!«, sagt Frau Waigel da, »das gefällt uns kein bisschen. Es ist Firlefanz und kein richtiges Klavierspiel! In so einem Tempo spielt man nicht Bach! Man erkennt die Variationen ja überhaupt nicht mehr wieder! Es ist pure Raserei! Und wie das klingt! Halsbrecherisch! Bach würde sich im Grab umdrehen, wenn er das hören könnte. So ein Gerase und Geklapper entweiht seine Musik!«

Ich sage nichts mehr, denn ich spüre, dass ich gegen Frau Waigel nicht ankomme. Dass Glenn Goulds Spiel die Musik von Johann Sebastian Bach entweiht, kann ich nicht glauben. Worin soll denn die Weihe dieser Musik bestehen? Und ist die von Mozart etwa auch geweiht?

Ich mache einen letzten Versuch, zu verstehen, was im Kopf von Frau Waigel vor sich geht. Ich frage: »Spielen die russischen Pianisten auch Stücke von Johann Sebastian Bach?« – »Wieso fragst du das?«, faucht Frau Waigel mich an, »was geht in dir vor? Glaubst du, dass russische Pianisten Stücke von Bach nicht so gut spielen wie Glenn Gould?« – »Nein«, antworte ich, »das glaube ich nicht. Ich wüsste nur gerne, *wie* sie Bach spielen. Bestimmt langsamer und mit viel Laut und Leise!«

Frau Waigel gefallen auch diese Worte nicht. »Ach was«, sagt sie, »darum geht es nicht. Nur wenige russische Pianisten spielen Bach. Und das hat damit zu tun, dass man Bach erst in einem gewissen Alter spielen sollte. Die *Goldbergvariationen* sollte man nur in höherem Alter spielen. Bach spielt man, wenn man die Virtuosenleiter erklommen hat – und nicht, wenn man wie Glenn Gould noch ganz unten steht und zum ersten Mal in Salzburg mit einem Soloprogramm konzertiert. In Salzburg die

Goldbergvariationen zu spielen, ist reine Provokation! So etwas würden russische Pianisten nie tun!«

Ich weiß nicht mehr weiter. Vielleicht sollte ich es mit dem *Wohltemperierten Klavier* versuchen? In Salzburg habe ich von Glenn Gould und Robert Schumann den Auftrag erhalten, es zu üben. Davon möchte ich Frau Waigel jedoch nicht erzählen. Sie würde mich nicht verstehen oder mir einfach nicht glauben. Deshalb mache ich es kurz: »Ich würde als Nächstes gern Präludien und Fugen des *Wohltemperierten Klaviers* spielen und üben. Ich denke, sie sind nicht zu schwer, im Gegensatz zu den *Goldbergvariationen.*«

»Kommt nicht in Frage«, sagt aber Frau Waigel sofort, »das ist nichts für dich. Wir setzen unser Programm fort. Mit den *Kinderszenen* von Schumann und einigen Übungsstücken russischer Komponisten. Ich habe während deines Salzburgaufenthalts eine schöne Auswahl getroffen.«

Um mich zu beruhigen, stehe ich auf und packe die Schallplatte mit den *Goldbergvariationen* wieder in die Hülle. Ich lege sie zu den Noten und bringe alles nach draußen, in den Flur. Als ich dort in den Spiegel schaue, sehe ich Tränen in meinen Augen. Ich bleibe kurz stehen und gehe dann auf die Toilette. Dort atme ich tief durch und wische mir mit kaltem Wasser über das Gesicht.

Nun gut, ich hätte es ahnen können. Im Unterricht von Frau Waigel werde ich so bald keine Stücke von Bach üben! Und zu Hause – darf ich sie auch dort nicht spielen? Ach was, wenn nicht bei Frau Waigel, dann eben bei uns in der Wohnung! Ich könnte Mutter fragen, ob sie mit mir Stücke des *Wohltemperierten Klaviers* übt, und wenn auch sie ablehnt, werde ich sie eben allein üben, im Selbstunterricht! Klein beigeben werde ich jedenfalls auf keinen Fall!

Ich gehe zurück in Frau Waigels Musikzimmer. Sie schaut mich an und fragt: »Bist du jetzt enttäuscht?« – »Ja«, sage ich, »ich habe mich sehr darauf gefreut, Stücke von Bach zu spielen.« – »In fünf, sechs Jahren können wir es einmal versuchen«, sagt sie, »die kleinen Präludien wären dann etwas für dich!«

Kleine Präludien in fünf bis sechs Jahren! Ich sage nichts mehr und nehme stillschweigend auf dem Klavierhocker Platz. Immerhin sind jetzt die *Kinderszenen* von Robert Schumann dran, Mutter spielt sie sehr häufig. Das erste Stück des großen Zyklus heißt *Von fremden Ländern und Menschen.* Es ist inzwischen eines meiner Lieblingsstücke. Frau Waigel schlägt das Notenheft auf, und ich blicke auf die Noten.

Es geht wieder einmal nicht. Das Hinschauen verwirrt und lähmt mich. Da fange ich anders an und spiele die Melodie der rechten Hand aus dem Kopf. Ich spiele sie fehlerfrei, obwohl ich sie erst wenige Male zu Hause gespielt habe. Mutter aber hat sie viele Male gespielt, dadurch habe ich sie mir einprägen können.

Frau Waigel ist verblüfft: »Du kennst das Stück schon? Du hast es schon zu Hause gespielt?« – »Ja«, antworte ich, »Mutter spielt es alle paar Tage, und da habe ich es auch einmal versucht. Ich glaube, ich werde mit den *Kinderszenen* rasch vorankommen. In ein paar Wochen werde ich sie alle auswendig können.« – »Nein«, antwortet Frau Waigel, »das ist nicht möglich. Wir wollen es nicht übertreiben. Ein halbes Jahr werden wir brauchen, mindestens.« – »Auf keinen Fall«, sage ich, »so lange wird es nicht dauern. Ich werde ab jetzt länger üben. Viele Stunden am Tag. Ich habe in Salzburg nämlich einen Entschluss gefasst.« – »Welchen Entschluss?«, fragt Frau Waigel. – »Den Entschluss, rascher voranzukommen, so dass ich bald auch schwierige Stücke spielen kann.«

Ich lasse Frau Waigel nicht mehr zu Wort kommen und spiele die Melodie des Stücks *Von fremden Ländern und Menschen* mit der rechten – und darauf die Begleitung mit der linken Hand. Dann füge ich beides langsam zusammen und spiele es vorsichtig. Ich spiele es drei-, viermal, ohne mich um die »Halt!«-Rufe von Frau Waigel zu kümmern. Als ich das Stück zum fünften Mal spielen will, schließt sie das Notenheft: »Ich glaube, wir sollten für heute Schluss machen. Heute ist nicht unser bester Tag.«

Nun gut, machen wir Schluss, denke ich und habe genau in diesem Moment das Gefühl, dass ich nicht mehr lange der Schüler von Frau Waigel sein werde.

28

Einige Wochen später ist die Lagerbildung deutlich zu erkennen. Ich übe Schumanns *Kinderszenen*, und ich übe Präludien und Fugen des *Wohltemperierten Klaviers* von Johann Sebastian Bach.

Bach spiele ich nur zu Hause, zur besonderen Freude meines Vaters. Die Präludien und Fugen stillen seinen Hunger nach »alter Musik«. Jede Melodieführung ist genau zu verfolgen, »Bach ist wie Mathematik«, sagt Vater und erklärt das *Wohltemperierte Klavier* zu einem Zyklus ganz nach seinem Geschmack.

Mutter widerspricht nicht, kann Bachs Musik aber nichts abgewinnen. Wenn ich Schumann übe, sitzt sie manchmal wieder neben mir, verschwindet aber sofort, wenn die Stücke von Bach dran sind. »Ich habe nie Bach gespielt«, erklärt sie, »und ich werde auch nie Bach spielen. Seine Stücke sind nichts für mich.«

Mit meinem Üben befinde ich mich also zwischen den Stühlen. Ich habe mich keineswegs gegen Schumann entschieden, nein, aber auch keineswegs gegen Bach. Beide Komponisten beschäftigen mich mit ihren Werken gleichermaßen, Schumann aber ist etwas im Vorteil, weil ich die *Kinderszenen* sowohl meiner Mutter als auch Frau Waigel vorspiele. Bachs Kompositionen dagegen hört sich nur mein Vater an, kann mein Üben und Spielen aber nicht kommentieren. »Ich höre genau zu, mein Junge«, sagt er, »aber ich kann dir nicht helfen. Ich habe nie Klavier gespielt, ich verstehe davon zu wenig.« – »Macht ja nichts«, antworte ich, »ich komme mit Bach schon zurecht.«

Das Einzige, woran Vater und ich uns halten können, ist die Einspielung des *Wohltemperierten Klaviers* durch Walter Gieseking. Sie ist in Ordnung, hat aber nicht das Feuer oder Temperament von Glenn Goulds Spiel. »Du brauchst einen Lehrer, der mit dir Bach übt«, sagt Vater nach einiger Zeit, und dann wiederholt er es häufiger, und schließlich sagt er es so häufig, dass es niemand von uns noch länger hören kann.

»Wie stellst du dir das denn vor? Soll es jetzt zwei Klavierlehrerinnen geben, eine für Schumann und eine für Bach?« – »So in etwa«, sagt Vater, »Frau Waigel als Klavierlehrerin für Schumann und einen eigenen Klavierlehrer für Bach. Ich vermute, Bach ist nichts für Frauen.« – »So ein Unsinn«, antwortet Mutter, »er ist nichts für mich, wohl aber für andere Frauen. Das wäre ja noch schöner.« – »Ich bleibe dabei«, sagt Vater, »ich habe es so im Gefühl.«

Weil Mutter die Idee mit einer Lehrerin und einem zweiten Lehrer für nicht gut, sondern »überzogen« hält, begleitet sie mich in eine Klavierstunde mit Frau Waigel und bespricht sich mit ihr, erzählt, dass ich schon seit einiger Zeit Bachs *Wohltem-*

periertes Klavier neben den *Kinderszenen* übe und auch mit Bach erstaunliche Fortschritte mache. »Das war ganz und gar nicht so vereinbart«, sagt Frau Waigel, »Bach wird gegen meinen erklärten Willen hinter meinem Rücken geübt.«

Mutter versucht, sie zu beschwichtigen und dafür zu gewinnen, dass sie auch mein Bach-Spiel betreut, Frau Waigel ist aber nicht nur abgeneigt, sondern regelrecht empört. »Kommt gar nicht in Frage«, sagt Frau Waigel, »dem Jungen ist der Salzburgaufenthalt anscheinend zu Kopf gestiegen. Er hält sich wohl für etwas Besseres als andere Schüler in diesem Alter, die brav ihre Hausaufgaben machen.« – »Nein«, antwortet Mutter, »der Junge ist nicht überheblich und bildet sich auch nichts ein. Salzburg und Glenn Gould und Bach haben ihn nur sehr begeistert. Und diese Begeisterung sollte man fördern, anstatt sich an Althergebrachtes zu halten.«

Als Frau Waigel das Wort »Althergebrachtes« hört, ist alles vorbei. Sie erklärt den Unterricht für beendet und bittet Mutter, sich nach einer anderen Klavierlehrerin umzusehen. »Muss das wirklich sein?«, fragt Mutter, »wir könnten uns doch mühelos einigen und eine Lösung finden.«

Frau Waigel möchte aber keine Einigung und bleibt stur. Und so trennen wir uns für immer, und ich gehe ab diesem Zeitpunkt nicht mehr in das Haus, in dem Frau Waigel wohnt. Es ist ein schönes, altes Haus, und ich bin immer gern hineingegangen, weil es drinnen nach etwas Gutem aus irgendeiner Küche roch. Von nun an gehe ich nur noch daran vorbei, und es gibt für mich keine Frau Waigel mehr und erst recht nichts Gutes mehr zu riechen.

Was machen wir nun? Eine Weile habe ich keine richtige Lehrerin und keinen richtigen Lehrer. Ich übe fleißig weiter, mehrere Stunden am Tag, und manchmal gehe ich sogar zwei, drei Tage (wegen einer angeblichen »Grippe«) nicht in die Schule, sondern übe lieber. Mutter und Vater sind damit einverstanden und schreiben Entschuldigungen, und ich selbst finde es auch gut, weil das Klavierspielen zu Hause mir besser gefällt als jede Schule.

Unterdessen hören sich sowohl Mutter als auch Vater nach einer geeigneten Lehrerin oder einem geeigneten Lehrer um, werden aber nicht fündig. Bei den in Frage kommenden Anwärtern gibt es immer eine Kleinigkeit auszusetzen. Die eine unterrichtet nur Kinder im Alter bis zu zwölf Jahren (was Mutter nicht passt), der andere ist für seine außerordentliche Strenge berüchtigt, die ihn angeblich fiese Mittel (kurze Schläge mit einem Lineal auf die Fingerkuppen, wenn der jeweilige Schüler zu häufig danebengreift) anwenden lässt.

Schließlich passiert etwas Verrücktes, wie es nur Vater passieren kann. Als er an einem frühen Abend Straßenbahn fährt, beobachtet er einen älteren Mann, der in seinen Augen große Ähnlichkeit mit dem Pianisten Walter Gieseking hat. Vater ist irritiert und starrt ihn an. Um den wirklichen Walter Gieseking kann es sich nicht handeln, denn der ist längst gestorben. Die Ähnlichkeit ist aber so verblüffend, dass Vater durch den halben Straßenbahnwagen auf den Mann zugeht und ihn anspricht: »Entschuldigen Sie! Vielleicht täusche ich mich, aber Sie haben eine große Ähnlichkeit mit dem Pianisten Walter Gieseking.«

Der Mann lächelt und ist gar nicht erstaunt. Ja, das sei richtig, einige Freunde hätten diese Ähnlichkeit auch bereits festgestellt. Er sei aber weder mit Walter Gieseking verwandt noch kenne er ihn persönlich, es gebe nur eine einzige, allerdings nicht unwesentliche Ähnlichkeit oder Parallele. »Und die wäre?«, fragt Vater. – »Dass ich Klavierlehrer bin. Kein großer Pianist wie Walter Gieseking, wohl aber ein Klavierlehrer.« – »Na so was«, sagt Vater und fragt den Mann, wie lange er denn schon unterrichte. »Seit über einem Jahrzehnt«, antwortet der Mann. – »Und Sie haben sonst wirklich nichts mit Walter Gieseking zu tun?«, setzt Vater nach. – »Nichts, außer dass ich nach seinen Übungsmethoden unterrichtet wurde.«

Wenn solche Wunder passieren, empfindet Vater sie als »willkommenes Zeichen von oben«. Und so fragt er den Unbekannten in der Straßenbahn, ob er Zeit und Lust habe, sich mit ihm auf einen Kaffee zu treffen. Morgen Nachmittag? Übermorgen? Vater fragt ganz direkt und erklärt auch, warum: Er suche einen Klavierlehrer für seinen Sohn, der zwar noch jung, aber kein Anfänger, sondern bereits ein recht anständiger Klavierspieler sei.

Der Unbekannte ist gerne bereit, sich mit Vater zu treffen. Kaffee trinkt er allerdings nicht, sondern, wie er sagt, »bevorzugt Tee mit einem kleinen Schuss Alkohol«.

Und so sitzen die beiden wenige Tage später über zwei Stunden in einem Café, und Vater lernt, dass Tee mit Amaretto besonders gut schmeckt. Er selbst trinkt einen starken Kaffee, ohne Milch, ohne Zucker, so schwarz wie möglich.

Diese beiden Stunden verändern Vaters Blick auf das Thema Klavierspielen fundamental, was daran liegt, dass Herr Bergdorf (wie der Unbekannte heißt) früher nicht nur Musik-, sondern auch Mathematik- und Physiklehrer war. Diese beiden Fächer hat er als Broterwerb studiert, seine eigentliche Passion aber war und ist die Musik.

Um deren Themen dreht sich das Gespräch in einem für Vater völlig unerwarteten Sinn. Es beginnt mit dem Hinweis, dass der Ton beim Klavierspielen *angeschlagen* werde. Das habe eine gewisse Härte zur Folge, die durch eine besondere Mechanik aufgefangen und gemildert werde. Jedem Klavierbauer gehe es in erster Linie um den besonderen Klangcharakter, den man einem Instrument verleihen könne, darin bestehe seine Kunst.

»Und wie ist das bei anderen Instrumenten?«, fragt Vater interessiert, um zu erfahren, was er doch längst wissen und worüber er nachgedacht haben sollte: Beim Spielen von Streichinstrumenten wird der Ton nicht durch Anschlagen, sondern durch besondere Techniken des Streichens der Saite erzeugt. Und bei den Blasinstrumenten entstehe der Ton durch bestimmte Schwingungen der Luft zum Beispiel im Mundstück.

Mit solch einfachen Unterscheidungen macht Herr Bergdorf den Anfang seiner Unterrichtsstunde und holt weiter aus. Es geht um die Physik des Flügels, um seinen gusseisernen Rahmen (angeblich die Erfindung eines gewissen Herrn Steinway), um die Beschaffenheit seiner Saiten, um den Resonanzboden und die Tastatur.

Das alles interessiert Vater sehr, er sieht Musik in völlig neuem Licht und fragt Herrn Bergdorf, welche Bücher er lesen und welche Forschungen er betreiben könne, um sich dem wissenschaftlichen Studium des Klavierspielens zu widmen. Herr Bergdorf schreibt einige wichtige Titel auf einen Zettel und empfiehlt, zu Forschungszwecken einen guten Klavierladen aufzusuchen, um sich verschiedene Modelle und Marken zeigen und erklären zu lassen.

»Aber ich kann doch nicht einfach so in einen Klavierladen gehen und ein Modell nach dem anderen anschauen«, sagt Vater. – »Natürlich können Sie das«, antwortet Herr Bergdorf. »Nehmen Sie einfach Ihren Sohn mit und lassen Sie ihn auf jedem ein kleines Stück spielen. Und sagen Sie, dass Sie einen Flügel kaufen wollen, leider aber nicht wissen, welcher für Ihren Sohn geeignet wäre.« – »Keine schlechte Idee«, lacht Vater, und Herr Bergdorf lächelt und antwortet: »Eine raffinierte Idee, das müssen Sie zugeben! Aber im Ernst: Gute Pianisten wissen mit der Zeit, auf welchem Instrument sie am besten spielen. Das ist eine sehr individuelle Angelegenheit, und jeder muss es selbst herausfinden. Der Anschlag, die Tasten, der besondere Klangcharakter – alles spielt eine bedeutende Rolle. Es gibt sogar Pianisten, die mit ihrem Flügel reisen und nur auf ihrem eigenen Flügel konzertieren.« – »Ist Walter Gieseking auch mit Flügel gereist?« – »Nein, ich glaube nicht«, lächelt Herr Bergdorf wieder, »er reiste mit Ehefrau. Was durchaus selten ist.« – »Pianisten reisen nicht mit Ehefrau, sondern lieber allein oder mit Flügel?«, fragt Vater. – »Ja«, antwortet Herr Bergdorf, »das hat eine psychologische Komponente. Die Ehefrau als Begleiterin schirmt den Pianisten ab und sorgt in der Fremde, zum Beispiel im Hotel, für eine häusliche, vertraute Atmosphäre. Genau das kann aber auch sehr irritieren, wenn Pianisten zum Beispiel vor Konzerten unbedingt allein sein wollen.«

Solche Hinweise lassen Vater nun wiederum ahnen, dass Klavierspielen nicht nur eine naturwissenschaftliche, sondern auch eine bisher völlig vernachlässigte und unterschätzte psychologische Seite hat. Wieder kommt Herr Bergdorf zu Hilfe und notiert einige wichtige Buchtitel auf dem bereits beinahe vollen Zettel.

Als die beiden sich trennen, hat Vater (eigenmächtig, ohne Mutter zu fragen) beschlossen, dass Herr Bergdorf mich in Zukunft unterrichtet. Er ist von dem Gespräch sogar so begeistert, dass er am Abend danach schwarzen Kaffee mit einem Schuss Amaretto trinkt. Den Amaretto, von dem er noch nie gehört hat, kauft er in einem Kiosk und schüttet das ganze Fläschchen in die kleine Tasse Kaffee.

Später einmal wird Mutter behaupten, Vater sei leicht angetrunken gewesen, jedenfalls habe er so übertrieben lebhaft und begeistert von Herrn Bergdorf erzählt, als durchschaute dieser klavierspielende Physiker die Gesetze des Klavierspiels in einem gründlicheren und tieferen Sinn als alle Pianisten zusammen. »Die wissen ja kaum, was sie tun«, habe Vater gerufen und Herrn Bergdorfs Theorien über die Klangerzeugung in der Musik als »Fundamentalphysik des Klavierspiels« bezeichnet.

Mutter lässt dieses Theoretisieren über sich ergehen und stimmt schließlich zu, dass ich von nun an durch Herrn Bergdorf unterrichtet werde. Kennenlernen möchte sie ihn vorerst nicht, vielleicht später. Dann aber nimmt sie Vater das Versprechen ab, den Unterricht wieder zu beenden, sobald man den Eindruck habe, »dass er in eine völlig falsche Richtung gehe«.

»Er geht in die absolut richtige Richtung!«, behauptet Vater. »Jedenfalls ist er besser als der Unterricht von Frau Waigel, in dem ja wohl nur in Träumen und Bildern geschwelgt wurde. Das war altmodisch und ohne Methode! Herrn Bergdorfs Grundlagen aber sind physikalische und anscheinend geht er nach der ›*Gieseking'schen Methode*‹ vor, die sich aus den physikalischen Einsichten beinahe zwangsläufig, aber durchaus organisch ergeben hat.« – »Davon habe ich in meinem ganzen Leben noch nie gehört«, antwortet Mutter. – »Dann wirst du bald davon hören. Ab heute werde ich mich auch um das Klavierspiel des Jungen kümmern. Ich habe jetzt Feuer gefangen.«

Kurze Zeit später gehe ich allein zum Unterricht von Herrn Bergdorf. Er wohnt zum Glück in unserer Nähe und unterrichtet den halben Tag einen Schüler nach dem andern. Zu Beginn erklärt er mir, dass er vor langer Zeit einmal Schullehrer für Mathematik, Physik und Musik gewesen sei, die Anwesenheit von vielen Schülern in einem Klassenraum aber schließlich nicht mehr ertragen habe. Die Unruhe sei zu groß gewesen, unterrichten könne er seither nur noch, wenn er einen einzigen Schüler vor sich habe. Mädchen unterrichte er nicht, weil er mit Mädchen im Unterricht nie zu tun gehabt habe und sich in dieser Hinsicht »nicht auskenne«.

Er lebt zusammen mit seiner alten, pflegebedürftigen Mutter in einer Dreizimmerwohnung. Im Wohnzimmer steht ein *Steinway*-Flügel – und zwar, wie Herr Bergdorf betont, »ein echter«. »Gibt es denn auch unechte?«, frage ich, und Herr Bergdorf antwortet, es gebe Nachahmungen von *Steinway*-Flügeln in Asien. »Heißen die auch *Steinway*?«, frage ich. »Nein«, lächelt Herr Bergdorf, »die heißen anders, aber frag mich jetzt bitte nicht, wie.«

Ich erinnere mich, dass der Flügel von Frau Waigel *Blüthner* hieß und dass im Musiksaal unserer Schule einer mit dem Namen *Bösendorfer* steht. Der von Herrn Bergdorf ist der erste *Steinway*, den ich zu sehen bekomme, und ich glaube mich zu erinnern, dass auch Glenn Gould in Salzburg auf einem *Steinway* gespielt hat.

Ich erzähle Herrn Bergdorf davon, und er lächelt wieder und sagt, dass er Glenn Gould nicht kenne. Svjatoslav Richter dagegen kennt er, hat ihn aber noch nie spielen hören.

Ich erzähle auch von Bach und Schumann sowie von den russischen Pianisten und Komponisten, und Herr Bergdorf hört sich alles geduldig an und sagt: »Du bist wirklich ein aufgeweckter und anscheinend wissensdurstiger Junge! Nun gut, da bist du bei mir an der richtigen Adresse.«

Ich weiß nicht, was er genau meint, und ich habe auch sonst keine Ahnung, wie sein Unterricht aussehen könnte. Ich spiele ihm einige der Stücke vor, die ich bisher geübt habe, und er ist sehr zufrieden, sagt aber nicht, wie er mich in Zukunft unterrichten wird.

Immer wenn ich in seine Wohnung komme, begrüße ich als Erstes die Mutter, die in einem kleinen Wohnraum direkt neben dem Wohnzimmer sitzt. Ich sage meinen Namen und füge hinzu, wie alt ich bin. Frau Bergdorf versucht, sich das alles zu merken, merkt es sich aber nie, weswegen ich mein Sprüchlein jedes Mal wieder von neuem aufsagen muss.

Sie sitzt in einem alten Stuhl und hat früher auch Klavierstunden gegeben, und jedes Mal, wenn ich die Wohnung wieder verlasse und mich von ihr verabschiede, sagt sie, dass ich »viel Talent« besitze, »viel mehr als so mancher andere«. – »Sag das nicht, Mutter«, flüstert Herr Bergdorf dann und begleitet mich zur Wohnungstür. »All meine Schüler haben Talent«, lächelt er wieder, »keiner mehr, keiner weniger.«

Ich glaube das nicht, widerspreche ihm aber natürlich nie. Was mir eher Sorgen macht, ist, dass ich seine besonderen Übungsmethoden nicht erkennen kann. Jedes Mal spiele ich ihm einige Stücke vor, die ich längst gut beherrsche, und er kommentiert mein Spiel mit keinem Wort. »Wir gehen zunächst einmal dein Repertoire durch«, sagt er, »damit ich weiß, wo deine Stärken oder Schwächen liegen. Dann sehen wir weiter.«

Habe ich »Stärken und Schwächen«? Nicht, dass ich wüsste. Ich finde, dass ich alle Stücke gleich gut und aufmerksam spiele. Stücke, die ich nicht mag, spiele ich auch nicht. Ich mag Bartók, Tschaikowsky, Schumann und Bach – das ist bereits ein kleines Repertoire. Ich habe Herrn Bergdorf jedoch im Verdacht, etwas ganz anderes im Blick zu haben.

Ich warte geduldig ab, bis er sich dazu äußert. Es dauert einige Unterrichtsstunden, dann habe ich alles gespielt, was ich auswendig kann. »Wie heißt du, Junge?«, fragt die Mutter von Herrn Bergdorf noch immer nach jeder Stunde, und ich nenne wie immer meinen Namen. »Du bist ein großes Talent«, sagt sie und schaut mich freundlich an. Ich bedanke mich, und Herr Bergdorf begleitet mich zur Haustür. »Du machst beachtliche Fortschritte«, sagt er, »der Unterricht hier tut dir anscheinend gut.«

»Wie läuft es denn mit Herrn Bergdorf?«, fragt Vater. – »Ich spiele auf einem echten *Steinway* wie Glenn Gould«, antworte ich. – »Wie spielt es sich denn auf so einem *Steinway*?« – »Es ist wie Schlittschuhlaufen«, sage ich, »die Finger gleiten über das Eis, und der Flügel klirrt ein bisschen. Herr Bergdorf sagt, nur ein *Steinway* biete einem großen Orchester Paroli. Ein *Bösendorfer* oder ein *Blüthner* seien eher Begleitinstrumente für Kammermusik.« – »Gibt es denn außer den *Steinways* auch Flügel, die ohne Orchester oder Begleitinstrument auskommen und auf besondere Art Musik machen?« – »Bestimmt«, antworte ich. – »Interessant«, antwortet Vater und macht aus heiterem Himmel den Vorschlag, zusammen in einen Klavierladen zu gehen, um unterschiedliche Klavierfabrikate zu testen. »Würdest du mich begleiten? Jedes Fabrikat scheint eine andere Art von Klang zu erzeugen. Aus physikalischer Sicht ist das hochinteressant.«

Ich antworte, dass ich ihn sehr gern begleite (aber wer begleitet hier eigentlich wen?). »Soll ich in den Klavierläden auch Klavier spielen?« – »Natürlich, jeweils ein kurzes Stück. Am besten immer dasselbe an verschiedenen Instrumenten. Daraus ziehen wir dann unsere Schlüsse.« – »Aber wozu?« – »Einerseits machst du neue Erfahrungen im Klavierspielen, und andererseits denken wir darüber nach, welchen Flügel wir später einmal kaufen. Nur du wirst das entscheiden, denn auf dich kommt es an und auf niemanden sonst.« – »Ich komme mit dem Seiler-Klavier gut zurecht.« – »Vorerst, mein Lieber! In drei oder vier Jahren aber vielleicht nicht mehr. Wenn du so weitermachst und so viel übst wie bisher.«

29

In den Monaten nach dem Salzburg-Aufenthalt orientierte sich mein Klavierüben neu. Die Trias von Schumann, Chopin und Liszt trat in den Hintergrund, und Johann Sebastian Bachs *Wohltemperiertes Klavier* erhielt mehr Aufmerksamkeit als alle anderen Stücke.

Diese Veränderungen wurden vom wachsenden Interesse meines Vaters an meinem Üben begleitet. Durch Salzburg hatte er einen Einstieg in eine direktere, ihn stark faszinierende Beschäftigung mit Musik entdeckt. Der gedankliche Weg, den er dabei zurücklegte, war auf einfache Formeln zu bringen: Bachs Musik war Mathematik, und Glenn Gould hatte sie hörbar gemacht. Um Musik so adäquat wie möglich zu spielen, musste man das Ideal ihrer physikalischen Umsetzung (welcher Flügel? welche Spannung der Saiten? welche Anschlagsarten?) ermitteln. Das Wissen um die psychologischen Komponenten der jeweiligen pianistischen Spielpraxis (wo und wann wird mit wem geübt?) rundete schließlich das Bild ab.

Die neuen Konstellationen waren schon auf den ersten Blick zu erkennen. Mutter saß, wenn ich Schumann übte, immer seltener in meiner Nähe, während Vater sich immer häufiger in unserem Wohnzimmer aufhielt, um mich Bach spielen zu hören oder mit mir zusammen Walter Giesekings Aufnahmen zu lauschen.

Dass er ihnen große Aufmerksamkeit schenkte, rührte auch von den musikfernen Informationen her, die er über ihn eingeholt hatte. So erzählte er mir, dass Gieseking ein großer Schmetterlingssammler gewesen sei. Ihm unbekannte Kompositionen habe er bereits nach einmaligem Lesen des Notenbildes auswendig spielen können. Außerdem aber machte er noch den Eindruck eines gelehrten, bodenständigen Menschen, der ohne eine einzige Attitüde auskam. Mathematik, Physik, ein Leben mit Schmetterlingen, in psychischer Hinsicht selten »normal« – all diese Momente ließen ihn als eine geradezu ideal passende Leitfigur der neuen Expeditionen ins Reich der Musik erscheinen, die Vater plante.

Mit ihrem anfangs noch vagen Programm trat er allmählich in Konkurrenz zu Mutter. Sprach sie über Komponisten, Kompositionen oder generell über Musik, tat er so, als verstünde er nicht und wollte auch nicht weiter verstehen. Er habe zu ihrer Sicht auf Töne und Klänge keinerlei Zugang, bekam man nun von ihm zu hören. Gleichzeitig sprach er von seinem eigenen »Weg«, der eher ein naturwissenschaftlicher oder physiologischer sei. Ihn interessiere der Körper eines Instruments und wie ein Musiker mit seinem eigenen Körper darauf reagiere. Zu diesen auf den ersten Blick schwer durchschaubaren, letztlich aber exakt zu beschreibenden und sogar messbaren Prozessen sammle er »Informationen« oder »Beobachtungen«.

In der Tat hat er damals ein schlichtes Schulheft für solche Aufzeichnungen benutzt. Die ersten habe ich gerade vor mir. Sie setzen genau in jenen Tagen ein, als er die Bekanntschaft von Herrn Bergdorf machte. Anfänglich bestehen sie aus kurzen Zusammenfassungen der Lektüren zur *Gieseking'schen Unterrichtsmethode*. »Vor dem Üben eines Stückes sollte man es genau lesen und reflektieren«, lese ich. Und weiter: »Beim ersten Spielen und weiteren Üben sollte der Spielende sich selbst genau zuhören und jede Abweichung von der werktreuen Wiedergabe auf ihre Ursache hin untersuchen.«

Schließlich: »Das genaue Hören von Tonstärke und Tondauer ist elementar.«

Unter diesem ersten Block von Notizen aber steht in unmissverständlicher Abwehr: »Das alles ist recht allgemein.« Sowie: »Was aber, wenn ein Pianist nicht die Lauscher von Herrn Gieseking besitzt, der wahrscheinlich sogar die Klangfarbe und die Tonart von Schmetterlingsflügeln exakt bestimmen konnte?«

30

Wenig später betreten Vater und ich zum ersten Mal ein großes Klavierhaus. Wir sind telefonisch angemeldet, und Vater hat während dieses Telefonats davon gesprochen, dass wir auf der Suche nach dem »idealen Klavier oder Flügel« für seinen seit vielen Jahren spielenden Sohn seien.

Ich aber bin nicht der Meinung, dass wir ein neues Klavier oder gar einen Flügel kaufen sollten. Seit ich übe, hänge ich an dem alten *Seiler*-Klavier und kann mir gar nicht vorstellen, auf ein anderes »umzusatteln« (Vater). Platz für einen Flügel aber haben wir in unserer Kölner Wohnung erst recht nicht, es sei denn, wir räumten das gesamte Wohnzimmer aus.

Das Klavierhaus ist beängstigend leer. Kein Mensch ist zu sehen, dafür aber stehen die unterschiedlichsten Klaviere und Flügel dicht an dicht. Sie haben etwas von monströsen und eigensinnigen Mai- oder Mistkäfern, jedenfalls habe ich diesen Vergleich sofort im Kopf. Neben jedem Instrument steht eine Tafel mit genauen Angaben zu seinem Bau, Preise sind jedoch nicht zu finden. Ich verstehe nichts von den vielen technischen Details auf diesen Tafeln, Vater aber »sagen« sie etwas, wie er sofort behauptet. Ich weiß, dass er sich auf diesen Besuch des Klavierhauses durch Lektüren gut vorbereitet hat, bin aber skeptisch, ob dieses Vaterwissen auch mir weiterhilft.

Schließlich kommt uns ein großer, schlanker Mann im Anzug entgegen und gibt uns beiden die Hand. Er trägt ein weißes Hemd und eine dunkelrote Fliege. Ich muss die Fliege immerzu anschauen, sage aber dazu nichts. Vater ergreift sofort das Wort und erzählt von den Anfängen und der Entwicklung meines Klavierspielens. Dann sagt er, dass wir uns in einer neuen »Ära« des Übens befänden, der »Nach-Salzburg-Ära«, in der wir endgültig ernst mit dem Klavierspiel machen wollten.

»Spiel dem Herrn mal etwas vor«, ruft mein Vater, und ich setze mich an den nächstbesten Flügel und spiele Bachs *C-Dur-Präludium* aus dem *Wohltemperierten Klavier*. Ich habe keine Mühe damit, spüre aber bei jedem Anschlag, dass ich die Tasten dieses Flügels viel kräftiger berühren und drücken muss als die unseres Seiler-Klaviers.

Als ich fertig bin, fragt Vater den Verkäufer: »Na? Wie finden Sie sein Spiel? Für sein Alter ist es doch außerordentlich.« – »Außerordentlich nicht«, antwortet der Verkäufer, »aber ordentlich. Die jungen Talente leisten heutzutage ja bereits Enormes.« – »Wie bitte?! Sie glauben, es gibt Talente im Alter des Jungen, die besser spielen als er?« – »Ich möchte Sie nicht enttäuschen, aber ich kenne viele Talente im Alter Ihres Jungen, die bereits eine große Virtuosität besitzen.« – »Und was spielen diese Virtuosen?« – »Schumann, Chopin, Liszt – die bekannten Bravourstücke. Vielleicht spielt der Junge ja auch Stücke der Romantiker? Bach spielen die jungen Talente ausgesprochen selten.«

Vater teilt dem Verkäufer mit einigem Widerwillen (den aber nur ich bemerke) mit, dass ich Stücke von Robert Schumann spiele. Aus dem *Album für die Jugend*, aus den *Kinderszenen*. »Ach, *die* meinen Sie«, antwortet der Mann (beinahe abfällig), »ich dachte eher an Schumanns *C-Dur-Fantasie* oder die *Kreisleriana*, das sind richtige Brocken.« – »Der Junge spielt keine Brocken«, antwortet Vater (deutlich gereizt), »sondern Stücke, die sich mit seinem Alter vertragen.« – »Natürlich«, antwortet der Verkäufer, »das ist ja auch vollkommen in Ordnung. Nicht aus jedem Talent muss ein Virtuose werden, man kann das Ganze auch bescheidener angehen.«

Ich sehe, dass Vater diese Entgegnung ganz und gar nicht gefällt, und ich befürchte, dass der Besuch des Klavierhauses in einem Streit enden könnte. Daher stehe ich auf und gehe zu einem anderen Flügel, setze mich und spiele zum zweiten Mal das *C-Dur-Präludium*. Diesmal klingt das Stück viel heller als sonst, wie von einer Spielzeuguhr vorgetragen. Das gefällt mir gar nicht, deshalb wechsle ich gleich zum nächsten Instrument. Beim dritten Mal hört sich mein Vortrag so an, als säße ich hinter einem Samtvorhang, der den Klang abdeckt.

»Das ist ja hochinteressant«, sagt Vater, »so stark hatte ich mir die Unterschiede zwischen den einzelnen Instrumenten nicht vorgestellt.« Der Verkäufer reagiert sofort und beginnt zu erklären, woher die Unterschiede kommen. Bei dem einen Instrument wurden die Filzhämmerchen stärker aufgeraut als bei den anderen, und die Spielzeuguhr verdankt ihr helles Klingen einer besonderen Präparierung des Resonanzbodens mit einer den Klang abdichtenden, geheimnisvollen Tinktur.

»Ich mache mir mal ein paar Notizen«, sagt Vater, und der Verkäufer ist davon anscheinend angetan, weil er es mit einem Kunden zu tun hat, der sich ernsthaft mit den Instrumenten beschäftigt. Insgesamt zehnmal muss ich das *C-Dur-Präludium* spielen, und nach jedem Vorspiel holt der Verkäufer zu einem kleinen Vortrag über das Instrument aus. Wir lernen Firmengeschichten, Firmengeheimnisse und Firmenkuriosa kennen, der Verkäufer hört gar nicht mehr auf. Wahrscheinlich hat er selten einen derart interessierten Zuhörer wie Vater vor sich, während ich selbst nach einer Weile ermüde und nicht mehr konzentriert hinhören kann.

Schließlich frage ich, ob ich auch mal etwas anderes spielen dürfe als immer nur das *C-Dur-Präludium*. »Aber gern«, sagt der Verkäufer, und ich spiele drei Stücke aus Schumanns *Kinderszenen*. »Bravo, molto passionato«, lächelt der große Mann mit der roten Fliege, und ich antworte: »Wieso tragen Sie eigentlich eine rote Fliege?«

Der Verkäufer freut sich über die Frage, und dann spricht er mindestens fünf Minuten über den russischen Pianisten Vladimir Horowitz, dem zu Ehren er die rote Fliege trage. Horowitz sei gegenwärtig der beste Pianist »auf dem Globus«, und er trage bei jedem Konzert eine Fliege. Die rote sei das russische, genauer gesagt, »das Moskauer Modell«. »Was spielt Horowitz denn für Stücke?«, frage ich nach. »Na, die großen Brocken: Liszt, Rachmaninoff, Chopin, aber auch Schumann.« – »Auch etwas von Bach?« – »Nein, nein, Bach nur in Bearbeitungen von Liszt oder Busoni.«

Ich schaue Vater an, er hat aber anscheinend nicht richtig zugehört, sondern noch weitere technische Details von Flügeln notiert. Zum Abschluss unseres Besuchs lässt er sich eine Preisliste geben und sagt, dass der Nachmittag (fast drei Stunden waren wir allein mit dem Verkäufer auf der großen Verkaufsfläche unterwegs) »sehr bereichernd« gewesen sei. Der Kauf eines Klaviers oder Flügels müsse aber noch länger und gründlicher durchdacht werden.

»Natürlich«, antwortet der Verkäufer und lädt uns beim Hinausgehen zu einem Klavierwettbewerb für junge Pianisten in meinem Alter ein, die in wenigen Wochen in diesem Klavierhaus »um richtige Pokale« wetteifern werden. Der Gewinner, sagt er, dürfe am Meisterkurs eines großen Pianisten teilnehmen. »Was ist ein Meisterkurs?«, frage ich. – »Das sind Übungsstunden, in denen die Schüler einem Meister ein einziges Stück vorspielen und er es mit ihnen intensiv probt und durchgeht. Detail für Detail. Die Schüler erhalten Einsichten direkt vom Pianistenolymp, mitsamt allen Geheimnissen und Tricks.«

Auf dem Weg nach Hause geht mir der Pianistenolymp nicht mehr aus dem Kopf. Es gibt also große Meister, die laufend Konzerte geben und Schallplatten aufnehmen. Sie unterrichten Meisterschüler, die wiederum Schüler haben, die sich im Idealfall bereits »junge Virtuosen« nennen dürfen. Dann spielen sie »richtige Brocken« (von Liszt, Chopin, Schumann) und nehmen an Wettbewerben teil.

Ich aber bin kein »junger Virtuose«, nicht einmal das. Ich spiele noch immer Stücke für Kinder, und ich spiele Stücke von Schumann (»passionato«) und Stücke von Bach (genau wie Glenn Gould oder Walter Gieseking). Wahrscheinlich bin ich, um einmal ein Meisterschüler zu werden, längst zu spät dran. Die Zeit bei Frau Waigel hat mich nicht vorangebracht, sondern zurückgeworfen, und ich habe den bösen Verdacht, dass mich die Klavierstunden bei Herrn Bergdorf noch mehr zurückwerfen werden. »Ist Herr Bergdorf eigentlich ein Meisterschüler von Walter Gieseking?«, frage ich Vater. – »Nicht ganz«, antwortet er, »er ist der Schüler eines früheren Meisterschülers von Walter Gieseking.«

O mein Gott – wie peinlich! Im Grunde spiele und übe ich in der untersten Liga. Tiefer geht es nicht mehr. Warum soll ich mich dann weiter so anstrengen? Zum Meisterschüler werde ich es sowieso nicht bringen. Vielleicht sollte ich Querflöte spielen oder Kontrabass, das wäre einfacher und ich würde vielleicht schneller ein Meisterschüler, zum Beispiel in einem Querflötenolymp (aber gibt es den überhaupt?).

Vater scheint nicht zu ahnen, was in mir vorgeht. Stattdessen erzählt er angeregt von den vielen neuen Ideen, die ihm während des Besuchs im Klavierhaus gekommen sind. Auf welchen Klavieren oder Flügeln haben berühmte Komponisten in der Vergangenheit gespielt? Auf welchen zum Beispiel Beethoven? Auf welchen Schumann oder Chopin? Wenn man das exakt herausbekommen habe, sollte man heutige Pianisten auf genau denselben alten Instrumenten Kompositionen der großen Komponisten spielen lassen. Das sei doch eine revolutionäre Idee!

31

Damals konnte ich nicht ahnen, wohin solche Fragen und Ideen meinen Vater noch führen würden. Zunächst dahin, dass er sich laufend neue Bücher über große Komponisten auslieh, um in Briefen, Tagebüchern und anderen persönlichen Dokumenten nach den Instrumenten zu fahnden, auf denen sie gespielt oder die sie sogar gekauft und in ihren Wohnungen aufgestellt hatten.

In den Schulheften mit seinen Aufzeichnungen habe ich auch lange Notate zur Frühgeschichte des Klaviers und des Flügels gefunden. Anscheinend leitete Vater sich diese Geschichte vom Hackbrett her: »Alles beginnt mit dem Hackbrett – also damit, dass man Saiten mit einem Klöppel schlägt. Davor gab es natürlich schon das Zupfen von Saiten – es ist verblüffend zu erkennen, dass auch ein heutiger

Steinway im Grunde noch Saiten zupft oder anschlägt. Das macht die entscheidende Besonderheit des Klavierspiels aus: Die Saiten werden nicht gestrichen oder sonst wie berührt (wie etwa beim Harfenspiel), sondern kraftvoll gezupft oder angeschlagen. Sie sollen ein bedeutendes Klangvolumen erzeugen und Räume beherrschend durchdringen. Aus dem kleinen Hackbrett ging das Cembalo hervor, das solche Wirkungen noch nicht erzielte. Es durchdrang keine Räume, sondern durchzirpte sie, als hätte man lauter gehorsame Grillen in einen Kasten gespannt. Nach dem Cembalo kam das Klavichord, ein noch immer schmächtiges Instrument, bis der Hammerflügel zur Zeit Beethovens die großen Säle und Konzerträume eroberte. Von nun an hatte das Orchester seinen großen Widerpart: ein einzelnes Instrument, das den Orchesterklang nicht nur vielstimmig nachahmte, sondern ihn größenwahnsinnig unterlief und sich ihm widersetzte. Mir scheint, dass die gesamte Pianistenpsychologie (die oft vom Größenwahn handelt) daher kommt: Der Flügel reißt seinen weiten Rachen auf, um alles zu schlucken oder zu vertilgen, was sich ihm entgegenstellt. Auch da, wo sich seine Musik mit dem Orchester zu vertragen scheint (wie etwa an leisen Stellen) bleibt er dominant. Der Pianist erledigt letztlich den Dirigenten, der ein bloßer Zulieferer ist. So lassen sich die ewigen Kriege zwischen Pianisten und Dirigenten während der Proben von Klavierkonzerten erklären. Sie können sich nicht verstehen, jeder von beiden macht eine andere, eigene Form von Musik.«

Vater war anscheinend sehr stolz auf diese Einsichten, von denen er manche rot und gleich doppelt unterstrichen hat. Er glaubte wohl, immer tiefer in die Geheimnisse des Klavierspiels vorzudringen, indem er sich die verschiedenen Bauformen der Tasteninstrumente vom Klavichord über den Hammerflügel bis zum modernen Pianoforte klarmachte. Die Klavierbauer erschienen ihm als die eigentlichen Physiker, nach denen er gefahndet hatte. Mit welchem Handwerkszeug arbeiteten sie genau? Was war eine »Stoßzungenmechanik« im Vergleich zur »Prellzungenmechanik«? Mit solchen Fragen scheint er sich tagelang beschäftigt und Auskünfte nicht nur aus Büchern, sondern aus Gesprächen mit Klavierbauern erhalten zu haben.

Ich habe an solchen Forschungen nicht teilgenommen, natürlich nicht. Vater hatte vielmehr Themen und Ideen entdeckt, mit denen er sich auf Musik so zubewegte, wie es für ihn geradezu ideal war. Die »Welt der Töne und Klänge« blieb ihm nicht länger verschlossen, sondern öffnete sich von einer Seite, die viele Musiker kaum beachteten oder stark unterschätzten. Sie sprachen meist von den Emotionen, die Musik auslöste, Vater aber sprach von der Physik des Klavierbaus, die nach seiner Meinung erst die entscheidende Grundlage für die Entstehung bestimmter Emotionen bildete.

Auf dem Höhepunkt dieser Forschungen versuchte er, sich in Formeln auszudrücken (als wäre er ein zweiter Einstein auf der Suche nach der »Musikalitätstheorie«): »Jedes Tasteninstrument sollte daraufhin analysiert werden, mit Hilfe welcher Bauteile es bestimmte Facetten von Klangfarbe und Anschlag erzielt. Daraus ergibt sich ganz von allein die Bandbreite der möglichen Emotionen, die es beim Zuhörer auslösen kann.«

Ich erinnere mich gut, dass Vater von manchen Früchten seiner Lektüre so begeistert war, dass er sie in beachtlicher Lautstärke Mutter und mir durch die ganze Wohnung mitteilte: »Stellt euch vor! In Beethovens Wohnzimmer standen zu bestimmten Zeiten vier Hammerflügel auf einmal! Vier!! Auf einmal!!! Die Besucher mussten sich erst ihren Weg bahnen oder sogar drübersteigen!«

32

Ich habe vor, Vater mitzuteilen, dass ich bei Herrn Bergdorf nichts Richtiges lerne. Unablässig spiele ich ihm meine längst eingeübten Stücke vor, und er sagt höchstens ein paar nebensächliche Sätze dazu. Alles, was ich spiele, interessiert ihn anscheinend gleich viel, egal, ob es ein Stück von Bach oder von Schumann ist.

Dann aber erklärt er die erste Phase unseres Kennenlernens plötzlich für beendet, und wir steigen, wie er mehrfach betont, in die zweite Phase ein, in der die Lehrmethoden Walter Giesekings zur Anwendung kommen.

Ich bin sehr gespannt und auch erstaunt, als Herr Bergdorf mir die Noten eines Komponisten vorlegt, von dem ich noch nie gehört habe. Er heißt Carl Ditters von Dittersdorf und war zu Zeiten Mozarts und Beethovens angeblich sehr bekannt. Herr Bergdorf sagt, dass ich mich in den kommenden Wochen mit einer seiner Klaviersonaten »vertraut machen« werde.

Und warum ausgerechnet mit der Komposition eines früher zwar bekannten, heute aber unbekannten Komponisten? Weil die Namen bekannter Komponisten (wie Bach, Mozart oder Beethoven) das Üben ihrer Kompositionen angeblich im Vorhinein stark beeinflussen. Mit jedem bekannten Namen verbinden wir nach Meinung von Herrn Bergdorf eine Vorstellung von der jeweiligen Musik, so dass wir in unserer Interpretation nicht mehr ganz frei sind. Stattdessen orientieren wir uns an all den Interpretationen, die wir von den Stücken eines bekannten Komponisten bereits einmal gehört haben. Wir passen uns an bereits Gehörtes an und spielen ein noch nie geübtes Stück so, als wären wir mit ihm längst vertraut.

Gut, das verstehe ich. Was aber meint Herr Bergdorf genau mit »Vertrautheit«? Und wie mache ich mich in der Praxis mit der Komposition eines mir unbekannten Komponisten »richtig vertraut«?

Herrn Bergdorfs Antwort ist die zweite Überraschung zu Beginn der zweiten Unterrichtsphase. Er sagt nämlich, dass ich die Klaviersonate des Komponisten Ditters von Dittersdorf zunächst keineswegs üben oder spielen, sondern ausschließlich lesen werde. – »Ich werde sie lesen?! Was soll das heißen?!« – »Ganz einfach – du wirst dich in das Notenbild vertiefen! Im Stillen! Immer wieder! Um die Noten auswendig zu lernen!« – »Und dann?« – Dann machen wir einen Test. Ich soll die auswendig gelernten Noten aufschreiben und dadurch beweisen, dass ich mich mit dem Stück vertraut gemacht habe.

Das verstehe ich noch nicht ganz. »Ich soll das neue Stück auswendig lernen, ohne es mit den Fingern zu üben oder zu spielen?« – »Richtig.« – »Aber ich habe Stücke bisher immer mühelos auswendig gelernt, einfach durch häufiges Spielen.« – Das, sagt Herr Bergdorf, sei eben die falsche Methode. Sie erziele keine Vertrautheit mit dem jeweiligen Stück, sondern höchstens eine flüchtige Kenntnis, die jederzeit wieder verloren gehen könne. Wer ein Stück nur durch häufiges Spielen auswendig lerne, haste später von Takt zu Takt und habe nie ein Gesamtbild der Noten vor Augen. Das allerdings sei die einzige Gewähr dafür, dass man sich in einer Komposition nicht nur voranbewege, sondern dauerhaft in ihr wohne.

Ich verstehe noch immer nicht ganz, aber Herr Bergdorf setzt sich mit mir zusammen, und wir schauen uns das Notenbild der Klaviersonate von Carl Ditters von Dittersdorf an. Schritt für Schritt zerlegen wir das Stück in einzelne Elemente: rechte Hand, linke Hand, ein Element nach dem andern. Jedes besteht aus einigen Takten und bildet eine Einheit. Wir entdecken und finden solche Elemente durch leises Singen der Noten oder durch einen optischen Eindruck: Hier beginnt ein Element, dort endet es, denn an dieser Stelle befindet sich (zum Beispiel) eine deutliche Pause.

Das ist gar nicht so schwer, denn die Komposition von Ditters von Dittersdorf hat einen sehr übersichtlichen Notenverlauf. Wir kennzeichnen die einzelnen Elemente also mit verschiedenen Blei- oder Buntstiften und erstellen auf diese Weise ein Schaubild der gesamten Komposition. Das erste Element, das die rechte Hand spielt, ist rot markiert und bekommt die Nummer 1a, das erste links ist blau und wird 2a genannt.

Auf diese Weise gehen wir den ersten Satz der Sonate durch und markieren jedes Element mit unterschiedlichen Farben. Manchmal wiederholt sich eines (etwa 1a), dann nennen wir es 1b, um anzudeuten, dass dieses Element nicht neu ist, sondern wiederkehrt.

Mit diesem Zerlegen einer Komposition vergeht die gesamte Unterrichtsstunde. Als sie beendet ist, ermahnt mich Herr Bergdorf: »Zu Hause lernst du jetzt die einzelnen Elemente auswendig, so dass ich sie in der nächsten Stunde bei dir abrufen kann. Und denk daran: Nicht üben, sondern auswendig lernen. Um in Übung zu bleiben, kannst du Stücke spielen, die du bereits beherrschst, niemals aber die Sonate von Ditters von Dittersdorf. Die prägst du dir ein, ohne sie zu üben. Das hast du verstanden, nicht wahr?«

Ja, jetzt habe ich fürs Erste alles verstanden. Ich will auch versuchen, den Anweisungen von Herrn Bergdorf zu folgen, obwohl ich sie seltsam und sehr merkwürdig finde und keineswegs sicher bin, für eine solche Übungsmethode geeignet zu sein.

Zu Hause setze ich mich nun Tag für Tag hin, nehme mir die Noten der Klaviersonate von Ditters von Dittersdorf vor und präge mir einzelne Elemente ein. Ich schaue sie lange und intensiv an, schließe die Augen und sage die einzelnen Noten auf, die ich im Kopf habe. Mutter beobachtet mich dabei und versteht nicht, was genau ich gerade tue. Ich erkläre es ihr, und sie ist ziemlich entsetzt: »So ein Unsinn! Das also nennt Herr Bergdorf die ›*Gieseking'sche Methode*‹! Du wirst ein halbes Jahr brauchen, bis du diese Sonate einigermaßen beherrschst. Normalerweise würdest du sie fehlerfrei in kaum einem Monat spielen.«

Das mag sein, aber dieser Kommentar hilft mir jetzt nicht weiter. Ich lerne die einzelnen Elemente der Komposition also brav auswendig und komme mir vor wie ein Schachspieler, der sich Züge einer Schachpartie einprägt. Ich halte mich auch an die Empfehlung, das Stück nicht zu üben, und beschäftige mich stattdessen weiter mit Präludien und Fugen des *Wohltemperierten Klaviers.*

Daneben aber geht mir noch anderes durch den Kopf. Ich habe nämlich Vladimir Horowitz, den der Verkäufer im Klavierhaus ganz nebenbei zum »besten Pianisten auf dem Globus« ernannt hatte, keineswegs vergessen. Wie Svjatoslav Richter oder Glenn Gould scheint er zum innersten Kreis der Weltbesten zu gehören. In einem Schallplattenladen schaue ich mir einige Aufnahmen von ihm an. Hören kann ich sie leider nicht, aber ich erkenne auf dem Cover der Platte immerhin ein Horowitz-Foto.

Merkwürdig, er ist der erste Pianist, den ich auf einem Foto lächeln sehe, und das sehr überzeugend. Er hat ein langes, schmales Gesicht mit sehr großen, etwas abstehenden Ohren. Unterhalb des breiten, lächelnden Mundes entdecke ich die »Horowitz-Fliege«, leider nur in Schwarz-Weiß. Sie setzt einen zusätzlichen Akzent. Horowitz sieht nämlich so aus, als machte er sich über sich selbst (auch) etwas lustig. Oder als nähme er das Klavierspielen generell nicht ganz so tierisch ernst wie andere Pianisten. Oder als wäre er ein Zirkusartist, der dem Publikum Nummern vorführt, die letztlich nichts anderes sind als Zauberei.

Horowitz' Lächeln oder Lachen gefällt mir. Warum soll Klavierspielen nicht auch etwas Munteres, Gelöstes (und etwas von luftiger Zauberei) haben? Ich würde zu gern wissen, wie Vladimir Horowitz spielt, aber ich kann den Verkäufer im Schallplattenladen nicht überzeugen, eine neue Platte eigens für mich aufzulegen.

Da fällt mir der Verkäufer im Klavierhaus ein. Ich gehe (heimlich und deshalb allein) hin und bin erleichtert, als der Verkäufer mich sofort wiedererkennt. »Was kann ich für dich tun?«, fragt er (und lächelt ein wenig, als wäre er mit Vladimir Horowitz verwandt). Ich erkläre ihm, worum es geht, und er nimmt mich in sein Büro mit, wo es einen guten Schallplattenspieler gibt. Dann legt er eine Platte von Vladimir Horowitz auf und geht hinaus.

»Ich ziehe mich jetzt einmal zurück«, sagt er wahrhaftig, und ich bin von dieser sprachlichen Wendung (und dem Respekt, den sie ausdrückt) so beeindruckt, dass ich sie nie mehr vergessen und später selbst immer wieder ins Spiel bringen werde. »Vielen Dank«, sage ich, und dann setze ich mich auf einen kleinen Stuhl und höre zum ersten Mal in meinem Leben Vladimir Horowitz.

Er spielt nicht (wie Svjatoslav Richter) das zweite, sondern das dritte Klavierkonzert von Sergej Rachmaninoff. Ich höre es zum ersten Mal ganz, und ich begreife sofort, wie eigensinnig Horowitz spielt. Mal wird er schneller und schneller und treibt das Orchester vor sich her, mal wird er unvermutet sehr leise und immer leiser, als sollte das Stück einmal zur Ruhe kommen und Frieden finden. Zwischendurch aber legt er einige perlende, sehr rasche Läufe hin, und es hört sich an, als hüpfte er mit den Fingern danach noch einmal kurz über die Tasten, um nachzuschauen, ob sie noch alle vorhanden sind.

Vladimir Horowitz spielt nicht Klavier (wie Svjatoslav Richter oder Glenn Gould), sondern führt nacheinander zahlreiche Kunststücke vor. Es hört sich an, als wäre er ein Eisläufer, der eine schwierige Kür mit lauter hohen Sprüngen und Pirouetten zelebriert. Sein Spiel überrascht mich wie keines, das ich bisher gehört habe. Klavierspielen, denke ich plötzlich, kann also auch richtiger Artistenzirkus einschließlich Eiskunstlauf sein! Fantastisch! Das hätte ich nie vermutet.

Als der Verkäufer wieder in sein Büro zurückkommt, erzähle ich von meinen Eindrücken, und der Verkäufer lächelt wieder und sagt: »Vladimir Horowitz hat das Klavierspiel von aller falschen Eitelkeit befreit. Niemand sonst spielt so unvorhersehbare Tempi, und niemand sonst vermittelt den Zuhörern das Gefühl, sich ein einziges großes Vergnügen aus all dem Tamtam zu machen. Wenn ihm das gelingt, ist er glücklich. Wenn nicht, stürzt er ab.«

Ich frage den Verkäufer, was er mit »abstürzen« meint, und er antwortet, Vladimir Horowitz sei schon viele Male »abgestürzt«. Schwer krank und hilflos geworden, unfähig, weiter Klavier zu spielen. Ängstlich, dass es beim nächsten Konzert zur Katastrophe kommen könnte, dem endgültigen Versagen, der Lähmung der Finger. »Er ist wirklich ein einzigartiger Artist, und wie alle Artisten lebt er gefährlich, das ist es.«

Ich will so etwas nicht hören, es macht mir Angst. Ich sage aber nichts, sondern bedanke mich bei dem Verkäufer. Bevor ich das Klavierhaus verlasse, lässt er mich noch zwei, drei kurze

Stücke hören, die Horowitz auf einer anderen Platte eingespielt hat. Ein Komponist mit Namen Domenico Scarlatti hat sie komponiert. Sie dauern nur wenige Minuten, und Horowitz spielt sie, als servierte er einen Nachtisch. Hinterher sagt der Verkäufer, dass Horowitz in seinen Konzerten vor allem »die ganz großen Brocken« (wie etwa Rachmaninoff) spiele, manchmal aber auch »die kleinen, zu Herzen gehenden Miniaturen« (wie etwa Scarlatti).

»Die ganz großen Brocken sind wohl nichts für mich«, antworte ich, »ich werde sie wahrscheinlich nie auch nur einigermaßen beherrschen. Die Miniaturen dagegen könnte ich bald einmal üben, dazu hätte ich große Lust, das ist eine gute Idee.«

Da schenkt mir der Verkäufer die Horowitz-Platte mit den Scarlatti-Stücken und lädt mich zum Schluss noch einmal zu dem Klavierwettbewerb ein, der bald in einem Konzertsaal der Musikhochschule stattfinden wird. »Hör dir mal an, was deine Altersgenossen alles so spielen. Vielleicht erhältst du ein paar Anregungen.«

Zu Hause erzähle ich von meinem Besuch im Klavierhaus. Weder Mutter noch Vater haben von Domenico Scarlatti jemals gehört. Und so lege ich die Platte auf, und wir sitzen zu dritt im Wohnzimmer und hören zu. Wir lassen uns Zeit für die ganze Platte, niemand sagt etwas. Und als sie zu Ende ist, sitzen wir noch eine Zeitlang still. »Wann hat dieser Scarlatti gelebt?«, fragt Vater, und ich schaue auf dem Cover nach und sage: »Von 1685 bis 1757!« – »Und wo?« – »In Italien und Portugal, am Ende seines Lebens lange Zeit am spanischen Hof! Dort hat er über fünfhundert solcher kurzen Stücke geschrieben!« – »Über fünfhundert?! Stimmt das?!« – »Angeblich fünfhundertfünfundfünfzig!« – »Dann hat er sie für das Cembalo geschrieben«, sagt Vater. – »Ja, für das Cembalo.« – »Das habe ich gleich gehört«, fährt Vater fort, »ich höre jetzt so etwas, denn ich höre jetzt ganz anders als früher. Ich höre einem Stück an, für welches Tasteninstrument es geschrieben wurde. Ist das nicht toll?« – »Aber ja, das ist toll«, sagt Mutter, »aber noch etwas anderes ist toll.« – »Was denn?« – »Dass wir jetzt einen Komponisten in unseren Reihen haben, den unser Jüngster entdeckt hat. Es ist *sein* Komponist, und niemand anderes wird seine Stücke spielen, nur *er*!«

Ich bin beeindruckt von dem, was Mutter gesagt hat. Ich habe nicht nur einen großen Pianisten (Horowitz) entdeckt, den niemand in unserer Familie sonst kennt, sondern auch die Stücke eines Komponisten, die niemand außer mir spielen wird. »Ich ziehe mich dann mal zurück«, sage ich zu Mutter und Vater. Nebenan lese ich das Cover der Scarlatti-Aufnahmen noch einmal sehr genau durch. Ich entdecke, dass Scarlatti in den letzten Jahrzehnten der »Hauskomponist« der spanischen Königin war. »Ich ernenne Domenico Scarlatti jetzt zu meinem Hauskomponisten«, sage ich leise.

Danach beuge ich mich über die Noten der Klaviersonate von Carl Ditters von Dittersdorf und präge sie mir weiter ein. »Ich mag die Gieseking-Methoden nicht«, denke ich, »sie sind nichts für mich. Horowitz würde sich über sie lustig machen, und Scarlatti würde sagen, dass er selbst viel bessere Sonaten komponiert habe. Scarlatti möchte ich üben, nicht Dittersdorf. Mal sehen, ob ich Herrn Bergdorf dazu überreden kann.«

33

Die Zeit, in der ich (wie es in der Familie hieß) »bei Bergdorf studierte«, war stark von Vaters Entdeckung seines »eigenen Zugangs zur Musik« geprägt. Manchmal hatte ich damals den Eindruck, dass sie den Unterricht überlagerte und Vater kaum noch Interesse dafür hatte, ob und wie ich etwas Neues lernte. So ging es in den zahlreichen Treffen, die ihn mit Herrn Bergdorf in diversen Cafés zusammenführten, fast immer um »die Physik der alten Musik« und darum, wie man sie heutzutage zum Klingen bringen könne.

Gleichzeitig war es nämlich auch die Zeit der Entdeckung des Musizierens auf historischen Instrumenten, überall sprach man davon, und in den Zeitungen erschienen Fotos und lange Artikel mit Musikinstrumenten, die niemand kannte und von denen bisher nirgendwo die Rede gewesen war.

Dazu passte, dass die *Deutsche Grammophon* eine eigene, umfangreiche Schallplattenproduktion mit alten Kompositionen begann, die ausschließlich auf historischen Instrumenten in eigens dafür eingerichteten Studios eingespielt wurden. Sie hieß *Archiv Produktion*, und ihre Besonderheit war schon von außen an der silbrig strengen Farbe jedes Covers zu erkennen.

Auf ihm befand sich kein einziges Bild oder sonstige Ablenkung, sondern ausschließlich Schrift. Als Erstes wurde der jeweilige »Forschungsbereich« genannt und darunter die besondere »Serie«, erst darauf folgten die Titel der jeweiligen Kompositionen. Die Namen der Komponisten aber wurden in all diese hochwissenschaftlich erscheinenden Angaben fast unauffällig integriert, als käme es nicht vor allem auf die Künstler an, sondern darauf, sie bestimmten Epochen oder Unterepochen zuzuordnen.

Der früheste Forschungsbereich stellte Musik der Gregorianik vor, und danach zog sich das gesamte Angebot mit insgesamt zwölf Forschungsbereichen – die teilweise mehrere Serien umfassten – durch Mittelalter, Renaissance, Barock und Rokoko bis zur Klassik. Das erweckte den Anschein eines enormen Entdeckergeistes, der die alte Musik bis in jede noch so entlegene Gattung verfolgte.

Von Anfang an war die *Archiv Produktion* daher eine Spielwiese nicht nur für Kenner, sondern auch für Hörer, die sich als »Sammler« profilieren wollten. Für Vaters neu erworbenen »Zugang zur Musik« war sie geradezu ideal. Seit es sie gab, besuchte er mehrmals in der Woche Schallplattenläden, machte sich dort Notizen, hörte in bestimmte Platten »hinein« und erzählte Mutter und mir beinahe täglich von seinen Entdeckungen. »Wisst ihr eigentlich, was ein Gravicembalo ist?«, »Kennt ihr Carillonmusik aus Holland?«, »Bach hat übrigens auch Stücke für Laute geschrieben.« – mit solchen Fragen und Erkenntnissen mussten wir leben.

Ich selbst reagierte vorerst nicht darauf, sondern hörte mir ruhig an, was Vater alles so entdeckt zu haben glaubte. Mutter aber antwortete auf solche Sätze mit der Zeit immer gereizter und verschwand manchmal sogar aus dem Zimmer, wenn wieder einmal von »Stücken des neapolitanischen Stilkreises aus dem italienischen Settecento« die Rede war. Nach wie vor spielte sie selbst ja ausschließlich Kompositionen von Schumann, Chopin oder Liszt, was nun wiederum Vater oft derart reizte, dass er von einer »einseitigen Beschränkung« und »übertriebener Anhänglichkeit an bestimmte Komponisten« sprach.

Mutter verteidigte sich nicht. Ein Leben lang hat sie das nicht getan. Bis zu ihrem Tod hat sie nur Stücke der romantischen Trias gespielt, Briefe und andere Dokumente ihrer »Hausheiligen« gelesen und darauf beharrt, dass sie sich nur mit Musik intensiver beschäftige, die sie »aufwühle« und die ihr ganz und gar »zu Herzen gehe«.

Ich verfolgte diese Debatten, war inzwischen aber alt genug, um mir insgeheim einen eigenen »Hausaltar« berühmter Komponisten vorzustellen. Zu meinem »Hauskomponisten« erklärte ich Domenico Scarlatti, mein »Herzenskomponist« war Robert Schumann, und Johann Sebastian Bach schließlich hielt ich (als »Hauskomponist« von Schumann, Glenn Gould und Walter Gieseking) für unser aller Ahnherrn und Übervater. Daneben gab es schließlich noch »geschätzte und gern gespielte Komponisten«, zu ihnen zählten (auf Grund meiner »Petersburger Zeit«, wie Mutter die Zeit meines Unterrichts bei Frau Waigel nannte) vor allem russische: Tschaikowsky, Rachmaninoff. Ganz im Hintergrund aber winkte mir auch noch Béla Bartók zu, nein, ich würde ihn nie vergessen.

Kein Haydn, kein Mozart, kein Beethoven – erst jetzt wird mir so richtig bewusst, welche weiten Umwege ich um die Kompositionen dieser Großen gemacht habe. Da meine Lehrerinnen und Lehrer mich ihre Stücke nicht üben ließen, mussten sie lange Zeit auf den untersten Treppenstufen meines »Hausaltars« warten. Natürlich hatte ich ihre Kompositionen im Radio gehört, das aber vielleicht nicht konzentriert oder häufig genug. Hinzu kam, dass weder Mutter noch Vater sie erwähnten oder ihre Stücke mit besonderer Anteilnahme hörten.

Die Folge war, dass sie in unserem kleinen Haushalt lange Zeit überhaupt keine Rolle spielten, sondern viel eher von Claudio Monteverdis *Marienvesper* (Vater) oder Schumanns *Waldszenen* (Mutter) gesprochen wurde. Einerseits pflegte unser Haushalt bewusst und trotzig eine eigenartige »Antiquiertheit«, andererseits aber auch mindestens gleich stark »romantische Passionen«. Zwischen diesen beiden Lagern von alter und romantischer Musik gab es keine Vermittlung, sie hatten sich nichts zu sagen. Behandelte Vater Musik wie ein kühler Forscher, so zeigte Mutter, dass sie »Musik lebte«. Das ging bis zu den Blumen, deren Namen sie in biografischen Eintragungen

Robert Schumanns gefunden hatte. Tauchten sie dort nur ganz nebenbei (als Zimmerpflanzen des Schumann'schen Haushaltes) auf, so war dieses flüchtige Auftauchen für Mutter Anlass, sie auch bei uns aufzustellen.

Da standen sie dann in zierlichen, blaugrünen, schimmernden Töpfen zwischen den silbernen Hüllen der sich immer mehr ausweitenden *Archiv Produktion*. Das asketisch Monochrome und das schillernd Bunte – wie hätte man die musikalischen Lager unseres Haushalts besser auf einen Blick präsentieren können?

34

Vater begleitet mich zum Wettbewerb der noch jugendlichen Klavierspieler in den Räumen der Musikhochschule. Mit dem großen Andrang haben wir beide nicht gerechnet. Der Konzertsaal ist mit Eltern, Verwandten, Freunden und sogar Presse überfüllt, so dass wir nur zwei Plätze in den hintersten Reihen bekommen.

Auf der Bühne ganz rechts sitzt eine vierköpfige Jury an einem leicht gebogenen Tisch, die Juroren haben dicke Materialmappen vor sich liegen und vertiefen sich vor Beginn der Veranstaltung in die vielen Blätter, ohne miteinander zu reden. Der Verkäufer aus dem Klavierhaus trägt wieder seine rote Fliege, er läuft vor der ersten Reihe aufgeregt hin und her, bis wir begreifen, dass er wohl die Rolle des Moderators übernehmen wird.

Auf jedem Besucherplatz liegt ein Programm mit den Namen und Daten der Vortragenden sowie dem Klavierstück, das sie spielen werden. Die Daten wirken hochtrabend ausführlich und fast angeberisch (»Unterricht bei Franziska X seit über drei

Jahren, vorher Unterricht bei Carl-Wilhelm Y seit ... «), außerdem ist zu erkennen, dass anscheinend nur ein Stück gespielt werden darf. Nur noch zehn junge Pianistinnen oder Pianisten treten zu diesem Abschlusswettbewerb an, vorher hat es wohl bereits harte Ausscheidungsrunden gegeben.

»Was spielen sie denn so?«, fragt mich Vater, der seine Brille vergessen hat. Ich lese ihm die Komponistennamen und die der Stücke auf der Liste vor und zähle am Ende zusammen: sechsmal Beethoven, dreimal Chopin, einmal Mozart. Die Chopin-Kompositionen (jeweils eine der großen Balladen) kenne ich vom Hören alle, die von Beethoven und Mozart dagegen nicht. Dann betritt der Verkäufer aus dem Klavierhaus endlich die Bühne und begrüßt die vielen Zuhörer, dabei benutzt er ein Mikrofon, das seine Sätze wie Schießbudenwerbung auf einer Kirmes in den Saal schmettert.

Es hört sich an, als wartete die junge Elite des Rheinlands auf ihren ersten, epochalen Auftritt, der über ihr ganzes Leben entscheiden wird. Mich gruselt etwas, und auch Vater wirkt angespannt, als wäre er ein Jurymitglied. Obwohl er die Brille vergessen hat, hält er sich das Programm noch einmal vor Augen und tut so, als entzifferte er es mit Interesse. Dabei weiß ich doch genau, dass ihn all diese Namen keineswegs sehr beschäftigen. Bestimmt wäre es ihm viel lieber, er bekäme wenigstens den Satz einer *Suite für Klavier* von Georg Friedrich Händel zu hören.

Vollends erstaunt aber sind wir beide, als wir den ersten Jungpianisten die Bühne betreten sehen. Er trägt einen hellblauen Anzug und braune, edel erscheinende Schuhe, und man hat ihm einen feschen, sehr kurzen Haarschnitt verpasst, so dass seine Haare wie kleine elektrisierte Drahtstangen aufrecht dicht nebeneinanderstehen. »Wie sieht denn der aus?«, entfährt es mir, und sofort dreht sich eine ältere Person mit vorwurfsvollem Blick nach mir um.

Der perfekt gekleidete Jungpianist spielt den ersten Satz einer Beethoven-Sonate, die *Pathétique* genannt wird, und er spielt so, als ginge es vor allem darum, dem *Steinway* einen gewaltigen Donner nach dem andern zu entlocken. Und so grollt, braust, schnauft und explodiert der Flügel, als befreiten sich zwischen seinen Hämmerchen und Saiten lauter Furien und stürzten sich ins nächste Höllenloch hinter der Bühne.

Das ist also Beethoven! Jetzt begreife ich sofort, warum so viele (und ausschließlich männliche) Jungpianisten eine Komposition von diesem Meister der schweren Gewitter und Höllenstürze gewählt haben. Jede hat zudem einen seltsamen Namen (*Mondscheinsonate* oder auch *Appassionata*), als handelte es sich nicht nur um eine Sonate, sondern noch um etwas Zweites oder gar Drittes, das Beethoven mit Begriffen einer Geheimsprache angedeutet hat. Von *Mondscheinsonaten* habe ich jedenfalls noch nie gehört, und auch Vater ist in seinen musikhistorischen Forschungen noch nie auf eine *Appassionata* gestoßen.

Ist es ein Zufall, dass drei der vier jungen Pianistinnen Chopin spielen und die vierte den ersten Satz einer Sonate von Mozart? Es ist unfair, dass diese Stücke gegen die Donner- und Brachialwerke Beethovens anzutreten haben. Mit ihnen verglichen hören sie sich harmlos, freundlich und höchstens etwas nachdenklich an, während Beethovens Werke klingen, als wollten sie jede anders geartete Musik vom Podium fegen und alles Harmlose umkehren, auf den Kopf stellen und ins Abseits verweisen. Schon mit ihren ersten Klängen ist ein solches Auftrumpfen, Sich-Behaupten und Erklärungen-Abgeben da, dass man als Zuhörer die Schultern hochzieht und sich vorstellt, Beethoven habe nicht nur auf vier Hammerflügeln zugleich komponiert, sondern außerdem noch die Geister von Himmel und Hölle zum Mitkomponieren eingeladen.

Dass diesen Wettbewerb nur jemand gewinnen wird, der Beethoven spielt, ist daher rasch klar. Am Ende siegt ausgerechnet der jüngste Teilnehmer. Auch er trägt einen tadellos sitzenden Anzug und dazu eine schmale rote Krawatte, so dass er bereits auf den ersten Blick wie der Sohn des Verkäufers im Klavierhaus erscheint. Dass er es dann auch wahrhaftig ist, regt einige Zuhörer hinterher auf. Sie sprechen von »Vetternwirtschaft« und »verzerrtem Wettbewerb«, dringen jedoch mit solch bösen (und erkennbar neidischen) Bemerkungen nicht richtig durch. Jeder, der konzentriert zugehört hat, weiß, dass die Entscheidung der Jury richtig ist. Der junge Virtuose mit der schmalen roten Krawatte ist der Beste gewesen, er hat den dritten Satz von Beethovens *Mondscheinsonate*, auf vier schwarzen Pferden gleichzeitig galoppierend, in Rekordzeit durch den Saal geritten, ohne ein einziges Mal aus dem Sattel zu fliegen.

Der Beste erhält den einzigen Preis, die anderen erhalten »lobende Anerkennungen«. Die meisten machen sich mit ihren Verwandten und Freunden rasch davon, ein Junge ist den Tränen nahe, hält aber mit einem furchtbar rot angelaufenen Gesicht tapfer dagegen. Seltsam kommt es Vater und mir jedoch vor, dass alle dem Sieger zwar kurz gratulieren, er selbst danach aber eigenartig isoliert und einsam vor der ersten Zuhörerreihe steht. Der Verkäufer aus dem Klavierhaus scheint seine einzige Begleitung zu sein, und auch er wirkt weniger freudig erregt als erschöpft oder sogar ergriffen.

»Was ist denn mit denen los?«, fragt Vater, und ich sage, dass wir hingehen und dem Jungen gratulieren sollen. »Du willst ihm für sein wildes Gedonner auch noch gratulieren?«, fragt Vater, und ich antworte, dass er unsere Glückwünsche wirklich verdient hat. »Na gut«, sagt Vater, »wenn wir schon einmal hier sind, können wir uns auch das noch antun. Wer weiß, wofür es gut ist.«

Der junge Virtuose heißt Anton, und sein Vater heißt mit Nachnamen Höllriegel. Sie stehen wie von allen anderen Menschen verlassen in dem sich rasch leerenden Saal. Herr Höllriegel erkennt uns natürlich sofort, und ich gebe dem jungen Anton die Hand und sage, dass ich noch nie einen jungen Pianisten ein so schweres Stück wie den dritten Satz von Beethovens *Mondscheinsonate* habe spielen hören. »Spielst du auch Klavier?«, fragt Anton (mit einem fremden Akzent). Und ich antworte, dass ich eher aus Spaß oder nebenbei spiele und für einen Wettbewerb wie diesen nicht in Frage komme. – »Willst du nicht an einem Wettbewerb teilnehmen oder kannst du nicht?« – »Weder noch«, sage ich, »meine Haus- und Herzenskomponisten sind einfach ganz andere als Beethoven, Mozart oder Chopin. Von denen habe ich noch nie ein einziges Stück gespielt.« – »Und was spielst du stattdessen?« – »Stücke von Domenico Scarlatti, Johann Sebastian Bach oder Robert Schumann. Auch von Tschaikowsky und Rachmaninoff habe ich so einiges schon gespielt, und die Kinderstücke von Béla Bartók könnte ich noch nennen.« – »Das ist aber seltsam«, antwortet Anton mit seinem merkwürdigen Akzent, »ich habe nämlich von all diesen Komponisten noch nie etwas gespielt, außer der großen *C-Dur-Fantasie* von Robert Schumann natürlich.«

Wir stehen einander gegenüber wie zwei versierte Experten, die gerade feststellen, dass sie aus ganz verschiedenen musikalischen Kontinenten kommen. Anton hat anscheinend schon seit langem in einem Erwachsenenkontinent gelebt, während ich mich noch immer in einem Kinder- oder Jugendkontinent aufhalte. Auf kuriose Weise hat sich das in meinem Fall so ergeben, es ist wie von selbst geschehen, und niemand in meiner Familie hat es so richtig bemerkt. Jetzt aber, nach diesem Wettbewerb, erkenne ich deutlich, dass ich längst von der großen Virtuosenwelt abgehängt bin. Ich spiele und übe auf einer einsamen, entlegenen Insel, ich bin das, was manche Leute »einen Kauz« nennen, womit sie einen seltsamen Vogel meinen, der komisch und aus der Welt gefallen wirkt.

»Seltsam ...«, sagt Anton noch einmal und mustert mich, als wäre ich ein Untersuchungsfall. Als ich das spüre, werde ich plötzlich verlegen, und es kommt mir vor, als würde ich rot im Gesicht. So etwas ist mir nur früher, in den Jahren meines Stummseins, passiert, da aber laufend, jeden Tag mehrmals. Ich habe viel Zeit damit verbracht, diese Verlegenheit loszuwerden, und ich habe gedacht, dass ich es auch wirklich endgültig geschafft habe. Jetzt aber ist das rot anlaufende, heiße Gesicht wieder da, und ich würde mich am liebsten wegdrehen oder ganz verschwinden.

Ich kämpfe aber, so gut es eben geht, dagegen an und will etwas sagen, und dann sage ich »Tja ..., ich weiß auch nicht ...«, und es kommt, wie ich es befürchte, denn ich beginne zu stottern und bleibe schon beim »tja« hängen und sage »tttt...jjjj...«, wie einer, der gerade wieder das Sprechen verlernt und in dessen Mund sich die Wörter auflösen und von selbst zerlegen.

»Was hast du?«, fragt Anton, und ich beginne plötzlich zu spucken, und Herr Höllriegel fragt: »Hat Ihr Sohn etwa gerade einen Anfall?« – »Nein, nein«, antwortet Vater, »er ist nur etwas überfordert. Ich vermute, es hat mit Beethoven zu tun. Er hat noch nie so viele Stücke nacheinander von ihm gehört. So etwas geht, wie sagt man, unter die Haut. Selbst mich hat es nicht kalt gelassen, das muss ich zugeben.« – »Er hat noch nie etwas von Beethoven gespielt«, ergänzt Anton und schaut seinen Vater an, als hätten sie eines der seltenen Lebewesen aus den Tiefen der pianistischen Gesteinsschichten entdeckt, die sich von vollends unbekannten Komponisteninsekten ernähren.

»Welche Stücke spielst du denn so?«, fragt Herr Höllriegel, und ich spüre wieder etwas Halt, schlucke und antworte (einigermaßen normal): »Stücke von Johann Sebastian Bach zum Beispiel.« – »Du übst gerade Bach?« – »Nein, ich übe ihn nicht, sondern spiele ihn zu Hause, so für mich. Üben tue ich eine Sonate von Carl Ditters von Dittersdorf, allerdings bisher nur im Kopf, ich meine: auf dem Papier, also in kleinen Einheiten ...«

Wieder gerate ich durcheinander und bin nahe am Stotterdschungel, während ich sehe, dass Herr Höllriegel meine Nennung von Carl Ditters von Dittersdorf für einen Scherz hält und grinst. »Ditters von Dittersdorf?«, lacht er schließlich, und auch Anton lacht, als hätte ich mir diesen Namen nur ausgedacht. Vater aber lacht nicht, und auch ich bringe es nicht zu einem Lachen, wir stehen vielmehr wie zwei Clowns neben den beiden Höllriegels, die ohne Zweifel zur Elite des Rheinlands gehören, während Vater und ich in der untersten Liga zwischen »Archiv Produktion« und »*Gieseking'scher Methode*« hin- und herkrebsen.

»Tja ...«, will ich noch einmal sagen (und es fehlerfrei hinkriegen), als ich sehe, dass Herr Höllriegel wieder ernst wird. Der Saal hat sich inzwischen geleert, und er geht noch einmal hinauf auf die Bühne, um den großen Flügel zu schließen. Als er oben steht, schaut er zu mir herunter und sagt: »Ich würde mich sehr freuen, wenn du zum Abschluss dieses Konzerts ein Stück von Johann Sebastian Bach spielst.«

Ich?! Ich soll spielen?! Nein, nein, ich nehme nicht am Wettbewerb teil! Nie werde ich so etwas tun, niemals! – das geht mir durch den Kopf, als ich sehe, dass Vater mich anschaut und sagt: »Der Wettbewerb ist doch längst zu Ende, du kannst ruhig spielen. Man nennt das einen Auftritt *außerhalb des Wettbewerbs.*« Nennt nur Vater das so? Oder gibt es das wirklich? »So nennt man es, stimmt«, sagt da Herr Höllriegel (endlich wieder normal lächelnd), und Vater macht meinem Zögern ein Ende und sagt: »Nun geh schon hinauf. Ein *Präludium* und eine *Fuge* aus dem *Wohltemperierten Klavier*, du hast freie Wahl.«

Und dann löse ich mich von unserem Herumstehen und gehe langsam hinauf auf die Bühne, und Herr Höllriegel schleicht wieder herunter und setzt sich neben seinen Sohn und meinen Vater in die erste Reihe.

Ich nehme auf dem breiten, bequemen Klavierhocker Platz und überlege nur kurz. Nein, ich brauche nicht nachzudenken oder zu überlegen. Nur den Pullover, den muss ich noch unbedingt ausziehen.

Und dann sitze ich in einem weißen, zerknitterten Hemd vor dem großen *Steinway*-Flügel und spiele endlich – und das Stottern ist vergessen, und ich fühle mich wieder besser. Ich spiele *Präludium* und *Fuge in C-Moll* aus dem *Wohltemperierten Klavier* von Johann Sebastian Bach, und als ich damit fertig bin, denke ich, dass ich noch nie in meinem Leben so gut gespielt habe.

35

Obwohl Vater und ich den Klavierwettbewerb nur als Zuhörer verfolgt hatten, bedeutete er einen starken Einschnitt in meiner Geschichte des Klavierspielens. Wir hatten uns, wie Vater meinte, zwar »beachtlich aus der Affäre gezogen«, konnten jedoch nicht übersehen, dass ich auf keinen Fall zur jungen Klavierelite des Rheinlands gehörte. Im Vergleich mit den Vortragenden war ich fast noch ein Anfänger, der sein kleines Repertoire zwar beherrschte und fehlerfrei spielte, es mit den virtuosen Auftritten der Gleichaltrigen jedoch nicht aufnehmen konnte.

Anders als sie war ich in der Vergangenheit ungewöhnliche Wege gegangen. Ich hatte nicht die Stücke jener Komponisten geübt, die von den meisten jungen Pianisten geübt wurden, sondern nur solche, die auf mich zugeschnitten waren. Von Czerny herkommend, war ich nicht zu den Klassikern vorgedrungen, sondern zu solchen Komponisten, deren Stücke ich sehr mochte und rasch als Teil meines Lebens verstand. Jedes von ihnen war eine Art Spiegel meines Fühlens und Empfindens und keineswegs trockener Übungsstoff, mit dessen Hilfe man seine Virtuosität weiterentwickelte.

Ich hatte einen »poetischen Weg« zurückgelegt, das schon, war aber andererseits nicht auf der Höhe jener Schwierigkeitsgrade, deren Bewältigung man von mir inzwischen erwarten konnte. Niemand in meiner Umgebung hatte auf so etwas geachtet, stattdessen hatten wir uns alle nur um den jeweils nächsten, sich beinahe organisch ergebenden Schritt gekümmert. Dabei hatte ich zwar einiges gelernt, mich aber zugleich auch in ein Abseits begeben, das Leuten wie den Höllriegels kurios und fremd erscheinen musste.

Ich erinnere mich gut, dass in den Wochen nach dem Wettbewerb in unserer Familie viel darüber gesprochen wurde. Mutter meinte, dass ich auf dem einzig richtigen Weg sei. Das Klavierüben müsse Freude machen und sich auf Stücke beschränken, die mir gefielen. Der Plan, einmal ein richtiger Konzertpianist zu werden, verlange zu viel von mir und führe letztlich nur zu unentwegtem, die eigenen Bedürfnisse hintanstellendem Üben.

Sie selbst habe sich zu einem bestimmten Zeitpunkt ihres Lebens auch gegen solch eine Tortur entschieden, und sie habe es bis heute in keinem Moment bereut. Sie spiele sehr gern, aber nur Stücke, die ihre pianistischen Möglichkeiten nicht überstiegen und mit denen sie sich »vom Herzen her« tief verbunden fühle. So solle auch ich es machen: Klavier spielen, ohne mich irgendwelchen Zwängen unterzuordnen. Was dabei einmal herauskomme, könne keiner vorhersagen. Vielleicht reize es mich irgendwann auch einfach nur, Straßenbahnfahrer zu werden und tagsüber mit der Straßenbahnklingel zu läuten, abends nach der Arbeit aber zu Hause kleine Sonaten von Domenico Scarlatti zu spielen. Warum nicht?! Ja, warum eigentlich nicht?!!

Vater hörte sich das an, nickte und sagte dann aber doch, dass er noch überlege und sich keine endgültige Meinung gebildet habe. Den Traum vom späteren Dasein als Konzertpianist halte auch er inzwischen für eine kindliche oder jugendliche Selbstüberschätzung, die mir ein Übermaß an Zeit abverlangen würde. Andererseits sei aber nicht zu übersehen, wie viel mir das Klavierspielen bedeute: Mehr als irgendeine Art von Sport, für den sich Jungen in meinem Alter stark begeisterten, mehr sogar als fast alles andere auf der Welt, ausgenommen vielleicht mein Notieren und Schreiben. Ausgerechnet das, wofür ich viele Jahre gelebt und womit ich unzählige Stunden verbracht habe, solle ich nun zumindest teilweise oder sogar ganz aufgeben? Was sollte ich denn statt des Klavierspielens Tag für Tag tun? Fahrradfahren?! Auf dem Rhein rudern?! In einen Fußballclub eintreten?!

So traten unsere Gespräche einige Zeit auf der Stelle. Wenn ich selbst gefragt wurde, wich ich aus und sagte, dass ich mir alles noch genauer überlegen wolle. Im Stillen ging ich aber die möglichen Alternativen längst immer wieder von vorne durch. Half mir der Unterricht bei Herrn Bergdorf wirklich weiter? Das konnte ich noch nicht entscheiden, denn ich hatte zu wenige Erfahrungen mit der *Gieseking'schen Methode* gemacht. Was aber, wenn sich herausstellte, dass ich mit ihr nicht zurechtkam? Dann hätte ich zum Ausgleich für mein Leben gern einmal ein Stück geübt, das Herr Höllriegel »einen richtigen Brocken« nannte. Anton hatte Robert Schumanns *C-Dur-Fantasie* erwähnt, vielleicht wäre diese Komposition ja für so ein Vorhaben geeignet. Herrn Bergdorf würde das gar nicht gefallen, das wusste ich, also würden wir wieder einen neuen Klavierlehrer ausfindig machen müssen. Wer aber konnte uns dabei helfen? Vielleicht Herr Höllriegel? Ja, bestimmt Herr Höllriegel. Ein Mann wie er kannte die besten Klavierlehrer des Rheinlands, und er wäre sicher bereit, sich um die Vermittlung eines Lehrers zu kümmern, der meinen neuen Ansprüchen genügte.

Letztlich aber ging es nur um eine einzige, alles entscheidende Frage: Wollte ich wirklich weiter Klavier spielen und an jedem Tag mehrere Stunden damit verbringen? Wollte ich das auf jeden Fall, ohne Abstriche?

Ich brauchte keine Sekunde zu überlegen: Natürlich wollte ich das. Ich war noch viel zu jung, um meinen Traum, Konzertpianist zu werden, aufzugeben, richtig, ja, ich hatte noch nicht alles an Zeit und Kraft aufgeboten, was ich im Extremfall geben konnte. Zumindest das wollte ich versuchen, und wenn ich scheiterte und nichts dabei herauskam, würde ich das Klavierspielen von einem Tag auf den andern beenden. Ein »Hobby« sollte es jedenfalls niemals werden, und auch keine »Herzensangelegenheit« von der Art, wie Mutter es verstand.

Also gut. Ich hatte mich entschieden und teilte den Eltern mit, dass ich den Unterricht bei Herrn Bergdorf vorerst fortsetzen wolle. »Mit einem Stück von Ditters von Dittersdorf?«, rief Mutter und schaute mich erschrocken an, als wäre ich dabei, mich ins Unglück zu stürzen. »Genau damit!«, sagte ich und ging auf ihre Entrüstung nicht weiter ein. »Na denn!«, meinte mein Vater und widmete sich wieder seinen Themen, während ich etwas durchatmete, nicht ahnend, dass Vater ausgerechnet durch seine intensive Beschäftigung mit den Kompositionen der *Archiv Produktion* noch eine bestimmte Idee zu meiner Zukunft gekommen war, die er vorerst vor uns geheim hielt.

Ich habe den alten Zettel mit dem Programm des Klavierwettbewerbs der jungen Virtuosen im Archiv gefunden. Um den Namen Beethoven habe ich damals überall da, wo er auftauchte, einen Kreis mit einem roten Kuli gemacht. Es sieht so aus, als hätte der Zettel an diesen Stellen Feuer gefangen. Und so war es wohl auch. Keine neue Begegnung mit den Stücken eines Komponisten hat mich jemals derart durcheinandergebracht. Bis heute ist das so geblieben. Musik von Beethoven war und ist anders als alles Übrige. Bevor ich länger darüber nachdenke, höre ich jetzt mal wieder eine seiner Kompositionen (oft habe ich mich geradezu davor gehütet, eine zu hören, als müsste ich mich vor ihnen in Acht nehmen). Wie wäre es mit dem dritten Satz der *Mondscheinsonate*? Ja, das passt. Und wer soll spielen? Horowitz, Vladimir Horowitz.

36

Ich sitze an einem Tisch neben Herrn Bergdorf und bin bereit für den Einstieg in die *Gieseking'sche Methode*. Vor mir liegen leere Notenblätter, auf die ich aus dem Kopf den ersten Satz der Klaviersonate von Carl Ditters von Dittersdorf notieren soll, die ich in letzter Zeit zu Hause auswendig gelernt habe. Ich konzentriere mich und schreibe die Noten hin, indem ich mich an die kleinen Einheiten halte. Rechte Hand, erste Einheit, linke Hand, erste Einheit. Und so weiter.

Ich komme ohne langes Zögern voran, und Herr Bergdorf sitzt still neben mir und schaut mir beim Notenschreiben zu. Als ich fertig bin, vergleicht er meine Noten mit den gedruckten, die neben uns liegen. Zwei kleine Fehler habe ich gemacht, »nicht der Rede wert«. Sonst aber stimmen meine Noten mit dem Notendruck überein.

»Sehr gut!«, lobt mich Herr Bergdorf – und dann gehen wir hinüber an den Flügel, und Herr Bergdorf setzt sich wieder neben mich. »Du spielst jetzt mit der rechten Hand die erste aufgeschriebene Einheit!«, sagt er. Ich konzentriere mich wieder und versuche es. Es klappt, aber ich kann nicht schnell spielen. Erst muss ich das Notenbild im Kopf abrufen und deutlich sehen, dann bewegen sich die Finger, als entzifferten sie nacheinander Ton für Ton das Gesehene.

»Jetzt die erste Einheit der linken Hand!«, sagt Herr Bergdorf, »und bitte genauso langsam wie die rechte!« Ich spiele auch diese Noten, ohne einen Fehler zu machen, allerdings hört es sich so an, als hätte ich noch nie in meinem Leben Klavier gespielt.

Jeder Ton kommt schwerfällig daher, ruht sich aus, wartet auf den nächsten und geht wieder unter.

»Und weiter!«, ermuntert mich Herr Bergdorf – die nächsten Einheiten sind dran, rechts und wieder links, immer abwechselnd. »Siehst du«, sagt er, »es ist ganz einfach! Dein Gehirn hat das Stück nun für alle Zeiten gespeichert. Du rufst es aus dem Kopf ab, und deine Finger folgen dir blind, ohne dass du auf die gedruckten Noten zu schauen brauchst. Das Gedruckte haben wir hinter uns gelassen, wir bewegen uns ausschließlich im Gehirn, ohne den Umweg über das Anschauen und Ablesen von Noten. Das Ablesen würde uns ablenken, wir aber haben stattdessen einen direkten Draht zur Komposition gefunden!«

Mit beiden Händen zugleich darf ich noch nicht spielen, dazu ist mein Gehirn angeblich noch nicht bereit. Mit der Zeit können wir aber dazu übergehen, die einzelnen Einheiten in kunterbunter Folge abzurufen. »Rechte Hand, Einheit sieben«, ruft Herr Bergdorf, und ich spiele die siebte Einheit (so unglaublich langsam, dass sie fast nicht mehr als Musik zu erkennen ist). »Gut so«, sagt Herr Bergdorf, »so langsam wie möglich! Bloß keinen Fehler machen! Jeder Fehler bringt das Gehirn durcheinander!«

Ich zwinge mich, das langsame Tempo einzuhalten, obwohl es mich sehr reizt, eine Temposteigerung zu versuchen. Würde ich damit zurechtkommen? Würde mein Gehirn mitspielen? Als Herr Bergdorf das Zimmer für einen kurzen Toilettengang verlässt, versuche ich es heimlich. So leise wie möglich spiele ich eine Einheit, in normalem Tempo. Sofort bleibe ich hängen. Die Finger sind überfordert. Ich sehe das Notenbild genau vor mir, aber die Finger sehen es eben nicht. Sie streiken.

»Nanana!«, murmelt Herr Bergdorf, als er zurückkommt, »rasch wieder zurück! Spiel die Einheit wieder ohne Fehler, und spiel sie zehnmal hintereinander, um das kleine Missgeschick zu beheben.« Mein Gott, ist das fies! Sobald ich über die Stränge schlage, muss ich Buße tun und zurück in Reih und Glied der kleinen, verschnarcht langsamen Einheiten. Das Schlimmste aber ist, dass ich keine Musik mehr höre, sondern ausschließlich einzelne Töne, die ihren richtigen Ort noch nicht gefunden haben. Irgendwo tauchen sie aus dem Dunkel auf, torkeln ihrer Wege und schlagen sich danach in die Büsche.

Herr Bergdorf verlängert die Unterrichtsstunde. Alle Einheiten wollen mehrmals, nacheinander und durcheinander, gespielt sein. Passiert mir ein Fehler, muss ich die fehlerhafte Einheit wiederholen und »ausbessern«, mindestens dreimal, in schwereren Fällen auch acht- oder zehnmal. Die Sonate von Carl Ditters von Dittersdorf entwickelt sich dabei zu einem Folterinstrument. Längst in kleinste Einheiten zerlegt, ist sie selbst bereits den Klaviertod gestorben und rächt sich an mir, indem sie mein Gehirn langsam lahmlegt. Ich spüre, wie es sich immer mehr widersetzt – und dann ist es endlich so weit, mir wird speiübel, und ich verlasse den Raum und stürze ins Bad, wo ich mich übergebe.

»Das ist nicht weiter schlimm«, sagt Herr Bergdorf, als ich zurückkomme. »Den meisten Schülern passiert so etwas, wenn sie noch nicht lange genug mit der *Gieseking'schen Methode* vertraut sind. Es ist sogar ein gutes Zeichen: Dein Gehirn meldet sich zur rechten Zeit. Wir beenden den Unterricht für heute. Du setzt das Spielen zu Hause genauso fort, wie wir jetzt begonnen haben. Und denk daran: Langsam spielen! Jeden Fehler korrigieren! Beim nächsten Mal versuchen wir, rechte und linke Hand gleichzeitig ins Spiel zu bringen!«

Auf dem Nachhauseweg fluche ich ununterbrochen. Ich schimpfe über Herrn Bergdorf und Carl Ditters von Dittersdorf sowie über die *Gieseking'sche Methode,* und ich drohe damit, mich zu rächen. Kaum sitze ich in unserem Wohnzimmer, schlage ich die gedruckten Noten auf und stelle sie auf den Klavierständer. Dann spiele ich sie, indem ich sie (wie früher auch) ablese, wiederhole und noch mal wiederhole. Nach kaum einer halben Stunde kann ich die erste Seite beidhändig spielen, in einem beachtlichen Tempo, fehlerfrei.

Na also! Die *Gieseking'sche Methode* taugt für mich nicht. Mein Gehirn arbeitet seit den Anfängen meines Klavierspielens ganz anders. Ich spiele ihm kleine Einheiten in normalem Tempo vor, und es macht mit. Ich übe nach Gehör und nicht nach Notenbild, das ist es! Müsste ich nach Notenbild spielen, würde das mein Spiel durcheinanderbringen und das Üben unendlich verzögern.

Ich bin also ein Gehörmensch – das habe ich jetzt herausgefunden. Schon immer, schon als kleines, sprachloses Kind, habe ich die Welt durch Klänge und Töne kennengelernt und aufgenommen. Daraus habe ich dann Bilder entwickelt und Szenen geformt, nie umgekehrt. Die Musik war immer zuerst da, und die Bilder entstanden danach!

Am Abend meiner ersten Unterrichtsstunde nach der *Gieseking'schen Methode* verwerfe ich sie. Ich übe den ersten Satz der Sonate von Carl Ditters von Dittersdorf, indem ich auf mein Gehirn reagiere. Genau hinhören – und das Gehörte abrufen! Fehler rasch korrigieren! Wenn ich so vorgehe, werde ich für den ersten Satz der Sonate nicht einmal eine Woche brauchen. Herrn Bergdorf werde ich in der nächsten Unterrichtsstunde damit überraschen. Ich werde alles auswendig spielen, fehlerfrei, und ich werde Herrn Bergdorf bitten, die Sonate von Carl

Ditters von Dittersdorf beiseitelegen und mich der *C-Dur-Fantasie* von Robert Schumann zuwenden zu dürfen.

Die »richtigen Brocken« warten nun auf mich. Es wäre doch gelacht, wenn ich mit ihnen nicht zurechtkäme, von allein und ohne jede *Gieseking'sche Methode*!

37

Noch heute finde ich meine frühe Entdeckung, dass ich ein Gehör- und kein Bildermensch bin, sehr erstaunlich. Hätte Herr Bergdorf mir nicht die kleine Folter der *Gieseking'schen Methode* zugemutet, hätte ich das nie herausgefunden. Als ich jedoch erkannte, wie leicht ich mir die Einheiten und Phrasen einer Komposition über das Gehör einprägte (und wie schlecht und zeitraubend über das Bild), konnte ich nicht nur die entsprechenden Folgerungen ziehen, sondern verstand auch die besonderen Voraussetzungen meines Klavierspielens besser.

Grundlegend und »alles entscheidend« waren wohl die frühen Jahre gewesen, in denen ich noch nicht gesprochen hatte. Alles, was in meiner Umgebung geschah, hatte ich vor allem akustisch gespeichert: das Läuten des kleinen Türglöckchens im Käseladen, die Stimmlagen und Klangtemperamente verschiedener Sprecher, die Wind- und Regengeräusche – einfach alles. Später hatte ich während meiner kindlichen »Improvisationen« versucht, solche Geräusche auf das Klavier zu übertragen. Wenn das gelang und ich sie genau hörte, entstanden in meinem Kopf auch die dazugehörigen Bilder: das Wolkengrau im Winter, das Glitzern einer nassen Straße, das Murmeln der Männer in den Brauhäusern …

Die »Alltagsmusik« der Welt war mein erster Zugang zur Umgebung gewesen, noch vor dem Sprechen und Schreiben. Auf dem Weg über das Hören bestimmter Klänge und Rhythmen hatten sich auch die Konturen und Farben der Bilder um mich herum abgezeichnet. Schließlich ergab das Zusammenspiel jene Wirkungen, die ich heute »synästhetisch« nennen würde. Die Klänge verwandelten sich in Bilder, und die Bilder wurden von den sie erzeugenden Klängen laufend neu generiert.

In so präziser und grundlegender Form waren mir diese wichtigen Einsichten natürlich damals, als Herr Bergdorf mir nichts ahnend die *Gieseking'sche Methode* zugemutet hatte, noch nicht klar. Deutlich genug aber erkannte ich, dass ich ein tadelloses und sehr gutes Gehör besaß, das Töne und Klänge in den verblüffendsten Nuancen erfasste. Ohne zu zögern, konnte ich sie auf dem Klavier wiedergeben, und danach prägten sie sich wie von selbst ein.

Als ich das durchschaute, fragte ich mich, ob ich diese besondere Fähigkeit nicht besser nutzen könne. Bisher hatte ich mir darüber keine Gedanken gemacht. Dabei könnte scharfes Nachdenken mir doch vielleicht dabei helfen, meine großen Defizite gegenüber den Leistungen der »jungen Eliten« zu beheben. Aber wie?!

Ich dachte mir kleine Experimente aus, die ich dann zu Hause am Klavier, wenn weder Mutter noch Vater in der Wohnung waren, durchführte. Mutter hatte gerade wieder viel Chopin gespielt, also summte ich einige Melodien dieser Stücke vor mich hin. Dann versuchte ich, sie ebenfalls zu spielen, was mir nach höchstens zwei, drei korrigierenden Anläufen auch gelang.

Weiter: Ich schaltete das Radio ein und suchte nach klassischer Musik. Erfasste ich in einer Komposition eine bestimmte Melodie oder einen Klangverlauf genauer, spielte ich ihn auf dem Klavier nach. Schließlich nahm ich mir ein leeres Notenheft vor und notierte die Noten dieser Hörproben jeweils in zwei, drei Zeilen. Ich schrieb die

Titel der Stücke und die Namen der Komponisten dazu und versteckte das Heft später in einer der kleinen Holzkisten, in denen ich sonst die Hefte für meine Schulaufgaben aufbewahrte.

Jetzt liegt ein solches Notenheft vor mir, ich blättere es gerade durch und wundere mich sehr. Das Heft ist datiert und vollgeschrieben, in etwa sechs Wochen habe ich beinahe hundert Melodien festgehalten. Darunter ist viel klassische Musik (Brahms, Grieg, Mahler – und damit vor allem von Komponisten, von denen ich noch nie etwas gespielt und deren Namen ich nur selten gehört hatte), daneben aber auch Schlager (die mir anscheinend besonders gefielen, sogar die Texte sind manchmal mitnotiert). Alles zusammengenommen, ergibt ein solches Heft eine genaue Dokumentation meines Hörens in einem bestimmten Zeitraum.

Auf den ersten Blick ist diese Heftführung natürlich außergewöhnlich und für einen Jungen meines Alters »allerhand«. Ihre Herkunft lässt sich jedoch leicht erklären, wenn ich mir in Erinnerung rufe, dass ich das Notenheft genau so angelegt habe wie meine frühen Schreibhefte. Unter ihnen befinden sich nämlich solche, in denen ich zum Beispiel einzelne Sätze oder Dialoge notiert habe, die ich draußen, auf den Plätzen und Straßen unserer Umgebung, aufgeschnappt hatte.

Vater hatte mir solche Notat-Aufgaben im Verlauf seines fast täglichen Schreibunterrichts unter anderem gestellt, ich hatte sie also nur auf mein Musikhören übertragen müssen. Im Grunde waren auch diese Aufzeichnungen nichts anderes als kleine Übungen in der Kunst, die Umgebung präziser zu erfassen und bestimmte Klangverläufe im Kopf zu behalten. Sie machten jene »Erinnerungskultur« aus, die seit den ersten Monaten meines Sprechens und Schreibens entstanden war und in ihren verschiedenen Dokumentationsformen damals bereits eine kaum noch überschaubare Zahl von Seiten und Heften umfasste.

Brachte das Aufschreiben, Festhalten und Einprägen von Musik meine Überlegungen aber auch wahrhaftig weiter? Zunächst waren die Notate für mich wichtige und überzeugende Beweise dafür, wie mein Gehirn arbeitete. Es war ein großer akustischer Speicher, der Melodien sammelte und diese Melodien durch die Notenmitschrift abrufbar machte. Wie wäre es, wenn ich mir gute Aufnahmen von »richtigen Brocken« der Klavierliteratur beschaffte und versuchte, die gehörten Melodieverläufe nachzuspielen? Anfangs ohne Noten, nur vom Hören ausgehend? Ich dachte wieder an Robert Schumanns *C-Dur-Fantasie* und Sonaten von Beethoven. Wäre es nicht einen Versuch wert, sie zunächst mit Hilfe des Gehörs »zu lesen«, sie dann (zumindest in Bruchstücken) zu notieren und erst danach auf das gedruckte Notenbild zurückzugreifen?

Diese letzte Frage bezeichnet den finalen Stand der Überlegungen, die ich einige Zeit anstellte und die mich durchaus voranbrachten. Immerhin hatte ich, durch meine kleinen Experimente geleitet und angeregt, eine präzise Idee entwickelt, die mir vielleicht weiterhelfen konnte. Weiterhelfen wobei?! Weiterhelfen dabei, mein Üben enorm zu beschleunigen und die Wege vom ersten Hören eines noch fremden und neuen Stückes bis zu seinem adäquaten Spiel zu verkürzen. Würde das gelingen, könnte ich das Niveau meines Klavierspielens vielleicht in kurzer Zeit erheblich verbessern und erhöhen.

Vielleicht übersah ich aber auch noch einige wichtige Details – wie zum Beispiel die Bereitschaft meiner Finger, den vom Gehirn gespeicherten Hörverläufen zu folgen. Machten meine Finger auch bei schwierigeren Stellen mit? – das zum Beispiel war eine Frage, die ich noch nicht beantworten konnte.

Der nächste Schritt war, Vater darum zu bitten, mir einige Klavierstücke (der Klasse »richtige Brocken«) in guten Aufnahmen zu kaufen. Ich sagte, dass ich sie gerne hören und dadurch so Musikkenntnisse erweitern wolle. Das war nicht einmal gelogen oder geschwindelt. Was ich allerdings darüber hinaus mit den Aufnahmen vorhatte, sagte ich nicht.

Vater hatte für meine Bitte großes Verständnis. Da er selbst viele Platten (der *Archiv Produktion*) kaufte, erhielt er in seinem Schallplattenladen Rabatt. Neben der Tanzmusik der Hochrenaissance kaufte er nun also auch Schumann, Beethoven und sogar Scarlatti. Ich war dabei, mein Repertoire nicht nur auszubauen, sondern von Grund auf zu verändern.

38

Ich sitze wieder neben Herrn Bergdorf am Flügel. »Machen wir genau da weiter, wo wir aufgehört haben«, sagt er und meint damit, dass jetzt das Spielen der Dittersdorf-Sonate mit beiden Händen zugleich dran ist. Vorher aber sollen die einzelnen Einheiten der rechten und linken Hand noch einmal abgerufen werden, sicherheitshalber.

Ich bitte Herrn Bergdorf, sich anderswohin zu setzen, in einiger Entfernung vom Flügel. Er versteht nicht warum, tut es aber, nachdem ich meine Bitte wiederholt habe. Kurze Konzentration, dann spiele ich ihm die ersten beiden Notenseiten der Klaviersonate von Carl Ditters von Dittersdorf fehlerfrei vor. Ich sage nichts dazu, sondern warte eine Weile, bis Herr Bergdorf versteht, was geschehen ist.

»Ich hatte dich gebeten, nur die einzelnen Elemente zu üben und das Stück noch nicht ganz zu spielen«, sagt er leise. – »Ich habe es versucht«, antworte ich, »aber es ging nicht. Ich merke mir Stücke nicht über die Notenbilder, sondern über den Klang. Die Notenbilder verwirren mich, sie tauchen in meinem Hirn erst auf, wenn ich die einzelnen Elemente mehrmals gespielt habe und dann auswendig kann.«

Herr Bergdorf erhebt sich und geht im Zimmer auf und ab. Er sagt nichts, sondern denkt nach. »Legte man Walter Gieseking die Noten eines neuen Stückes vor, speicherte er sie in kürzester Zeit im Kopf. War das geschehen, konnte er das Stück mühelos spielen, ohne es lange geübt zu haben. So etwas kann natürlich nicht jeder, sondern in dieser extremen Form eben nur Gieseking. Seine Methode ist der Versuch, aus seinen genialen Fähigkeiten ein Verfahren zu entwickeln, mit dessen Hilfe auch Anfänger Fortschritte machen und sich ein neues Stück gründlich und vor allem dauerhaft einprägen.«

Es ist still, und ich denke nach, weiß aber nicht, was ich darauf entgegnen soll. Ich habe genau verstanden, wie die *Gieseking'sche Methode* funktioniert und wozu sie dient. Genau deshalb glaube ich ja zu wissen, dass sie für mich nicht geeignet ist. »Ich vermute, die *Gieseking'sche Methode* ist leider für mich nicht geeignet«, sage ich, und Herr Bergdorf schaut mich an, als sei ich ein Abtrünniger, der ins falsche Lager übergelaufen ist. Ein leichter Zorn ist seiner Miene abzulesen, und dann bricht der Zorn sich Bahn, und Herr Bergdorf verkündet: »Die *Gieseking'sche Methode* ist für jeden jungen Klavierspieler geeignet. Davon, dass sie für bestimmte Schüler nicht geeignet ist, habe ich noch nie gehört. Keine Untersuchung und kein Kommentar haben solche Fälle erwähnt, ja, sie haben so etwas nicht einmal in Betracht gezogen. Es handelt sich um eine weltweit anerkannte, wissenschaftlich fundierte Methode. Halb Asien übt inzwischen danach, das weißt du vielleicht nicht. Es ist aber so, Giesekings Methode hat längst die ganze Welt erobert.«

»Das wusste ich in der Tat nicht«, antworte ich, »es ändert

aber nichts daran, dass es anscheinend Ausnahmen gibt und ich eine solche Ausnahme bin. Für mich ist diese Methode jedenfalls nicht geeignet, dabei bleibe ich.« – »Na, das hört sich sehr gewagt an! Woher willst du das denn so genau wissen? Kannst du auf Untersuchungen verweisen? Auf wissenschaftlich fundierte Analysen? Natürlich nicht! Du hast vielmehr nur so eine Vermutung – und Vermutungen sind nichts wert, gar nichts!« – »Ich kann auf nichts Wissenschaftliches verweisen, wohl aber darauf, dass ich mich selbst untersucht habe. Mein Gehör ist sehr gut, und wenn mein Gehör neue Melodien aufschnappt, kann ich diese Melodien meist auch auf dem Klavier spielen. Danach schreibe ich sie auf und das ohne Fehler.«

»Also gut«, antwortet Herr Bergdorf, »dann machen wir beide jetzt mal ein kleines Experiment. Ich lege eine Schallplatte mit dem Anfang einer einfachen Klavierkomposition auf. Und du hörst genau zu und spielst die Melodie der rechten Hand nach. Einverstanden?« – »Ja, einverstanden.«

Herr Bergdorf geht seine Plattensammlung durch und zieht eine Aufnahme heraus. »Nehmen wir das hier«, sagt er, »eine Sonate von Mozart. C-Dur. Köchelverzeichnis fünfhundertfünfundvierzig. Nichts Schwieriges.« Er legt die Platte auf und bleibt neben dem Plattenspieler stehen. Dann lässt er das Stück laufen, kurz, nur ein paar Sekunden. »Soll ich es noch einmal wiederholen?«, fragt er. Ich schüttle den Kopf. »Nein danke«, sage ich.

Ich atme durch und spiele die Melodie, die ich gehört habe, mit der rechten Hand nach. Mir unterläuft nicht der geringste Fehler. Es ist wirklich ein sehr einfaches Stück. »Es ist ein sehr einfaches Stück«, sage ich zu Herrn Bergdorf, »Sie können den Schwierigkeitsgrad ruhig etwas erhöhen.«

Herr Bergdorf beißt sich auf die Unterlippe und steckt die

Platte wieder in die Hülle zurück. »Nun gut«, sagt er, »hast du einen besonderen Wunsch?« – »Ja«, antworte ich, »etwas von Beethoven. Den Anfang der *Mondscheinsonate.*« – »Hast du diesen Anfang schon einmal gehört?« – »Nein, noch nie.«

Wir wiederholen das Experiment, und wieder spiele ich die ersten Takte fehlerfrei nach. Zuletzt noch Chopin, einen Walzer! Auch Chopins Melodie spiele ich ohne Zögern, und Herr Bergdorf steht mitten im Zimmer, geht wieder auf und ab und sagt, dass er Zeit brauche, über das alles nachzudenken. »Für heute machen wir Schluss«, verkündet er und räumt die Platten wieder in die große Sammlung zurück.

Im Flur der Wohnung fällt mir auf, dass er mir zum ersten Mal keine Aufgaben mit auf den Weg gegeben hat. »Sie haben die Aufgaben vergessen«, sage ich. – »Stimmt«, antwortet er, »ich gebe dir eine Woche frei, zur Entspannung.« – Ich bedanke mich, und er führt mich zur Wohnungstür. Bevor wir uns die Hand geben, schaut er mich noch einmal ernst an und sagt: »Ich unterrichte ausschließlich nach der *Gieseking'schen Methode,* das solltest du wissen.«

Ich nicke, ich habe schon verstanden. Als ich mich auf den Heimweg mache, ahne ich, dass ich Herrn Bergdorf wahrscheinlich zum letzten Mal gesehen habe.

Einen Tag später trifft er sich mit Vater in dem Lieblingscafé der beiden. Nach einer längeren und angeblich »intensiv« geführten Unterhaltung kommen sie zu dem Schluss, dass ein anderer Klavierlehrer für mich gesucht werden soll. Herr Bergdorf ist bei seiner Meinung, die *Gieseking'sche Methode* sei ausnahmslos für alle Schüler geeignet, geblieben, respektiert aber meine anderslautende Überzeugung. »Der Junge wird sich in meinem Unterricht nicht mehr wohlfühlen, wenn er das Gefühl hat, dass man seine Ansichten übergeht oder gar missachtet. Da ist es gleichgültig, ob sie richtig sind oder falsch.«

Die Freundschaft zwischen Herrn Bergdorf und meinem Vater bleibt durch diese Entscheidung unberührt. Sie werden sich auch weiterhin in ihrem Café treffen und sich über das Thema »Physik als Grundlage von Musik« austauschen.

Mutter nimmt die Nachricht mit sichtbarer Genugtuung auf. »Ich wusste gleich, dass dieser Unterricht eine Sackgasse war«, sagt sie, »Herr Bergdorf ist viel zu einseitig und versteht etwas ganz anderes unter Musik als durch und durch musikalische Menschen.« Vater entgegnet darauf nichts, ihm ist an keinem Streit gelegen, sondern nur daran, dass es mit meinem Klavierspiel weitergeht. »Ich habe eine Idee«, sagt er und teilt mir mit, dass wir noch einmal das Klavierhaus von Herrn Höllriegel aufsuchen werden. »Ich möchte dir dort etwas zeigen«, fährt er fort, »und außerdem sollten wir Herrn Höllriegels Meinung einholen.«

Sehr gut. Meine eigenen Überlegungen sind in eine ganz ähnliche Richtung gegangen. Wenn einer uns dabei helfen kann, einen neuen, für mein Klavierspiel geeigneteren Klavierlehrer zu finden, dann Herr Höllriegel. »Sehen wir Anton bei dieser Gelegenheit auch?«, frage ich noch, und Vater lacht und sagt: »Ja, darum kann ich Herrn Höllriegel gerne bitten. Er hat bestimmt nichts dagegen, und Anton wird sich freuen, dich wiederzusehen.«

Wenige Tage später kommt es zu dem geplanten Treffen im Klavierhaus. Anton ist wahrhaftig auch dabei und setzt sich sofort an einen der vielen bereitstehenden Flügel. Er spielt nicht konzentriert oder ernsthaft, sondern nur zum Spaß. Die Finger flitzen über die Tastatur, ein paar Akkorde ganz in der Höhe –

und alles rückwärts und wieder von vorn, so in der Art. Wir haben also etwas zu lachen, bevor es dann ernst wird.

Herr Höllriegel scheint Vaters Ideen schon zu kennen, denn er bittet uns in einen Nebenraum, um uns etwas Besonderes zu zeigen. Dieser Raum ist schwach beleuchtet und hat nur ein einziges, schmales Fenster. »Hier stehen unsere kleineren Freunde«, sagt Herr Höllriegel, und ich erkenne, was er damit meint. Denn in diesem abseits gelegenen Raum stehen einige, gegenüber den gewaltigen schwarzen Flügeln sehr viel harmloser erscheinende Tasteninstrumente nebeneinander. Sie sehen verlassen aus und machen den Eindruck einer Truppe, die sich verlaufen hat.

»Das sind unsere Cembali«, sagt Herr Höllriegel, und ich bemerke, dass auch Anton diese Instrumente betrachtet, als wären es seltsame Kuriosa, die an einer Wachstumskrankheit leiden. Herr Höllriegel setzt sich und schlägt auf einem der Winzlinge ein paar Akkorde an. Dann spielt er einige Läufe.

Ich kenne Cembalomusik, ich habe sie manchmal in unserem Wohnzimmer zu hören bekommen, wenn Vater Platten der *Archiv Produktion* aufgelegt hatte. »Das hört sich an wie Musik der ›*Archiv Produktion*‹«, sage ich, und Anton sieht mich erstaunt an und fragt: »Was ist das, die *Archiv Produktion*?« Ich versuche es ihm zu erklären, er versteht mich aber nicht sofort und sagt dann: »Ist dieser Ditters von Dittersdorf auch ›Archiv Produktion‹?« – »Nein«, sage ich, »das scheint nur so. Er ist etwas anderes.« – »Und was?!« – »Er ist nur ein vergessener Komponist, aber noch nicht so vergessen, dass er bereits ›Archiv Produktion‹ wäre.« Anton versteht mich nun erst recht nicht, was mir aber vorläufig egal ist, weil ich wissen will, warum ich mir die kleine Cembali-Truppe eigentlich anschauen soll.

»Ich schlage vor, dass wir uns ein Cembalo anschaffen«, sagt

Vater. »Einen großen Flügel können wir uns leider nicht leisten, ein kleines Cembalo schon. Du könntest vom Klavier auf das Cembalo umsteigen. Ich habe mich bei Herrn Höllriegel genau erkundigt. Als junger Cembalospieler hättest du fast keine Konkurrenz zu befürchten, anders als beim Klavierspiel. Du befändest dich in ein paar Jahren in der vordersten Reihe des Nachwuchses, das aber wirst du, wenn du weiter Klavier spielst, nicht schaffen.«

Diese Idee hat Vater also die ganze Zeit beschäftigt! Die vielen Cembalostücke der *Archiv Produktion* haben ihn wohl auf diesen abwegigen Gedanken gebracht! *Abwegig*, ja, ich werde das Wort gar nicht mehr los. Es besetzt mein Gehirn und tobt dort vor sich hin: Wie *abwegig* sehen diese Cembali aus! Was für eine *abwegige* Idee!

Ich antworte nicht auf Vaters Vorschlag, sondern verlasse den kleinen Raum. Die anderen folgen mir, sie scheinen darauf zu warten, dass ich reagiere. Und dann tue ich es, nachdem ich mir vorgenommen habe, ruhig zu bleiben. Cembali sind in Ordnung, sage ich mir, Cembali sind wertvolle, alte Instrumente, bestimmt hängt das Herz vieler Menschen an einem Cembalo.

»Es tut mir leid«, sage ich, »aber ich werde kein Cembalo spielen. Jetzt nicht und später nicht. Ich brauche einen neuen Klavierlehrer, einen für die richtigen Brocken. Ich habe nämlich neue Ziele, und auf einem Cembalo sind sie nicht zu verwirklichen. Tut mir leid, aber ich habe mich entschieden. Ich möchte es jetzt wissen, und ich werde alles daransetzen, um meinen Zielen näher zu kommen.«

39

Die Trennung von Herrn Bergdorf und die Entscheidung, das Klavierspiel auf ein breites Repertoire von Stücken hin auszubauen, bedeutete einen Neubeginn. Ich hatte nun den festen Willen, alles stärker selbst in die Hand zu nehmen. Welche Stücke ich übte, wollte ich mir nicht mehr vorschreiben lassen, sondern mich so umfassend wie möglich nach vor allem klassischer Musik der verschiedensten Genres »umhören«.

Da ich tagsüber oft einige Stunden allein in der Wohnung verbrachte, konnte ich viele Kompositionen über das Radio kennenlernen. Immer wichtiger wurden auch meine Aufenthalte in Schallplattenläden, in denen ich mir Neuaufnahmen klassischer Musikliteratur zeigen ließ. Und zuletzt halfen mir auch meine Begegnungen mit dem jungen Anton Höllriegel weiter, der mir das große Repertoire vorstellte, das er sich in den letzten Jahren erarbeitet hatte.

Wir trafen uns immer häufiger im Klavierhaus seines Vaters, meist waren die großen Räume leer, und wir blieben ungestört. Wir verstanden uns gut, was wohl auch daran lag, dass ich nicht als Konkurrent in Frage kam. Eher sah es so aus, als ginge ich bei ihm in die Lehre, und wirklich hatte ich selbst manchmal dieses Empfinden, wenn er mir ein neues Stück vorspielte, dessen Besonderheiten erklärte und von seinen Vorlieben für bestimmte Komponisten schwärmte. Endlich war ich nicht mehr allein, sondern spielte und übte zusammen mit einem Freund, den die klassische Musik genauso begeisterte wie mich.

Im Archiv habe ich ein kleines Fotoalbum gefunden, das Antons Vater angelegt hat. In ihm befinden sich lauter Schwarz-Weiß-Fotos von Anton und mir, die Herr Höllriegel immer dann, wenn wir beide besonders gut drauf waren, nebenbei machte. Anton hat dichte, schwarze Locken, die immer gleich aussehen, als hätte er sich niemals gekämmt. Er lacht oder grinst fast auf jedem Foto und spielt den albernen Vogel. Stehen wir nebeneinander, sieht das komisch aus, weil er viel kleiner ist als ich.

Ich kann mich gut erinnern, dass wir in den Räumen des Klavierhauses sogar Verstecken und Nachlaufen gespielt haben. Machte Herr Höllriegel seinen »Verdauungsspaziergang«, ließen wir uns immer neue Spiele mit den Instrumenten einfallen. Nach einiger Zeit konnte ich bestimmte Fabrikate an ihrem Klang erkennen, und Anton dachte sich kleine Stücke aus, die man nur mit den drei ersten Fingern der beiden Hände oder sogar nur mit der linken Hand allein spielen durfte. Er behauptete, zu Hause nicht mehr als zwei Stunden am Tag zu üben, aber sein Vater zwinkerte mir bei dieser Behauptung zu, so dass ich Bescheid wusste.

Erst nach einiger Zeit fragte ich meinen neuen Freund nach seiner Mutter. Er wurde sehr ernst und berichtete nur kurz, dass sie bei einem Autounfall gestorben sei. Ich fragte nach, ob er bei dem Unfall dabei gewesen sei, und er schüttelte nur stumm den Kopf, um mir später einmal zu erzählen, dass sein Vater den Unfall als Beifahrer miterlebt habe. Antons Mutter war eine Kölnerin gewesen, während sein Vater aus Österreich, aus der Nähe von Salzburg, stammte. Schon als junger Mann hatte er seine Heimat verlassen und war, nachdem er seine spätere Frau kennengelernt hatte, ein Leben lang in Köln geblieben.

Anton hatte genau wie ich keine Geschwister. Als ich vom Tod seiner Mutter hörte, dachte ich für einen kurzen Moment daran, ihm auch die Geschichte vom Tod meiner vier Brüder und dem Stummsein meiner Mutter zu erzählen. Ich tat es dann aber doch nicht, ich brachte es einfach nicht fertig. Und so sagte ich ihm nur, dass ich ebenfalls Einzelkind sei und es mein ganzes bisheriges Leben sehr schade gefunden habe, ohne Geschwister auskommen zu müssen. »Na, passt schon …«, hatte Anton darauf erwidert, und ich hatte nicht begriffen, was die seltsame Wendung bedeuten sollte. Ich hatte angenommen, dass er mich mit ihr beruhigen oder sogar trösten wollte. Vielleicht hatte er aber auch einfach nur sagen wollen, dass wir uns über unsere fehlenden Geschwister weiter keine Gedanken machen sollten.

Nun gut, »passt schon …« – ich habe mir diese Wendung damals zu eigen gemacht und sie im Gespräch mit anderen Menschen immer dann eingesetzt, wenn ich das Thema wechseln wollte. Überhaupt habe ich wohl viel von Antons Sprechen und Reden übernommen, während er völlig immun dagegen blieb, bestimmte Angewohnheiten von mir zu kopieren. Die einzige, die er immer wieder nachahmte, war meine Haltung am Klavier.

Er fuhr sich durch seine schwarzen Locken, blickte zur Decke, atmete durch, ließ den Kopf wieder fallen und begann zu spielen. Dabei schnitt er die seltsamsten Grimassen, öffnete den Mund weit, rollte mit den Augen und bewegte den Kopf pathetisch hin und her. Benahm ich mich beim Spielen wirklich so theatralisch? Anton behauptete es fest, und auch Herr Höllriegel musste zugeben, dass ich noch lernen müsse, während des Spiels »stoisch« zu bleiben.

Solange wir keinen neuen Klavierlehrer für mich gefunden hatten, waren die Aufenthalte im Klavierhaus meine beste Schule. Dass es einen Jungen etwa meines Alters gab, der die schwierigsten Stücke spielte und fast Woche für Woche etwas anderes übte, begeisterte mich. Herr Höllriegel sagte, Anton sei »ein Naturtalent«, und »der liebe Gott« habe ihm ähnlich wie dem jungen Mozart das »Musizieren ohne langes Üben« in die Wiege gelegt.

Ich versuchte, dahinterzukommen, *wie* Anton übte, und bemerkte schon bald, dass er ein noch perfekteres Gehör als ich hatte. Herr Höllriegel nannte es »das absolute Gehör«, und es war so perfekt, dass Anton jedes Musikstück nach einmaligem Hören bereits einigermaßen nachspielen konnte. Er hörte genau hin und servierte einem danach so etwas wie »das Skelett« des jeweiligen Stückes. Nicht alle Töne des Stückes waren zu hören, aber doch die wichtigsten, so dass man das Stück mühelos wiedererkannte.

Derart perfekt war mein eigenes Gehör nicht. Ich vermutete, dass es kein »absolutes«, wohl aber ein »sehr gutes« war, und Herr Höllriegel ging dieser Vermutung nach, indem er Anton und mir bestimmte Töne oder Klänge auf den verschiedensten Flügeln vorspielte. Anton erkannte sie zu fast hundert Prozent, ich zu etwa neunzig. Das war nicht nur in Ordnung, nein, es war wahrhaftig »sehr gut«.

Ein Geheimnis machten Herr Höllriegel und Anton aber aus einer Antwort auf die Frage, wer genau Anton im Klavierspiel denn eigentlich unterrichtete. Anton selbst gab anfangs nur die Auskunft, dass er in die Musikhochschule gehe, nannte aber keine Namen. Und Herr Höllriegel sprach davon, dass Anton bald seinen Wettbewerbsgewinn einlösen und an dem Meisterkurs eines bereits berühmten Pianisten teilnehmen werde. Danach werde man weitersehen.

Mehr erzählten die beiden mir nicht, und so beließ ich es dabei (»passt schon«). Wer so spielen konnte wie Anton, den mochten vielleicht geheimnisvolle und verborgene Mächte unterrichten, von denen ich nichts wissen durfte. Nur durch einen großen Zufall erfuhr ich, dass Anton bis zum Unfalltod seiner Mutter ausschließlich von ihr unterrichtet worden war. Sie war eine bekannte Pianistin gewesen und unter ihrem Mädchennamen häufig in der näheren Umgebung aufgetreten.

In der Musikhochschule hatte ich damals nämlich eine fast vergilbte Todesanzeige an einem der vielen schwarzen Bretter entdeckt. Beim Vorübergehen hatte ich den Namen Höllriegel unter dem Namen der Toten erkannt, war stehen geblieben und hatte den gesamten Text der Anzeige immer wieder gelesen. Langsam hatte ich begriffen, dass Anton in Gestalt seiner Mutter seine Lehrerin verloren und wahrscheinlich noch keine neue gefunden hatte. Anscheinend verbrachte er die Zeit bis zur Teilnahme an dem Meisterkurs damit, dass er sich selbst unterrichtete.

Dann und wann fragte er seinen Vater, wie ihm eine bestimmte Interpretation eines Stückes gefalle. Herr Höllriegel lächelte dann meist und antwortete mit verhaltenem Lob. Einen stärkeren Einfluss schien er aber nicht auf das Spiel seines Sohnes zu nehmen. Zuletzt erfuhr ich von Anton immerhin, dass er sich »in einer Übergangsphase« befinde und derzeit »keine feste Lehrerin« habe. In der Musikhochschule spiele er mal dieser, mal jener vor, habe sich aber noch nicht für eine bestimmte entschieden. »Kommt für dich denn nur eine Lehrerin oder auch ein Lehrer in Frage?«, sagte ich. – Anton zögerte einen Moment und antwortete: »Ich kann nur von einer Lehrerin unterrichtet werden, das ist nun mal so.«

»Eine Übergangsphase« – den Zustand, in dem ich selbst mich befand, hätte man auch so nennen können. Vielleicht verstanden Anton und ich uns derart gut, weil wir uns frei und nicht an Gebote oder Anweisungen von Lehrerinnen oder Lehrern gebunden fühlten. Wir spielten uns gegenseitig Ausschnitte aus vielen Stücken vor und begleiteten dieses wechselseitige Vorspiel mit lauter Anmerkungen und Kommentaren, die wir für lustig hielten. Wir sagten selbst den großen Komponisten offen »unsere Meinung«, wenn uns ihre Stücke nicht gefielen, und wir spendeten überschwängliches Lob, wenn wir uns auf einen Favoriten geeinigt hatten.

Das alles machte Spaß und führte mit der Zeit dazu, dass mein

Klavierspiel etwas Entspanntes und Gelöstes bekam. Ich machte zwar viel mehr Fehler als zuvor, kümmerte mich darum aber vorläufig nicht. Interessanter war, mit welch großen Schritten ich jetzt die unterschiedlichsten Musikkontinente durchmaß. Am Ende war ich (Antons Vorbild folgend) sogar bei Debussy angekommen und spielte eine seiner kleinen »Arabesken«, meist zu Beginn unserer Treffen. Dieses Stück bekam ich fehlerfrei hin, und es erschien mir in seiner Leichtigkeit genau richtig, um meinen gegenwärtigen gelösten Zustand auszudrücken.

Eines nur störte und beschäftigte mich lange. Sobald Anton und ich nämlich das Klavierhaus verließen, trennten sich unsere Wege, und jeder von uns ging allein nach Hause. Immer wieder schlug ich bei diesen Gelegenheiten vor, dass wir zusammen noch etwas unternehmen sollten. An den Rhein gehen und uns dort ans Ufer setzen, um den vorbeifahrenden Schiffen zuzuschauen? Einen der größeren Plätze aufsuchen, um dort Handball oder Basketball zu spielen?

Anton ließ sich auf keinen Vorschlag ein und verriet nicht einmal, wo genau er denn wohnte. Er verschwand einfach und grüßte nur kurz zum Abschied. Es war, als existierte unsere Freundschaft ausschließlich in den Räumen des Klavierhauses und käme in der Welt draußen nicht vor. Gingen wir noch ein paar Schritte nebeneinander her, wurden wir schweigsam, als fiele uns nichts mehr ein. Warum aber war das so? Was war es, das uns plötzlich schweigen, auf den Boden schauen und sogar etwas missmutig werden ließ? Ich dachte oft darüber nach, hatte aber nicht die geringste Ahnung.

Der Sache näher kam ich erst, als ich Anton einmal nicht im Klavierhaus antraf, sondern allein mit seinem Vater zusammen war. Anton hatte Grippe und würde einige Tage im Bett bleiben, so viel war immerhin zu erfahren. Ich fragte nicht weiter, sondern spielte einige

Zeit auf einem Flügel, bevor ich mich viel frühzeitiger als sonst verabschiedete.

Kurz vor dem Hinausgehen nahm ich allen Mut zusammen und fragte Herrn Höllriegel, warum Anton mit mir nicht auch außerhalb des Klavierhauses etwas unternehme. »Wir könnten uns irgendwo treffen und zusammen durch die Gegend ziehen«, sagte ich. Herr Höllriegel verstand, was ich meinte und worum es mir ging. Dann antwortete er: »Anton hatte bisher nie einen richtigen Freund. Er hat mit seiner Mutter geübt und gespielt, und er ist mit seiner Mutter spazieren gegangen. Wenn er jetzt das Klavierhaus verlässt, ist er traurig, dass sie nicht da ist. Er geht lieber allein nach Hause, und dort beginnt er sofort zu üben, als hätte seine Mutter auf ihn gewartet und als wäre sie noch da. Verstehst du das?«

Ja, das verstand ich. Da fuhr Herr Höllriegel fort: »Antons Mutter ist vor einiger Zeit bei einem Unfall ums Leben gekommen, das solltest du wissen. Mehr möchte ich dazu aber nicht sagen, sondern dich bitten, Anton nie darauf anzusprechen. Ich bin froh, dass du da bist und manche Nachmittage mit ihm im Klavierhaus verbringst. Dadurch geht es ihm viel besser als früher. Irgendwann wird er mit dir auch etwas anderes unternehmen, als nur Klavier zu spielen. Du musst ihm einfach noch etwas Zeit lassen. Einverstanden?« – Ich nickte und verabschiedete mich, und dann ging ich allein an den Rhein und setzte mich ans Ufer und schaute den vorbeifahrenden Schiffen zu.

Dass Anton und ich viel mehr gemeinsam hatten, als Herr Höllriegel ahnte, blieb mein Geheimnis, über diese traurigen Themen konnte ich damals nicht sprechen. Und so saß ich nur stumm am Rhein und zählte die vielen Schiffe und hoffte, dass Anton bald mein »richtiger Freund« werden würde.

40

Kurze Zeit später erhalte ich von einem Tag auf den andern einen neuen Klavierlehrer. Er heißt Walter Fornemann und ist meinen Eltern von Herrn Höllriegel empfohlen worden. Fornemann ist in Köln sehr bekannt, er unterrichtet Musik und Geschichte an einem Gymnasium und betreut ausgewählte Jungpianisten an der Musikhochschule, er dirigiert einen Chor und ein Orchester, und er ist vor allem ein brillanter Autor musiktheoretischer Schriften und Monographien zu einzelnen Komponisten.

Die Aussicht, dass er einen Jungen wie mich unterrichten würde, war anfangs gering gewesen. Während eines ersten Vorspiels hatte er jedoch Feuer gefangen. Debussys *Arabeske,* die ich mit einigem Schwung fehlerfrei gespielt hatte, konnte dazu nicht beigetragen haben, eher ein erstes, längeres Gespräch mit Mutter, die mich zu diesem Vorspiel begleitet hatte. Sie hatte Fornemann wohl beeindruckt und geschickt sein Interesse weniger auf mein Spiel als auf meine anderen Fähigkeiten gelenkt.

Und so hatte mich Fornemann fast wie ein Arzt untersucht. Besaß ich etwa das »absolute Gehör«? Konnte ich nicht nur eine Mozart-Melodie, sondern auch eine von Igor Strawinsky mühelos erkennen und nachspielen? Warum versagte dieses Gehör aber bei Akkorden und tieferen Tönen? Und was antwortete ich für ein seltsames Zeug, wenn man mich auf meine musikalischen Vorlieben ansprach?

Das, wie er es nannte, »seltsame Zeug« bestand aus Bruchstücken der Unterhaltungen, die ich mit Anton über die Stücke bestimmter Komponisten nun schon seit einiger Zeit geführt hatte. Sie waren nichts anderes als übermütiger Quatsch und ein pures Vergnügen gewesen, mit dem wir uns den steifen Übungsernst vom Leib gehalten hatten. Der erste Satz von Beethovens *Mondscheinsonate* war für uns der Satz einer *Tautropfensonate*, Debussys *Arabesken* nannten wir *Seifenphrasen, mundgeblasen* und Schumanns *C-Dur-Fantasie* (erster Satz) bestand aus *Liebeswellen für Forellen*.

Mutter hatte sich das alles beinahe fassungslos angehört, sie wusste von diesem Vokabular nichts, Walter Fornemann aber hatte über diesen Wortsalat nicht nur laut gelacht, sondern ihn durchaus ernst genommen. Er notierte meine Albereien sofort in eine kleine Kladde, und kurz nach dem ersten Vorspiel hatte er mich in seinem Zuhause empfangen und mir die erste Unterrichtsstunde erteilt. Kein einziges Detail dieser für mein weiteres Leben wegweisenden Stunde habe ich bis heute vergessen. Sogar die Farbe von Herrn Fornemanns Pullover (dunkelrot) habe ich noch deutlich vor Augen, ganz zu schweigen von seiner Stimme, die sich zu Beginn noch leise und vorsichtig anhörte, dann aber immer lauter und zupackender wurde.

Alles ist anders als früher. Nach dem Betreten der Wohnung werde ich durch ein großes Zimmer (mit einem *Blüthner*) in den Wintergarten geführt. Dort steht ein runder Tisch mit drei Stühlen, und die Regalwände sind bis zur Decke mit Büchern oder Schallplatten gefüllt. Ich erhalte etwas Tee und Gebäck, und Herr Fornemann tut so, als wollte er mit mir über dies und das plaudern. Ich erzähle von zu Hause, ich erwähne Anton und Herrn Höllriegel, und ich zähle einige Stücke auf, die ich gerade übe. Dann aber schlägt der Ton plötzlich um, und Herr Fornemann setzt nach: »Nun sag mir einmal genau: Warum bist du eigentlich hier?« –

Die Frage erschreckt mich so, dass ich nicht sofort antworte. Was soll das? Herr Fornemann weiß doch genau, warum ich ihn aufsuche. »Ich möchte von Ihnen unterrichtet werden.« – »Aha! Nun gut! Und was genau soll ich dir beibringen?« – »Ich möchte schnellere Fortschritte machen und nach vielen kürzeren nun auch längere Kompositionen einstudieren.« – »Möchtest du! Interessant! Und wohin soll dieses Einstudieren führen?« – »Ich möchte Konzertpianist werden!« – »Was du nicht sagst! Und was stellst du dir darunter vor?« – »Ein Konzertpianist ist ein Pianist, der regelmäßig Konzerte gibt und in aller Welt auftritt.« – »In aller Welt! Rund um den Globus also! Und was macht so ein Konzertpianist außerdem?« – »Er übt und probt neue Stücke.« – »Und weiter?« – »Nichts weiter.« – »Aha! Er übt und probt und kreist rund um den Globus. Ein Leben lang?« – »Vielleicht. Darüber habe ich mir noch keine Gedanken gemacht.« – »Ach nein? Hast du nicht? Ich will dir was sagen: Du hast dir über das meiste, was ansteht, noch keine Gedanken gemacht! Weil das aber leider so ist, müssen wir ganz von vorne beginnen. Bist du dazu bereit?« – »Ganz von vorne? Was meinen Sie damit?« – »Ich werde es dir erklären. Ausführlich und gründlich. Und danach überlegst du es dir. Nicht hier, sondern zu Hause. Und wenn du dir alles genau überlegt hast, sagst du entweder *Ja, wir fangen zusammen von vorne an* – oder *Nein, ich möchte lieber doch nicht von Ihnen unterrichtet werden.* Bist du einverstanden?« – »Ja, bin ich, ich bin einverstanden.«

Obwohl ich deutlich und gut hörbar antworte, kommt mir meine Stimme hilflos und ängstlich vor. Ich sage es nicht, bin aber sehr irritiert. Warum ereifert sich Herr Fornemann so? Und liegt er nicht daneben, wenn er behauptet, ich habe mir nicht viele Gedanken gemacht? Früher habe ich das vielleicht noch nicht, seit einiger Zeit aber schon. So habe ich zum Beispiel genau im Kopf, welche Kompositionen ich als Nächstes am liebsten einstudieren würde: Schumanns *C-Dur-Fantasie* (ganz), Beethovens *Waldsteinsonate,* die *Préludes* von Frédéric Chopin (Anton spielt alle vierundzwanzig, und er spielt sie fantastisch).

Ich halte mich aber zurück und erwähne diese Stücke nicht. Herr Fornemann steht auf, verschwindet kurz und kommt mit einer gefüllten Kanne Tee zurück. Er schenkt mir eine Tasse nach. »Trinkst du gerne Tee?« – »Ehrlich gesagt nein.« – »Er schmeckt dir nicht?« – »Nein, nicht besonders.« – »Dann hast du noch keinen guten getrunken. Auch das müssen wir ändern und anpacken.« – »Ich soll Tee trinken?« – »Natürlich. Während man übt, trinkt man Tee. Eine Kanne nach der andern. Dann bleibt man in Form.« – »Reicht Wasser nicht auch?« – »Wasser reicht auch, ist aber letztlich nichts anderes als flüssige Langeweile. Und wer will sich schon langweilen, während er übt?«

Herr Fornemann leert seine Tasse auf einen Schluck und schenkt sich wieder nach, und ich nippe an meiner eigenen und tue so, als erführe ich gerade, wie köstlich Tee schmecken kann. »Besitzt du viele Schallplatten?«, fragt Herr Fornemann weiter. – »Es geht so«, antworte ich. – »Also nein. Hier auf den Regalen stehen Hunderte, von denen ich dir viele ausleihen kann. Du nimmst sie mit nach Hause, hörst dir die Stücke genau an und bringst sie nach einer Woche zurück.« – »Vielen Dank! Das finde ich toll.« – »Und Bücher zum Thema Musik? Biografien großer Komponisten? Bist du damit gut bestückt?« – »Nicht gut, aber besser als mit Schallplatten. Meine Mutter leiht viele Bücher aus ihrer Bibliothek aus und liest sie zu Hause.« – »*Du* sollst sie lesen – und nicht nur deine Mutter. Ich werde dir ebenfalls welche ausleihen und mit nach Hause geben. Ein Buch darfst du zwei Wochen behalten, keinen Tag länger.« – »In Ordnung! Da freue ich mich.« – »Und wie steht es mit Partituren?« – »Womit? Ich verstehe nicht.« –»Du weißt nicht, was eine Partitur ist?« – »Nein, ich vermute, es ist ein Heft mit Noten.« – »Eine Partitur enthält alle Stimmen einer Komposition. Die Orchesterpartitur zum Beispiel einer Beethoven-Symphonie enthält untereinander alle Stimmen des Orchesters, so dass du jede Stimme einzeln, zugleich aber auch den Klangzusammenhang als Ganzes verfolgen kannst.« – »Und wozu brauche ich so eine Partitur? Ich spiele nicht in einem Orchester.« – »Du solltest lernen, Partituren zu lesen. Um große Stücke für Orchester detailliert zu studieren. Ich werde dir zeigen, wie man so etwas macht.« – »Danke! Auch darauf freue ich mich.« – »Na gut, du scheinst dich ja auf geradezu alles zu freuen! Ich fasse zusammen: Punkt 1 – Ich werde dir Schallplatten mit nach Hause geben, dadurch wirst du deine Musikkenntnisse von Woche zu Woche erweitern. Über die Stücke, die du zu Hause gehört hast, werden wir uns ausführlich unterhalten. Punkt 2 – Ich werde dir Bücher mit nach Hause geben, dadurch wirst du deine historischen Kenntnisse über Komponisten und musikalische Epochen verbessern. Auch über die Inhalte dieser Bücher werden wir sprechen. Und Punkt 3 – Ich werde dir Partituren zum genauen Studium mit nach Hause geben, und wir werden Ausschnitte bestimmter Kompositionen zusammen hören und ihren Verlauf anhand einer Partitur genau verfolgen.« – »Ich habe verstanden. Das ist eine Menge, das ist ja ein richtig großes Programm. Eigentlich …« – »Eigentlich?! Ich weiß, was du sagen willst! Du willst sagen: Eigentlich wollte ich nur Fortschritte auf dem Klavier machen, stimmt's?« – »Ja, das wollte ich sagen.«

Walter Fornemann streift die Ärmel seines roten Pullovers zurück und trinkt eine weitere Tasse Tee. »Soll ich dir lieber ein Glas Wasser holen?« – »Nein danke, ich trinke Tee.« – »Die drei

Punkte, die ich genannt habe, sind nur der Anfang. Man fasst sie unter dem Schlagwort *musikalische Bildung* zusammen. Damit meint man: historische Kenntnisse über Komponisten, Musikepochen, Stile und einzelne Kompositionen. *Musikalische Bildung* ist ein sehr wichtiger Teil der Ausbildung eines Pianisten. Junge Pianisten, die nur üben, üben und noch mal üben, entwickeln sich leider zu Tastenidioten. Sie können ein wenig zaubern, kennen die Welten, in denen sie sich aufhalten, aber nicht im Geringsten. Und das wirkt sich auch auf ihr Spiel aus. Es bleibt farblos, es ist letztlich pures Geklimper.«

Stimmt das? Lesen Vladimir Horowitz oder Svjatoslav Richter ein Buch nach dem andern? Und hören sie ununterbrochen Schallplattenaufnahmen anderer Pianisten? Ich bin mir relativ sicher, dass sie das nicht tun. Vielleicht dann und wann mal ein Buch, vielleicht diese oder jene Aufnahme. Glenn Gould dagegen – ja, den habe ich im Verdacht, sehr viel zu lesen und viele Aufnahmen anderer Pianisten zu hören. Ich vermute also: Nicht alle großen Pianisten sind *musikalisch gebildet* – und das könnte beweisen, dass auch ich es nicht unbedingt in übertriebenem Maß sein muss. Denn schließlich wird diese Bildung Zeit kosten, viel Zeit, die mir nun wiederum für das Üben fehlen könnte. Oder?!

Mir ist etwas schwindlig, deshalb trinke ich meine Tasse Tee aus. Herr Fornemann spricht so schnell und entwickelt ein Programm, mit dem ich nie gerechnet hätte. Ich habe keine Zeit, mir viel zu überlegen, denn er macht einfach weiter.

»*Musikalische Bildung* ist der erste Schwerpunkt meines Unterrichts. Wir werden einzelnen Themen hier, bei mir zu Hause, behandeln. Beim zweiten Schwerpunkt geht es darum, Musik nicht nur zu spielen oder zu hören, sondern genau zu verstehen.

Was heißt das? Es heißt, dass wir die im Unterricht behandelten Kompositionen analysieren. Dabei geht es um musikalische Strukturen. Grundlagen unserer Untersuchungen sind Harmonielehre und Kontrapunkt. Mit ihrer Hilfe versuchen wir, den Bau und den Verlauf eines Stückes zu verfolgen. Wie greifen die einzelnen Motive ineinander? In welchen Tonarten treten sie auf? Welche Charaktere entwickeln sich dabei? Und so weiter. Wir fangen mit Mozart-Sonaten an und nehmen sie Motiv für Motiv auseinander. Und dann komponieren wir selber. Das heißt: Wir nehmen dieselben Motive wie Mozart und lassen uns andere Verläufe eines Stückes einfallen. Dadurch befreien wir uns von der Herrschaft der Vorbilder und beweisen, dass unsere Gedanken sich eine gewisse Selbstständigkeit erhalten haben. Am Anfang werden dir Harmonielehre und Kontrapunkt fremd und vielleicht sogar anstrengend erscheinen. Das legt sich aber. Nach einiger Zeit werden dir die theoretischen Übungen Freude machen. Es ist ein wenig wie Schachspielen: Wie könnte der nächste Zug aussehen? Welcher wäre der beste von den vielen möglichen? Mir selbst hat das immer großes Vergnügen bereitet, letztlich geht es in die Richtung der freien *Komposition.* Dass aus einem guten Pianisten ein Komponist wird, ist vielleicht sogar die höchste Stufe, die man erklimmen kann. Aber darüber denken wir jetzt nicht lange nach.«

Spätestens an dieser Stelle habe ich starke Zweifel. Ich soll Stücke analysieren und außerdem komponieren?! Ein Komponist wollte ich niemals werden, das Improvisieren auf dem Klavier würde mir vollends genügen. Das Programm, das Herr Fornemann entwickelt, ist auf jemanden zugeschnitten, der sonst nichts zu tun hat. Ich gehe vorerst aber noch zur Schule, ich habe auch andere Aufgaben, und ich will meine Treffen mit Anton auf jeden Fall fortsetzen.

Daran aber scheint Herr Fornemann nicht zu denken. Er beugt sich nach vorn, schaut mich aufmerksam an und fragt immerhin: »Ist alles in Ordnung? Geht es dir gut?« – Um etwas Zeit zum Nachdenken zu gewinnen, antworte ich: »Der Tee ist für mich vielleicht etwas zu stark. Ich hätte nun doch gern ein Glas Wasser.«

Herr Fornemann nickt und verschwindet sofort, so dass ich mich wenigstens kurz umschauen kann. Nicht nur der Wintergarten, sondern auch das Wohnzimmer ist voller Bücher und Schallplatten. Sie liegen in Stapeln sogar überall auf dem Boden herum und unter dem *Blüthner.* Bald werden diese Stapel durch die Decke wuchern und das Dach sprengen. Überblickt Herr Fornemann das alles überhaupt noch? Findet er ein Buch oder eine Schallplatte, ohne lange danach zu suchen?

Als er zurückkommt, frage ich ihn das. »Machen wir den Test«, antwortet er, »Du nennst eine Komposition, und ich hole die entsprechende Platte.« – »Mozarts *Kleine Nachtmusik*«, sage ich. – »Nicht sehr einfallsreich«, antwortet Herr Fornemann, »von dem Heuler habe ich viele Aufnahmen. Moment!« Er steht auf, geht in das Wohnzimmer und fischt einige Platten aus dem Regal. »Ich gebe auf«, sage ich. – »So schnell schon?! Mit welchem Stück wollen wir unseren Unterricht denn beginnen?« – »Mit Bach?!« – »Sehr gut, mit Bach. Wir beginnen mit Bachs *Italienischem Konzert, erster Satz.*« Er findet auch diese Platte sofort und überreicht sie mir. Ich soll sie mit nach Hause nehmen und mir Notizen zu dem Stück machen. Ohne langes Nachdenken. Eindrücke sammeln und aufschreiben. Darüber werden wir in der nächsten Stunde sprechen.

»Auch Harmonielehre und Kontrapunkt werde ich hier, zu Hause, unterrichten. Beide Themenfelder schärfen dein Verständnis großer Kompositionen. Indem du sie verstehen lernst, wirst du sie anders spielen. So, wie sie gedacht und entworfen sind – und nicht so, wie es dir gerade mal in den Sinn kommt. Denn jetzt sage ich dir etwas, das dich erstaunen wird: Viele Pianisten verstehen die Stücke nicht, die sie spielen. Sie spielen vielmehr an den eigentlichen Strukturen der Stücke vorbei und formen aus klug oder sogar genial gefundenen Konstruktionen harmlose Brötchen, von denen sie eins nach dem andern in den Ofen schieben.«

Fornemann lacht kurz auf, ich aber werfe einen kurzen Blick auf das *Italienische Konzert* von Johann Sebastian Bach. »Hat Glenn Gould das auch eingespielt?«, frage ich. – »Glenn Gould?! Den nehmen wir uns hier nicht als Vorbild. Glenn Gould ist etwas sehr Eigenes – aber lassen wir das. Hier geht es uns ausschließlich um Bach und nicht um Glenn Gould.«

Soll ich Fornemann davon erzählen, dass ich Gould in Salzburg begegnet bin und ihn spielen gehört habe? Lieber nicht! Einen kleinen Vorstoß aber wage ich: »Vorspielen werde ich Ihnen auch hier?!« – »Nein«, antwortet Fornemann, »das Klavierspielen heben wir uns für die Hochschule auf. Dort treffen wir uns in meinem Zimmer im ersten Stock. Womit wir bei unserem dritten Schwerpunkt wären: Klaviertechnik. Beim Üben beschäftigen uns zunächst mehrere anspruchsvolle Momente: Anschlag, Fingersatz, Haltung der Hände und Arme, Pedal. Von den Spezialübungen zur Steigerung der Fingerfertigkeit spreche ich jetzt noch nicht. Mach mir einen Vorschlag, mit welchem Stück wir beginnen.« – »Mit dem ersten Satz von Schumanns *C-Dur-Fantasie*?« – »Oho! Na gut. Hast du das Stück schon eine Weile allein geübt?« – »Ja, ich habe es zumindest versucht.« – »Dann spielst du es mir nächste Woche in der Hochschule vor. Den Briefwechsel von Clara und Robert Schumann gebe ich dir zur Lektüre mit nach Hause. Damit bist du jetzt gut versorgt: Buch, Schallplatte, Übungsstück. In Zukunft treffen wir uns zweimal wöchentlich, einmal in der Hochschule, einmal hier bei mir zu Hause. Für heute ist das alles. Lass dir, wie gesagt, alles durch den Kopf gehen. Und lass mich dann endgültig wissen, ob du mein Schüler werden willst.«

Wie sich das anhört! Als sollte ich in einen strengen Orden aufgenommen werden, dessen Regeln man um keinen Preis übertreten darf! Ja, genau diesen Eindruck macht es auf mich, und das beschäftigt mich nicht nur auf dem Nachhauseweg, sondern auch die nächsten Tage und Nächte.

Ich schlafe schlecht, laufend gehen mir die drei Schwerpunkte des großen Fornemann durch den Sinn: musikalische Bildung, Harmonie und Kontrapunkt, Klaviertechnik. Dann rechne ich die Woche durch: Schulstunden, Stunden für Hausaufgaben, Stunden für Sonstiges (gestrichen), Stunden fürs Musikhören, Lesen und Üben! Ich werde nachts lesen, wenn die Eltern es nicht bemerken! Und morgens früher aufstehen, für Harmonielehre und Kontrapunkt! Und die Stunden für Hausaufgaben werde ich auf ein Minimum reduzieren! Im schulischen Unterricht werde ich nachlassen und bald schlechtere Noten erhalten! Egal, schulische Noten sind nicht von Bedeutung.

Ich entwerfe einen Wochenstundenplan und halte mich exakt daran. Oft habe ich großen Durst und trinke viel Wasser und manchmal sogar Tee. Mein Appetit lässt nach, und ich kann während des Vormittags in der Schule überhaupt nichts mehr essen. Einmal übergebe ich mich auf der Schultoilette, zum Glück bemerkt es niemand. Auf dem Schulweg habe ich Magenkrämpfe, und wenn ich an Walter Fornemann denke, habe ich Angst. Ich spiele den ersten Satz der *C-Dur-Fantasie* bestimmt nicht gut genug, und mir fällt zu Bachs *Italienischem Konzert* nicht sehr viel ein. Robert Schumanns Liebesbriefe an seine spätere Frau Clara dagegen gefallen mir sehr, sind aber (nach meinem Eindruck) nicht die passende Lektüre für einen Jungen in meinem Alter. Oder?!

Mit den Eltern unterhalte ich mich über Walter Fornemann nicht. Als ich von Mutter nach seinem Unterricht gefragt werde (Vater fragt mich nicht), weiche ich aus: »Mal sehen. Sein Unterricht ist anspruchsvoll. Er weiß sehr, sehr viel, und er will, dass auch seine Schüler einmal viel wissen.« – Mutter schaut mich an, als redete ich von jemand anderem, sie belässt es aber dabei und fragt nicht weiter.

Anton dagegen erzähle ich genauer, was ich mit Fornemann erlebt habe. »Und das lässt du dir alles gefallen?«, fragt er, »kein Pianist muss tausend Bücher lesen und zehntausend Platten hören. Das lenkt nur ab. Ein Pianist muss üben, üben, üben – das ist alles, sage ich dir.«

Er hat leicht reden, denn er ist nicht so *talentarm*, wie ich es anscheinend bin. Ich erinnere mich, dass aus *talentarmen* Klavierschülern keine Konzertpianisten, sondern Klavierlehrer werden. Im Fall von Frau Waigel und auch in dem von Herrn Bergdorf war das wohl so. Beide Beispiele habe ich noch gut vor Augen. Zum Glück ist Walter Fornemann kein Klavierlehrer, sondern einfach alles. Der Meister der drei Schwerpunkte.

Ich rede mir ein, dass ich es an seiner Seite zu etwas bringen werde. Jetzt sich nicht drücken, sondern alles riskieren, mit vollem Einsatz! Ich rufe ihn an und sage, dass ich sein Schüler werden will, und wir einigen uns auf Ort und Uhrzeit der nächsten Unterrichtsstunde: Musikhochschule, erster Stock!

Anton aber hat es besser getroffen als ich. Der Meisterkurs, den er im Wettbewerb gewonnen hat, findet in München statt. Vier

Wochen übernachtet er dort in einer Pension, und wir haben so gut wie keinen Kontakt. Während des einzigen Telefonats frage ich ihn, wie ihm München gefällt, und er antwortet nur: »Passt schon.« Er fragt mich nichts und hört sich so an, als hätte er sich längst endgültig von mir verabschiedet. »Wann treffen wir uns wieder?«, frage ich ihn, und er murmelt: »Wir werden sehen.«

Um den Kontakt zu ihm nicht ganz abbrechen zu lassen, besuche ich Herrn Höllriegel weiter in seinem Klavierhaus und übe dort Schumanns *C-Dur-Fantasie.* Niemand stört mich, und Antons Vater ist sehr freundlich zu mir, kocht Tee und verwöhnt mich mit Gebäck oder Kuchen. Manchmal sprechen wir über Anton, und ich bemerke, dass auch Herr Höllriegel traurig ist, weil er ihn vorerst nicht sieht. »Was hat Anton denn vor?«, frage ich, und Herr Höllriegel antwortet: »Ich weiß es nicht, aber er hat etwas vor, das vermute ich auch. Bald werden wir es wohl erfahren.«

Als ich an einem Nachmittag wieder vor dem Klavierhaus erscheine, hängt an der Tür ein Schild: »Für einige Zeit geschlossen.« Mehr steht dort nicht, und als ich später die Telefonnummer wähle, meldet sich niemand. Herr Höllriegel ist ebenso verschwunden wie mein Freund Anton.

Ich habe eingewilligt, den langsamen Aufstieg zum Höhenkamm von Walter Fornemanns drei Berggipfeln zu wagen. Aber ich bin nun vollkommen allein. Vater trifft sich weiter mit Herrn Bergdorf, um zur Abwechslung die Physik des Klavichords zu erkunden, Mutter spielt fast täglich weiter Chopin und Liszt, und ich gehe nun häufiger in die Musikhochschule, wo ich mich in einen Übungsraum mit Flügel zurückziehe.

Es ist ein breiter, sperrig erscheinender *Steinway.* Er füllt den ganzen Raum aus, so dass man auf der einen Seite nicht an ihm vorbeikommt. Er steht da wie ein schwerer Fels und als Teil von Walter Fornemanns Bergsteigeruniversum. Ich würde dem Monstrum gerne die Zügel anlegen, es ist aber kein Pferd, sondern ein reizbarer Stier. Um mit ihm zu kämpfen, bräuchte ich einen Dolch oder ein Schwert oder was weiß denn ich. Ich bin aber kein Stierkämpfer, sondern ein kluger Dompteur. Deshalb streiche ich dem schwarzen Flügel jedes Mal zur Begrüßung über den sperrangelweit aufgeklappten Deckel. »Ganz ruhig, mein Alter«, sage ich, »wir sind doch Freunde ...« Und dann nehme ich vorsichtig Platz und entlocke dem reizbaren Kerl die ersten Töne. Bach, *Italienisches Konzert, F-Dur,* freies Spiel, nur nach Gehör.

41

Alle Notenhefte, die ich für die Übungen in Harmonielehre und Kontrapunkt bei Walter Fornemann angeschafft habe, sind dunkelblau. Die Nummern eins bis zwanzig liegen vor mir, und die Übungen beginnen mit Elementarlehren des Klangs, die sofort auf Reflexionen über Elementarerfahrungen des Hörens ausgeweitet werden. Ich selbst notierte die Noten sowie die Begleittexte in Schwarz, Fornemann fügte seine Anmerkungen in Rot (Vorsicht, Fehler!) oder Grün (in Ordnung, Anerkennung!) hinzu.

Das Blättern in Heft eins hat etwas Rührendes. Ich notierte dort als Erstes die Hauptdreiklänge, also Tonika, Dominante und Subdominante, dann wurden diese Akkorde anscheinend auf Fornemanns Flügel angeschlagen, und Fornemann schrieb auf, mit welchen Worten ich die Klänge charakterisiert hatte. Die Tonika hatte etwas »Ruhiges, Stabiles, Festes«, die Dominante dagegen etwas »Gespanntes, Offenes« und die Subdominante etwas »Wartendes, Ausschau Haltendes«.

Das Kontrapunktheft wiederum beginnt mit dem Satz eines einfachen Kanons, den ich anhand des Lieds »Der Gutzgauch auf dem Zaune saß, es regnet sehr und er wird nass« für ein Zusammenspiel von rechter und linker Hand auf dem Klavier erfinden musste. In der zweiten Übung wanderte die Melodie in den Bass, und in der dritten arbeitete ich schon an einem »dreifachen Kontrapunkt mit einem Cantus firmus«.

Tonika, Dominante, Subdominante ..., ein »Cantus firmus im Bass« – ich erinnere mich gut, wie aufregend und geheimnisvoll ich solche Bezeichnungen fand. Schon nach wenigen Wochen hatte ich begriffen, dass Musik, viel mehr als ich je gedacht hatte, aus klugen Berechnungen, Überlegungen und Konstruktionen bestand. Mit großen Gefühlen und Schwärmereien hatte sie in den unterschiedlichen Stadien der Komposition zunächst einmal wenig zu tun. Solche Hörerlebnisse ergaben sich vielmehr erst dann, wenn wahre Meister des musikalischen Satzes die Harmonien und Melodien so außergewöhnlich und verblüffend bewältigt und geführt hatten, dass sie das Ohr auf einzigartige Weise überraschten.

Beeindruckend aber war vor allem die »Logik« des Komponierens, die sich durch bestimmte Gesetze, Regeln oder Vorbehalte gegenüber dissonanten Klangmanövern ergab. Musik entstand also nicht durch ein Drauflosnotieren, sondern durch das Finden einer ertragreichen und fortsetzungsfähigen Notenkonstellation von einigen Takten, die von den Meistern durch besondere Verfahren der Wiederholung, der Rückschau oder der Variation eine Fortsetzung erfuhren.

Da mich diese neuen Einsichten begeisterten, machte ich in den Theoriestunden Walter Fornemanns rasche Fortschritte. Fornemann brauchte mich nicht lange zu bitten, die theoretischen Übungen anzugehen, eher war es so, dass ich gar nicht genug davon bekommen konnte. »Was machst du da eigentlich?«, fragte mich Mutter, wenn sie mich zu Hause beim Notenschreiben an unserem Seiler-Klavier erwischte. Ich spielte ihr eine Melodie vor, führte sie vorwärts und rückwärts durch fünf verschiedene Tonarten, erfand eine passende Gegenstimme, variierte auch diese und spielte so einige Minuten lang »Musik aus dem Kopf«.

Mutter fand es beeindruckend, das schon, fragte aber nicht selten auch nach, was mir Fornemann außer viel Theorie an Neuem für die spielerische Praxis beibringe. Für die Praxis?! Rasch hatte ich heraus, dass sich Fornemann für die Praxis weit weniger interessierte als für die Theorie. Er ließ mich zum Beispiel den ersten Satz von Schumanns *C-Dur-Fantasie* spielen, hörte sich das geduldig an und spielte mit mir dann verschiedene Varianten des Anschlags und der möglichen Handgriffe durch. Zunächst, sagte er, müsse man meine Hände auf die Komposition hin »abstimmen«, wobei wir von der besonderen Beschaffenheit der Finger und Hände auszugehen hatten.

Dass man für jedes Stück erst eine eigene Spielpraxis zu ermitteln hatte, die sich aus den körpertechnischen Eigenheiten des jeweiligen Pianisten ergab, hätte ich nie vermutet. Als wir darüber zu sprechen und uns Gedanken zu machen begannen, leuchtete es mir aber sofort ein. Gutes Klavierspielen ergab sich aus der Analyse vieler unterschiedlicher Faktoren. Sie reichten vom Körpervolumen über die Länge und Stärke jedes einzelnen Fingers bis zu der Kraft, die ein Arm aufbieten konnte, um große Akkorde in rascher Folge ohne Klangverlust zu spielen.

Walter Fornemanns Unterricht öffnete mir also erst dafür die Augen, was »Klavierspielen« und was »Musik« eigentlich waren. Die vielen

Jahre davor hatte ich, wie ich rückschauend bemerkte, in schlafwandlerischem Träumen verbracht. Ich hatte einfach nur gespielt und noch mal gespielt – was ich aber da jeweils tat und wie ich es im Einzelnen bewerkstelligte, hatte mich nicht interessiert. »Musik« war ein Füllhorn von wohlklingenden und berauschenden Melodien und Akkorden gewesen, die anscheinend vom Himmel in die Notenhefte der Komponisten gerieselt waren. Ich hatte mich von ihnen mitreißen lassen und meine Empfindungen mit ihrer Hilfe zu so manchen Ekstasen getrieben. Jetzt aber durchschaute ich das kompositorische Kalkül, das für solch starke Gefühle sorgte.

Immer häufiger hörte ich also zwei- oder sogar mehrgleisig. Ich verfolgte die Komposition, imaginierte ihr Notenbild und stellte Vermutungen darüber an, welche Details der Komposition bestimmte Klangwirkungen beim Hörer hinterließen. Fornemann kontrollierte die Beobachtungen, die ich dabei machte, genau und war nicht selten von meinen Bemerkungen angetan. Er notierte sich viele und behauptete, dass er von Anfang an richtig gelegen habe. Ich sei als jugendlicher Hörer ein Glücksfall für die neuen Forschungsfelder der »Musikästhetik« und »Musikpsychologie«, mit denen er sich immer intensiver beschäftigte.

Grob zusammengefasst, könnte man mich als »strukturellen Hörer« bezeichnen. Eine solche Einordnung gereiche mir sehr zu Ehren, denn unter tausend Hörern (oder sogar mehr) befinde sich höchstens einer, der fähig sei, »strukturell zu hören«. Ein solcher Hörer lasse sich nicht von der Musik »durchschwemmen«, sondern begleite den Fortgang einer Komposition mit derart wachen Sinnen, dass er das Notenbild nicht nur vor sich sehe, sondern auch verstehe, wie und warum es zu diesem besonderen Notenbild gekommen sei.

Und das bedeutete?! Ich hatte keine Ahnung und wurde belehrt (Fornemann sprach immer lauter und schließlich triumphal): Es bedeutete, dass ein »struktureller Hörer« eine Komposition »hörend nachkomponierte«! Der Hörer schlüpfte in die Rolle des Komponisten, genau abwägend und begreifend, was sich im Kopf eines Komponisten während einer Komposition abgespielt hatte. Genau das nämlich hatte sich im idealen Fall nun wiederum im Kopf des Hörers abgespielt, während er die Komposition mit höchster Aufmerksamkeit gehört hatte.

So fantastisch das klang – »strukturelles Hören« hatte auch seine Kehrseite. Je schwieriger die Kompositionen waren, umso mehr Vergnügen machte ihre »Entzifferung«. Stücke, die sich jedoch mühelos hörbar in immer denselben Bahnen bewegten, durchschaute ich rasch. Simples Komponieren mit schlichten Refrains und stupiden Tonart- oder Rhythmuswechseln interessierte den »strukturell Hörenden« überhaupt nicht, so dass er bald dazu überging, »interessante Musik« von »gängiger« zu unterscheiden.

Dieser Hochmut wurde von Walter Fornemann stark unterstützt. Von Jazz oder Popmusik hielt er überhaupt nichts, und Schlager mutete er sich höchstens zu, wenn ihn ein Text zum Lachen brachte (wie etwa der des Schlagers »Ich will nen Cowboy als Mann«, den er bis zur letzten Strophe auswendig kannte und so komisch rezitierte, dass man unweigerlich mitlachen musste).

Stattdessen ging es ausschließlich um klassische Musik, etwa seit Bach und Scarlatti, die bis zu den Errungenschaften der Zwölftonmusik verfolgt und auf ihre Strukturen hin untersucht wurde. Die notwendige Ergänzung dieses »aufgeweckten Hörens« aber waren die Übungen in Harmonielehre und Kontrapunkt, durch die man erst alle Kniffe lernte, die einfachsten Melodie- und Rhythmusführungen zu umgehen.

Heute glaube ich, dass nur Mutter bemerkte, was damals mit mir geschah. Walter Fornemann wollte aus mir keinen Konzertpianisten, sondern einen kleinen Fornemann machen. Ich sollte ein glänzender Theoretiker und nebenbei ein anzuerkennender Pianist werden, als

Krönung aber sollte die musikalische Bildung mich noch zu einem universal gebildeten »Musiker« veredeln. Würde das gelingen, brauchte ich mir um meine Zukunft keine Sorgen zu machen. Ich würde an Gymnasien und Musikhochschulen unterrichten, und ich würde Bücher schreiben, in denen ich mein »strukturelles Hören« auf all jene klassische und moderne Musik ansetzen würde, die nur wenige Menschen genau zu hören oder gar zu goutieren vermochten.

Meinen Wunsch, einmal Konzertpianist zu werden, hatte Fornemann wohl von Anfang an nicht ernst genommen. Er glaubte, meine wahren Talente entdeckt zu haben, und arbeitete daran, dass ich vor allem sie entwickelte. Der Zug in Richtung Konzertpianist war nach seiner Meinung entweder längst abgefahren oder hatte sogar nie richtig Fahrt aufgenommen. Ich spielte ordentlich Klavier, mehr nicht, einen kleinen Wettbewerb in der Provinz würde ich vielleicht einmal gewinnen, auf den Brettern eines großen Konzertsaals aber würde ich höchstens als Notenumblätterer an der Seite eines Meisterpianisten erscheinen.

Mutter hatte von alldem wohl eine Ahnung, sagte aber nichts. Sie wollte mich nicht enttäuschen, und so ließ sie Fornemann vorerst noch gewähren, bis wir beide an einem frühen Abend in der Musikhochschule eine plötzliche Entdeckung machten.

Mutter hatte es sich nämlich seit einiger Zeit zur Angewohnheit gemacht, mich von dort abzuholen. Dabei wartete sie irgendwo in dem großen Gebäude auf das Ende meines Übens. Den Übungsraum betrat sie nie, sie hatte ihn nur einmal kurz gemustert und den großen *Steinway* bewundert, streifte sonst aber durch das Gebäude und unterhielt sich, wenn es sich ergab, vor allem mit einer der vielen Klavierlehrerinnen, mit denen sie sich über die neuesten Konzerte in der Stadt austauschte. Solche Kontakte hatte sie zu mögen gelernt, denn die Unterhaltungen mit den meist sehr viel jüngeren Frauen empfand sie als ergiebig und interessant. Endlich ging es einmal nicht um die üblichen Alltagsthemen, sondern fast immer um Musik.

Einmal trafen wir uns unten im Foyer des Gebäudes, Mutter war diesmal allein, ich wollte hinaus, ins Freie, als sie mich bat, mit ihr noch einen kurzen Rundgang zu machen. Ich wusste nicht, was sie damit bezweckte, ging aber darauf ein, und so wanderten wir durch die weiten Gänge der Stockwerke und hörten die Musik, die von allen Seiten aus den Räumen schallte. Es war ein Spaziergang durch Jahrhunderte von Musik. Die verschiedenen Instrumente überboten sich gegenseitig, und die Brillanz vieler Spieler war hinreißend.

Oft dominierten die Flügel, wir hörten Schumann und Brahms, Chopin und Tschaikowsky in fast ausschließlich konzertreifen Darbietungen. Hinter den Türen und Toren der Übungsräume spielte der Nachwuchs sich in Rage, das allgegenwärtige Üben hatte etwas geradezu Fanatisches, als dürfte es nie ein Ende nehmen, bis sich eine dieser Türen öffnen und ein Auserwählter den Weg auf ein Konzertpodium würde gehen dürfen.

Und ich selbst? Bis vor wenigen Minuten hatte auch ich Stunden in einem dieser Sklavenräume verbracht, domestiziert von einem gewaltigen *Steinway*, alle Energie daransetzend, Chopins vierundzwanzig *Préludes* wenigstens halbwegs perfekt zu spielen. Ich war ein kleines Licht unter all den brennenden Leuchten und auflodernden Flammen, die in der Musikhochschule auf den großen Ruhm warteten und sich allen nur denkbaren Exerzitien unterwarfen. Hinter jedem Engel, der es irgendwann schaffte, sie hinter sich zu lassen und den Weg in die Freiheit zu finden, verbargen sich die Autoritäten unendlich vieler Übungsstunden und der Sarkasmus ganzer Gruppen von Lehrern.

Mutter und ich – wir brachen unseren Rundgang schließlich ab. Still verließen wir die Hochschule, denn der emsige Übungseifer des Nachwuchses hatte uns wortkarg gemacht. Wir fühlten und dachten in diesen Momenten wohl dasselbe: Ich würde es nie zu einem Auftritt als Solist bringen, sondern nur ein Leben lang zu den Rinnsalen der vielen Klänge beitragen, die durch so manche Straße unserer Stadt flossen und schließlich irgendwo versickerten. Ein »Musiktreibender« würde aus mir werden, eine Art Leierkastenmann, der in Provinzsälen Schumann spielte und zu Weihnachtsfeiern von Betrieben auf einem Klavier Bach-Choräle intonierte. Zum Karneval würde ich Schunkellieder beisteuern, und an Hochzeiten würde ich einen fatal hohen Sopran zu einem *Ave Maria* begleiten.

Sah nicht genau so meine Zukunft aus? »Was macht eigentlich Anton Höllriegel?«, fragte Mutter schließlich, und ich wusste sofort, warum sie gerade jetzt an ihn dachte. Sie wollte wissen, ob Anton es im Gegensatz zu mir vielleicht doch geschafft hatte, sich zu behaupten. Hatte er? Hatte ich etwas von ihm gehört?

Noch nicht, aber wenige Tage später passierte es dann. Herr Höllriegel rief bei uns an und lud mich nach München ein. Anton wollte mich angeblich sehen, ich sollte ihn an einem Wochenende besuchen. »Wir ziehen ganz nach München«, hatte sein Vater gesagt, »Anton studiert jetzt an der Musikhochschule als Meisterschüler des Pianisten, bei dem er den Kurs belegen durfte. Die Hochschule hat eine Ausnahmegenehmigung erteilt, weil Anton natürlich noch viel zu jung ist. Er ist begeistert und nimmt in wenigen Wochen an einem großen Wettbewerb teil. Wenn er gewinnt, erhält er einen Schallplattenvertrag. Er hat aber bereits jetzt ein Angebot, mit einem hiesigen Orchester das Schumann-Konzert zu spielen.«

Anders als die Eltern war ich nicht sehr erstaunt. Etwas Ähnliches hatte ich insgeheim erwartet. Anton hatte die nächste Stufe der Himmelsleiter zum Konzertpianisten genommen. Mir hatte er das nicht erzählt, weil er nicht als Angeber oder Wichtigtuer dastehen wollte. Er hatte wohl mit niemandem darüber gesprochen, sondern in den Telefonaten mit seinem Vater nur ein paar Andeutungen gemacht.

So war Anton. Er setzte sich nicht in Szene, und er würde nie triumphieren. Nachdem er sich in München eingelebt und bestimmt Tag und Nacht geübt hatte, sehnte er sich jetzt nach einem Wochenende mit seinem einzigen verbliebenen Freund. War es so? Oder bildete ich mir das alles nur ein?

Ich fuhr allein nach München und wurde am Bahnhof von Anton und seinem Vater abgeholt. Vom Äußeren her hatte sich der junge Meisterschüler überhaupt nicht verändert, und als wir ein paar Schritte gegangen waren, wurde er sofort wieder albern. Er ahmte den bayrischen Dialekt nach, und er tat so, als wäre er ein unbeholfener Tourist, der nicht einmal genau wusste, was »eine Maß Bier« war.

Eine große Überraschung aber war die noch leerstehende Wohnung, die Herr Höllriegel für seinen Sohn und sich selbst gemietet hatte. »In einer Woche kommen die Möbel aus Köln«, sagte er. Das Klavierhaus war längst verpachtet, in München würde Herr Höllriegel anderen Beschäftigungen nachgehen. »Und welchen?«, fragte ich, erhielt zunächst aber keine präzise Auskunft. Wir gingen durch die schönen Räume einer Altbauwohnung mit insgesamt fünf Zimmern und fantasierten die Zukunft zusammen. Anton würde ein eigenes Zimmer erhalten, den Flügel würde man im Wohnzimmer unterbringen. Herr Höllriegel dagegen erhielt zwei Zimmer, eines für sich persönlich und ein zweites als Büro. »Wozu brauchen Sie denn ein Büro?«, fragte ich und erfuhr, wie hoch Antons Aktien bereits standen. Herr Höllriegel erklärte mir nämlich, dass er in Zukunft als Agent und Manager seines Sohnes arbeiten werde. Er werde ihn auf seinen Konzertreisen begleiten, die entsprechenden Verträge schließen und sich auch sonst um alles kümmern, was anstehe.

Ein Agent, ein Manager, Verträge, Reisen – als ich das hörte, wurde ich plötzlich still. Warum blieb Anton nicht in Köln und warum übten wir nicht weiter im Klavierhaus seines Vaters? War das Leben, das sich nun abzeichnete, wirklich so erstrebenswert? Konzerte und Reisen brachten viel Aufregung mit sich und würden Anton nicht zur Ruhe kommen lassen. Musste er Schumanns *C-Dur-Fantasie* unbedingt in London oder Tokio spielen und sich dort als Wunderkind feiern lassen? Genügte es nicht, wenn er ein normaler Junge mit einem ausgezeichneten Klavierspiel blieb, der vielen Menschen in Köln und Umgebung eine Freude mit seinen Konzerten und Auftritten machte?

Ich bin heute sicher, dass Anton verstand, warum ich so wenig sprach. Zu dritt gingen wir an diesem Abend essen und übernachteten später auf den nackten Böden der neuen Wohnung, auf denen wir Matratzen ausgelegt hatten. Anton war munter und erzählte von München und seinem Lehrer, der früher einmal aus Russland emigriert war und als bedeutender Pianist galt. Ich hatte noch nie von ihm gehört, doch Anton hatte einige Schallplattenaufnahmen von ihm erworben, die er mir zeigte.

Tief in der Nacht hielt ich sie in der Hand und schaute mir an, was der Meister so alles eingespielt hatte. Langsam wurde es in der Wohnung ruhiger, und ich spürte, wie mir plötzlich fröstelte. Anton war dabei, in einer ganz anderen, mir unheimlich erscheinenden Welt zu verschwinden. In ihr herrschten fremde Wesen und Dämonen, die viel Geld hin und her schoben, Verträge abschlossen und einen von Kontinent zu Kontinent hetzten. Auf einer der Platten entdeckte ich Aufnahmen einiger Präludien und Fugen aus dem *Wohltemperierten Klavier*. Ohne Anton um Erlaubnis zu fragen, legte ich sie auf den Teller des Schallplattenspielers und drückte den Startknopf.

Es war völlig still. Anton trank Tee, und Herr Höllriegel gönnte sich vor dem Schlafengehen noch ein Glas Whisky. Ich griff nach meinem Wasser, als wir den Meister aus Russland plötzlich Bach spielen hörten. Der Meister kam durch das Treppenhaus leise zu uns hinauf. Er durchschritt die verschlossene Wohnungstür und ging durch die Zimmer. Sein langer, schwarzer Mantel schlurfte hinter ihm her. Der Meister aus Russland ließ uns erstarren, und wir glaubten, Johann Sebastian Bach so nahe zu sein wie noch nie.

Auf der Rückfahrt nach Hause dachte ich daran, dass ich Anton so schnell nicht wiedersehen würde. Wir hatten uns zwar versprochen, einander regelmäßig zu treffen, aber ich glaubte nicht so richtig daran. Die Trennung empfand ich als einen harten Schnitt. Er ging in dieselbe Richtung wie die desillusionierende Erfahrung, die Mutter und ich in der Musikhochschule gemacht hatten: Ich befand mich auf einem guten, aber keineswegs zum Olymp führenden Weg. Wenn ich so weitermachte, würde ich vielleicht ein »uomo universale« der Musik, aber kein Konzertpianist werden.

Noch konnte ich aufgeben und einen viel leichteren Weg wählen. Eine Stunde üben pro Tag, an den Abenden Lektüren und ein paar Versuche, anständige Kontrapunktsätze in der Nachfolge Bachs zu komponieren. Walter Fornemann würde mein resigniertes Nachlassen bald bemerken, doch er hatte kein Recht, mehr von mir zu verlangen. Mutter war eine gute Pianistin auch ohne Harmonielehre, Kontrapunkt und stundenlanges Üben geworden. Sie hatte sich die Freude am Spielen ein Leben lang erhalten und deswegen auf allzu hoch gesteckte Ziele verzichtet.

Das letzte Foto in dem Album, das Antons Vater angelegt hat, zeigt Anton und mich in der Münchener Musikhochschule. Wir sitzen vor einem *Steinway* dicht nebeneinander auf einem Klavierhocker. Zum Spaß haben wir zusammen eine Komposition für vier Hände von

Franz Schubert gespielt. Anton hatte den tonangebenden, melodischen Part, ich die Begleitung.

Im Zug nach Hause erinnerte ich mich an die Momente nach unserem gemeinsamen Spiel. Wir waren beide etwas verlegen und still gewesen, weil unsere Trennung bevorstand. Ich hatte nicht sagen können, wie mich das bedrückte, und Anton war ebenfalls nichts eingefallen, was die Situation hätte entkrampfen können.

Erst nach Minuten des Schweigens hatte er plötzlich etwas gesagt: »Du kannst sicher sein, dass ich mit niemand anderem jemals vierhändig spielen werde. Und mit keinem anderen Stücke für zwei Klaviere. Das geht nur mit dir, das solltest du wissen. Irgendwann werden wir gemeinsam auftreten. Bestimmt. Ich verspreche es dir.«

Mein Gott! Er hatte es mir versprochen, und ich glaubte ihm jedes Wort. Irgendwann würden wir zusammen auf einer Konzertbühne erscheinen. Wenn es dazu kam, musste ich vorbereitet sein. Sehr gut vorbereitet. Vielleicht sogar glänzend. Ich durfte jetzt nicht nachlassen oder aufgeben, nein, ganz im Gegenteil. Ich musste meine Anstrengungen sogar noch um einige Grade erhöhen. Das war ich Anton und der Freundschaft mit ihm schuldig.

Zu Hause nahm ich mir meine Wochenpläne noch einmal vor. Ich rechnete die Stunden für mein unterschiedliches Unterrichtsprogramm von neuem durch. Wenn ich zulegen wollte, musste ich meine schulischen Hausaufgaben und Pflichten auf das absolute Minimum reduzieren. Also: keinen Sport am Nachmittag, keine Spaziergänge mehr mit Mutter. Die Zeit für meine Wege durch die Stadt würde ich durch den Einsatz meines alten, verrosteten Fahrrads verkürzen. Treffen mit Freunden kamen überhaupt nicht mehr in Frage, selbst die üblichen Geburtstagsfeste würde ich ignorieren. So viel Zeit wie nur irgend möglich wollte ich dem Klavierspiel opfern. Ein ganzes Jahr wollte ich auf diese Weise zunächst durchzuhalten versuchen.

Weiß ich eigentlich noch, welches Stück Anton und ich vor unserer Trennung in der Musikhochschule gespielt haben? Natürlich. Wir haben Franz Schuberts *Fantasie in f-moll* gespielt. Soll ich sie jetzt, in der späten Nacht, noch einmal hören? Das ist riskant, oder? Ach was, es ist nicht riskant. Ich werde die *f-moll-Fantasie* hören, jetzt gleich. Und ich werde an Anton denken, der heute Abend irgendwo auf der Welt mit einem Schumann-Programm unterwegs ist. Irgendwo. Auf der Welt. Unterwegs. Mit einem Schumann-Programm.

42

Ich stehe morgens gegen sechs Uhr auf und gehe die Hausaufgaben meiner Schulfächer durch. Natürlich reicht eine kurze Stunde nicht, um auf dem neuesten Stand zu bleiben. Mit dem frühen Aufstehen beweise ich nur meinen guten Willen, mich nicht ganz abhängen zu lassen.

In den Schulstunden bin ich so müde, dass es mir schwerfällt zu folgen. Um mich wach zu halten, trinke ich viel Wasser, schweife in Gedanken aber immer häufiger ab. Oft kann ich das passive Zuhören nicht mehr ertragen und löse stattdessen einige knifflige Kontrapunktaufgaben. Der gesamte Schulunterricht ist nichts mehr für mich, er kommt meinem Lesen und Komponieren sowie dem täglichen Üben in die Quere. Meine Noten werden schlechter, und ich habe das Gefühl, als würden es alle um mich herum bemerken: die Lehrer, die Mitschüler, einfach alle. Niemand spricht mich aber darauf an, man lässt mich gewähren, und so mache ich weiter.

Nach der Schule fahre ich mit dem Fahrrad nach Hause. Ich esse kurz zu Mittag und vertiefe mich etwa zwei Stunden in Harmonielehre und Kontrapunkt. Dann fahre ich zur Musikhochschule und ziehe mich in den stickigen Übungsraum zurück.

Den ganzen Tag über begegne ich kaum anderen Menschen, und wenn sich eine Unterhaltung ergibt, werde ich rasch unruhig und gebe vor, einen wichtigen Termin zu haben. Ich ernähre mich nicht gut, sondern esse nur das, was mir in die Finger gerät. Nichts will mir so richtig schmecken, aber ich nehme das nicht ernst, sondern rechne Essen und Trinken zu den ablenkenden, lästigen Tätigkeiten, die ich auf ein Minimum reduzieren will.

Wenn ich am Abend wieder nach Hause komme, behaupte ich, bereits etwas in der Hochschule gegessen zu haben, zusammen mit diesem oder jenem – Namen nenne ich lieber nicht. Dann mache ich mich an meine Lektüren und damit an die Bücher, die Walter Fornemann mir ausleiht: Biografien großer Komponisten, Sammlungen ihrer Briefe und Aufzeichnungen, Gesamtdarstellungen musikalischer Epochen. Ich notiere in Stichworten, was ich gelesen habe, und schreibe bei unverständlichen Passagen Fragen an den Rand, die Fornemann in der nächsten Sitzung beantwortet. Oft holt er so weit aus, dass er eine halbe Stunde für eine Antwort braucht, es macht ihm Vergnügen, sein schlummerndes Wissen aus dem Stegreif zu mobilisieren, und gar nicht so selten ist er selbst darüber erstaunt, was ihm zu einer beliebigen Frage einfällt.

Er gibt auch gerne zu, dass er meine Fragerei mag, »niemand fragt mich so seltsame Sachen wie du, als kämst du aus einer anderen Welt«, sagt er jedes Mal. Ich ahne nicht, was er meint, bin aber insgeheim stolz, dass er meine Fragen ernst nimmt. »Wie lange brauchte Haydn, um eine seiner vielen Sinfonien zu komponieren?«, frage ich etwa, und danach: »Warum notierte Beethoven musikalische Einfälle und Haydn nicht?«

Manche meiner Fragen kreisen um Joseph Haydn, viele große Komponisten haben ihn über die Maßen gelobt und nur Gutes über ihn berichtet. Mozart hat mit ihm zusammen musiziert, und Beethoven war sein Schüler, während Haydn selbst nun wiederum diese Komponisten lobte und behauptete, sie seien ihm in vielen Dingen voraus.

»Man muss sich Joseph Haydn als einen glücklichen Menschen vorstellen«, sagt Walter Fornemann und macht mich mit dieser Bemerkung vollends unsicher. Ausgerechnet Haydn war glücklich, während das von Mozart oder Beethoven keineswegs behauptet werden kann? Haydn bleibt für mich ein geheimnisvoller Mensch, ich kann ihn mir nicht vorstellen und erhalte auch durch noch so viele Lektüren keinerlei Eindrücke von seinem Leben oder Denken. »Was meinen Sie denn mit ›glücklich‹?«, frage ich Fornemann, und er antwortet: »Was Haydn betrifft, so meine ich damit ›Zufriedenheit‹. Er war ein ungewöhnlich zufriedener Mensch, ohne zu hohe Ansprüche und voller Anteilnahme am Leben anderer. Und er hatte einen feinen Humor, mit dem er sich die Widrigkeiten des Lebens vom Leib hielt.«

Ich insistiere bei jeder Nennung des Namens Haydn weiter, weil ich auch gerne so wäre wie er. Alle paar Tage ohne viel Aufhebens und Drumherum eine Sinfonie schreiben, sie gleich mit eigenem Orchester aufführen, zufrieden mit dem sein, was man leistet, unermüdlich arbeiten, von allen Seiten anerkannt werden und jenen Mitstreitern Respekt zollen, die noch mehr können und leisten als man selbst – solch ein Leben könnte ich mir für mich selbst auch gut vorstellen, vor allem, wenn noch eine Prise »feiner Humor« hinzukäme.

Leider besitze ich davon aber am wenigsten, ich habe keine Spur von Humor, sondern lese, notiere und übe so verbissen, dass ich mich selbst manchmal lächerlich finde.

Mit der Zeit glaube ich zu verstehen, was es heißt, sich für eine einzige Sache im Leben entschieden zu haben. Genau das habe ich nun anscheinend getan: Ich habe mich endgültig dafür entschieden, Konzertpianist zu werden, und das bedeutet, dass es nichts anderes mehr für mich auf der Welt gibt. Fast alles, was ich täglich tue, hat mit Musik zu tun, und die anderen Dinge und Tätigkeiten zählen von vornherein nicht, so dass ich ihnen so wenig Aufmerksamkeit entgegenbringe wie gerade noch nötig.

Höre ich im Freien oder in einem Laden zufällig Musik, springe ich sofort darauf an. Ich laufe davon oder nehme die Klänge so konzentriert in mich auf, als wären sie Medizin. Seit ich mich der Harmonielehre und dem Kontrapunkt widme, notiere ich auch häufig Melodien, die ich von irgendwoher aufschnappe und im Kopf umschreibe. Ich komponiere nach Anleitung, gewissenhaft, nach den Regeln uralter Gesetze, aber noch ohne eigene Einfälle.

Schließlich kommt es mir so vor, als spräche ich mit niemandem mehr. Ich höre weg, wenn die anderen mit mir reden, und antworte nur noch in kurzen Floskeln. Spricht jemand länger mit mir, bekomme ich Kopfschmerzen und kann mich auf das Gesagte nicht konzentrieren. Mir fällt auf, dass ich Berührungen nicht mehr gerne zulasse. Streift mich auf der Straße durch Zufall ein Passant, zucke ich zusammen, als täte mir jemand Gewalt an.

Ich beginne, leise mit mir selbst zu sprechen, und bemerke es erst, als ich zum zweiten Mal in der Öffentlichkeit angesprochen werde. »Kann ich Ihnen helfen?«, werde ich gefragt, und ich antworte: »Lassen Sie mich bitte in Ruhe. Ich habe Ihnen nicht das Geringste getan.«

Gegenüber den Eltern tue ich so, als wäre alles in Ordnung. »Du bist seit neuestem so schweigsam«, sagt Mutter, und ich antworte: »Das geht vorüber, ich habe einfach sehr viel zu tun.« Vater bekommt ebenfalls mit, dass etwas nicht stimmt, und möchte »zum Ausgleich«, wie er sagt, etwas mit mir unternehmen. Wir schieben solche Unternehmungen jedoch auf, und ich nenne stattdessen zur Beruhigung die großen Kompositionen, die ich gerade übe: Schumanns *Klavierkonzert in a-Moll*, die drei letzten Klaviersonaten Beethovens, die *Préludes* von Debussy.

Mutter sagt dazu nichts, aber ich ahne, dass sie dieses Programm für aberwitzig hält, und Vater fragt nach, ob wir Aufnahmen dieser Kompositionen von anderen Interpreten ausleihen oder erwerben sollen. »Wie wäre es mit Horowitz?«, schlägt er vor, aber ich winke ab. Seit ich gelesen habe, dass Horowitz häufig erkrankt und längere Pausen einlegt, möchte ich von ihm nichts hören. Erst später, wenn er wieder öffentlich auftritt und sich nicht mehr zurückzieht.

Davor, dass mein Üben und Spielen letztlich zu anstrengend sein könnte, habe ich in Wahrheit nämlich Angst. Horowitz geht mir oft durch den Kopf, ich wage aber nicht, jemanden nach den tieferen Ursachen seiner Erkrankungen zu fragen. Walter Fornemann macht manchmal Andeutungen und spricht von »psychotischen Schüben«, das hört sich so furchtbar an, dass ich das Gespräch sofort auf ein anderes Thema lenke.

Alles geht noch eine Weile halbwegs gut, bis ich den Zusammenbruch in wenigen Minuten wie eine starke Welle erlebe, die mich voll trifft und unter sich begräbt.

Es passiert am Ende einer Schulstunde. Ich sitze apathisch hinter meiner Bank und sortiere einige Lehrbücher, um sie in meine Tasche zu stecken. Plötzlich erscheinen sie mir seltsam schwer, als wären es Bleigewichte. Ich lasse sie los, und sie poltern zu Boden. Ich verstehe nicht, was gerade passiert, und bücke mich nach ihnen, als ich vom Stuhl kippe und hinschlage. Ich sehe und höre nichts mehr, ich werde ohnmächtig, und als ich erwache, liege ich auf dem Rücken, und nur ein Lehrer ist in meiner Nähe. »Hörst du mich?«, fragt er, »kannst du mich hören?« – aber ich will ihn nicht hören und schließe gleich wieder die Augen.

Wie angenehm, endlich die Augen zu schließen! Wie wohltuend, nicht mehr reagieren zu müssen! Ich könnte endlos so liegen und nichts anderes tun als schlafen.

Eine Weile brauche ich nicht mehr in die Schule zu gehen. Ich verbringe die Tage zu Hause in meinem Bett. Weder Klavierüben noch Harmonielehre oder Kontrapunkt sind erlaubt. Bücher, die für »anspruchsvoll« gehalten werden, darf ich ebenfalls nicht lesen. Schlafen dagegen darf ich, ja, ich *soll* sogar schlafen, so viel wie möglich! Ich trinke frischgepresste Fruchtsäfte und Tee, und Mutter kocht kräftiges, angeblich »nahrhaftes Essen«. Tagsüber geht sie nicht in die Bibliothek, sondern ist für mich da, erst am frühen Abend, wenn Vater von der Arbeit nach Hause kommt, verschwindet sie für zwei Stunden.

Ich bemerke, dass die Eltern unterschiedlich auf meinen Zusammenbruch reagieren. Mutter spielt kein Klavier mehr, sondern bewegt sich so leise wie möglich durch die Räume. Sie will mir etwas vorlesen, und als wir überlegen, welches Buch geeignet sein könnte, schlägt sie *Robinson Crusoe* vor. Ich habe das Buch schon vor Jahren gelesen, fast jeder Leser kennt diese bekannte Geschichte, eigentlich kann es nichts Langweiligeres geben – gerade deshalb entscheiden wir uns aber dafür, als brächte ausgerechnet der einsam herumwerkelnde und sein Leben von Grund auf neu sortierende Robinson wieder Schwung in mein Leben.

Ich höre Mutter gern beim Vorlesen zu, und ich bemerke erstaunt, dass ich das Vorlesen zum ersten Mal in meinem Leben richtig genieße. In den Zeiten, als sie nicht sprach, hat sie mir natürlich niemals vorgelesen und später nur noch selten, denn Vorlesen passte nicht mehr zu meinem fortgeschrittenen Alter. Jetzt aber ist es so, als wäre das Vorlesen aus medizinischen Gründen notwendig und heilsam. Ich schließe die Augen und höre genau zu, und Mutters Vorlesen wird von Tag zu Tag besser. Ihre Stimme schwingt im Raum auf und ab, und um diese Stimme herum ist es andächtig still, als hörten selbst die Möbel ihr zu und als gäbe es überhaupt sonst nichts mehr auf der Welt.

Mittags bringt sie mir das Essen ans Bett, und kurz davor ist einer der schönsten Augenblicke des Tages. Ich muss aufstehen und ins Bad gehen, ich wasche mir das Gesicht und kämme mich, und wenn ich zurückkomme, hat Mutter mein Bett frisch gemacht. Drei weiche Kopfkissen liegen aufeinander und stützen den Oberkörper, und die große Daunendecke breitet sich auf mir aus, als wollte sie mich unsichtbar machen. Jeden Tag esse ich alles auf, was gekocht wird, und jeden Tag fragt Mutter, was ich mir für den nächsten Tag wünsche.

Wie früher sind wir beide wieder eng zusammen und verstehen uns gut. Wir sprechen weder über Musik noch unterhalten wir uns über die Hintergründe meiner Erkrankung. Ein Tag vergeht wie der andere, und ich bin eine Weile damit zufrieden, dass das Leben so ruhig weitergeht, ohne dass ich jedem Tag ein Programm geben muss.

An einem Abend kommt uns dann aber Walter Fornemann besuchen, und wie sich bald herausstellt, hat Vater ihn eingeladen, damit wir uns alle zusammen über meine Zukunft Gedanken machen. Ich bleibe nicht mehr im Bett liegen, sondern stehe zum ersten Mal auf, und als ich mit den Erwachsenen im Wohnzimmer sitze, ist die große Sehnsucht plötzlich wieder da: am Klavier zu sitzen, zu üben, zu spielen.

Fornemann bekommt das gleich mit, und so fragt er mich, nach welcher Komposition »mir der Sinn stehe«. Ich möchte nichts Virtuoses spielen und auch nichts, was ich erst vor kurzem eingeübt habe. Lange brauche ich nicht zu überlegen, und so entscheide ich mich für einige Präludien und Fugen aus dem *Wohltemperierten Klavier.* Zu jeder Tages- und Nachtzeit könnte ich diese Stücke spielen, sie begleiten mich nun schon einige Jahre, und ich erlebe sie jedes Mal so, als beruhigten und stärkten sie mich auf eine so eindringliche Weise, wie das keine anderen Kompositionen tun.

Weiß Walter Fornemann das? Ich vermute es fast, denn er sagt, Kompositionen von Bach seien so etwas wie »eine Hausapotheke«, und es sei ein Glück, wenn ein Pianist so eine Medizin habe: Stücke, auf die man sich verlassen könne und die in einer besonders engen Verbindung zum eigenen »seelischen Haushalt« ständen.

Ich bemerke, dass Vater solche Formulierungen nicht mag. Er sagt dazu aber nichts, sondern schweigt, tut das jedoch so offensichtlich, dass man seine Abwehr spürt. Vater respektiert Walter Fornemann sehr, aber der vielseitige Mann ist ihm auch ein wenig unheimlich. Herrn Bergdorf kann er einschätzen, und er kann verstehen, was diesen Mann an der Musik so fesselt, Fornemann dagegen ist, wie Vater manchmal sagt, »ein Allroundgenie«, dessen Bindungen an Musik aus so vielen Komponenten bestehen, dass man deren unterschiedliche Funktionen nicht gut einzuschätzen vermag.

Vater weiß jedoch, dass er selbst wenig zu einem Gespräch über meine Zukunft beitragen kann. Er möchte mich nicht in irgendeine Richtung drängen, sondern mir die Entscheidung überlassen. Würde man dagegen Mutter fragen, so würde sie empfehlen, das Klavierüben zu reduzieren und die Ansprüche herunterzuschrauben. Zugeben würde sie auch, dass sie den Wert von Harmonielehre und Kontraktpunktstudium nicht besonders hoch einschätzt, schließlich ist es nicht besonders wahrscheinlich, dass ich nicht nur Pianist, sondern auch noch Komponist werden möchte.

Walter Fornemann hält sich nicht lange mit Vorbemerkungen auf. Er hat sich längst Gedanken gemacht, und er entwirft in wenigen Minuten einige Alternativen.

So wie bisher kann ich nicht weitermachen, davon ist er zunächst mal überzeugt. Ich habe mich verausgabt und überanstrengt, und er macht sich Vorwürfe, weil er dazu einiges beigetragen hat. Fest steht auch, dass der Schulstoff mir nur wenig zu bieten hat. Von den üblichen Fächern zieht mich kein einziges in nennenswertem Umfang an.

Im Klavierspiel dagegen habe ich angeblich enorme Fortschritte gemacht. Schumanns *C-Dur-Fantasie* »interpretiert« inzwischen kein anderer Schüler so gut wie ich, und Beethovens späte Klaviersonaten (und hier besonders die *Sonate op. einhundertzehn*) gelingen mir »konzertreif«. In Harmonielehre und Kontrapunkt bin ich angeblich eifrig, aber nicht »hoch inspiriert«. Es gibt Schüler, die in diesen Fächern rascher vorankommen und seltenere Ergebnisse hervorbringen. Macht nichts, ist »vernachlässigenswert«, ich beherrsche die Grundkenntnisse und werde im Aufbaustudium weiter dazulernen.

Sehr erfreulich sind meine Buchlektüren. Ich bin ein »völlig unverdorbener Leser«, der sich die Naivität des Lesens bewahrt hat, Wissen nicht in Schablonen sortiert und Fragen an Texte stellt, die den Texten guttun. Manchmal hat Walter Fornemann sogar die Vermutung, dass ich über ein Talent für ein Schreiben über Musik verfüge, das aber steht noch nicht endgültig fest, und außerdem ist es sowieso nur »reine Zukunftsmusik«.

So weit die Diagnose.

Die Eltern hören sich das aufmerksam an, und Vater reagiert zuerst: »Nun gut. Aber was folgt jetzt aus dem, was Sie gesagt haben? Konkret meine ich, Herr Fornemann!« Ich zucke etwas zusammen, weil die Frage eine gewisse Schärfe hat und Vater ungeduldig geworden ist. Mutter spürt das natürlich auch und wartet mit einem Vorschlag auf: »Das bedeutet, dass wir über eine längere Auszeit nachdenken sollten. Kein tägliches Üben von mehreren Stunden, sondern ausschließlich ›Hausapotheke‹, daneben gute Lektüren – und die Musiktheorie kann mal einige Zeit warten.«

Vater sagt, das höre sich vernünftig, aber auch ein wenig resigniert und langweilig an, wahrscheinlich sei es aber »die gesündeste Lösung«. Mutter schüttelt nur den Kopf und antwortet lieber nicht, während Walter Fornemann auf seinem Stuhl nach vorne rutscht und loslegt: »Eine Auszeit sollte erst gar nicht in Frage kommen. Wir haben es mit einem hoch talentierten jungen Pianisten zu tun, den einige Monate des Träumens oder Verweilens weit zurückwerfen könnten. Ich habe einen viel besseren und vor allem einleuchtenderen Vorschlag.«

Walter Fornemann macht eine Pause und tut so, als schaute

er zum Fenster hinaus. Anscheinend hat er sich etwas ausgedacht, auf das niemand so schnell kommen würde, das jedenfalls glauben wir in diesem Augenblick alle. Vater ist so ungeduldig, dass er es nicht mehr aushält und sagt: »Na, denn mal raus mit der Sprache!«

Und Walter Fornemann antwortet: »Die momentan einzig richtige Lösung ist ein Musikinternat. Dort kommen die üblichen Leistungsfächer in sehr reduziertem Maß zur Geltung. Jeder Schüler erhält stattdessen alle paar Tage professionellen Einzelunterricht. Daneben aber wird auch viel miteinander musiziert: in einem Orchester, in übersichtlichen Kammermusikgruppen. Die Schüler lernen völlig neue Stücke kennen, sie erweitern in Windeseile ihr Repertoire, und sie begreifen, welches Glück darin besteht, mit anderen zu spielen. Ganz von selbst wird der solistische Furor, der auf einen starken Narzissmus hinauslaufen könnte, Stück für Stück abgebaut.«

»Ist das Ihr Ernst?«, fragt Mutter und schaut so entsetzt, als sollte ich einer psychiatrischen Behandlung unterzogen werden.

Walter Fornemann antwortet darauf nicht, sondern wartet mit den Adressen zweier Musikinternate im deutschen Süden auf, die er für »sehr geeignet hält«. Die monatlichen Kosten rechnet er ebenfalls vor und vergisst nicht zu erwähnen, dass eine Aufnahme in ein solches Internat nur nach bestandener Aufnahmeprüfung durch eine Kommission erfolgt. »Diese Prüfung hat es allerdings in sich, um ehrlich zu sein. Sie stellt also ein Hindernis dar, das man im Auge behalten sollte.«

Vater schaut mich an, als er die beiden letzten Sätze hört. Ich vermute, dass er gerade einzuschätzen versucht, ob ich diese strenge Prüfung bestehe. Was glaubt er? Hat er Vertrauen zu mir?

Er dreht den Kopf etwas zur Seite und nimmt Walter Fornemann in den Blick: »Welches Stück, sagen Sie, spielt der Junge gegenwärtig am besten?« – »Nun ja«, antwortet Fornemann und will referieren und analysieren … – als Vater der Hut hochgeht: »Welches Stück, Herr Fornemann – ohne Wenn und Aber!« – Der große Lehrer ist so erschrocken, dass er sich gleich entscheidet: »Schumanns große *C-Dur-Fantasie*!«

»In Ordnung«, sagt Vater, »ich kenne diese Komposition nicht zu Genüge. Und ich möchte den Jungen jetzt nicht bitten, uns dieses Stück vorzuspielen, dafür ist er noch nicht kräftig genug. Deshalb habe ich die Bitte, dass *Sie* uns den Anfang vorspielen. Dann haben meine Frau und ich zumindest einen Eindruck von der Schwere der Aufgabe.«

Jetzt tut Walter Fornemann so, als sollte er Unmögliches vollbringen. Er streicht sich die Haare aus der Stirn, lächelt und sagt (unglaublich leise): »Diesen Wunsch kann ich Ihnen leider nicht erfüllen.« – »Und warum nicht?«, fragt Vater. – »Warum nicht? Ganz einfach. Weil Ihr Sohn diese Komposition besser spielt, als ich sie je werde spielen können. Und weil es kein angenehmes Gefühl für einen Lehrer ist, wenn er sich vor den Augen eines Schülers als der schlechtere Interpret einer Komposition erweist und damit vielleicht sogar blamiert.«

Wir sitzen zu viert in stiller Runde. Vater gefällt Walter Fornemanns Antwort nicht, das sehe ich sofort. Er möchte jetzt die Schumann-Fantasie hören, und er hält Fornemanns Ausweichen wahrscheinlich für »Getue«. »Ach herrje«, sagt er und geht zu den Schallplattenregalen: »Dann hören wir uns das Stück eben in einer Interpretation eines der großen Pianisten an …«

Wir anderen drei bleiben weiter ruhig sitzen, spüren aber genau, dass es gerade brennt. Die Einzige, die das Feuer löschen könnte, ist Mutter. Sie sagt, dass wir uns keine Schallplattenaufnahme von Schumanns *C-Dur-Fantasie* anhören werden. Vater bleibt vor den Regalen stehen und dreht sich um: »Kannst du das Stück spielen? Willst du die Aufgabe übernehmen?« – »Nein«, antwortet Mutter, »ich kann es nicht spielen. Und der Junge wird es jetzt auch nicht spielen, auf gar keinen Fall. Wir sind hier nicht in einer Aufnahmeprüfung für ein Musikinternat, und der Junge muss sich auch nicht die einschüchternden Schallplattenaufnahmen großer Pianisten anhören. Das ist alles überflüssig und kommt nicht in Frage. Nicht in meinem Beisein.«

Die Situation ist verfahren, und wir haben Fornemanns Vorschläge schon fast wieder vergessen, so sehr sind wir mit Schumann beschäftigt. Ich habe noch gar nichts zu alldem gesagt, deshalb melde ich mich: »Ich kann Schumanns *C-Dur-Fantasie* ordentlich spielen, auf jeden Fall. Und ich werde mir Mühe geben, die Aufnahmeprüfung zu bestehen. Außerdem glaube ich, dass Herr Fornemann uns eine gute Lösung für alle Probleme präsentiert hat.« – »Heißt das, du würdest wirklich auf ein solches Internat gehen?«, fragt Vater (als wäre er schwerhörig). – »Ja«, antworte ich, »das würde ich tun. Aber wenn der Unterricht dort nichts für mich ist, komme ich sofort zurück.«

Wenige Minuten später bin ich erneut ins Bett gegangen. Noch eine Weile habe ich auf das Murmeln des Gesprächs nebenan gelauscht. Natürlich habe ich nicht die geringste Lust auf das Leben in einem Musikinternat weit im Süden, fern von den Eltern und Freunden. Andererseits will ich auf keinen Fall eine Auszeit nehmen oder mein Üben stark reduzieren. Woran denke ich denn seit einiger Zeit unentwegt? Ich denke daran, dass mein bester Freund Anton es geschafft hat, und daran, dass ich es auch schaffen werde.

Was genau hat er geschafft? Er hat es geschafft, Konzertpianist zu werden und auf den großen Konzertbühnen der Welt allein (oder mit Orchester) zu bestehen. Harmonielehre und Kontrapunkt haben ihm auf diesem Weg nicht geholfen. Und viele Bücher hat er auch nicht gelesen. Er hat geübt und gespielt – und das jeden Tag stundenlang. Auf die Idee, Kammermusik zu machen, wäre er nie gekommen. Schon über das Wort hätte er seine Witze gemacht.

Nun gut, die Kammermusik also. Ich ahne, dass ich sie ebenfalls nicht mögen werde. Diese Ahnung kommt jedoch verfrüht und ist voreilig. Ich sollte es darauf ankommen lassen.

Wenig später hat Walter Fornemann im Alleingang einen Termin für eine Aufnahmeprüfung in einem Musikinternat vereinbart. Sie wird »außer der Reihe« stattfinden, als »Reaktion auf einen Notfall«. Einem (angeblich) hochbegabten Jungen soll dringend geholfen werden, am besten »mit viel Kammermusik«.

43

Walter Fornemanns Pläne beschäftigten Vater damals sehr. Das Stichwort »Auszeit nehmen« ließ ihn nicht los, und er unterhielt sich darüber mit Herrn Bergdorf, der neben der »Physik der Musik« auch die »Psychologie des Klavierspiels« zu seinen Lieblingsthemen zählte.

Warum nahmen sich viele Pianisten urplötzlich eine »Auszeit«? Manche gingen nach dem Gewinn eines Wettbewerbs für Monate in Klausur oder suchten sich einen neuen Lehrer. Andere dehnten die »Auszeit« immer mehr aus, so dass sie jahrelang auf keiner Bühne mehr auftraten. Und wiederum andere blieben einer Bühne für immer fern und konzentrierten sich auf Schallplattenaufnahmen in Tonstudios.

Es schien sich bei der »Auszeit« um eine schwere Störung zu handeln, die ganze Karrieren durcheinanderbrachte und sogar zum endgültigen Aus führen konnte. Manchmal kündigte sie sich in der Form bestimmter »Kapriolen« an, etwa dadurch, dass ein Pianist ein Konzert zwei Stunden vor seinem Beginn absagte und die Zuhörer nach Hause geschickt werden mussten. Der Gipfel solchen Verhaltens wurde jedoch erreicht, wenn sich ein Pianist nicht einmal um eine einleuchtende Erklärung bemühte, sondern durch seinen Agenten verkünden ließ, er könne nicht spielen, weil er sich »indisponiert« fühle.

Vater brachte dafür kein Verständnis auf, ließ sich aber von Herrn Bergdorf belehren. Und so bekam er zu hören, dass ein Pianist, der allein auf einer großen Konzertbühne auftrete, eine Art »Extrem-Solist« sei. Von einem solchen Menschen werde Artistisches verlangt, das mit Zirkusartistik durchaus zu vergleichen sei. Ein Pianist, hieß es, spiele (woran man immer wieder erinnern müsse, auch wenn es selbstverständlich sei) nicht nur eine einzige Stimme, sondern mehrere, er sei ein Orchester im Kleinen, und er müsse seinen Part mit der Hilfe von zehn Fingern bewältigen, von denen jeder einzelne eine gesonderte Behandlung verlange.

Solche Fingerakrobatik sei eine Sache von Fingersatz, Hand- und Armhaltung und damit letztlich eine Frage der Technik. Ihre Beherrschung sei die Grundvoraussetzung eines Auftritts vor großem Publikum, der unweigerlich scheitere, wenn selbst die Technik noch Hürden aufgebe. »Denkt ein Pianist vor seinem Auftritt an bestimmte schwierige Passagen und die Probleme ihrer Bewältigung, ist er schon verloren. Er wird genau an diesen Stellen nicht nur Fehler machen, sondern so große Lücken in den Fluss seines Spiels reißen, dass es sich nicht mehr rundet. In den meisten Fällen führt technische Unsicherheit zu einer generellen: Das gesamte Spiel ist blockiert und hangelt sich über Stock und Stein bis zu einem herbeigesehnten Ende.«

Dass die Bewältigung der Technik ein großes Hindernis darstellte, leuchtete Vater ein. Was aber gab es darüber hinaus noch an Problemen, einmal angenommen, ein Pianist fühlte sich in technischer Hinsicht sicher? Auch diese Frage konnte Herr Bergdorf beantworten, indem er erneut den Pianisten als »Extrem-Solisten« ins Spiel brachte: »Während eines Soloabends setzt sich ein Pianist auf offener Bühne allein den Blicken des Publikums aus. Darauf darf er ebenso wenig reagieren wie auf den großen Raum, der seine eigenen Atmosphären (und im schlimmsten Fall eine schlechte Akustik) hat. Jeder Konzertsaal lebt und atmet, er kann den Pianisten umfangen, umarmen, fernhalten, isolieren, ja sogar zum Erstarren bringen. Bereits während einer Probe kann er spüren, wie es darum steht, und wenn er aufmerksam genug ist, wird er sogar wahrnehmen, welches Stück sich mit der Umgebung verbindet und welches nicht. Spielt ein Pianist an einem einzigen Abend fünf Stücke verschiedener Komponisten, kann das Urteil jedes Mal anders ausfallen. Das eine Stück blüht auf, ein anderes geht komplett unter. All das weiß ein Pianist seit den Proben, die er meist einsam absolviert hat. Er ahnt nicht nur, was ihn erwartet, sondern er kennt das Risiko genau, das er eingeht: Gegen einen Saal anspielen? Sich seinen Atmosphären anpassen? Oder stärkstes Extrem: Den Höllenritt wagen und alles auf die spontane Karte setzen?«

Vater war fasziniert, eine solche Perspektive auf »Soloabende am Klavier« kannte er noch nicht. Jetzt glaubte er zu verstehen, was die Erklärung eines Pianisten, er fühle sich »indisponiert«, bedeutete. Sie konnte die mangelnde physische Fitness eingestehen, die unbedingt notwendig war, um über eine Dauer von zwei Stunden den Kampf mit einem Flügel aufzunehmen. Sie konnte aber auch mit dem abendlichen Konzertprogramm und der Unmöglichkeit zu tun haben, ausgerechnet dieses Programm in der Konzerthalle von XY vortragen zu müssen.

»Richtig«, sagte Herr Bergdorf, »beides sind starke Komponenten, die einen Pianisten dazu bringen können, ein Konzert abzusagen. Die Erfahrungen, die er während einer Probe am Vormittag gemacht hat, können zur Absage des Konzerts am Nachmittag führen. All diesen Unwägbarkeiten kann man sich aber entziehen, indem man Kompositionen nur noch in Tonstudios einspielt. Hier bleibt nichts dem Zufall überlassen. Es gibt weder ein Publikum noch einen vielleicht verhexten Raum, und wenn man sich physisch nicht wohlfühlt, verschiebt man eine Aufnahme auf den nächsten Tag. Aufnahmen in Studios können also unter idealen Bedingungen stattfinden, und wenn hier und da etwas schiefgeht, können Passagen wiederholt oder ausgebessert werden.«

Von diesem Punkt an wurde Herr Bergdorf immer pathetischer. So war es plötzlich keine Frage mehr, dass zu einem großen Pianisten unbedingt auch »Auszeiten« gehörten, denn sie waren eine Art Beweis für seinen extremen Einsatz. Wer in einer Woche drei oder vier öffentliche Konzerte absolvierte (und das vielleicht sogar monatelang), brauchte zumindest dann und wann kurze Pausen. Das Kunststück bestand in solchen Fällen darin, wieder aus ihnen herauszufinden. Eine mögliche Hilfe konnte sein, ein anderes Programm einzustudieren, viele suchten sich auch einen neuen Lehrer. Alles, was Veränderung verhieß, war zu begrüßen, nur nicht ein Badeaufenthalt im Liegestuhl am Schwarzen Meer.

Ein Badeaufenthalt im Liegestuhl? Lächerlich, nicht wahr? Ja, darüber könne man lachen, noch mehr aber sei zum Lachen, wenn man sich Pianisten in anderen Alltagssituationen vorstellte. Ein Pianist beim Einkauf in einer Bäckerei? Ein Pianist beim Salatputzen? Ein Pianist beim Ausfüllen seiner Steuererklärung? Alles undenkbar!

Vorstellbar sei ein Pianist nur in Situationen, die ihm ein gewisses Maß an Virtuosität abverlangten: Ein Pianist beim Eislaufen! Ein Pianist beim Drachensteigenlassen! Ein Pianist beim Jonglieren! All diese Tätigkeiten seien, richtig und anspruchsvoll ausgeübt, Kunststücke. Sie würden nur bei perfekter Koordination mehrerer Körperteile unter der Direktion eines instinktiv richtig agierenden Hirns gelingen. Insofern seien sie Vorformen der pianistischen Akrobatik, die gleichsam die höchste und schwierigste Form eines Kunststücks sei.

»Extrem-Solist« sei ein Pianist also nicht nur auf der Konzertbühne, sondern auch im Alltag, ja, eigentlich in jeder Minute. Habe ein Pianist gute Freunde? Sehr selten. Sei er verheiratet? Höchstens (wie Horowitz) »extrem unglücklich«. Habe er ein normales Zuhause, mit geregelten Übungszeiten? Schon eine solche Frage sei lächerlich und verrate nichts als Unkenntnis darüber, was ein Pianist eigentlich sei.

Anders als Herr Bergdorf war Vater von diesen Perspektiven nicht nur angetan. Sie machten ihm mit einem Mal klar, auf welchem »Extremweg« ich mich befand. Wenn man mich jetzt nicht bremste, peilte ich so etwas wie einen »Achttausender« an. Er bestand aus einer Konzertbühne in einer größeren Stadt und war bis zum letzten Platz mit Besuchern gefüllt. Hatte ich ihn bestiegen und den nächtlichen Abstieg (aber wie sah der eigentlich aus?) geschafft, kam der nächste »Achttausender« dran. Mein Rucksack war das Programm, und meine Wegzehrung bestand ausschließlich aus Wasser. Alkohol würde ich niemals trinken, schon ein einziges Glas Wein am Abend nach einem Konzert könnte unübersehbare Folgen am nächsten Tag haben.

Sehr viel später hat Vater mir davon erzählt, wie er während dieser Unterhaltung mit Herrn Bergdorf plötzlich dieses Bild eines einsamen Bergsteigers vor Augen gehabt habe. »Das zu sehen, hat mich richtig traurig gestimmt, denn so ein pianistisches Bergsteigerleben kam mir nur übertrieben und sinnlos vor.« – »Und warum hast du damals nichts gesagt und mich vor einem solchen Leben gewarnt?«, habe ich gefragt. – »Ganz einfach. Weil ich das Musikinternat für keine schlechte Lösung hielt. Da kommt der Junge unter Leute, mit denen er sich versteht, habe ich gedacht. Das wird ihm Spaß machen, und es wird seine Verkrampfung lösen und ihn vielleicht sogar begeistern.«

Sehr viel später habe ich mich mit »Auszeiten«, »Krisen« oder auch nur »Kapriolen« von Pianistinnen und Pianisten intensiv beschäftigt. Eine Zeitlang bin ich zu einem richtigen Fachmann für diese Themen geworden und habe mich sogar oft auf den Weg gemacht, um mir bestimmte Etappen von Leidenszeiten genauer anzuschauen.

So war der große Arturo Benedetti Michelangeli mein Opfer. Ich fuhr zu seinen Konzerten und genoss es, wenn eine Stunde vor Beginn wieder mal mitgeteilt wurde, der Meister sei »indisponiert«. Hintenherum bekam ich heraus, dass er, während er eigentlich hätte spielen sollen, in aller Seelenruhe in einem sehr guten Restaurant saß und eine Seezunge aß. Michelangelis Konzertauftritte wurden so selten, dass kaum noch einer an einen Auftritt von ihm glaubte, und als es dann doch geschah, erkannte ich im Zuschauerraum einen zweiten pianistischen Titanen, der sich hinter einer Sonnenbrille versteckt hatte und gerade deshalb von fast allen Konzertbesuchern erkannt wurde.

Claudio Arrau dagegen war der Prototyp eines großen Pianisten, der nie ein Konzert ausfallen ließ. Das Unheimliche war, dass er immer extrem präsent, ausgeglichen und auf der Höhe der gespielten Stücke war. Daneben galt er als der Pianist mit dem größten Repertoire. Er liebte es, an mehreren Abenden hintereinander »das gesamte Klavierwerk von Bach/Beethoven/Mozart etc.« zu spielen, und zwar auf eine so perfekte Weise, dass er jedem einzelnen Stück Gerechtigkeit widerfahren ließ. Keines wie das andere! Jedes in eigener, in vielen Übungsstunden präparierter Manier!

Solche Programme machten ihn zu einem Pianisten, den ich mir in keinem Moment im Alltag vorstellen konnte. War er verheiratet? Unterrichtete er viele Schüler? Man konnte hier und da lesen, er sei »Chilene«, aber war das nicht eine Erfindung sensationshungriger Journalisten?

Pianist*innen* bekam ich damals viel seltener zu sehen als heute. Einige (wie Annie Fischer oder Clara Haskil) hatten einen legendären, sphinxischen Ruf oder galten als mysteriöse Nornen, die aus einem dunklen Urgrund der Klänge schöpften. Sie hatten etwas Hochernstes, Entrücktes, das sie noch über die ernsten Männer pianistischer Weihen (wie etwa Svjatoslav Richter oder Emil Gilels) erhob.

Es gab jedoch eine einzige, die ich immer wieder in Konzerten gesehen habe und die von ganz anderer Art war. Nach jedem ihrer Auftritte war ich davon überzeugt, dass sie nicht nur die beste Pianistin, sondern ganz und gar singulär sei. Martha Argerichs Spiel übertrug sich derart elementar, dass ich die jeweilige Komposition vom ersten Takt bis zum letzten so erlebte, als hätte ich sie noch nie gehört und als dürfte man sie niemals wieder anders spielen. Ihr Spiel ließ mich weder nachdenklich noch »innerlich« werden, es machte vielmehr nur glücklich oder sogar euphorisch. Obwohl viele Pianisten versuchten, »Entfesselung« zu demonstrieren, war sie die Einzige, die wirklich »entfesselt« spielte und »Entfesselung« bei den Hörern bewirkte.

Ihretwegen liebte ich diese Wendung: »entfesselt spielen«. In meinem Beisein durfte man sie auf keine andere Pianistin und keinen anderen Pianisten anwenden. Sie war die Einzige, der das größte und schwierigste Akrobatenstück gelang: sich aller Scheu, Scham oder Steifheit komplett zu entledigen und die Stufe der »Entfesselung« von allen physischen und psychischen Banden und Schlingen zu erreichen.

Dabei war von allen, die sie etwas näher kannten, zu erfahren, wie sie noch kurz vor einem Auftritt mit ihrer Unruhe kämpfte. Sie wollte fort, nichts wie weg, sie schrie ihren Agenten an, dass er sie zwinge, Konzerte zu geben, sie behauptete, absolut »indisponiert« zu sein – und betrat dann schließlich doch die Bühne, um mit raschen Schritten dem Flügel entgegenzustreben. Sehr kurze Verbeugung – und dann ging es los.

Irgendwann hat sie reine Solo-Auftritte aber nicht mehr ertragen und nur noch in Begleitung von Orchestern oder Kammermusikern gespielt (Schumanns Klavierquintett mit Martha Argerich – das rechtfertigte in meinen Augen alle »Kammermusik mit Klavier«!).

Und irgendwann bin ich ihr in einem Salzburger Park an einem späten Sommerabend begegnet. Sie war allein und ging spazieren. Und ich? Auch ich war allein unterwegs. Ich dachte sofort an meine Begegnung mit Glenn Gould am Ufer der Salzach. Sollte ich ihr davon erzählen?

Ich überlegte, ob ich sie ansprechen sollte, und ich war überzeugt, dass sie mich bemerkte. ›Gleich spreche ich sie an‹, dachte ich und hoffte gleichzeitig, dass sie sich fragen würde: ›Warum spricht er mich bloß nicht an?‹

Das Problem bestand darin, dass es sich um eine Alltagssituation handelte. Martha Argerich ging in einem Park spazieren? Wenige Stunden vor einem Konzert? Ich traute diesem Alltag nicht, ich kam damit nicht zurecht. Vollends verrückt wurde es aber, als ich Martha Argerich noch einige Schritte aus der Ferne begleitete, um zu erleben, dass sie an einem Bratwürstelstand Halt machte, eine Rostbratwurst bestellte und begann, sie langsam und durchaus mit Genuss zu verzehren.

›Das kann nicht Martha Argerich sein‹, dachte ich nur noch, wandte mich ab und verbrachte die Stunden bis zu ihrem Konzert zurückgezogen in meinem Hotel. Als ich sie im Konzert dann wiedersah, wusste ich vom ersten Moment an, dass sie es natürlich doch gewesen war. Eindeutig, sie war es gewesen, und ich Trottel hatte es nicht geschafft, für kurze Zeit in ihrer Nähe einen gediegenen Bratwürstelalltag zu bestehen. Und das nur, weil ich noch immer pathetischere Bilder vom Leben großer Pianistinnen und Pianisten im Kopf hatte.

44

Das Musikinternat in Süddeutschland wird von Zisterziensermönchen geleitet. Es liegt in einem großen Klosterbezirk, zu dem auch eine Klosterkirche, ein Klostergarten und ein barocker Klosterbau gehören. Beherbergt und unterrichtet werden ausschließlich Schüler (und keine Schülerinnen), die außerhalb des Unterrichts auch in der Klosterküche und dem Garten zum Einsatz kommen. Sie schlafen nicht in kleineren Räumen, sondern in großen Schlafsälen und sind den ganzen Tag über in wechselnden Gruppen zusammen.

Alle paar Tage beginnt der Unterricht mit einem Frühgottesdienst, dann kommen die üblichen Fächer (Mathematik, Geschichte etc.) dran, bis die Musik die Oberherrschaft gewinnt. Einzelunterricht durch einen erfahrenen Pianisten gibt es regelmäßig, daneben spielen die Schüler zu zweit oder in größerer Runde Kammermusik. Der Theorieunterricht spielt keine große Rolle, und für die Lektüre von anspruchsvollen Büchern über Komponisten oder musikalische Epochen bleibt keine Zeit.

Ich bestehe die gefürchtete Aufnahmeprüfung mühelos, Schumanns *C-Dur-Fantasie* beeindruckt die Prüfungskommission sogar so stark, dass man sich fragt, ob der Besuch eines Internats das Richtige für mich sei. Wäre es nicht besser, mich gleich in die Obhut eines bekannten Pianisten zu geben? Und könnten solche Meisterstunden nicht die ideale Vorbereitung auf die ersten Konzerte in großen Städten und auf großen Bühnen sein, für die ich anscheinend doch längst geeignet bin?

Beim Abschlussgespräch mit der Kommission darf ich selbst nicht mehr anwesend sein, die Eltern dagegen sind zugelassen, auf ihr Urteil kommt es letztlich auch an. Beide haben Walter Fornemanns Empfehlungen verinnerlicht und bis in das letzte Glied der Argumente auf Lager. Vater glänzt durch seine Kenntnisse über pianistische »Auszeiten« und »Krisen«, die er in den Unterhaltungen mit Herrn Bergdorf erworben hat. Alles läuft dementsprechend nicht darauf hinaus, mich für Auftritte auf großen Bühnen vorzubereiten, sondern darauf, mich mit anderen jungen Musikern zusammenzubringen. Ich soll »wieder Boden unter den Füßen gewinnen«, ich soll mich »neu orientieren«, ich soll »das Leben wieder spüren«.

Genau diese Formulierungen benutzt der Abt des Klosters, als er mich freudestrahlend als neuen Schüler begrüßt. Er verspricht mir einen ausgezeichneten Lehrer für den Einzelunterricht, und er hat bereits genau jene Schüler im Auge, mit denen ich mich der »Kammermusik« widmen soll. So gibt es zum Beispiel einen hervorragenden jungen Cellisten, mit dem ich die Cello-Sonaten von Beethoven einüben könnte, und es gibt einen mindestens ebenso genialen jungen Flötisten, den ich bei den Flötenkonzerten von Quantz oder Telemann begleiten werde. »Exzellente Begleitung« ist schließlich auch bei Kompositionen für Gesangsstimme und Klavier erwünscht, hier locken die Lieder von Zelter und Zumsteeg (von denen ich noch nie gehört oder gelesen habe).

Ich tue nicht gerade begeistert, sondern gebe mich bescheiden, denn ich vermute von der ersten Minute an, dass ich fehl am Platz sein könnte. Ich behalte aber im Blick, dass ich mit dem Plan, ein solches Internat zu besuchen, einverstanden war und ihn selbst als die beste Lösung für alle Probleme bezeichnet habe. Dabei hat nicht zuletzt eine Rolle gespielt, dass ich im Internat vom täglichen Umgang mit den Eltern befreit bin. Seit meiner Geburt habe ich eng mit ihnen zusammengelebt, da ist es wohl an der Zeit, einen zumindest kleinen Schritt in die Unabhängigkeit zu wagen. Oder etwa nicht?!

Ich soll also »das Leben wieder spüren«. Nun gut, ich versuche es, indem ich mir darunter vor allem Tätigkeiten im Klostergarten und in der Klosterküche vorstelle. Bei den anderen Schülern sind sie keineswegs beliebt, ich dagegen melde mich freiwillig und verbringe in der ersten Zeit viele Stunden im Freien. Ich jäte Unkraut in den Gemüsebeeten, ich lerne den richtigen Baumschnitt, ich mähe den Rasen, und ich pflanze Blumen, je nach Jahreszeit. Auch in der großen Küche bin ich aktiv und reihe mich in die junge Mannschaft ein, die Gemüse für die Suppen schneidet, Fleischstücke in schmale Streifen zerlegt oder Salatblätter für einen großen Salat zurechtzupft. ›So etwas‹, denke ich, ›ist ein Dienst am Leben und wird mir guttun. Endlich bekomme ich einmal etwas anderes zu sehen als Klaviertasten und Noten.‹

Eine besondere Auszeichnung erwartet mich in Form des Orgelunterrichts. Einer der Patres bringt mir die Grundkenntnisse bei. Da er selbst natürlich ebenfalls im Kloster wohnt, erhalte ich alle zwei Tage mindestens eine Stunde Unterricht und mache rasche Fortschritte. Gleichzeitig wird mir empfohlen, auf dem Klavier vorerst nur Musik bis zur Klassik (einschließlich) zu spielen. Bach und Händel auf der Orgel – und Schumann auf dem Klavier, das passe nicht zusammen, ja, die Stücke stünden sich sogar im Weg. Laufe alles schief, könne es dazu führen, dass ich Bach und Händel romantisierend und Schumann wiederum allzu neutral spielen würde. Also bitte: saubere Trennung der Epochen!

Auch das leuchtet mir ein, und ich zähle es zur Rubrik »sich neu orientieren«. Bach habe ich schon immer sehr gern gespielt, bisher aber nur auf dem Klavier. Und Schumann werde ich mir (wieder einverstanden!) für bestimmte Zeit versagen.

Und so spiele ich die *C-Dur-Fantasie* wie zu einem Abschied, als ich zum ersten Mal Einzelunterricht durch den eigens dafür angereisten Lehrer erhalte. Er sitzt neben mir, als ich das Stück spiele, steht jedoch währenddessen auf und geht am Ende an der hinteren Wand des Raums herum. Als ich fertig bin, bläst er plötzlich Luft durch die gespitzten Lippen und sagt: »Na, das war aber was!« – »Das war was?«, will ich fragen, aber er wiederholt nur: »Na, das war aber was!«

Vor lauter Verblüffung ist er auf Abstand zu mir gegangen und erklärt mir, dass er meine Interpretation nicht weiter kommentieren oder analysieren möchte. »Das lassen wir mal so bestehen, wie es jetzt ist.« – Ja was nun?! Ist es gut, sehr gut, hervorragend, oder ist es miserabel? Ich bin noch zu scheu, um ihn das zu fragen und nicke stattdessen nur. In Ordnung, lassen wir die *C-Dur-Fantasie* ruhen und widmen wir uns anderen Sphären, wie zum Beispiel den *Inventionen* von Bach und den *Klaviersonaten* von Mozart.

Mit den anderen Mitschülern komme ich vorerst einigermaßen zurecht. Ich schließe zwar keine Freundschaften, bin aber in gewissen Gruppen (wie etwa der Küchenmannschaft) »gern gesehen«. Ich falle nicht auf und streite nicht, ich führe nirgends das große Wort, sondern bin »einfach dabei«. Viele der anderen haben allerdings Geschwister und dadurch in den Jahren zuvor Erfahrungen im Umgang mit Menschen gesammelt, mit denen man Tag und Nacht zusammen ist und vielleicht sogar im selben Raum schläft.

Ich dagegen habe mit der dauernden Präsenz anderer meine Mühe. Schon beim Aufstehen Scharen von Mitschülern um mich herum zu haben und auf Gesten und Sätze einzugehen, fällt mir schwer. Ich zeige das aber nicht, sondern rede mir ein, dass ich »viel zu empfindlich« bin und diese Empfindlichkeit schnellstens »ablegen« muss.

Überhaupt gehe ich in vielen Situationen, die ich als lästig, beschwerlich oder sogar bedrückend erlebe, mit mir ins Gericht. »Das Internat« ist eine »Anstalt«, die aus mir einen anderen Menschen machen will – das habe ich vom ersten Moment an verstanden. Und so unterziehe ich mich der Selbstkritik, werfe mir »zögerliches Verhalten« vor und verbiete mir strengstens, an zu Hause zu denken.

Erst allmählich gerät dieser mir selbst auferlegte Stoizismus ins Wanken, und ich mache mir heimlich Notizen über all jene Momente, die ich als störend empfinde. Schließlich geht es bis zum Verdacht, die neue Erziehung laufe letztlich auf eine Umpolung hinaus. »Ich soll umgepolt werden«, schreibe ich in meine Notizbücher und bin von dieser strengen Wortwahl berauscht. »Das Internat ist ein System der Unterdrückung aller starken Leidenschaften, die ich zuvor noch hatte. Es macht aus seinen Schülern langweilige Orchestermusiker oder Orgelpfeifen, einen großen Pianisten hat es in all seinen Jahren noch nie hervorgebracht.«

Die Direktheit und vor allem die Schärfe solcher Sätze gefallen mir. Immer mehr empfinde ich mich als bedingungslosen »Kritiker des Systems«, der sich nach außen hin allerdings nicht zu erkennen gibt. Im Umgang mit meinen Mitschülern bleibe ich weiter freundlich und hilfsbereit, sage kein böses Wort und pfeife muntere Melodien vor mich hin, während ich in der Küche einen großen Broccoli nach dem andern in seine Bestandteile zerlege.

Was die Musik betrifft, so kämpfe ich mit zwei Problemen. Zum einen weiß ich schon bald, dass die Orgel kein Instrument für mich ist. Ich mag weder ihre Größe noch ihren Klang, noch die Einbettung ihres Spiels in den Gottesdienst. Einerseits hat sie etwas Monumentales und Auftrumpfendes, andererseits etwas Dienendes und Zurückhaltendes – beide Extreme gefallen mir nicht.

Hinzu kommt, dass ich fest glaube, durch die Orgel vom Spiel auf dem Flügel oder Klavier abgelenkt und in eine falsche Richtung geschoben zu werden. »Die Patres wollen aus mir einen Kirchenmusiker machen«, notiere ich, »das aber kommt auf keinen Fall in Frage. Ich spiele gerne ›zum Lobe Gottes‹, das aber im Stillen, für mich. Wenn man so etwas jedoch offen ausspricht oder sogar verkündet, sind die ganze Freude und das Geheimnisvolle dahin.«

Je länger ich über die Doppelexistenz von Organist und Pianist nachdenke, umso deutlicher markiere ich die Unterschiede: »Hat es je einen guten Pianisten gegeben, der zugleich auch ein guter Organist war? Und hat es das umgekehrt jemals gegeben? Das Spiel des Pianisten lebt vom subtilen Anschlag und den damit verbundenen Nuancen. Das Spiel auf der Orgel dagegen kennt so etwas nicht. Hier geht es letztlich um die Übertrumpfung des pianistischen Spiels mit zehn Fingern. Indem auch noch die Füße hinzukommen, wird das Orgelspiel größenwahnsinnig. Es kopiert nicht nur ein Orchester und imitiert seine Instrumente, sondern es will noch mehr sein als das: ein Meta-Orchester unendlich vieler Stimmen – und damit das ideale und einzige Begleitinstrument Gottes.«

Das zweite Problem ist (wie ich geahnt hatte) »die Kammermusik«. Mit dem Zusammenspiel oder gar mit der Begleitung eines anderen Musikers komme ich von Anfang an nicht zurecht. Ich frage mich, wie ich mich verhalten, ob ich abtauchen, die Führung übernehmen oder etwa gar nichts tun soll. Schon die bloße Anwesenheit eines Mitspielers irritiert mich, lenkt mich ab und bringt mich durcheinander. Klavierspiel war seit ewigen Zeiten für mich einsames Üben und Spielen, »Kammermusik« dagegen ist eine Art von »Gespräch« und damit (im besten Sinn) eine kunstvolle Unterhaltung, bei der ich nicht weiß, welche Rolle ich zu übernehmen habe.

Mühe gebe ich mir, scheitere aber oft an den einfachsten Dingen. So schaue ich dem Flötisten dabei zu, wie er seine Querflöte auspackt und einspielt. Es ist ein hochgradig ehrgeiziger Junge in meinem Alter, der bereits die halbe Flötenliteratur seit dem Barockzeitalter beherrscht. Natürlich gibt er den Ton an und erklärt mir, wie ich zu spielen und ihn »zu begleiten« habe. »Hör mal ...«, sagt er immer wieder und unterbricht unser Zusammenspiel willkürlich, so dass ich innerlich aufbegehre. Dann spielt er mir solo einige Takte vor, um zu erreichen, dass sich die angebliche Eleganz seines Spiels auf meine Begleitung überträgt. »Hörst du?«, fragt er dann nach und bittet mich darum, nun auch meinen Part solo zu spielen. »Ein bisschen mehr *forte* und etwas zügiger«, korrigiert er und bläst mir noch einmal vor, wie er es gespielt haben möchte.

Letztlich spielt er also den Lehrer, der alles in der Hand hat und dessen Anweisungen ich mich zu unterwerfen habe. Dabei ist sein Spiel viel zu langsam und zu betulich. Telemann ist, zu langsam gespielt, Ton für Ton eine Qual. Und Flötenkonzerte von Quantz waren zu Zeiten ihrer Entstehung wahrscheinlich nur als Hintergrundmusik in großen fürstlichen Sälen zu ertragen.

Nicht viel anders ergeht es mir beim Zusammenspiel mit dem älteren Cellisten, der bereits einen stattlichen Bart trägt. Er verehrt, wie er mir umständlich erklärt, Johannes Brahms (und hat sich ihm zu Ehren auch den Bart wachsen lassen). In seinen Augen sind die Cellosonaten von Brahms die unumstrittenen Höhepunkte der kammermusikalischen Cello-Literatur. Leider dürfen wir sie nicht spielen, sondern sollen uns mit Beethoven begnügen. »Beethoven verstand nicht viel vom Cello«, behauptet mein Mitspieler, »das belegt ja schon die Tatsache, dass er nie ein Cellokonzert geschrieben hat.« – »Warum hat Brahms denn keines geschrieben?«, frage ich mutig und erhalte die Antwort: »Hör dir seine Klavierkonzerte an und achte einmal darauf, wie in ihnen das Cello zum Einsatz kommt. Himmlisch!«

Der Flötist steht während des Spiels kerzengerade und schaut auf mich herab. Der Cellist sitzt auf gleicher Höhe direkt neben mir und blickt mir von der Seite scharf auf die Finger. Während der ersten Takte biegt er den Oberkörper weit nach hinten, setzt mit dem Bogen hart auf, lässt es krachen und schielt nach einer Weile wieder zu mir herüber.

Jeden Blick bekomme ich mit, er schießt mir entgegen, als wollte er mich packen und zu fassen bekommen. Dabei ist mein Part durchaus virtuos und sogar dominant. Das Cello darf seufzen, klagen und brummen, den Hauptpart aber spielt das Klavier. Es darf sich austoben, während das Cello sein Spiel unterfüttert, ansaugt und abstößt und dadurch wie eine zweite Stimme wirkt, der kein freier Auslauf gewährt wird.

Nach einer Weile gelte ich als »schwierig«. Es heißt, ich komme meinen Partnern beim Spiel »nicht entgegen« und spiele, »als wäre ich allein auf der Welt«. Die Begleitung eines Sängers wird sogar schon nach der zweiten Probe abgebrochen, weil ich »kein Ohr für die Feinheiten einer Stimme« besitze. Ist das so?! Habe ich das wirklich nicht?!

Zugeben kann ich, dass ich keine Lust auf Kammermusik habe. Für mich ist sie »nichts Halbes, nichts Ganzes«. Immerzu auf jemand anderen zu lauschen, macht nervös, lenkt ab und hinterlässt am Ende das Gefühl, nicht richtig zum Zuge gekommen zu sein. Als habe man sich laufend gebremst, auf Seitenstraßen verirrt oder das Ziel nicht mehr gefunden. Es mag große Pianisten geben, die »Kammermusik« auf den ersten Blick mit Freude und Anteilnahme betreiben. Wenn sie jedoch davon sprechen, entlarven sie sich meist. Sie wollen sich unerkannt einschmeicheln und ihr Herrschaftsterrain heimlich ausdehnen, indem sie harmlose Orchestermusiker umerziehen und ihrem Spiel anpassen. »Kammermusik ist letztlich Klaviermusik zu dem Zweck, andere Instrumente an das Klavier zu gewöhnen«, notiere ich in mein Notizbuch und fühle mich wie ein aufständischer Revolutionär, der an den Fundamenten althergebrachter Musik rüttelt.

Leider kann ich mit niemandem über all meine Vorbehalte und »Kritik am System« reden. Alle paar Wochen fahre ich für ein paar Tage nach Hause und darf dort Walter Fornemann vorspielen. Er bekommt Kompositionen von Corelli, Purcell oder Rameau zu hören – und sagt dazu nichts. Längere Gespräche über den Unterricht im Internat führen wir auch nicht. Stattdessen vertiefen wir uns in die von uns beiden geliebten Gesetze von Harmonielehre und Kontrapunkt und streiten darüber, wie wir eine Liedmelodie »tonal unbestimmt« erhalten, indem wir auf »orientalische Tonleitern« zurückgreifen.

Die Eltern sprechen das Thema »Internat« ebenfalls nicht länger an. Sie glauben fest, dass ich gut zurecht- und vorankomme, außerdem sind sie mit ihren eigenen Sorgen beschäftigt. Ein größerer Umzug steht bevor, sie möchten (wie lange geplant) auf dem Land in ihrem Ferienhaus wohnen, und sie haben mein großes Ziel, einmal Konzertpianist zu werden, um es deutlich (und bitter) zu sagen, »nicht mehr täglich vor Augen«.

Ausschlaggebend für meinen unerwarteten Abschied vom Internat war dann schließlich eine Begegnung mit meinem alten Freund Anton. Wir treffen uns an einem Wochenende in Köln, und er gibt sogar ein Konzert. Ich darf erleben, wie er Robert Schumanns *Klavierkonzert in a-moll* in einem ungeheuren, später in der Presse gefeierten Tempo spielt und den gehetzten Dirigenten wie eine hilflose Begleitfigur erscheinen lässt.

Danach sitzen wir beide fast die ganze Nacht zusammen und erzählen einander, was wir erlebt haben. Ich lese Passagen aus meinen Notizbüchern vor, und Anton hat die reine Freude an meinen Bosheiten und den mit scharfen Akzenten gespickten Formulierungen. Zum ersten Mal hört mir jemand genau und geduldig zu, wie ich »das System Internat« attackiere und in seine Bestandteile zerlege. Und zum ersten Mal spricht jemand aus, was ich schon lange Zeit denke: »Du musst da weg. Und zwar sofort.«

Das sagt sich so leicht, aber ich weiß nicht, wie ich das anstellen soll. Anton lacht mich aus: »Wie geht man weg?! Indem man abhaut, du Esel!« Ich soll »abhauen«, »verschwinden«? Einfach so? Genau das soll ich tun. »Dir fällt es ja immer schwer, mit anderen offen über deine Probleme zu sprechen. Du schreibst stattdessen alles bis ins letzte Detail auf. Auch gut, aber in diesem Fall letztlich keine Lösung. Du solltest deutlich zu erkennen geben, dass du dich verabschieden möchtest. Und wie machst du das am besten? Indem du dich für ein paar Tage entziehst und hinterher, wenn sie dich geschnappt haben, offen sagst, dass du die Freiheit gesucht hast und sie nicht mehr entbehren möchtest. So, mein Lieber, solltest du handeln: entschieden und abenteuerlich, wie ein zweiter Lord Byron.«

Wie Lord Byron? Im Ernst?! Ich weiß nichts über ihn, gebe es aber nicht zu. In den Wochen vor meinem Verschwinden informiere ich mich gründlich. Und so verstehe ich den genialen Vorschlag meines Freundes Anton erst richtig. Das »System Internat« hat mich in ein Niemandsland der Musik geführt, in dem ich anspruchslose Stücke übe, Choräle auf der Orgel intoniere und kammermusikalisch auf schiefe Bahnen gerate. Ich passe nicht hinein und muss wieder mal von vorne anfangen.

Noch eine letzte Chance habe ich, wie Anton mir erklärt hat: Ich muss eine Meisterin oder einen Meister finden, der mich allein unterrichtet. Anton geht bereits auf die Suche. Er will mich Schumanns *Klavierkonzert in a-moll* spielen hören, und er sagt: »Ich weiß genau, dass du dafür geboren wurdest, genau dieses Stück zu spielen. Nicht für dich, sondern für uns alle. Letztlich für die ganze Menschheit.«

Natürlich bleibe ich skeptisch und schreibe in mein Notizbuch: »Anton spricht seit neuestem, als wäre er der wiedererstandene Friedrich Schiller. Sogar das Wort ›Menschheit‹ spricht er so selbstverständlich aus, als hätte er mit dem Dichter eine Nacht lang Wein getrunken, während Beethoven am Klavier dazu ein paar Menschheitslieder komponiert hat.«

Dann aber mache ich Ernst und bereite meinen Ausstieg vor. »Schon bald kehre ich nicht mehr in die Kaserne zurück«, rede ich mir tagelang ein. Und dann tue ich es während eines Schulausflugs wirklich. Der Abenteurer Lord Byron flieht in die nahen Wälder und hält sich verborgen, während Friedrich Schiller zu seiner Flucht Gedichtzeilen erfindet und Beethoven ausgerechnet einem Cello als erstem Instrument des Orchesters die Melodie einer *Ode an die Freude* im Rahmen einer großen Symphonie zu intonieren erlaubt ...

45

Noch heute bin ich stolz darauf, dass ich damals einfach aus dem Internat abgehauen bin. Ich versteckte mich einige Zeit in den nahen Wäldern und erklärte später, dass ich mich verlaufen habe. Natürlich hatte ich das nicht, und natürlich glaubte Vater mir kein Wort. Ich sollte mich verlaufen haben, ich, der ich mit ihm seit den frühesten Kinderjahren zu Fuß unterwegs gewesen war und dabei alle Tricks der Wegorientierung kennengelernt hatte? Hinter meinem angeblichen Verlaufen musste etwas anderes stecken, und als Vater mich danach fragte, gestand ich ihm sofort, dass ich nicht länger im Internat bleiben, sondern so schnell wie möglich zurück nach Hause wollte.

In einem Krisengespräch mit dem Abt wurde meine Situation besprochen. Ich hatte erhebliche Fortschritte im Orgelspiel gemacht, und ich begann gerade, mein Repertoire durch die Kammermusik zu erweitern. Querflöte und Cello seien jedoch keine von mir besonders geschätzten Instrumente, weswegen man es in der Zukunft einmal mit Violine und Bratsche versuchen sollte. Was den Einzelunterricht betreffe, müsse man ebenfalls eine neue Lösung finden, denn hier habe sich herausgestellt, dass die Zusammenarbeit mit meinem Lehrer noch nicht zu einer starken Weiterentwicklung meiner pianistischen Fähigkeiten geführt habe.

Die Analyse des Abtes stimmte genau, ganz ähnlich hätte ich meine Selbsteinschätzung beschrieben. Sie gefiel mir auch deshalb, weil ich mit eigenen Argumenten kontern und alles dorthin lenken konnte, wohin ich es gerne gelenkt sehen wollte. Und so sagte ich ruhig, aber bestimmt, dass ich das Orgelspiel als Ablenkung vom Klavierspiel betrachtete und mit dem parallelen Üben beider Instrumente ebenso wenig zurechtkäme wie mit dem Begleiten von Querflöte oder Cello. Letztlich sei ich auf das Internat gekommen, um im pianistischen Genre rasche Fortschritte zu machen. Genau in dieser Richtung sei jedoch alles ins Stocken geraten, so dass ich schlechter spielte als bei meinem Eintritt ins Internat.

»Wenn du das so siehst, solltest du unsere Schule verlassen«, sagte der Abt (und machte ein betroffenes Gesicht). – »Ich sehe es so«, antwortete ich, »und deshalb möchte ich mich nun auch verabschieden.« – »Ist das dein Ernst?«, fragte der Abt nach und tat überrascht und erstaunt. – »Ja«, antwortete Vater für mich, »Sie können ihm glauben, das ist sein Ernst.«

Wenige Tage später war ich wieder zu Hause und fühlte mich so frei und stark wie noch nie. Jetzt kam es darauf an, die Weichen endgültig zu stellen. Das aber musste ich unbedingt selbst in die Hand nehmen. Weder Herr Fornemann noch Herr Bergdorf, noch andere freundliche »Berater« sollten zu Wort kommen. Nur einem einzigen anderen Menschen traute ich zu, mir wirklich helfen zu können.

Als ich mit Anton telefonierte und ihm erzählte, dass ich seinem Rat gefolgt und »abgehauen« sei, hörte ich ihn triumphierend lachen. Er beglückwünschte mich, ja, er freute sich so sehr über meinen Entschluss, dass er sein baldiges Kommen ankündigte. »Dann packen wir beide die Sache zusammen an«, sagte er, und ich stimmte zu, obwohl ich überhaupt nicht ahnte, was er meinte und mit mir vorhatte.

Er übernachtete bei uns und machte auf die Eltern einen geradezu überwältigenden Eindruck. Man musste ihn nicht bitten, sich an unser altes Seiler-Klavier zu setzen, nein, er tat es sofort von selbst und spielte (als hätte ich ihn vorher informiert) Stücke von Chopin und Liszt. Noch nie hatte ein Mensch so auf unserem betagten Instrument gespielt, es hörte sich an, als gäbe jemand einen Konzertabend, zu dem das ganze Haus eingeladen war. Und wirklich – schon bald hörten wir das Getuschel der Nachbarn im Treppenhaus. Sie vermuteten, dass ich es war, der plötzlich so perfekt und konzertreif spielte, und sie gaben später zu, sie hätten sich Sorgen gemacht, ich werde nach meiner Rückkehr aus dem Internat nun jeden Tag viele Stunden lautstark am Klavier verbringen.

Mutter war am meisten begeistert, und sie war es auch, die genau witterte, warum Anton erschienen war. Anfänglich hielt sie sich noch mit Kommentaren zurück und wartete ab, was passierte. Anton wünschte, dass ich mit ihm vierhändig spielte, und so spielten wir zusammen Schuberts *Fantasie in f-moll*. Spätestens danach war Mutter nicht mehr zu halten. Sie sah mich endgültig auf dem Weg zum Konzertpianisten, und sie gab all ihre früheren Widerstände auf und sagte nur noch: »Eigentlich hast du das ja schon immer gewollt, vielleicht schon als Kind, vielleicht schon, als du neben mir gesessen und stundenlang Czerny geübt hast.«

»Alles schön und gut«, sagte Vater, der noch etwas skeptisch war, »was aber folgt daraus konkret? Was sollen wir tun? Kann mir das vielleicht mal jemand sagen?«

Vater kannte Anton nicht gut genug und ahnte nicht, was kommen würde. Und so legte Anton los und skizzierte, wie er sich alles Weitere vorstellte. Unterrichten solle mich in Zukunft Frau Beatrice Schaller, die eine Meisterschülerin des Großpianisten A sei. Sie unterrichte am Konservatorium und in der Musikhochschule und habe auch ihn, Anton, einige Zeit unterrichtet. Mit Hilfe von Frau Schaller werde ich es bald zur Konzertreife bringen und in Solo-Konzerten auftreten, außerdem werde sie den Kontakt zu ihrem Lehrer, dem Großpianisten A, herstellen und mich in Meisterkurse bei diesem Meister der Meister weitervermitteln. Den Unterricht bei Walter Fornemann solle ich einstellen, Theoriestunden hätte ich vorerst genug erhalten.

Viel wichtiger sei, dass mir ein guter Raum für das tägliche Üben zur Verfügung stehe. Keine winzige Übungskammer, wie es sie in der Hochschule gebe, sondern ein großer, anständiger Übungsraum, der nicht mit einem Klavier, sondern mit einem Leihflügel bestückt sei. »Womit bestückt?«, fragte Vater und tat irritiert. – »Mit einem geliehenen Flügel, einem *Steinway*«, sagte Anton. – »Und wer soll uns den leihen?«, setzte Vater nach. – »Ich habe mich bereits darum gekümmert, lassen Sie das meine Sorge sein.« – »Grandios!«, sagte Vater, »dann fehlt wohl nur noch der großzügig eingerichtete Übungsraum, habe ich recht?« – »Keineswegs«, erwiderte Anton, »der große Übungsraum befindet sich im Keller dieses Hauses. Ich habe mit dem Besitzer telefoniert. Das Haus hat, wie Sie wissen, eine der größten, privaten Kelleranlagen der ganzen Stadt. In den Kriegszeiten war es wohl ein Luftschutzbunker für das halbe Viertel, so hat es mir jedenfalls der Besitzer erklärt.«

Vater war einen Moment sprachlos und tat, als müsste er sich erst langsam erinnern. Es stimmte, das Haus besaß eine sehr große Kelleranlage, dort wurden Unmengen von Getränken zur Kühlung gespeichert und in den heißeren Monaten auf Lastwagen verladen. »Lassen Sie uns mal in die Tiefe steigen«, sagte Anton, »wir dürfen uns einen leeren Raum aussuchen, in dem wir den Flügel unterbringen werden. Haben Sie den Schlüssel parat?«

Ja, Vater hatte ihn natürlich parat, und so gingen wir alle zusammen hinab in den Keller und wanderten mit einer Taschenlampe durch die hohen Räume und Verliese. Die Wände waren aus schwerem Mauerwerk, das Ganze ähnelte römischen Katakomben. »Wir suchen einen etwas abgelegenen Raum, fern vom Schuss, der sich abschließen lässt und gut zu belüften ist. Wenn wir ihn finden, bestellen wir Handwerker, um ihn etwas herzurichten. Und wenn er hergerichtet ist, wird der *Steinway* geliefert. Und sobald der *Steinway* geliefert ist, kann in diesem Keller nachmittags, abends und selbst nachts geübt werden, ohne dass irgendjemand in diesem großen Haus gestört wird.«

Noch während ich im Internat gewesen war, hatte Anton sich um all diese Dinge gekümmert. Er hatte im früheren Klavierladen seines Vaters nach einem geeigneten Leihflügel Ausschau gehalten, und er hatte sich an den Keller unseres Hauses erinnert, den wir vor langer Zeit einmal durchstreift hatten und in dem wir herumgetobt waren. Auch mit Frau Schaller hatte er längst Kontakt aufgenommen und mich als ihren zukünftigen Schüler empfohlen.

Das alles hatte er aber ohne mein Wissen getan und bisher zu niemandem ein Wort darüber verloren. Er hatte sich nicht in mein Leben einmischen und mir keine wichtigen Entscheidungen abnehmen wollen. Stattdessen hatte er darauf gewartet, dass ich die Initiative selbst in die Hand nehmen und mich endgültig für die pianistische Laufbahn entscheiden würde. Mit allen Konsequenzen wie zum Beispiel denen, meine Ernährung auf das tägliche Üben abzustimmen, täglich einige Runden in der Umgebung zu laufen und gymnastische Übungen nach einem Programm, das mir Frau Schaller mit auf den Weg geben würde, mit in mein Trainingsprogramm aufzunehmen.

»Du hast es so gewollt«, sagte er zu mir, als wir wieder allein waren, »jetzt musst du auch dazu stehen. Es wird in deinem Leben nichts anderes mehr geben als das Klavier, stundenlang, Tag für Tag.«

Heute bin ich noch immer darüber erstaunt, wie glücklich ich war, als ich diese Worte damals zu hören bekam. Ich fühlte mich befreit von allem Hin und Her und ein für alle Mal fokussiert auf jene Tätigkeit, der ich mein Leben im Grunde schon seit Jahren hatte widmen wollen. Durch wie viele Stadien des Übens und Spielens war ich gegangen! Und wie viele unterschiedliche Methoden und Programme hatte ich über mich ergehen lassen! Und doch war ich hartnäckig bei der Sache geblieben und hatte versucht, das Ziel fest im Auge zu behalten.

Es bestand aus einer leeren Bühne, auf der ein großer, schwarzer Flügel mit weit aufgesperrtem Rachen nur auf mich wartete. Ein Klavierstimmer hatte ihn ein letztes Mal präpariert, so dass er etwas Gestähltes, perfekt Temperiertes ausstrahlte. Ich würde vor ihm Platz nehmen und ihn kurz mustern, dann würde ich loslegen, und wir würden zusammen durch den hohen Saal fliegen, an den Emporen und Rängen entlang, bis der donnernde Applaus uns wieder auf die Bühnenbretter zurückholen würde.

Antons Ankunft in unserer Wohnung war daher eines der wichtigsten Ereignisse in meinem bisherigen Leben. Meine Kindheit und große Teile meiner Jugend waren vorbei, aber ich hatte das Glück, mir in diesen Zeiten ein fernes Ziel bewahrt zu haben. Das nahm mir die Lasten langer Überlegungen darüber, was aus mir einmal werden sollte, ab. Die zurückliegende Geschichte meines Lebens war trotz mancher Umwege und Sackgassen auf eine einzige, endgültige Entscheidung hinausgelaufen. Dass ich auch scheitern könnte, hielt ich in keinem Moment für möglich. Bis zum Umfallen wollte ich üben, und wenn mir das gelänge, würde ich (da war ich ganz sicher) bald zu den besten jungen Pianisten des Landes gehören. Nicht ganz so gut wie Anton, aber doch in etwa so gut, nahe an ihm dran, vielleicht sogar ein Partner für große vierhändige Auftritte bei Wettbewerben!

Ich glaube heute, dass auch die Eltern über meine Entscheidung erleichtert waren. Sie hatten mir alle Freiheiten gelassen und mich niemals gedrängt, jetzt aber waren sie froh, dass ich die nächsten Schritte mit so großer Entschlossenheit in Angriff nahm. Das Hilfsangebot, das sie mir machten, teilten sie unter sich auf: Mutter wollte mit mir in die Musikhochschule gehen, um die Bekanntschaft von Frau Beatrice Schaller zu machen, und Vater kümmerte sich um den Kellerraum, maß ihn aus und verhandelte mit den Handwerkern.

Daneben räumten wir unsere Wohnung zusammen auf, befreiten mein Zimmer von allen überflüssigen Dingen (alter Kleidung, nicht mehr benutzten Schulbüchern etc.) und ordneten Vaters große Schallplattensammlung alphabetisch nach den Namen von Komponisten. Besaßen wir auch die Noten der gespielten Stücke, ordneten wir sie den Platten zu. Die Aufnahmen der *Archiv Produktion* sortierten wir aus und brachten sie in anderen Regalen unter.

Die Platten und die umfangreiche Musikbibliothek – sie hatten unsere Wohnung in Beschlag genommen, so dass manche Besucher unser Wohnzimmer für eine Art Studio hielten. Mein Klavierspiel hatte die ganze Familie zu Musikbesessenen gemacht, jedes Mitglied auf seine Art, selbst Mutter hatte nicht aufgehört, täglich zumindest für eine halbe Stunde Stücke von Schumann, Chopin oder Liszt zu spielen. Wäre ich irgendwann abgesprungen und hätte mich für andere Dinge interessiert, hätte sie damit wohl aufgehört – das behauptete sie jedenfalls später einmal. Damals aber, nach Antons Auftritt in unserem Kreis, nahm die positive und optimistische Stimmung, die unsere ganze Familie erfasst hatte, auch sie noch einmal auf besondere Weise in Beschlag. Die Begegnung mit Anton brachte den ersten Schub in diese Richtung mit sich, das erste Treffen mit Frau Beatrice Schaller übertraf das alles aber noch einmal erheblich.

Ich habe den kleinen Film genau vor Augen, der sich in diesen wichtigen Tagen in der Musikhochschule abspielte. Ich sehe Mutter in einem dunklen Mantel rechts neben mir gehen, und ich erkenne Vaters Aktentasche, die ich mit Noten vollgestopft hatte und in der linken Hand trug.

Wir meldeten uns im Foyer an, wir hatten »einen Termin«, und wir wurden in den ersten Stock geschickt, wo Frau Schaller angeblich auf uns wartete. Als wir uns ihrem Zimmer näherten, hörten wir sie bereits, sie spielte Chopin, und Mutter blieb stehen und flüsterte, dass Frau Schaller die *Etüde in As-Dur* von Frédéric Chopin spiele.

Mutter hatte diese Etüde unzählige Male gespielt, sie war eines ihrer Lieblingsstücke, und so blieben wir stehen und hörten zu, bis Frau Schaller die Komposition zu Ende gespielt hatte. Sie machte danach aber keine Pause, sondern begann sofort mit dem nächsten Stück. Wir wollten nun nicht mehr warten und klopften an die Tür. Frau Schaller bat uns in den Raum und nahm Mutter den Mantel ab. Mutter war mehr denn je plötzlich verlegen und errötete, und sie stellte sich auch nicht vor, sondern sagte nur, dass ihr Frau Schallers Spiel sehr gefallen habe. Die *Etüde in As-Dur* von Chopin, sagte sie weiter, gehöre auch zu ihren eigenen Lieblingsstücken, zum ersten Mal habe sie diese Komposition als junges Mädchen auf der Insel Nonnenwerth auf einem ehemaligen Liszt-Flügel gespielt.

Frau Schaller war sehr verblüfft und fragte nach, und Mutter erzählte von ihrem Leben auf Nonnenwerth und von Franz Liszt, und die Unterhaltung wurde immer angeregter, während ich neben den beiden Frauen stand und Vaters Aktentasche beiseitegelegt hatte.

Nonnenwerth und Liszt waren vorerst die alleinigen Themen, und nachdem Mutter alle Details geschildert hatte, übernahm Frau Schaller und erzählte, dass sie die Meisterschülerin des großen Pianisten A sei und dass der große Pianist A früher Meisterschüler des großen Pianisten B gewesen sei, der nun wiederum nichts anderes als Meisterschüler des großen Franz Liszt gewesen sei. Liszt habe den Pianisten B noch in Rom unterrichtet, alles, was Liszt betreffe, laufe letztlich ja sowieso auf Rom und die dortige Lisztschule hinaus, auch sie selbst, Beatrice Schaller, habe einige Zeit ihres Lebens dort verbracht und nirgendwo so tiefe Eindrücke davon erhalten, wie stark Franz Liszt die größten Pianisten der Vergangenheit geprägt habe.

Mir wurde während dieser Unterhaltung schwindlig, ich hörte lauter Namen, die ich noch nicht kannte, und laufend war von »Rom« die Rede und davon, wie Liszt diese Stadt und die Römer in seinen Bann gezogen habe. »Waren Sie einmal längere Zeit in Rom?«, fragte Frau Schaller abschließend, aber Mutter konnte nur verneinen. »Spielen Sie denn überhaupt noch Klavier?«, blieb Frau Schaller beim Thema, da nickte Mutter nur noch und sagte kein weiteres Wort und lief im Gesicht erneut rot an, so dass ich mich einschaltete und meinen ersten Satz sagte: »Meine Mutter spielt ganz ausgezeichnet Klavier. Sie spielt auch die *As-Dur-Etüde* – und zwar sogar besser als ich.«

Das aber hätte ich nicht sagen sollen, denn Frau Schaller hatte mit einem Mal die wunderbare Idee, Mutter an den Flügel zu bitten, damit sie die *As-Dur-Etüde* von Chopin spielte. Mutter schüttelte den Kopf und sagte »Nein, nein, dafür sind wir doch nicht hier«, doch Frau Schaller gab nicht nach und sagte: »Woher wollen Sie denn wissen, wofür Sie hier sind? Vielleicht sind Sie ja hier, weil Sie ebenfalls Unterricht erhalten wollen.« – »Was reden Sie denn da?!«, rief Mutter beinahe empört, als hätte Frau Schaller sie beleidigt, während ich es mit der Angst zu tun bekam.

Mutter sah nämlich plötzlich wieder so aus wie damals, als ich sie zum ersten Mal Klavier spielen gehört hatte. Sie weinte zwar noch nicht, war aber, wie ich fest glaubte, kurz davor. Was Frau Schaller, ohne das natürlich zu ahnen, gesagt hatte, schmerzte sie, ging ihr nahe und schnitt ihr ins Herz. Nach vielen Jahrzehnten stand sie wieder wie eine Schülerin vor einem Flügel und sollte spielen. So konzentrierte sich in diesem Augenblick das halbe Leben auf eine kaum erträgliche, starke Empfindung von Trauer und Vergeblichkeit: Wären bestimmte Dinge anders verlaufen, hätte vielleicht Mutter die Laufbahn einer Konzertpianistin eingeschlagen, anstatt dieses Vorhaben später an ihren einzigen Sohn abzutreten ...

Frau Schaller schaute uns beide an, als verstünde sie nicht. »Habe ich etwas Falsches gesagt?«, fragte sie ausgerechnet mich, »stimmt etwas nicht mit der *As-Dur-Etüde*?« Ich überlegte kurz, und dann sagte ich, dass Mutter diese Etüde zwar häufig spiele, aber länger nicht mehr gründlich geübt habe. »Aber darauf kommt es doch nicht an«, sagte Frau Schaller, und ich erwiderte: »Sie haben recht, darauf kommt es nicht an. Sogar Horowitz übt nicht genug und haut in vielen Konzerten einfach daneben.« – »Bist du dir da ganz sicher?«, fragte Frau Schaller, und ich antwortete: »Ich bin mir absolut sicher.«

Selbst Mutter lachte mit, als ich das sagte, und dann nahm ich mir (wie sagt man?) »ein Herz« und bat Mutter, mir zuliebe und aus Anlass meines Unterrichtsbeginns bei Frau Schaller die *As-Dur-Etüde* von Chopin zu spielen. Mutter schaute mich an, dann atmete sie tief durch, und schließlich legte sie ihre Halskette ab und setzte sich an den Flügel. Frau Schaller und ich nahmen Platz, und Mutter spielte die Etüde, während ich im Stillen betete, dass sie nicht wie früher anfangen möge zu weinen und ich Frau Schaller nicht erzählen musste, was mit Mutter und meiner Familie einmal Schreckliches passiert war.

Ich bemerkte gleich, dass Mutter die Etüde etwas rascher als sonst spielte. Es geschah aber nichts Ungewöhnliches. Sie ließ es perlen und rauschen, und sie folgte den Kreisen, die das Stück zog. Dann war alles zu Ende, und ich dachte nur noch »Bitte nicht klatschen!«

Frau Schaller klatschte aber nicht, sondern stand auf und ging hinüber zu Mutter, die sich ebenfalls erhob. Sie erschien erleichtert und glücklich, und dann umarmte Frau Schaller sie. Ich zählte die Sekunden und wusste seit diesem Moment, dass es auf der Welt etwas viel Schöneres gibt als das Klatschen eines begeisterten Publikums. Weitaus schöner ist nämlich das Umarmtwerden durch einen einzelnen Menschen, der seine Rührung und seine Gefühle nach einem Konzert nicht mehr verbergen kann.

Um irgendwann einmal so umarmt zu werden, wollte ich zukünftig üben und spielen. Und genau deshalb besuchte ich ab sofort den Unterricht der ganz und gar wunderbaren Frau Beatrice Schaller.

46

Beatrice Schaller ist neununddreißig Jahre alt. Sie kommt aus der Schweiz, genauer gesagt aus Zürich, und sie hat schon im Alter von vier Jahren Klavierunterricht erhalten. Sie macht einen ungemein lebendigen und freundlichen Eindruck, und dazu passt, dass sie weiße Blusen, lange Faltenröcke und nicht selten rote Schuhe trägt. Ich frage mich, ob sich Männer ihres Alters in sie verlieben, und bin mir in dieser Hinsicht ganz sicher. Ich selbst jedenfalls hätte mich als Gleichaltriger sofort in sie verliebt, hake das Thema aber rasch ab, weil ich für ein solches Verlieben natürlich erheblich zu jung bin.

Vorläufig reicht ja auch, dass mir Beatrice Schaller sehr gefällt. Ich mag ihre muntere Art und dass sie immer gut gelaunt und hellwach wirkt, und wenn ich am Flügel sitze und ihr vorspiele, schwappt etwas von dieser Laune zu mir über, und ich spüre ein Kribbeln, das nicht nur von der Musik herrührt. Eine Lehrerin wie sie habe ich noch nicht gehabt, auch die früheren Lehrer reichen nicht an sie heran, denn Beatrice Schaller geht zielbewusst und einfallsreich vor und fängt gleich damit an, mir bestimmte Termine vorzugeben.

Und so lerne ich, dass wir nicht ins Blaue hinein irgendwelche Kompositionen üben, sondern in Zukunft an Konzertprogrammen arbeiten. Was hat es damit auf sich? Wie Beatrice mir erklärt, setzen Konzertprogramme sich aus mehreren gezielt miteinander in Verbindung gebrachten Kompositionen eines oder mehrerer Komponisten zusammen. Sie haben eine bestimmte, vorher festgelegte Gesamtdauer, und sie haben sowohl einen Bezug zu dem Raum, in dem sie aufgeführt werden, als auch zu dem Publikum, das sie zu hören bekommt.

Ein Beispiel: Mein nächstes Konzert könnte an einem Samstag oder Sonntag im Gemeindesaal unserer Pfarrei stattfinden. Stellen wir uns einen Raum mit etwa hundert Plätzen und eine kleine Bühne für den Flügel vor. Das Programm sollte keine Pause haben und insgesamt nicht länger als sechzig Minuten dauern. Ein Bezug zur Kirche und ihren Lehren sollte vorhanden, aber nicht dominant sein. Ein Bachchoral in der Bearbeitung durch Busoni oder Liszt könnte genügen, daneben weitere kurze Stücke von Bach und zum Abschluss eine Klaviersonate von Haydn oder Mozart.

An einem solchen Programm würden wir in Zukunft arbeiten, und daneben gäbe es Programme für größere Ansprüche: für ein Konzert im Konservatorium, für eines in einem Klavierladen oder für Auftritte bei einem Wettbewerb.

Sobald wir mit bestimmten Veranstaltern Verträge für Konzerte geschlossen haben, sollten wir die darauffolgenden Wochen und Monate einer strengen Planung unterziehen. Wir müssen genau überlegen, wie viel Zeit wir für das konzertreife Einstudieren der Stücke brauchen, und zwischendurch werden wir Generalproben für jedes Programm einlegen, um den Stand unserer Bemühungen zu testen.

Anfänglich sollte ich mir noch keine extrem virtuosen Auftritte zumuten, einfach deshalb, um zunächst einmal Sicherheit beim Vorspielen zu gewinnen. »Bist du sehr aufgeregt?«, fragt Frau Schaller, und ich antworte wahrheitsgemäß: »Keine Spur! Ich war beim Vorspielen noch nie aufgeregt!« – »Oh«, sagt Frau Schaller, »das musst du mir beibringen: Ich bin nämlich immer furchtbar aufgeregt.« – »Wann geben Sie denn das nächste Konzert?« – »Schon in einem Monat.« – »Und was spielen Sie?« – »Tschaikowsky, das erste Klavierkonzert!« – »Das möchte ich mir gerne anhören.« – »Wirklich?! Das freut mich. Dann bekommst du eine Freikarte von mir. Und wenn deine Mutter mitkommen möchte, bekommt auch sie eine.«

Ich erzähle Mutter davon, aber sie sagt, dass sie sich ein solches Konzert noch nicht zumuten kann. Ich soll allein hingehen oder Vater mitnehmen, aber auch Vater sagt, dass er sich Tschaikowsky nicht gern zumuten würde (warum auch immer, ich frage nicht nach). Stattdessen verwendet er viel Zeit und Energie auf die Herrichtung des Übungsraums im Keller. Er besorgt die Materialien für eine Wandvertäfelung, baut eigenhändig Luftfilter ein und ist für die Handwerker stets ansprechbar.

Zu seinem Schwung trägt erheblich bei, dass Mutter wirklich und wahrhaftig begonnen hat, ebenfalls bei Frau Schaller Unterricht zu nehmen. Vater sagt mir (im Vertrauen), dass er diese Wendung der Dinge »als eine der glücklichsten Fügungen unseres Familienlebens« betrachte.

Mutter erscheint wöchentlich einmal, und zwar abends in der Musikhochschule, als letzte Schülerin von Frau Schaller. Sie übt weiter ausschließlich Stücke von Schumann, Chopin und Liszt, diesmal aber professionell und so, dass sich ihr Spiel schon nach kurzer Zeit anders anhört. Es wirkt plötzlich nicht mehr wie das einer Autodidaktin, die versucht, sich wieder an eine halbwegs bekannte Komposition zu erinnern, sondern markant und auftrumpfend.

Natürlich hat sie (anders als ich) nicht vor, öffentlich aufzutreten und Konzerte zu geben. »Nein, das kommt nun wirklich für mich nicht mehr in Frage«, sagt sie und kokettiert mit ihrem fortgeschrittenen Alter. Frau Schaller hat dafür Verständnis und erwähnt das Thema nicht mehr, hintenherum beredet sie mich aber dazu, mit Mutter dann und wann vierhändig zu spielen. Schubert, die *Fantasie in f-moll* – die stellt uns beide vor keine großen Herausforderungen, oder?

Nein, das kann ich (ohne Anton zu erwähnen) bestätigen, und so kommt es schließlich dazu, dass Mutter und ich zusammen Schubert spielen – und nicht nur Kompositionen von ihm, sondern viele weitere vierhändige Stücke, Kompositionen von Mozart und Beethoven oder von Schumann und Brahms.

Es ist eine schöne Zeit, die schönste, die meine Familie bisher erlebt hat. An einem Vorfrühlingstag beziehe ich meinen Übungsraum im Keller und bin so glücklich, dass ich ihn viele Stunden lang nicht mehr verlasse. Mutter möchte dort weder üben noch spielen, sie sagt, der Raum sei mir vorbehalten, und so übt und spielt sie nachmittags häufig weiter im Wohnzimmer auf unserem alten Seiler-Klavier, während die Nachbarn fest glauben, dass nicht sie, sondern ich spiele.

Auch Vater hat seine Freude an all diesen Veränderungen, und wir sehen ihn lachen und erkennen das große Vergnügen in seinem Gesicht. Er behauptet, er wolle »das frische Glück von uns abschöpfen«, und so kauft er einen neuen Fotoapparat und beginnt, uns während unserer Übungsstunden zu fotografieren. Zwei verschiedene Mappen entstehen: eine mit Mutters Stunden am Klavier (sie trägt eine dunkle Bluse und einen dunklen Rock und sieht dadurch streng und konzentriert aus) – und eine mit meinen eigenen Übungsstunden (ich trage weiße Hemden mit kurzen Armen und kurze Hosen, und ich trage beim Üben niemals Schuhe oder Sandalen, sondern berühre die Pedale mit nackten Füßen).

Ich sehe und höre dann Beatrice Schaller das erste Klavierkonzert von Peter Iljitsch Tschaikowsky in einer Nachbarstadt spielen, und ich schenke ihr nach dem Konzert einen Strauß Blumen. Zum ersten Mal halte ich mich in einer Künstlergarderobe einer bekannten Pianistin auf, und ich bin nicht der einzige Schüler, der anwesend ist. Beatrice hat insgesamt sechs Schülerinnen und neun Schüler, von ihnen ist immerhin die Hälfte gekommen, um die Lehrerin Tschaikowsky »schmettern« zu hören.

Nach dem Konzert werden wir alle in ein Restaurant eingeladen und sitzen an einem langen Tisch. Wir kommen miteinander ins Gespräch und sprechen über unsere Lieblingsstücke und Lieblingskomponisten, und Beatrice wechselt laufend ihren Platz, um mit uns allen zu sprechen und niemanden zu bevorzugen.

Zusammen bilden wir eine »Klasse«. Wir spielen dieselben oder ähnliche Stücke, wir unterhalten uns über dieselben Themen, und wir haben alle große Auftritte auf großen Bühnen vor Augen, als gäbe es nichts Wichtigeres und Schöneres auf der Welt. Zwei Schülerinnen und ein Schüler sind bereits zu einem Meisterkurs des Lehrers von Beatrice Schaller eingeladen worden, das interessiert uns natürlich alle, und so fragen wir nach und bekommen genau erklärt, wie ein solcher Meisterkurs verläuft.

Alle Schülerinnen und Schüler sitzen anfänglich in einer großen Runde um den Meister geschart, und er spricht mehr als eine Stunde über »das pianistische Ethos«, etwas allgemein, aber grundsätzlich. Dann kommt die erste Schülerin dran und spielt den ersten Satz einer Beethoven-Sonate, während alle anderen weiter anwesend sind. Der Meister unterbricht das Spiel nicht, nimmt es danach aber in allen Facetten auseinander: Sitz- und

Armhaltung, Gewichtung des Arms und der Hand, Tempi, Ausdrucksvolumen, Melodienführung, Akkordgestaltung ...

Das hört sich an, als würde man von einem Facharzt für pianistische Diagnostik untersucht, und genauso scheint es auch wirklich zu sein. »Es ist unglaublich, was Meister A alles so auffällt, man glaubt es nicht, ihm entgeht kein Detail, keine Schwäche, keine Unaufmerksamkeit«, sagt eine Schülerin namens Helen. Sie ist Amerikanerin und hat schon drei Meisterkurse bei bekannten Pianisten besucht, und sie flüstert mir zu (als sagte sie etwas Verbotenes oder Geheimnisvolles), dass Meister A auf jeden Fall der Beste von allen sei. »Du hast dich gleich richtig entschieden«, fährt sie fort und gratuliert mir, denn sie selbst habe einen Umweg hinter sich und dadurch einige kostbare Monate verloren.

Kostbare Unterrichtsstunden, kostbare Zeit allgemein – die Klasse von Beatrice Schaller hat jederzeit vor Augen, wie es darum steht. Denn an der Wand des Unterrichtsraumes hängt ein großes, weißes Blatt, auf dem die Namen aller Schülerinnen und Schüler untereinander gereiht in alphabetischer Folge stehen. Unter jedem Namen sind die Termine für künftige Konzertauftritte in Rot eingetragen – und darunter die Termine für Generalproben in Gelb. Auch die Konzertprogramme sind bis ins letzte Details dort zu finden, und neben diesem großen Blatt ist ein weiteres, gleich großes mit einem Kalender an die Wand geheftet, in den nun wiederum ausschließlich die genauen Daten der Generalproben und Konzerttermine (sowie die jeweiligen Räume und Orte) in Gelb und Rot eingetragen sind.

Schon auf den ersten Blick kann man also erkennen, wer als Nächstes dran ist und irgendwo auftreten muss. Die beiden Blätter schillern in lauter bunten Farben wie ein Kaleidoskop, denn neben Rot und Gelb gibt es noch grüne Eintragungen (erfolgreich absolvierte Konzerte) sowie violette (bevorstehende Teilnahme an pianistischen Wettbewerben).

Wir Schülerinnen und Schüler sind ununterbrochen in Aktion, wir üben Konzertprogramme, proben sie, proben sie vielleicht noch ein zweites Mal, treten auf, werden gelobt oder kritisiert – und streben die nächste Konzerthürde an, möglichst in einem großen Saal vor möglichst viel Publikum mit möglichst breiter Resonanz. »Helen tritt nächste Woche Donnerstag im Frankfurter Konservatorium auf«, ist eine Nachricht, die uns alle in Aufregung versetzt, denn natürlich lassen wir Helen nicht allein auftreten, sondern fahren ebenfalls nach Frankfurt und feiern nach dem Konzert mit ihr an einem langen Tisch.

Ich verstehe anfänglich nicht, wie Beatrice bei all dem Trubel die Übersicht behält und immer freundlich und munter bleibt. Erst nach einigen Wochen wird mir klar, dass sie jeder Schülerin und jedem Schüler ihre ganze Aufmerksamkeit widmet, sich aber mit niemandem in besonderer Weise anfreundet. Obwohl sie uns allen wie eine gute Freundin erscheint, bleibt sie doch auf Distanz und widmet uns allen die gleiche Zeit: anderthalb Stunden Unterricht, Begleitung zu Proben und Konzerten und hinterher (während der Feier nach einem Auftritt) noch eine weitere nächtliche Stunde Kontakt.

Sie isst während solcher Zusammenkünfte grundsätzlich nichts und trinkt nur Mineralwasser, höchstens einmal eine Cola. Alle Reisen absolviert sie in ihrem eigenen, kleinen Auto, und sie fährt immer allein und nimmt niemanden von uns mit, weil sie niemanden »bevorzugt behandeln« möchte. Vor nichts scheint sie sich mehr zu scheuen, ich verstehe das zunächst nicht, erst Helen muss mir erklären, dass Beatrice Schaller im Fluchtpunkt des großen Konkurrenzkampfes steht, den wir angeblich gegeneinander austragen.

Ich spüre diesen Kampf nicht, ich denke nie an Konkurrenz, und ich empfinde auch keinerlei Neid, wenn Helen zu einem Konzert ins Konservatorium von Frankfurt eingeladen wird. Natürlich sage ich das nicht laut, sondern nicke zu Helens Worten über den angeblich allgegenwärtigen Kampf. Ich war ein Leben lang zu sehr mit mir selbst beschäftigt, um Konkurrenz zu empfinden, und das bedeutet, dass ich vor allem darauf achten muss, meinen eigenen Weg fortzusetzen und das angestrebte Ziel nicht aus den Augen zu verlieren. Alle anderen Gedanken wie solche über Konkurrenz oder über gewisse Sympathien oder Antipathien, die mich bewegen, lenken mich letztlich nur ab, deshalb lasse ich sie links liegen und schaue stur geradeaus.

Was mich am meisten beschäftigt, ist sowieso der Unterricht selbst, der so ganz anders als jeder bisherige ist. Zum einen spielt Beatrice mir häufig einige Takte aus einem Stück vor, das ich selbst gerade spiele. Sie spricht dann über ihre »Interpretation«, deutet eine Stelle und regt mich an, über diese Passage länger nachzudenken und ihr einen »spezifischeren Ausdruck« zu verleihen. Sie meint damit nicht, dass ich ihrer Interpretation folgen soll, sondern nur, dass ich erst noch eine eigene finden muss und bestimmte Passagen nicht ausdrucksarm »überspielen« sollte.

Noch bemerkenswerter aber ist, dass Beatrice mir eine neue Klaviertechnik verordnet. Sie hat diese Technik (wie nicht anders zu erwarten) durch ihren Lehrer kennen und schätzen gelernt, und dieser Lehrer (der große Pianist A) hat sie wiederum vom großen Pianisten B, der sie wiederum von Franz Liszt geerbt hat. Kurz gesagt, geht es darum, nicht nur mit den Fingern, sondern auch mit dem Einsatz der Arme zu spielen. Wichtig ist dabei vor allem der Unterarm, der sich zum Beispiel bei längeren Läufen nach rechts oder links drehen und den Fingern dadurch die Wege zum Anschlag ebnen und verkürzen soll.

Mitsamt dem steuernden Ellbogen ist er dann laufend in Bewegung, es ist ein wenig so, als hätte man Flügel und flatterte wie ein Vogel mit den Unterarmen auf und ab sowie nach den Seiten, während die Finger die Tasten mit leichter Nachfederung berühren und so vorsichtig von ihnen »abgezogen« werden, dass jeder Anschlag eine andere Nuance erhält.

Ich brauche mehrere Wochen, bis ich diese Technik einigermaßen beherrsche. Jede Komposition muss beim ersten Üben an sie angepasst werden. Beatrice tut das, indem sie in die Noten hier und da die markanten Bewegungsverläufe von Unterarm, Daumen und Fingern einträgt, wodurch die Noten das Aussehen einer dramatischen Partitur erhalten. »Lockerheit« von Schultern und Rücken, »Entspannung« der Armmuskulatur, »Drehen und Zurückdrehen der Unterarme« – das sind die neuen technischen Begriffe, die sich nicht zufällig anhören, als kämen sie aus dem Sport.

Um diesen sportlichen Anforderungen zu genügen, sollte ich einige Kilo an Muskelmasse zulegen. Daneben sollte ich intensiv weiter Gymnastik betreiben, wofür Beatrice mir schließlich sogar einen Trainer empfiehlt.

Die neue Technik verfolgt mich bis in die Träume. Ich drehe die Unterarme hin und her, ich lasse die Arme herabfallen und die Finger (»rund aufgesetzt«) auf die Tasten zustürzen, ich lockere die Oberarmmuskulatur wie ein Sprinter kurz vor dem Wettkampf, und ich spiele nicht mehr wie früher Klavier, sondern setze mit Armen, Händen und Fingern dem Flügel zu, der so intensive Grade der körperlichen Annäherung noch nie erlebt hat.

Natürlich habe auch ich selbst eine solche Verschmelzung von körperlicher Bewegung und Instrument noch nie erlebt, vor allem aber habe ich noch nie in einer Unterrichtsstunde eine direkte körperliche Berührung durch eine Lehrerin oder einen Lehrer erfahren. Nun aber ist das so, denn Beatrice Schaller steht während des Übens oft dicht hinter mir, greift nach meinem rechten Unterarm, zeigt, wie er fallen sollte, nimmt die Finger meiner rechten Hand kurz in Gefangenschaft, lässt einen nach dem andern einen sanften Druck auf die Tasten ausüben – und massiert hinterher Partien in meinem Nacken, damit ich bei alldem so locker wie möglich bleibe.

Manchmal berührt sie mich während dieses Körpertrainings auch aus Versehen, ihre Haare streifen meinen Hinterkopf, oder ihre Hände touchieren meine Oberarme. Oft rieche ich dann ihr Parfum, auch das habe ich noch nie erlebt, denn das einzige Parfum, das ich bisher kenne, wird von meiner Mutter nur an Sonn- und Feiertagen benutzt und ist immer dasselbe Maiglöckchenparfum. Beatrice aber benutzt laufend ein anderes, und ich schnüffle dem Geruch hinterher und habe ihn noch in der Nase, wenn ich die Musikhochschule verlasse.

Das alles wirkt auf mich sehr irritierend, und ich begreife nicht recht, was für ein Wesen Beatrice Schaller eigentlich ist. Sie lebt allein und war, wie berichtet wird, nie verheiratet. Anscheinend ist sie auch mit keiner anderen Lehrperson an der Hochschule enger befreundet, sondern bleibt immerzu auf Distanz und gleichzeitig doch ungemein freundlich und herzlich. Helen sagt, Frau

Schaller sei eben eine »typische Schweizerin« (womit ich überhaupt nichts anfangen kann), und Anton, mit dem ich mich über sie unterhalte, meint, dass sie sich nur zu einem einzigen Menschen wirklich hingezogen fühle: zu ihrem Lehrer, dem großen Pianisten A, den sie in jedem Monat für einige Tage zu sehen bekomme.

Mein erstes Konzert findet dann wahrhaftig im Gemeindesaal der katholischen Pfarrei statt, zu der meine Familie gehört. Ich spiele *Präludien* von Johann Sebastian Bach und die *Klaviersonate in A-Dur, Köchelverzeichnis 331*, von Wolfgang Amadeus Mozart. Die Eltern sitzen vor lauter Aufregung nur in der letzten Reihe, und Beatrice Schaller stellt mich vor Konzertbeginn als einen ihrer »talentiertesten jüngeren Schüler« vor. Ich glaube nicht, dass sie übertreibt oder schwindelt, nein, zum ersten Mal stehe ich ganz und gar zu meinem Spiel und dem Auftritt: In Gottes Namen, ich bin »sehr talentiert«, und ich arbeite daran, aus dem »talentierten Schüler« möglichst bald einen Meister zu machen, der sein »Talent« endlich hinter sich gelassen hat.

47

Damals verstand ich erst sehr allmählich, was es bedeutete, einer »Klasse« von jungen aufstrebenden Pianistinnen und Pianisten anzugehören. Ihre Mitglieder sahen sich alle paar Tage und tauschten sich nicht nur über neue Aufnahmen der Großmeister aus, sondern auch über ihre privaten Perspektiven: Wo man bald auftreten würde, an welchen Wettbewerben man teilnehmen könnte, welche Meisterkurse sich lohnten – und (nicht zuletzt, Gipfel des Klatschs) wo man

Beatrice Schaller zufällig in der Stadt gesehen hatte (war sie allein gewesen? welches Kleid hatte sie getragen? etc.).

Dieser unaufhörliche Informationsaustausch machte nervös und führte zu einer Gerüchteküche, die Wahrheit und freie Erfindungen laufend miteinander vermengte. Obwohl ich mich angesichts dieses dauernden Austauschs taub stellte, drangen doch viele Nachrichten zu mir vor und nisteten sich in meinem Kopf ein. Vor allem störten mich die Meldungen darüber, wo Schülerin H oder Schüler K in Zukunft so alles auftreten würden. Anscheinend kümmerten sich viele von uns intensiv um Kontakte mit Veranstaltern und vereinbarten von sich aus Konzerttermine, während ich selbst nicht die geringsten Anstrengungen unternahm, meine Künste irgendwo anzubieten.

Natürlich sorgte Beatrice Schaller beflissen dafür, dass wir alle gleichermaßen zum Zuge kamen. So spielte ich in einem Gymnasium im Norden unserer Stadt vor der versammelten Oberstufe, trat während der Weihnachtsfeier einer Gesellschaft von Heimathistorikern auf und gewann (für mich selbst überraschend) den zweiten Preis eines Klavierwettbewerbs, den eine große Klavierfirma ausgeschrieben hatte.

Von weitem betrachtet, sah es so aus, als ginge es mit mir »unaufhaltsam« voran, und genau das sagte Beatrice Schaller auch mehrmals zu mir: »Es freut mich, wie rasch es mit dir vorangeht.« Nun gut, sie hatte ja recht, andererseits aber ging es mit anderen Schülern ihrer Klasse noch viel schneller und unaufhaltsamer voran.

Die Nachrichtenbombe, die alle anderen Meldungen dann jedoch bei weitem übertraf, ereilte uns an einem Vormittag in der Hochschule, als wir zu einem Austausch über Unterrichtsthemen und Zukunftsplanungen eingeladen waren. Der zuständige Rektor las die ungeheure Kunde von einem Blatt ab und vergaß nicht zu erwähnen, dass es sich um eine Eilmeldung handelte, die von den Presseagenturen gerade in ganz Europa verbreitet wurde. Sie bestand aus der Mitteilung, dass mein Freund Anton einen der angesehensten europäischen Wettbewerbe für junge Nachwuchspianisten gewonnen hatte. Alleiniger erster Platz. Keine Gegenstimmen. Die sechsköpfige Jury sei aus dem Häuschen gewesen.

Alle klatschten und taten, als würden sie jubeln, doch danach wurde es in dem Konferenzsaal immer stiller. Wir hingen unseren Gedanken nach, gaben insgeheim zu, dass wir es nie schaffen würden, einen solchen Wettbewerb zu gewinnen, und überlegten, welches Virtuosenprogramm uns als Nächstes einfallen sollte, um hier und da größere Aufmerksamkeit zu erringen.

Die Eilmeldung über Antons großen Erfolg setzte daher in den Folgewochen die merkwürdigsten Energien frei. Vielen reichte es längst nicht mehr, mit einer Beethoven-Sonate oder den Impromptus von Schubert aufzutreten. Stattdessen kam es darauf an, Stücke zu spielen, die als »verhext«, »hochgradig schwer« und »atemberaubend« galten. Niemand dachte noch an Scarlatti, wohl aber an Skrjabin, und niemand widmete sich noch länger den Walzern von Chopin, wohl aber den exaltierten Sonaten Prokofjews.

Neben diesen solistischen Wahnsinnsnummern waren aber vor allem auch die großen Klavierkonzerte gefragt. Schumann, Brahms, Tschaikowsky – das waren in dieser Hinsicht die gefragtesten Komponisten. Ganz oben aber standen die Klavierkonzerte Rachmaninoffs, die als das Nonplusultra aller Schwierigkeitsgrade galten.

Viele von uns begannen, den Solopart dieser Konzerte heimlich zu üben. Fühlte man sich einigermaßen sicher, wandte man sich an Beatrice und fragte, ob sie den Orchesterpart übernehmen wolle. Beatrice Schaller lehnte das Einüben von Klavierkonzerten an zwei Klavieren zunächst in fast allen Fällen ab (um, wie sie wieder mal sagte, »niemanden zu bevorzugen«), machte aber schließlich doch erste Ausnahmen. Niemand begriff, welchen geheimen Impulsen sie dabei folgte, die »Ausnahmen« waren unergründlich und ereilten einen meist völlig unvorbereitet, als hätte ein ferner Engel unserer Lehrerin einen diskreten Hinweis direkt aus den himmlischen Sphären gegeben. Man konnte solche Zuwendung nicht herbeiführen, man musste einfach nur auf sie warten, als wären sie eine Gnade oder ein Gunstbeweis.

Kam es dazu, sprach sich die Meldung sofort herum, und wir begannen, lange darüber nachzudenken, warum es zum Beispiel ausgerechnet die stets nervöse Helen getroffen hatte, mit der zusammen Beatrice Schaller seit neuestem ein Haydn-Klavierkonzert einstudierte. »Haydn-Klavierkonzerte sind so ziemlich das Letzte, das würde ich niemals spielen«, beruhigten sich einige von uns, und andere setzten solchen gehässigen Sprüchen noch eins drauf und flüsterten: »Bei Haydn hört sich alles so an, als wäre er schon als der Papa Mozarts auf die Welt gekommen.«

Ich selbst ließ mich vorerst nicht irritieren und wechselte nicht ins Virtuosenfach, bei dem es vor allem darauf ankam, schwierige Stücke mit extravaganten Läufen und Sprüngen möglichst schnell und ausdauernd zu spielen. Von den großen Klavierkonzerten beherrschte ich immerhin schon seit einiger Zeit den Solopart von Robert Schumanns Klavierkonzert, den ich nicht wegen seines Schwierigkeitsgrades, sondern einfach nur deshalb eingeübt hatte, weil mir gerade dieses Klavierkonzert über die Maßen gefiel.

Dass ich diese Komposition spielen konnte, hatte ich aber für mich behalten, das ging niemanden etwas an, selbst nicht Beatrice Schaller. Unglücklicherweise beging ich eines Abends in der Hochschule jedoch einen Fehler, als ich auf meine Lehrerin in deren Unterrichtsraum wartete. Sie hatte mir gesagt, dass sie noch ein wichtiges

Telefonat führen müsse, und so saß ich an ihrem Flügel und intonierte wild durcheinander einige Passagen aus Stücken, die mir rein zufällig durch den Kopf gingen.

Ich spielte die Aria aus den *Goldbergvariationen* an, ich ließ zwei Kinderszenen von Schumann folgen, ich wechselte zu dem melancholischen *A-moll-Walzer* von Chopin und versuchte mich schließlich an dem rasanten Übergang vom zweiten zum dritten Satz in Schumanns *Klavierkonzert*.

Es handelte sich um eine Stelle, die ich besonders mochte, denn am Ende des zweiten Satzes macht sich das Klavier kleiner und kleiner, zieht sich zurück, setzt fast aus, lässt das Orchester eine neue Melodie anstimmen – und übernimmt genau diese Melodie in einem völlig unerwarteten, jubilierenden Aufbäumen.

Ein Problem bestand darin, dass ausgerechnet diese besonders schöne und strahlende Stelle technisch nicht leicht zu bewältigen war. Nach dem langen Schlussritardando des zweiten Satzes und dem allmählichen Versiegen des Klavierparts musste man innerhalb von wenigen Sekundenbruchteilen umschalten und dem Flügel strahlende Akkorde entlocken. Fast immer spielte man diese Passagen zu schnell und geriet danach, um das eingeschlagene Tempo zu halten, ins Rasen. Dann stolperte man durch den dritten Satz, suchte nach Halt, verlangsamte künstlich und wurde in der Coda doch wieder vom Tempo eingeholt, um schließlich atemlos zu enden.

Ich wartete auf Beatrice Schaller und probte den Übergang vom zweiten zum dritten Satz, ich tat es sehr leise und vorsichtig. Da kam sie plötzlich in den Raum und blieb neben dem Flügel stehen: »Übst du das gerade zu Hause?« – »Ja, aber ich packe es nicht.« – »Und wieso nicht?« – »Der Umschwung kommt zu plötzlich.« – »Nein, tut er nicht. Du weißt doch genau, was dich erwartet, hast dich aber anscheinend nicht gut genug vorbereitet. Lass mich mal, ich spiele es dir langsam vor, und wir überlegen uns, wie wir Arme, Hände und Finger auf den Umschwung vorbereiten.«

Wir beschäftigten uns die ganze weitere Stunde mit nur wenigen Takten, und am Ende hatte ich das Gefühl, eine schwierige Aufgabe für immer gelöst zu haben. Ich musste lernen, die schwierigen Takte im Voraus zu denken – das war es, und als ich es gelernt hatte, beherrschte ich die Passage nach Belieben.

Dabei ließ es Beatrice aber nicht bewenden. Wir vereinbarten, als Nächstes alle drei Sätze von Schumanns *Klavierkonzert* zu proben, womit ich den Übergang in das Lager der Auserwählten geschafft hatte. Ich redete auch darüber mit niemandem, erzählte es aber wenige Tage später eher nebenbei meinem Freund Anton, als ich ihm am Telefon zum Gewinn des Wettbewerbs gratulierte.

»Nun hast du es endgültig geschafft«, sagte ich. – »Was habe ich geschafft?« – »Na, ab jetzt wirst du fast jeden Tag ein Konzert geben müssen, habe ich recht?« – »Ach was. Anfragen gibt es genug, das stimmt, ich überlege mir aber genau, wie häufig ich auftrete und vor allem wo. Ich möchte auch nicht laufend allein spielen, das ist sehr anstrengend.« – »Ich denke, du magst keine Kammermusik.« – »Mag ich auch nicht.« – »Dann also Klavierkonzerte? Schumann? Beethoven? Vielleicht sogar Brahms oder Rachmaninoff?« – »Alles viel zu anstrengend, höchstens Schumann, denn das Konzert spiele ich ja schon eine ganze Weile.« – »Ja, was denn sonst noch?« – »Ich will mit dir vierhändig spielen.« – »Mit mir?!« – »Du hast mich längst verstanden.« – »Anton, du brauchst mir nicht zu helfen und mir nichts Gutes zu tun, ich komme zurecht. Ich habe die beste Lehrerin, die ich mir vorstellen kann, und ich bin zum Meisterkurs ihres großen Lehrers eingeladen, der in einem Monat in Hamburg stattfindet.« – »Ich komme übermorgen zu Besuch, dann reden wir über unsere Auftritte. Halt schon mal einen Kalender bereit, damit wir die Termine festlegen und eintragen können.«

Es war, als sollte das Glück, das plötzlich in solchen Mengen vom Himmel regnete und über mir ausgeschüttet wurde, sich wie von selbst vermehren. Innerhalb von wenigen Monaten verschlug es mich in die erste Reihe von Beatrice Schallers Schülerinnen und Schülern. So spielte ich in einem Konzert des Konservatoriums Robert Schumanns *Klavierkonzert* zusammen mit ihr auf zwei Klavieren. Mit meinem Freund Anton wiederum begann ich eine kleine Konzertreise durch Norddeutschland, während der wir ausschließlich Kompositionen zu vier Händen von Beethoven und Schubert spielten. Und im Meisterkurs des großen Pianisten A saß ich in einer erwartungsvollen Runde mit anderen Nachwuchsstars und durfte den ersten Satz von Beethovens *Klaviersonate op. einhundertzehn* vortragen.

Der weltberühmte Mann hörte mir nachdenklich zu, nickte hinterher und setzte sich daraufhin selbst an den Flügel, um über eine Stunde lang seine »Philosophie« dieses ersten Satzes vorzutragen. Er ging dabei auf mein Vorspiel mit keinem Wort ein, sondern sprach fließend (und manchmal mit geschlossenen Augen) darüber, worin die ungeheure Meisterschaft gerade dieser Komposition bestehe. »Die Klaviermusik betritt mit Beethovens *Opus einhundertzehn* neues Gelände«, sagte er, »sie wird interplanetarisch, sie ist nicht mehr von dieser Welt, sie hört sich an, als würde sie aus einer extraterrestrischen Ferne von fremden Geistern gesendet. Hören Sie, meine Damen und Herren? Es handelt sich wahrhaftig um Geistermusik!«

Es durchfuhr mich bei diesen Sätzen derart, dass ich diese Beethovensonate eine Zeitlang nicht übte. Der große Pianist hatte vollkommen recht. Ich hatte den ersten Satz wie jeden beliebigen ersten Satz einer beliebigen Sonate gespielt und ihn dadurch grandios verfehlt.

Der erste Satz kam aus einer unheimlichen Ferne, er hatte den irdischen Boden hinter sich gelassen.

Nach meinem Vorspiel hatte ich den großen Pianisten unter vier Augen gefragt, ob ich für Beethovens *Opus einhundertzehn* vielleicht noch zu jung sei. Und er hatte gelächelt und geantwortet: »Ja, dafür bist du noch zu jung.« Daraufhin hatte er mich gebeten, ihm die Noten zu bringen. Ich hatte sie aus meiner Tasche geholt, und er hatte mit einem Füller in blauer Farbe über den Anfang der Sonate seinen Namen und das Tagesdatum geschrieben. »Das hält erst mal eine Weile«, hatte er (geheimnisvoll genug) gesagt und mich in der Rolle eines bloßen Zuhörers zum nächsten Meisterkurs eingeladen. »Du solltest den anderen und mir gut zuhören, verstehst du?« – Ja, ich hatte verstanden und bedankte mich.

Der schwere Band mit den späten Beethovensonaten liegt vor mir, ich habe ihn wieder aufgeschlagen. Der handgeschriebene Name des großen Pianisten prangt über den ersten Takten der Beethoven-*Sonate op. einhundertzehn* wie ein Signal. Inzwischen verstehe ich natürlich längst, was es bedeutet: »Halt ein! Das Tor ist noch verschlossen! Achte auf das Datum! Durchschreite das Tor erst, wenn du es dir wirklich zutraust! Spiele keine Stücke, die unangemessen für dein Alter sind. Und verschwende deine Zeit nicht an ein Virtuosentum, für das man keinerlei Alter braucht!«

In demselben Band habe ich einige alte Fotografien gefunden, auf denen die fünfzehn Schülerinnen und Schüler von Frau Beatrice Schaller zusammen mit ihrer Lehrerin abgebildet sind. Wir sitzen auf der Bühne eines Konzertsaales und starren ins Objektiv, außer Frau Schaller lächelt niemand. Wenige Monate später haben einige schon aufgegeben und sich zurückgezogen. Wir werden nie mehr etwas von ihnen hören, und wir werden ihnen auch bei Konzerten nicht mehr durch Zufall flüchtig begegnen.

Beatrice Schallers Gesicht dagegen wird mit der Zeit strenger und härter werden. Die Tage, in denen auch sie noch viele Konzerte gab, sind langsam vorbei, und sie wird versuchen, den Kontakt zur aktuellen Pianistenszene dadurch zu erhalten, dass sie ihren Lehrer noch häufiger als zuvor besucht.

Dessen Ruhm aber wird immer heller erstrahlen, und er wird sich allmählich in Sphären bewegen, in denen er nicht nur über *Opus einhundertzehn,* sondern auch über *Opus einhundertelf* extraterrestrisch mit den Geistern verkehrt. Seine spezifischen, von Franz Liszt übernommenen Techniken werden längst in Büchern dokumentiert sein und jahrzehntelang als die von der Kritik am meisten geschätzten Methoden eines »natürlichen«, körperbezogenen Übens und Spielens gelten.

Mein Freund Anton jedoch wird sich nicht an seine eigenen Vorsätze halten. Er wird viel zu häufig auftreten und Schumanns *Klavierkonzert* so oft spielen, dass man ihm schließlich »Routine« vorwirft. Danach wird er es eine Weile ruhenlassen und zu den beiden *Klavierkonzerten* von Brahms übergehen, mit denen er jedoch seine früheren Erfolge nicht wiederholen kann.

Das aber liegt nicht nur an ihm, sondern an einem jungen Pianisten aus Argentinien, der in Hamburg eine Deutschlandtournee mit dem *ersten Klavierkonzert* von Johannes Brahms eröffnet. Der Name des jungen Mannes ist Bruno Leonardo Gelber, und seine Auftritte sind schon bald so legendär, dass eine kleine Gruppe der Schülerinnen und Schüler von Beatrice Schaller ihm nachreist, um keines seiner Konzerte zu verpassen.

Er spielt nicht nur das erste Brahms-Konzert, sondern auch Klavierkonzerte von Chopin und Beethoven. Dann aber ist es so weit, und er spielt auch das Schumann-Konzert, worauf ich aufhöre, dieses Stück weiter zu spielen oder zu üben. Wochenlang werde ich die Interpretation von Bruno Leonardo Gelber nicht los, und obwohl es von ihr keine Aufnahmen gibt, habe ich sie Takt für Takt im Kopf. Würde ich mich an den Flügel setzen, um das *Klavierkonzert in a-moll* zu spielen, würde ich es spielen wie Gelber. Nicht ganz so gelöst, nicht so raffiniert, aber im Großen und Ganzen eben genau so wie er.

Meinen Freund Anton werden die Erfolge Gelbers nicht unberührt lassen. Neugierig geworden, wird er mich zu einem seiner Konzerte begleiten, und danach werden wir beide wortlos durch den Kurgarten von Wiesbaden gehen. Anton wird eine Weile ganz auf das Spielen von Klavierkonzerten verzichten und wieder häufiger allein auftreten. Er wird sich schwerste Virtuosenkost verordnen, und die extremen körperlichen Anstrengungen werden schon bald ihre Spuren hinterlassen.

Ich erinnere mich an die ersten Warnsignale, als auch er begann, sich kleine Auszeiten zu nehmen und zwei Tage vor einem Konzert mitteilen zu lassen, dass er »indisponiert« sei. Ich telefonierte mit ihm, erhielt aber keine klare Auskunft, selbst sein Vater konnte mir nicht genau sagen, an welcher Krankheit sein Sohn gerade laborierte.

Solche Nachrichten machten mich nervös, und ich wurde noch viel nervöser, als wieder eine kurze Konzertreise mit vierhändigen Stücken anstand. Sie sollte durch das Rheinland führen, fünf Termine waren schon lange vereinbart, und ich ahnte, dass Anton nicht fähig sein würde, diese Reise mit mir zusammen anzutreten. Ich versuchte, ihn zu einer rechtzeitigen Auskunft zu bewegen, wir telefonierten eine Weile, er meldete, dass er »krank« sei, »sehr krank«, und als ich das schließlich zum dritten Mal hören musste, rief ich den Konzertveranstalter an und teilte ihm mit, es sei besser, die Reise vorzeitig abzusagen.

»Das werde ich auf keinen Fall tun«, sagte der ältere Mann. – »Und wieso nicht?«, fragte ich, »wir wissen doch beide, dass Anton es zum jetzigen Zeitpunkt nicht schafft.« – »Ja, das wissen wir beide.« – »Mein Gott, wieso bleiben Sie noch so gelassen?« – »Weil dein Freund eine Vertretung vorgeschlagen hat.« – »Er will sich vertreten lassen?! So ein Unsinn! Es gibt niemanden, der ihn vertreten könnte.« – »Doch, es gibt jemanden.« – »Aber wer denn, um Himmels willen?! Nun reden Sie schon! Wer soll Anton vertreten?!« – »Ganz einfach, junger Freund. Deine Mutter wird ihn vertreten, du wirst mit ihr auf Tournee gehen.«

Eine kleine Schwarz-Weiß-Fotografie zeigt Mutter und mich an einem Flügel in einer mittelgroßen Stadt im Rheinland. Ich trage einen schwarzen, eng anliegenden Anzug mit Fliege, und Mutter trägt ein langes, schwarzes Kleid. Nebeneinander sitzen wir an einem *Blüthner*-Flügel.

Es gibt Hunderte solcher Fotografien, die Vater damals gemacht hat. Er hat sie in zwei Fotoalben geklebt, eines für Mutter, eines für mich. Unsere Konzertprogramme und die Kritiken hat er auch eingeklebt, selbst die Eintrittskarten wurden nicht vergessen.

Mutter und ich machen einen ernsten, professionellen Eindruck, wirken aber dennoch entspannt und glücklich. Wir überlegen, ob wir unserem Duo einen Namen geben sollen, verzichten jedoch vorerst darauf. Nach den Konzerten essen wir mit Vater in dem Hotel, in dem wir jeweils wohnen, »zur Nacht«.

Schließlich erhalten wir sogar ein Schallplattenangebot. Wir sollen einige Paradestücke der Klavierliteratur zu vier Händen einspielen, und es heißt, der Erfolg »sei vorprogrammiert«. Mutter und Sohn gemeinsam vierhändig spielen zu hören, sei garantiert ein Erfolg. »Kommt gar nicht in Frage«, sagt Mutter, »Klavierspielen soll die reine Freude bleiben, da können sie uns noch so viel Geld bieten!«

Es fällt mir schwer, die Fotos in den Alben länger zu betrachten, es geht einfach nicht, obwohl sie doch von sehr glücklichen Stunden erzählen. Ich höre, wie Mutter nach dem Konzert mit einem Zuhörer Französisch spricht, und ich höre weiter, dass man sie fragt, welche inzwischen längst bekannten Schülerinnen und Schüler sie in den letzten Jahren unterrichtet hat. In der Presse feiert man sie wie eine zweite Clara Schumann, die in ihrem langen Leben angeblich viele brillante Nachwuchstalente bis zur Konzertreife führte.

Mutter ist das peinlich. »Ausgerechnet mit Clara Schumann würde ich mich nie vergleichen. Ich bin doch eher durch Zufall zum Klavierspielen gekommen, und ich habe es immer so betrieben, dass daraus weder ein Beruf noch irgendeine andere Plackerei wurde. Klavierspielen war und ist für mich eine schöne Passion, und das wird auch immer so bleiben.«

48

Schließlich ist von den Schülerinnen und Schülern der Meisterklasse von Beatrice Schaller nur noch die Hälfte übrig. Die gegenseitige Kontrolle ist immer massiver geworden, man beäugt die Konkurrenz Tag und Nacht, flüstert sich zu, bei welcher Gelegenheit es gelungen ist, einen »indisponierten Pianisten« in einem Konzert zu vertreten, meldet sich zu Wettbewerben an und telefoniert alle paar Wochen mit den Assistenten großer Pianisten, um einen Platz in einem speziellen Meisterkurs zu ergattern oder sogar für zwei, drei Stunden allein von einer Weltberühmtheit unterrichtet zu werden.

Auch ich selbst kann einige beachtliche Erfolge vorweisen. So trete ich mehrmals mit dem Schumann-*Klavierkonzert* auf, spiele weiter vierhändig mit meinem Freund Anton oder mit meiner Mutter und besuche einige Meisterkurse, an denen ich jedoch nur als passiver Zuhörer teilnehme.

Ich weiß aber, dass sich die Lage zuspitzt, es kann und darf nicht immer so weitergehen, etwas Besonderes, Großes muss geschehen, sonst steht mir schon bald ein braves Studium bevor, und ich werde mich danach zu den vielen Lehrern gesellen, die an der Hochschule ein Leben lang unterrichten und manchmal bei einem Firmenjubiläum auftreten und ein paar klassische Weisen spielen.

Anton hat sich nach einigem Hin und Her zum Glück wieder gefangen, angeblich hatte seine Krise mit seinem Vater zu tun, ich durchschaue das nicht, erlebe aber, dass er sich von seinem Vater trennt, einen neuen Manager sucht und nach Berlin zieht. »Wieso denn ausgerechnet Berlin?«, frage ich, und er antwortet: »Wegen der Philharmonie. Ich gehe alle paar Wochen in ein Konzert und sauge die Atmosphäre dort auf. Genau da will ich bald spielen, das ist mein Traum.«

Die Ziele, die er sich inzwischen setzt, bestehen aus Konzertsälen, in denen er unbedingt auftreten, aus Orchestern, mit denen er bald konzertieren, und aus Kompositionen, die er nur in bestimmten Städten spielen will. »Ravels *Klavierkonzert* in Arles, das wäre es«, sagt er und tut so, als ließe er sich Ravel und Arles wie Zuckerwürfel auf der Zunge zergehen. »Das erste Brahms-Konzert in Hamburg, das zweite in Wien« – auch über solche Kombinationen redet er gern. Schließlich schlägt er sogar eine Einladung nach Zürich aus, weil er dort nicht das *vierte Beethoven-Klavierkonzert* spielen darf, sondern nur das *zweite*.

Das zweite wird er überhaupt nicht spielen, »nirgends«, »niemals«, und auch das *zweite Chopin-Konzert* ereilt dieses Schicksal. Anton spricht über seine Vorlieben oder Antipathien in mehreren Interviews, er schlägt dort einen scharfen Ton an, als hätte er vor, sich mit dem Chopin des zweiten Klavierkonzerts zu duellieren, während er den des ersten Klavierkonzerts durchaus auf einer Reise nach Warschau begleiten würde.

Beatrice Schaller ist über diese Interviews sehr empört und warnt ihre Klasse davor, Antons schlechtem Beispiel zu folgen. Andererseits bekommen wir aber mit, dass Antons Bekanntheit durch seine dreisten Sprüche enorm steigt, man spricht über ihn, manche finden sein Gerede skandalös, andere finden es mutig. Anton ist das alles gleichgültig, Hauptsache, die Angebote für seine Konzerte werden besser und immer mehr junge Dirigenten reißen sich darum, mit ihm zusammen aufzutreten.

Unsere gemeinsamen vierhändigen Auftritte dagegen werden seltener, und wir sehen uns eine Weile nicht, weil er von Kontinent zu Kontinent hüpft und seine »Wohlfühl-Auszeiten« gezielt in bestimmte Bäder verlagert, in die er sich von Kurverwaltungen oder snobistischen Mäzenen einladen lässt.

Während unserer Treffen spricht er viel allein. Jedes Mal wartet er mit einer Veränderung auf, mal mit einem dezenten Bart, mal mit einer Brille, dann extrem kurzhaarig, als hätte er ein mehrmonatiges Klosterleben in einer Einzelzelle hinter sich. »Spielst du noch immer vierhändig mit deiner Mutter?«, fragt er, und als ich nicke, huscht ein Lächeln über sein Gesicht. Er scheint zu glauben, dass ich keine Fortschritte mehr mache und allmählich »vermoose«. Darüber, welcher Pianist oder Dirigent gerade »vermoost«, spricht er gerne. Er wendet dieses hässliche Wort zwar noch nicht direkt auf mich an, aber ich spüre, dass er es bereits im Kopf hat, wenn er mich anschaut.

Und? Was soll ich sagen?! Er hat ja recht, ich behaupte mich zwar einigermaßen im Reigen der »Klasse«, setze mir aber keine höheren Ziele. »Gib mir mal einen Rat«, sage ich zu ihm, »mir geht es momentan so wie damals im Internat. Ich lerne zwar dies und das, aber ich stagniere.« – »Endlich gibst du es zu«, antwortet er, »ich habe richtig darauf gewartet. Und ich rate dir dasselbe, was ich dir schon früher geraten habe: Mach dich aus dem Staub! Geh ins Ausland! Bewirb dich in Rom um das angesehenste Stipendium, das gegenwärtig für junge Pianisten ausgeschrieben wird, du weißt, welches ich meine.«

Ja, ich weiß, welches er meint. In unserer Klasse wird es nur das Liszt-Stipendium genannt, weil es auf direktem Weg zu den großen Pianisten der Liszt-Schule nach Rom führt. Das dortige *Conservatorio* vergibt solche Stipendien auch für ausländische Bewerber, die Bedingungen aber sind hart.

Ich spreche Beatrice Schaller darauf an, aber sie winkt ab. Um mich zu bewerben, muss ich mehrere große Solostücke des neunzehnten und zwanzigsten Jahrhunderts konzertreif beherrschen. Hinzu kommt eine Prüfung in Harmonielehre und Kontrapunkt. »Um das einzustudieren, braucht man mehr als ein Jahr«, sagt sie und hält den Aufwand für zu groß.

Wir sprechen auch in der Klasse darüber und vergleichen die Bedingungen für dieses Stipendium mit anderen Angeboten. Viele von uns wollen eine Weile fort und »Konzertluft im Ausland schnuppern«, andere nehmen an Wettbewerben teil und scheitern oft schon in der ersten Runde.

Ich mag keine Wettbewerbe, sie kommen für mich nicht in Frage. Das Liszt-Stipendium dagegen ist etwas anderes, denn Liszt und Rom bilden eine Konstellation, die auch in Mutters Leben einmal eine bedeutende Rolle gespielt hat. Wenn ich an das Stipendium denke, erscheint mir der Weg nach Rom wie vorgezeichnet, als hätte meine eigene Pianistenbiografie mit den Tagen meiner Mutter auf der Insel Nonnenwerth begonnen und sollte in Rom ihren beinahe vorgezeichneten Abschluss finden.

Ich informiere mich genauer, auch Anton stellt Erkundigungen an, aber wir bleiben verschwiegen und weihen nicht einmal Mutter in meine Pläne ein. Mich ein ganzes Jahr lang vorzubereiten, würde mich zu viel Zeit kosten, ich gebe mir ein halbes und besuche noch einmal Walter Fornemann, um meine Kenntnisse in Harmonielehre und Kontrapunkt aufzufrischen.

Dann versuche ich es mit einem Trick. Ich spreche immer häufiger davon, endlich einmal ins Ausland reisen zu wollen, und ich rede von Rom und behaupte, dass mein Onkel mir von der Ewigen Stadt vorgeschwärmt hat. Richtig daran ist, dass der Bruder meiner Mutter dort früher einmal Theologie studierte und eine gewisse Rom-Nostalgie pflegt, jedenfalls hält er in seiner Pfarrei Diavorträge über Rom, zu denen er auch mich einmal eingeladen hat.

Ich behaupte, Rom sei gerade jetzt richtig für mich, ich bräuchte dringend eine Abwechslung. Die Eltern haben nichts dagegen und lassen mich schließlich ziehen, und so reise ich allein nach Rom, von meinem Onkel mit einigen Adressen von Bekannten versorgt, die mir dort weiterhelfen werden.

Dass sich dort in wenigen Wochen vieles auf beinahe traumwandlerische Weise fügen würde, habe ich nicht erwartet. Ich komme in der Pension einer älteren Südtirolerin unter, und ich finde in der Kirche der deutschen Gemeinde in der Nähe der Piazza Navona eine Beschäftigung, für die ich sogar bezahlt werde. Mehrmals in der Woche spiele ich dort die Orgel während des Frühgottesdienstes, erhalte danach ein Frühstück und setze mich später ins *Conservatorio* ab, um mich dort auf meine Prüfung vorzubereiten.

Die einzige Sorge macht mir die Sprache. Ich habe Bedenken, wegen meines anfängerhaften Italienisch zu scheitern, und nehme Unterricht beim *Portiere* des großen Mietshauses, in dem ich wohne. Auch mit meiner Wirtin spreche ich ausschließlich Italienisch, und wir lesen abends manchmal gemeinsam die Zeitung, damit ich auch die neuesten politischen Nachrichten erfahre und notfalls auf Nachfragen reagieren kann.

Sonst habe ich nur wenige Kontakte, finde das aber nicht weiter schlimm, da ich fast meine ganze Zeit mit Üben verbringe. Ich möchte Schumanns große *C-Dur-Fantasie*, die *Bilder einer Ausstellung* von Modest Mussorgski und (natürlich) eine Komposition von Franz Liszt (aus den *Années de Pèlerinage*) spielen. Schumann und Mussorgski habe ich schon im Unterricht von Beatrice Schaller studiert, Liszt dagegen habe ich bisher nur in eigener Regie geübt, denn schon der bloße Vorschlag, eine Komposition von ihm einüben zu wollen, hätte mich verraten.

Überhaupt weiß außer Anton niemand von meinen Absichten, und als ich die so genannten »Ferien« verlängere, finden Eltern und Bekannte das normal, da ich auf meinen Postkarten die Ewige Stadt wie ein Paradies schildere, das ich angeblich Tag für Tag verzückt durchlaufe.

Sieben bis acht Stunden übe ich täglich und konzentriere mich ganz auf die Stücke, die ich vorspielen werde. Ich esse wenig und ernähre mich nur von Pasta, Gemüse und Obst, ich rauche nicht, trinke keinen Alkohol und nehme außer mehreren *Caffè* pro Tag keine Aufputschmittel zu mir.

Häufig habe ich extremes Heimweh und telefoniere kurz mit einem Elternteil, fühle mich nach solchen Telefonaten aber eher noch schlechter. Auch die Einsamkeit macht mir erheblich zu schaffen, oft rede ich nur mit dem *Portiere* und meiner Vermieterin, und gar nicht selten rede ich einen ganzen Tag lang mit überhaupt keinem Menschen.

Die Angst, plötzlich durchzudrehen und die innere Anspannung nicht mehr zu ertragen, empfinde ich als bedrohlich, aber ich schaffe es immer wieder, mir gut zuzureden. »Du setzt jetzt alles auf eine Karte«, sage ich mir und weigere mich, ein Scheitern einzukalkulieren.

Dann ist es so weit, und ich bewerbe mich an einem späten Vormittag vor einem großen Kreis von Juroren um das Stipendium. Ich spiele die *C-Dur-Fantasie*, und die Herren sind erstaunlich rasch von meinem Spiel angetan. Noch begeisterter reagieren sie aber auf Mussorgski, und als sie in meinen Bewerbungsunterlagen entdecken, dass ich bei Walter Fornemann studiert habe, kennt die Zustimmung kaum noch Grenzen. Fornemanns Mussorgski-Buch ist nämlich vor kurzem ins Italienische übersetzt worden, einige Juroren haben es gelesen und unterhalten sich mit mir darüber, als hätte ich mit daran geschrieben.

Dass ich dieses Buch gar nicht kenne, bemerkt keiner, schließlich habe ich mich mit Walter Fornemann oft genug über Mussorgski unterhalten und ahne zumindest, was ihn an den Werken dieses großen russischen Komponisten interessiert. Die verwegenen Akkord-Konstellationen der Oper *Boris Godunow*! Die von vielen Kritikern nicht erkannte Kühnheit der symphonischen Dichtung *Die Nacht auf dem kahlen Berge*!

Meine Prüfung geht unbemerkt in ein Gespräch über Fornemanns Theorien und Thesen über, und als man mich bittet, Liszt zu spielen, hören die Juroren sich das bereits wie eine Zugabe an. Ich spüre, dass alles längst entschieden ist, ich habe es geschafft!, ich erhalte das Stipendium!, und so erscheint mir meine Liszt-Interpretation wie die Ankunft in einem Leben, das mich von allen Sorgen und Ängsten befreien und mir Jahre eines idealen Studiums in Rom bescheren wird ...

Wenige Stunden später erreiche ich meinen Freund Anton am Telefon. Als ich ihm von meinem Erfolg berichte, ist er sekundenlang still. »Meine Herren, meine Herren ...«, höre ich ihn murmeln. Ich vermute, dass er mit dieser Nachricht kämpft, seine Stimme ist schwach und brüchig, und ich höre ihn in ein Taschentuch schnäuzen. »Ehrlich gesagt, habe ich nicht immer daran geglaubt, dass du es schaffst«, sagt er, und ich antworte: »Wie bitte?! Was redest du denn da?! Natürlich hast du an mich geglaubt, sonst hätte ich ja selbst nicht an mich geglaubt.« – »Du hast recht«, lacht er zurück und sagt weiter: »Weißt du, was am schönsten ist? Ich bin jetzt so glücklich, als hätte ich selbst es geschafft. Ja, wirklich! Ich freue mich so, dass ich am liebsten sofort ins Flugzeug steigen würde, um mit dir zu feiern!« – »Was?!«, antworte ich, »du glaubst wirklich, du hättest es auch geschafft? Na, mein Lieber, da habe ich noch meine Zweifel. Oder wüsstest du auf die Frage, mit welchen melodischen Mitteln Modest Mussorgski nächtliche Dämonie inszenierte, vielleicht eine kluge Antwort?« – »Mein Gott, natürlich nicht, ich habe doch keine Ahnung. Und du hast so was gewusst?!«

Ich kläre ihn über Walter Fornemann auf, und wir albern weiter. An diesem Tag ist er außer einigen römischen Bekannten der Einzige, der von meinem Glück erfährt. Noch traue ich mir nicht zu, mit den Eltern zu telefonieren und ihnen mitzuteilen, was geschehen ist.

Ich gehe stattdessen mehrere Tage lang ruhelos durch die Ewige Stadt und warte auf den Moment, an dem ich für ein Telefonat bereit bin, verschiebe ihn aber immer wieder.

An einem Sonntagvormittag rufe ich dann die Eltern an. Mutter ist am Apparat. »Ich habe dir etwas mitzuteilen«, sage ich und muss schlucken. – »Ist dir etwas zugestoßen?«, fragt sie, und ich spüre ihre Aufregung. – »Nein, nein«, antworte ich, »das ist es nicht. Es ist etwas ganz anderes, etwas Schönes. Ich habe mich um das Liszt-Stipendium des *Conservatorio* hier in Rom beworben und es wirklich erhalten.« – Mutter antwortet nicht, es ist still. »Bist du noch am Apparat?«, frage ich nach, aber sie ist nicht mehr zu sprechen. Vater hat das Telefon in die Hand genommen und erkundigt sich besorgt, was geschehen ist. Ich wiederhole meine Sätze ein zweites Mal – und wieder erlebe ich das große Schweigen.

»Habt ihr verstanden, was ich gesagt habe?«, frage ich Vater, und dann warte ich so lange, bis ich ihn endlich antworten höre: »Ja, mein Junge, wir haben verstanden. Was machst du denn für wunderbare Sachen? Einfach so, aus dem Stand?!« – »Ja«, antworte ich, »ich habe ein wenig gezaubert, aber es war nicht besonders schwer, denn ihr habt mir ja geholfen. Ihr wart die ganze Zeit mit dabei – seit den ersten Tagen, an denen ich Klavier gespielt habe, wart ihr dabei – und nun haben wir drei es zusammen geschafft und die beste Lösung für die Zukunft gefunden.«

49

Damals, in diesen als triumphal empfundenen, glücklichen Tagen, ahnte ich nicht im Geringsten, was mich erwartete. Ich hatte ein sehr angesehenes und begehrtes Stipendium gewonnen, und in die Glückwünsche, die ich von Deutschland aus erhielt, mischte sich häufig noch der Unglaube darüber, dass ausgerechnet ich es geschafft hatte. Mit niemandem aus der Klasse von Beatrice Schaller hatte ich über mein großes Ziel gesprochen, und auch sonst war ich ungemein vorsichtig gewesen und hatte mich davor gehütet, in einem unbedachten Moment gegenüber Bekannten oder Freunden einige Andeutungen zu machen. Alle, die schließlich mit mir darüber sprachen, empfanden meinen Erfolg umso mehr als »sensationell« und fragten sich, wie ich es nun auch ganz konkret schaffen würde, mich in Rom zu etablieren.

Die Voraussetzungen für meinen Plan, durch das Stipendium in die höchste Klasse der europäischen Nachwuchspianisten aufzusteigen, waren auf den ersten Blick gut. Ich mietete für einige Zeit das kleine, ruhige Zimmer in der Pension der älteren Südtirolerin, in dem ich schon meine sogenannten »Ferientage« verbracht hatte. Mit der Deutschen Gemeinde in der Nähe der Piazza Navona vereinbarte ich, dass ich in ihrem Pfarrsaal an einem Flügel nach Belieben üben durfte. Und schließlich verdiente ich durch das Orgelspiel in den Frühgottesdiensten (zusammen mit den Stipendiengeldern) so viel, dass ich mir keine finanziellen Sorgen zu machen brauchte. Hinzu kam, dass die jungen Pianisten des Conservatorio gern zum Vorspiel bei privaten Festen römischer Familien eingeladen wurden. Auch bei diesen Anlässen konnte man etwas Geld verdienen, so dass ich mich ganz auf das Üben und Spielen konzentrieren konnte.

Nicht geahnt aber hatte ich, wie stark die Person Franz Liszts im Mittelpunkt der Lehre und fast aller Aktivitäten stand, die vom Conservatorio ausgingen. Viele Jahre hatte der große Mann in Rom verbracht und dort eine Schule von enormer Reichweite gegründet. Nicht nur die Namen seiner vielen Schülerinnen und Schüler waren bekannt und wurden mit Respekt genannt, sondern auch all die Straßen, Plätze und Räume, an denen sich Liszt in Rom aufgehalten hatte. Bekanntlich hatte er dort sogar die niederen priesterlichen Weihen erhalten und teilweise wie ein Mönch in selbst gewählter Einsamkeit gelebt. Andererseits war aber auch häufig von seiner erheblichen Anziehungskraft auf weibliche Verehrerinnen die Rede, so dass ich mir lange Zeit kein deutliches Bild davon machen konnte, wie er in Rom gelebt hatte und was in den römischen Jahren wirklich geschehen war.

Inzwischen ist die Quellenlage eine andere, denn in den letzten Jahrzehnten sind vor allem Dokumente seiner Schüler veröffentlicht worden, die bis ins Detail belegen, wen er wann unterrichtet und welche Stücke er mit ihm eingeübt hat. Meist spielten sie vor allem Kompositionen des Meisters und außerdem höchstens noch seine Bearbeitungen von Stücken anderer Komponisten – sonst kam fast nur noch Chopin in Frage (und in Einzelfällen Schumann, Schubert und erstaunlicherweise sogar etwas Scarlatti). Haydn, Mozart und Beethoven dagegen spielten überhaupt keine Rolle.

Außer den trockenen Angaben der geübten Stücke liest man auch kurze Kommentare der Schüler zu den Lehrmethoden des Meisters. Von angemessenen oder verfehlten Tempi ist oft die Rede, vom erwünschten Charakter des Ausdrucks (»sprühend«, »lustig« etc.) und davon, wie bestimmte technische Schwierigkeiten (wie etwa das Übersetzen der linken Hand oder ein effektvolles, ausdauerndes Trillern) zu bewältigen seien.

Heute kann ich aus einem erheblichen zeitlichen Abstand genau erkennen, dass die Lehrer der jungen Stipendiaten, zu denen ich in Rom gehörte, sich genau an den Liszt' schen Methoden und sogar an den Stücken orientierten, die Liszt ein Jahrhundert früher zur Grundlage seines Unterrichts gemacht hatte. Damals aber wurde mir erst ganz allmählich bewusst, wie eng das Spektrum der Kompositionen war, die wir Stipendiaten unermüdlich studierten.

Wir übten also vor allem Liszt und nebenbei Stücke von Komponisten, die als seine »Ableger« oder »Zulieferer« betrachtet wurden.

Über diese starken Beschränkungen des Repertoires sprachen wir anfangs kaum, schließlich waren wir vor allem mit den erheblichen technischen Schwierigkeiten der Liszt-Kompositionen beschäftigt. Einige Stunden am Tag zu üben, brachte einen nicht weiter. Man musste mindestens sieben oder acht Stunden üben, und genau diese Zahl war auch das erwartete Mindestmaß, das von unseren Lehrern oft ganz selbstverständlich genannt wurde.

Jeder Stipendiat gehörte gleichzeitig mehreren Klassen an, und in jeder Klasse lag der Akzent auf einem bestimmten Aspekt: Stärkung der Muskulatur, Ausdauertraining der Finger, Balancefähigkeit der Arme. Solche Themen wurden anhand bestimmter Kompositionen und ihrer Finessen studiert. Sie waren Bestandteile von Halbjahres- und Ganzjahresplänen, die auf Schlussfolgerungen basierten, die Liszt-Schüler aus den verstreuten Anmerkungen, Kommentaren oder auch nur nebenbei hingesprochenen Sentenzen des Meisters gezogen hatten.

Mit der Zeit war nicht mehr zu übersehen, dass sich Lehrer und Schüler wie Jünger benahmen, die ihr Leben am Vorbild des Meisters ausrichteten. Neben dem Unterricht am Flügel wurde uns häufig von seinem römischen Lebenswandel erzählt. Die Details entstammten den verschiedensten Quellen, Tagebüchern seiner früheren Schüler, Briefen und Aufzeichnungen oder einfach nur bestimmten Gerüchten, die uns Stipendiaten gehörig durcheinanderbrachten.

So hieß es, dass Liszt jeden Tag kniend an der Frühmesse in ein und derselben römischen Kirche teilgenommen und danach die Wohnung einer ehemaligen Geliebten betreten, mit ihr gefrühstückt, einige Schüler unterrichtet und wiederum die Gegenwart der Geliebten gesucht habe. Einerseits hatte er sich in einer schwarzen Soutane wie ein Priester durch die antiken, altrömischen Gefilde bewegt, andererseits hatte er den Adel Roms zu Konzerten gelockt, die er, unterstützt von seinen vielen Verehrerinnen, vor allem an Orten aufführte, an denen vor ihm noch niemand konzertiert hatte.

Solche Szenen und Details gehörten zwar einer lange zurückliegenden Vergangenheit an, und die Legendenbildung war unübersehbar. Andererseits entdeckte ich an meinem eigenen römischen Leben aber durchaus Liszt'sche Lebensmomente, die ein ganzes Jahrhundert überdauert hatten.

Ging ich nicht so wie er an fast jedem Morgen in eine Frühmesse, um dort die Orgel zu spielen? Und bewegte ich mich in meinen wenigen freien Stunden nicht wie ein keuscher Priester durch eine Stadt, in der es Gelegenheiten genug gegeben hätte, sich von Verehrerinnen verführen zu lassen?

Wie stark die Ausstrahlung von jungen Pianisten war, wenn sie nachts in einem der unterirdischen Lokale des Stadtteils Trastevere auftraten, um dort verbotene Stücke von Prokofjew oder Skrjabin zu spielen, verstand ich erst in Rom. Man umlagerte uns, lud uns zu teuren Getränken ein und lief mit uns in kleinen Rudeln durch die nächtlichen Gassen. Jederzeit konnten sich dadurch Kontakte und Einladungen ergeben, denen auch Liszt anscheinend häufig genug gefolgt war.

Jedenfalls zog sich durch die über ihn verbreiteten Legenden sehr deutlich ein Riss, den niemand auf einleuchtende Weise zu kitten oder wegzureden vermochte. Einerseits hatte er sich oft zurückgezogen, um in Klausen, abgelegenen Geländen oder Parks seinen Studien nachzugehen. Andererseits hatte ihn ein nicht zu übersehendes Gefallen an öffentlichen Auftritten, Séancen oder Soireen häufig genug große Gesellschaften aufsuchen lassen. Selbst während seiner Unterrichtsstunden durften viele Zuhörerinnen oder Interessierte zugegen sein, die sich im Anschluss an diese »selig machenden Augenblicke« über das Erlebte in hymnischen Tönen verbreiteten ...

Vor einiger Zeit habe ich viele solcher Berichte gelesen und nebenbei die *Années de Pèlerinage* gehört. Ich glaube beinahe, gerade in einem der bequemen Salons zu sitzen, in denen der Meister gerne auftritt und einen Kreis von Verehrerinnen um sich schart. Und ich spüre, wie der grüblerische, versonnene und oft stockende Ton seiner Kompositionen eine Stimmung erzeugt, die ihm den Nimbus eines geheimnisvollen Magiers verleiht. In seiner schwarzen Soutane scheint er mit musikalischen Mitteln zu predigen und zu seltenen Erkenntnisstufen in den Zwischenbereichen von Theologie und Philosophie vorzudringen. Mit einem Schluck Cognac und dem Rauch einer Virginia erdet er dieses in Klänge überführte Denken später und teilt es bei Tisch in aphoristischen Sentenzen reihum an seine Verehrerinnen und Verehrer aus.

Ach, ich bin boshaft – und das sollte ich weiß Gott nicht sein.

Die ersten Monate in Rom muteten mir nur viel Neues zu, auf das ich innerlich nicht vorbereitet war. Als einer der jüngsten Stipendiaten kam ich mit meiner geringen Lebenserfahrung nicht hinter all den verblüffenden Ereignissen her, die außerhalb des Conservatorio und meiner Übungszellen stattfanden. Ich verstand vieles noch nicht, und manches brachte mich sehr durcheinander – wie etwa eine Liebesbeziehung zu einer jungen Südtirolerin, mit der ich in den Nächten immer häufiger auch allein unterwegs war.

Davon möchte ich hier nicht lange erzählen, ich erwähne es nur, um anzudeuten, dass der Riss, der durch die römischen Jahre Liszts ging, auch in meinem Leben erkennbar war. Ich übte und übte und unterwarf mich dem strengen Regiment der Unterrichtsstunden – und ich sehnte mich doch nach nichts mehr als danach, die wunderbare Stadt Rom zusammen mit meiner Liebe und in Gesellschaft vieler munterer Menschen erleben und genießen zu können.

Angesichts dieses heftigen inneren Kampfes kann ich mir schließlich die Katastrophe erklären, die mich dann völlig unerwartet und von einem Tag auf den andern ereilte. Das ewige Üben, das Durchhasten der Nächte, die fiebrigen Träume in den wenigen Schlafstunden – das alles trug dazu bei, dass mein Körper mir an einem Nachmittag den Dienst versagte und sich im rechten Handgelenk stechende Schmerzen einstellten.

Natürlich nahm ich sie zunächst nicht ernst, doch sie wurden stärker und dehnten sich auf die Arme und den Ellenbogen aus. Übelkeit und Kopfschmerzen kamen hinzu, ich verordnete mir die üblichen Tabletten und musste endlich doch einen Arzt aufsuchen.

Dass ich mit einer typischen Sehnenscheidenentzündung in fortgeschrittenem Stadium zu kämpfen hatte, war schon von den anderen Stipendiaten diagnostiziert worden, und auch meine Freundin war davon überzeugt, weil über ähnliche Symptome schon vor einiger Zeit eine gute Bekannte geklagt hatte.

Ich rechnete also bereits mit dieser Diagnose, als ich die Arztpraxis betrat, nicht aber damit, dass der rechte Arm für mehrere Monate stillgelegt und geschient wurde. »Und wie soll ich üben?«, fragte ich noch (dämlich genug), um die Antwort zu erhalten, dass ich für lange Zeit nicht mehr spielen und zu einem späteren Zeitpunkt höchstens in sehr eingeschränktem Maß üben dürfe. »Ich bin Liszt-Stipendiat des Conservatorio«, antwortete ich, als befreite mich ein solcher Satz von allem Übel. »Ich vermute, dass Sie bald kein Liszt-Stipendiat mehr sein werden«, antwortete der zuständige Arzt.

Ich erinnere mich gut, dass ich überhaupt nicht begriff, was man mir eigentlich sagen wollte. Der Arzt deutete an, dass alles vorbei war, meine Träumerei vom zukünftigen Leben als Konzertpianist, meine Blauäugigkeit beim Gedanken an eine dauerhafte Verbindung mit einer jungen Südtirolerin, ja, meine ganze lebenslang entwickelte und gehegte Absicht, an einem einzigen, großen Ziel festzuhalten und nichts anderes in Betracht zu ziehen.

Ich sah stillschweigend zu, wie der Arm verbunden wurde, und ich bewegte mich später stundenlang durch die Stadt, als wäre ich zu einem Kuraufenthalt unterwegs, an dessen Ende die gewünschte Genesung stehen würde. Weder mit anderen Menschen noch mit mir selbst konnte ich von meinem Zustand sprechen, ich begriff ihn nicht, und ich hatte keine Worte für das, was geschehen war.

Es war, als hätte man mich totgestellt und ließe meine sterbliche Hülle aus Rücksicht weiterleben. Mit ihr üben oder spielen würde ich nicht mehr können, sie war nur dazu da, mich notdürftig am Leben zu erhalten, so dass ich mit ihrer Hilfe vielleicht noch diesem oder jenem Menschen nützlich sein konnte.

Eine ganze Nacht lang durchstreifte ich die Weinschenken Trasteveres und erklärte in jeder aufs Neue, was mit meinem rechten Arm geschehen war: Ein Fahrradunfall, eine Verbrennung, eine vorübergehende Quetschung durch Überbelastung durch schweres Heben. Ich stieß mit anderen Nachtschwärmern an und trank auf meine Gesundheit, und ich setzte mich hier und da an einen Flügel, um ihm mit der linken Hand einige Melodien zu entlocken. »Hör auf mit diesem Geklimper«, hörte ich die Gäste sagen und brach diese hilflosen Versuche bald wieder ab.

Ich trank mehr und mehr, denn ich wollte weder nachdenken noch hinschauen, sondern im Rausch untertauchen und verschwinden.

Als ich weit nach Mitternacht in meiner kleinen Stube einschlief, hatte ich mir den Verband längst vom Arm gerissen. Ich träumte von einem großen, schwarzen *Steinway*, der für mich in einem gewaltigen Studio reserviert war. Ich schloss die Tür hinter mir, zog mich bis auf Hemd und Hose aus und griff nach den Hämmern und Äxten, die für mich bereitlagen.

Mit ohnmächtiger, heftiger Wut begann ich, das Instrument zu zertrümmern, von allen Seiten schlug ich auf es ein. Die Hämmer und Saiten zerborsten, der Deckel zersplitterte, die Tasten sprangen wie in Panik geratene Mäuse, die gleich skalpiert werden würden, über den Boden.

Ich hörte nicht mehr auf, bis das Instrument kaum noch zu erkennen war. Mein rechter Arm blutete, meine Augen brannten, und meine Haare waren verklebt. Einige Strähnen hatte ich mir vom Kopf gerissen, auch dort blutete es, ich hatte den großen Flügel, dem ich mein bisheriges Leben geweiht hatte, endgültig vernichtet.

Nichts weiter blieb, nicht einmal die Wut. Die Themen und Inhalte, mit denen ich mich bis dahin während meiner ganzen Lebensgeschichte beschäftigt hatte, existierten nicht mehr, und ich wusste nicht im Geringsten, wie ich weiterleben sollte. Ich kündigte mein Zimmer, trennte mich von meiner Freundin und reiste nach Deutschland zurück.

50

Gerade bin ich von meinem Waldspaziergang heimgekehrt. Ich habe einen Tee getrunken und bin ins Musikzimmer gegangen. Wie an den vielen anderen Tagen, an denen ich an diesem Buch geschrieben habe, hat mich das dunkelbraune Gegenüber empfangen. Es ist noch immer das alte Klavier, mit dessen Ankunft in unserer Mietwohnung im Kölner Norden alles begonnen hat.

Ich öffne den Tastaturdeckel und drehe den Klavierhocker etwas nach oben. Dann berühre ich die Tasten kurz, mit gerundeten Fingern. Sie antworten sofort, lebendig, klar und hellwach.

»Wie lange soll ich es noch mit dir aushalten?«, frage ich mich und weiß längst die Antwort: »Bis an mein Ende.« Ich lockere die Schultern ein wenig, dann greife ich nach den Noten. Unzählige tägliche Übungsstunden habe ich inzwischen wieder hinter mir. Noch spiele ich keine Virtuosenstücke, immerhin aber die vertrauten Kompositionen von Johann Sebastian Bach oder Robert Schumann. Mit der Zeit haben sie mich erneut an das Klavierspiel gewöhnt.

Den Ehrgeiz, öffentlich aufzutreten, habe ich seit meinen römischen Tagen aufgegeben. Manchmal aber, wenn mich niemand erkennt, spiele ich heimlich dort, wo sich gerade zufällig auch andere Menschen befinden. Ich spiele nachts in einer Hotelbar, ich spiele in einer Weinschenke auf dem Land, oder ich spiele in einer einsam gelegenen Abteikirche die Orgel.

Das Klavierspielen macht mir noch immer große Freude, vielleicht sogar noch größere als während meiner Lehrjahre. »Klavierspielen war und ist für mich eine schöne Passion, und das wird auch immer so bleiben«, sage ich mir und erinnere mich wieder an die Auftritte zusammen mit Mutter.

Häufig gehe ich in Konzerte von guten Pianisten und schaue mir genau an, wie sie vorgehen. Besonders die jüngeren verfolge ich bei ihren Fortschritten und überlege mir, mit welchen Hintergedanken sie bestimmte Konzert- oder CD-Programme zusammengestellt haben.

Momentan ist der isländische Pianist Vikingur Heiðar Ólafsson mein Favorit. Auf seiner neuesten CD mit Kompositionen von Johann Sebastian Bach spielt er genau jene Stücke, die auch ich gerade spiele.

Meine »Abendmusik« dauert etwa eine Stunde. Vielleicht werde ich einmal andere Pianisten dazuladen und sie bitten, mir vorzuspielen. Ich könnte mich mit ihnen über ihr Spiel unterhalten, und wir könnten uns über die besonderen Anforderungen austauschen, die jedes Stück an einen Pianisten stellt.

Ich schließe den Tastaturdeckel und verlasse das Musikzimmer. Von draußen schaue ich zurück. Das alte Klavier der Firma Seiler schaut mich noch einmal an. Über ihm an der Wand hängt ein Plakat, auf dem nur ein einziges Wort steht: »Salve«.